文化如风

徐 平 著

中国出版集团

现代出版社

图书在版编目（CIP）数据

文化如风：乡愁聚散流变和认同 / 徐平著 . -- 北京：现代出版社，2022.4

ISBN 978-7-5143-9841-0

Ⅰ . ①文… Ⅱ . ①徐… Ⅲ . ①随笔－作品集－中国－当代 Ⅳ . ① I267.1

中国版本图书馆 CIP 数据核字 (2022) 第 048422 号

文化如风：乡愁聚散流变和认同

作　　者	徐　平
责任编辑	姜　军
出版发行	现代出版社
地　　址	北京市安定门外安华里 504 号
邮政编码	100011
电　　话	010-64267325　64245264（传真）
网　　址	www.1980xd.com
印　　刷	大厂回族自治县彩虹印刷有限公司
开　　本	710mm×1000mm　1/16
印　　张	20
字　　数	378 千字
版　　次	2022 年 4 月第 1 版　2022 年 4 月第 1 次印刷
书　　号	978-7-5143-9841-0
定　　价	68.00 元

徐平，1990 年获北京大学社会学专业法学博士学位，师承费孝通教授。现任中央党校文史部二级教授、博士生导师，新疆师范大学"天山学者"特聘教授，国家民委决策咨询委员会第二届专家委员，中国世界民族学会副会长，中国民族学会副会长。先后承担国家社科基金特别委托课题 3 项、重点课题 2 项、一般课题 1 项；省部级重点科研项目 10 余项，一般项目 10 余项。出版有《羌村社会》《活在喜马拉雅》《西藏秘境》《费孝通评传》等 30 余部著作，发表论文、调研报告、内参等 200 余篇。

目　录

第一篇　不敢相认是故乡

生于 1962

有人敲门。一打开是老汪那张笑盈盈的大脸，眼里透着老友再见的快乐。我说，老汪你一点儿没变；他说，你还是那么年轻。老汪是一位装修工人，他是按约定两年后来给房子"补妆"的。我们的友情开始于两年前的装修，亲近于关于年龄的攀比，我们都生于 1962 年，他比我大 3 天，按照南方民间的说法，我们是"老庚"。他帮我装修房子，这是缘分。

老汪说话略带口吃，办事总是不紧不慢。一个旧的油漆桶，装着他的工具和水杯。上身穿着工装，经常让汗水湿透，下身穿着廉价的裤子，总是粘着油漆，布鞋已经开口，但进屋必穿鞋套。几乎不喝给他泡的茶，也不随便动业主的家具，老汪很在意自己的职业形象。刚开始的聊天有些费劲，问一句答一句，老汪不喜欢说话。直到攀上了"老庚"，他的话才多起来。我们的共同爱好是抽烟，交换着好烟或孬烟，关系立即亲近了不少，老汪不仅话多起来，而且还很健谈。

老汪生长在安徽桐城的一个公社大院，我生长在四川汶川的一个公社大院，我们有着共同的成长背景。不同的是，他的父亲 18 岁参加工作，后来担任公社书记，属于土生土长的"当权派"；我的父亲则是大学毕业援助少数民族地区"第二家乡"的知识分子，因为"出身"不好，一直降级到最基层的公社担任文书。我们之间有着阶层差距，也有着地区差距，老汪近一米八高大魁梧的身躯和我驼背瘦弱的体形，保留着那个时代的成长印记，我微突的肚腹和老汪挺拔的身材，也反映出脑力劳动和体力劳动的差别。

那个时代的干部总体清正廉洁，老汪的父亲并没有利用权力让老婆参加工作吃上"商品粮",他母亲一直保留着农民身份。其实也是那时比较常见也比较实惠的"双轨制"搭配,有一份按时就发的工资,又有农村的自留地和口粮分配,粮菜不花钱不说,养一群鸡鸭和一两头猪,光是宅边地头的水果,或是地里拔根萝卜摘根黄瓜,就让我们这些纯机关干部子弟羡慕不已。

老汪的父母一气生了6个儿子,全部健康成活,在那个特定的时代不是件容易的事。大多数人也不少生,一般只能存活3个左右,连我家这样的双职工家庭,父母一生的拌嘴大都因为钱"扯不拢"。拿到工资第一件事就是派我到粮站买回当月所有的配给粮食,加上每人半斤肉二两油的"副食"供应,让人常处于半饥饿状态。公社开基层干部会议,最吸引人的就是青蒜炒腊肉和肉汤里煮的那一大锅萝卜,群众那时还不兴骂腐败,而说他们干部又在"拈闪闪",说的是一块大肥肉夹在筷子上的那种感觉。供销社每次熬猪油,全街人都仰着脖子走路,那种香味一直钻进记忆最深处。

我们出生的1962年,中华人民共和国已经走出了最困难的时期,迎来了生育的高峰。老汪说三年困难时期他们村里没有饿死过人,而我常想起的是母亲讲过的一个故事:一对孤儿为了生存,哥哥将弟弟丢进了河里,弟弟说别让我死,我的饭全留给你吃!那哭声和随波远去的弱小身影,永远留在我的回想世界里。那会儿稍胖点的同学,绰号大多叫地主或胖子,长得胖的人叫"富态相",那是有福之人,不像今天的愁胖情结;人们一见面问候语是"吃了吗",吃了就意味着又多过一天,真切地透着关怀,也不像今天的"你好",客气后面是礼貌的距离。

学校教育是社会的过滤器,即使在那个时代也发挥着独特的作用。那会儿的基层干部几乎无暇顾及孩子,也不看重学习成绩,大家像野草一样自由生长。我们上的小学学制五年,初中高中各两年就毕业,一会儿学工,一会儿学农,一会儿学军,就是没有好好地学过知识。办农场栽树拾粪,学大寨改土造田,连学校最早的教学楼,也是学生背沙石"自力更生"建设的。我们比20世纪50年代生的人幸运,没有赶上"上山下乡"。1976年后中国开始拨乱反正,学校教育也逐渐走向正轨。我们初中毕业时,一个同学拿的是肄业证,因而没有能够上高中,他至今耿耿于怀。他父亲也是位公社领导干部,扯着嗓子骂街:"我们贫下中农的子弟拿修业证(他把肄业念成修业),给修正主义一个姓,地富反坏分子的子女拿毕业证,这学校是给谁办的?"让学校承受了很大的压力。直到高中快毕业,我们才开设英语课,刚教完26个字母就参加高考,我居然还考了3分。

我一直感慨于教育改变命运。我从来不是优秀学生,也说不上学习多么努力,尤其是对比那些刻苦勤奋的农民家庭出身的同学。1979年的高考，却让我直接从山里孩子成为北京城里人，是所有中学同学中唯一的幸运儿。一是要感谢那些上山下乡的知青，他们给大山深处的农村带去一拨现代文明，口琴、手风琴、样板戏以及篮球和电影，让我们知道还有另一个世界；二是要感谢极"左"时代倒霉的知识分子，他们的不幸让山区的孩子拥有了一个短暂但相对城乡平衡的受教育机会，他们调离回城后农村教育质量明显下降，而我就读的高中早在20世纪末就被撤并了；三是家庭环境的影响也是重要因素，我初中毕业最想上山下乡当自由自在的农民，让我父亲骂回学校继续上学，高中时他又不顾情面地让我留级多读一年，因而获得更好的高考成绩，家里有书且爱读书，也创造出比别人更好的学习氛围。

老汪的父母给了他们良好的长身体家境，却没有抓住受大学教育的机会。老汪家的六弟兄，三个念完高中，三个只念完初中，因为当时户口随母亲，他们大都是农民身份，只有一个弟弟因为当兵转业进了水管所，捧上了铁饭碗。大哥一直担任村支部书记，去年才解职，老二就是当兵的那位，老三在大包干后就经营小作坊，日子过得不错，老五家道小康，却英年死于癌症，老六做生意最大，家境最好。老汪是老四，从小就不爱学习，总是留级，上初中靠的是父亲的面子和高压，到高中说什么也不愿再读书。熬到初中毕业，立即选择学木工手艺，开始自食其力。在我考取硕士研究生的1984年，老汪跟随老乡一起来北京闯世界，从此就一直在北京顽强生存。作为北京快速现代化的具体建设者，他的资历比我更老。

在北京的日子是艰苦的。老汪一般早晨七点左右就到装修工地，一直干到晚上六点左右才返回出租房吃饭睡觉，中午就在外面对付一顿饭。他活儿好人善，一年除春节几天外，几乎每天都有人招呼他干活儿。辛苦一天，晚上回到出租屋喝点小酒，看两小时的电视剧，是他唯一的娱乐活动，几十年从来没有去参观过北京的风景名胜。他和大多数打工者一样，在北京就是为了赚钱攒钱，他们尽量降低生活成本，大多租住在城乡接合部房租最便宜的"城中村"。北京在他们手里成长，也将这些外来劳动者一圈一圈向外赶。三十多年来，老汪从二环边搬到三环，接着过了四环和五环，现在租住在接近六环的地方，一间平房460元一月，交通从骑自行车、摩托车到乘公交地铁甚至走路。其中地铁似乎与他们的关系最紧密，老汪总结的经验是只要地铁票价一涨，他们的工资就会跟着水涨船高。

过去地铁票便宜，老汪说一直没有挣到太多的钱，但养大了三个女儿，在老家建了新房。现在大女儿已经在安庆市成家，他又拿出40多万元的积蓄，给另两个女儿在安庆市购买了一个40多平方米的门面房，让她们学了理发的手艺，开起一家美容美发店，据说每天营业额有一千多元，还雇了两名小工，只等找好对象结婚成家，就算最后完成养育任务。老汪的老婆原来一直在家乡照顾老人和孩子，现在父亲已经去世，母亲在几个弟兄家按周轮流养老，老婆前几年也来北京打工，在一家医院做保洁，每月有三千多元的收入，老汪每天回家，都能够吃上热腾腾的饭菜，难怪他总是一脸的满足。我曾经去过安庆附近的农村调研，偌大的村庄全是新楼房，但一到晚上只有底层的厨房有点儿微弱的灯光，留守老人们一般就起居在厨房，为了省电爱用小功率灯泡。由此有了"两个耗子"理论：农民工在城市里租住在小平房和地下室，往往与耗子共生，而老家盖好的高大房屋，却空在那里任由耗子横行。

老汪说打算明年就回乡养老了。老家有七亩地，按每亩600元流转出去，一年能有四千多元的收入，加上农村社保的收入，医保也越来越完善，过日子没有问题。他压低声音，满是对老朋友的真诚，说出最关键的因素，这几年他又攒了60多万元，定存在银行，每年可取利息两万多元，足以支撑夫妻俩以后的生活。加上三个女儿孝顺，他基本没有后顾之忧。"去年我就存了13万元，还是北京好赚钱！但我老了，干不动了，所以要回家养老去了。"大致一算，老汪的月收入与我差不多，都在万元左右，夫妻在北京每年只花掉两个月收入做生活费，把其他10个月的收入用来储蓄和养家，这可能是大多数农民工的常态。说起老家的房子，老汪含蓄地说比你的大一些，还带着个院子。究竟有多大？老汪谦虚地说也就是三层楼，不到500平方米。我的天，这可是大好几倍啊！再问装修得如何，他说自己亲手做的，那眼神里的自豪，我知道他不愿再刺激我。

看着老汪不紧不慢地干着活，不仅得心应手，眼睛里也充满恬静和安宁，知足才能常乐啊。我首先想到"幸运"两个字，我们出生于1962年的人，赶上过动乱，错过了苦难，迎来了兴旺，特别是北京这座城市，在我们的努力下变大变美，祖国日益富强，我们生活在一个好时代。其次想起了"命运"两个字，时代给的机会可称为"运"，这是个人很难改变的，每代人都有独特的成长背景和生存境遇，但同运不同命，各自走出的人生实践，可谓"命"。国运昌盛，我们也努力奋斗，生于1962年的人，不偷懒不耍猾，对上对下负责，算得上勤劳勇敢、自强不息的一代人。我在北京的几十年打拼，同样没有周末，虽然不坐班，不必早出晚归，但每天都处在工作状态，总有做不完的事情，甚至除了《新闻联播》，我很少完整看过一部电视剧。最后想到的是"获得感"这个流行词，体力劳动者和脑力劳动者谁的命更好？老汪养大了三个女儿，我还没有养大一个儿子，他可以明年自行退休，而我不能。他回家有大房子大院子，也有看不见年轻人的忧虑，而我的故乡和乡愁又在哪里呢？就连抽烟都不一样，老汪总是怡然自得地欣赏他的作品，抽烟时有一种劳动后的快感，而我抽的烟，冒出的似乎多了些焦虑。城里人是不是想得太多了？比起老汪们，我们或许应当多一些平常心。

分别的时候，老汪给我留下了地址，欢迎我将来去他老家看一看。我郑重地收藏起那张字条，谋划着下一次的出行计划。老汪走了，心里又多一份牵挂。保重，生于1962年的人，当我们快要走下工作舞台的时候，真正属于自己的好日子，才刚刚开始呢。

这篇文章定稿于2017年7月4日星期二晚十时，登载于腾讯《大家》2017年7月17日，阅读量近十万次。一晃就到了2022年，这是生于1962年人的退休之年。如果说人的一生三分之一是求学成长，三分之一是工作抚育，退休就是争取再活三分之一来休闲品味了。在这个人生节点，不能不想念老汪，祝愿所有生于1962年的人，各得其所，各归其位，都有一份值得怀念和自豪的人生。

汶川的古老和甘博的珍贵记录

汶川是我土生土长的老家，一直默默无闻。2008年的"5·12"大地震，汶川以惨痛的损失和伟大的抗震救灾精神，一举天下知。家乡，赋予每个人一生前行的身体素质，也植入一个人成长的文化基因，所以经常用人杰地灵来形容某地的风水。谁不说咱家乡好？我得好好讲一讲汶川的故事。

有学者提出青藏高原是人类最早的发源地，因为迫使猿猴从树上下地行走从而完成向人的进化，需要相应的剧烈地质气候变化条件，目前只有青藏高原的演进史最为具备。人类最早是走出非洲还是走出青藏高原，让学者们去争论，但汶川地区自古就有人类生存，各个历史时期的考古发现非常丰富。最晚在新石器时代，汉、藏、羌各民族的先祖就已经在岷江河谷繁衍生息，岷江是蜀文化的重要发祥地之一。据《华阳国志·蜀志》记载："有蜀侯蚕丛，其目纵，始称王。死，作石棺石椁，国人从之，故俗以石棺椁为纵目人冢也。"汶川紧邻的茂县叠溪镇西就有蚕陵山，都江堰市西则有蚕崖关、蚕崖石，相传都与蚕丛有关。近几十年来在阿坝州的汶川、理县、茂县一带发现了不少石棺葬，当地羌族传说为"戈基人"墓，联系起来看，应该与古蜀人有关。1933年被大地震深埋在岷江中的叠溪镇，相传就是蚕陵古镇，今尚存古石刻"蚕陵重镇"四个大字和城门遗址，以及唐代的摩崖佛像、宋代的点将台等。

在学术界有一种说法，上古时期西南地区的大部分民族都居住在古康青藏大高原（包括四川甘孜、阿坝两州、青海和西藏），依山势而居，垒石为屋，农牧兼营，后人将这些居住在岷山河谷的人称为蜀山氏。大约在公元前3000年，蜀山氏的女子嫁给黄帝为妃，所生的后代就是古蜀王国的开山鼻祖——蚕丛，他便是后来三星堆、金沙遗址所代表的蜀人嫡系祖先。司马迁《史记》中明确记载："禹兴于西羌。"此外扬雄的《蜀记》，焦延寿的《易林》，赵煜的《吴越春秋》，陈寿的《蜀志》，谯周的《蜀本记》，郦道元的《水经注》，常璩的《华阳国志》，萧德言、顾胤的《括地志》，李吉甫的《元和郡县志》等史书中，都先后有同样的记载。

民国时期的汶川县县长祝世德，曾专门编著一部《大禹志》，阐明在今之汶川县绵虒镇，即旧汶川县城南十余里处的飞沙关，山上有一平地，为夏禹出生地，地名石纽村刳儿坪，至今尚有遗址。尤其是飞沙关绝壁之上有"石纽山"和"禹迹"两处石刻，字迹苍劲古朴。而史书所称大禹之妻为"涂山氏"，有学者指出就是距石纽山很近的今绵虒镇涂禹山村人，那里也是一个历史悠久的古老村落。汶川各地还有禹碑林、禹王宫、圣母祠等地名和遗迹相呼应。是不是大禹的故乡，也让学者们去考证，至少说明这里很早就有人类的文明。汶川确切的历史记载，是公元前111年汉武帝设西南六郡，就在这里设立了汶山郡，数千年来人类就在这块起伏不定、多灾多难的地区顽强生存，毁了建，建了毁，人类从来没有屈服过。

从西北向西南呈弧形分布的横断山脉，形成无数的群山沟壑，自古就是内地通中亚和南亚的陆上"丝绸之路"和沟通农耕文明与游牧文明的"茶马古道"。从川西平原的都江堰市（旧称灌县）出发，沿着岷江河谷上行，山势越来越险峻，到汶川县农作物种植从大米变成玉米等耐旱作物，再向西北前进，就变成荞麦和青稞等耐寒作物，牧业的成分也不断加大，当海拔达到三四千米以后，畜牧业就逐渐替代了农业，地势逐渐演变为相对平缓的高原。相应形成西北部以藏族为主、中部是羌族聚居区、南部以汉族为主的民族分布。处于沟通平原和高原通道上的汶川，也就成为藏、羌、汉、回等多民族杂居区。

2008年"5·12"大地震，正好发生在汶川、茂县、理县和北川这几个羌族集中分布的县，羌族同胞损失最为惨重。《说文解字》说"羌"字从羊从人，远古时期他们游牧在西北甘青草原。正如中国历史上无数次北方游牧民族不断南迁中原，逐渐演变为农业民族一样，古羌人也沿着这些连接青藏高原和成都平原的高山峡谷通道，从西北不断南迁。这种历史上不间断的民族大迁徙，沿着整个青藏高原东部一直到东南亚，形成汉藏语系的各个民族。留在岷江河谷的古羌人，从游牧民族改变为山地农耕民族，在这个地震带上，垒石为屋，形成今天勤劳勇敢的羌族人民。

汶川山势险峻，干旱少雨，高山峡谷中仅有的几块冲积台地，就形成村落城镇。人们在这块贫瘠的土地上辛勤劳作，顽强地和恶劣的自然环境抗争，形成农业为主、牧业为辅、农闲外出打工相配合的生存方式。著名的都江堰水利工程，就有许多汶川人参与修建，甚至打井垒石曾经成为羌人在川西平原赚钱的主要技能。几千年来，汶川人活得很辛苦，也很顽强，除了饱受自然环境的制约和自然灾害的频繁袭扰外，民族间的冲突和旧制度造成的压迫也增加了苦难。虽然早在两千多年前就曾经纳入中央大一统之下，但在历史上分分合合，你来我往，想过点平静的生活并不容易。

中华人民共和国成立以后，建立了各民族平等团结和共同繁荣的新型民族关系。1954 年成都到阿坝的公路通车以后，相应河谷城镇以茶马古道服务为主的工商业衰落。但汶川作为阿坝藏族羌族自治州的第一个县，凭借新的交通优势和靠近成都平原的地缘优势，率先得到发展。特别是改革开放以来，汶川更呈现出加速发展的趋势，成为阿坝州的工业重镇和文化重镇，有中央、省、州、县属企业 288 家，各类学校 38 所，人口增长近 10 万人，经济建设和社会发展都蒸蒸日上。

1952 年县城北迁威州，老县城绵虒镇的衰落最为明显。旧县政府衙门、文庙、监狱等设施被改造为区乡政府、学校、大队保管室、养猪场等，随着 1949 年后七十多年的大建设大发展，特别是汶川大地震后的灾后重建，汶川和老县城绵虒镇的变化，早已是沧海桑田。好在美国人西德尼·戴维·甘博一行，在 1917 年来到川西北一带考察时，拍摄了 471 幅珍贵的照片。真得感谢他为我们留下了这些宝贵的历史记忆，每当我翻看这些照片都非常激动。随着时光的流逝，许多旧景旧人旧事已经相当模糊，趁着这本书出版的机会，我将自己了解的情况，结合甘博的历史影像，尽可能做一些还原和记录。

西德尼·戴维·甘博（Sidney David Gamble，1890—1968），出生于美国俄亥俄州辛辛那提，他的祖父是美国宝洁公司创始人之一。1908 年他 18 岁时，第一次随父亲来到中国，游历了美丽的杭州城，这次旅行使他和中国结下了毕生不解之缘，在读完大学并获得社会经济学硕士学位之后，甘博多次来到中国。从 1917—1919年、1924—1927 年以及 1931—1932 年，甘博作为一名志愿者，先后任北京基督教青年会和中国平民教育运动的社会调查干事，并就职燕京大学基金会。其考察足迹遍及华北、华东、西南等地区，对中国的城乡做了广泛的社会经济调查。

1968年甘博去世。后人从他家的壁橱里找到几个鞋盒子，里面珍藏着近6000张影像作品。其中从1917年至1932年，在中国拍摄的黑白照片有5000多幅、彩色幻灯片及39盘16毫米电影胶片，留下了珍贵的影像档案。作为早期研究中国的社会学家，他留下了五部关于中国的著作：《北京的社会调查》（1921年）、《北平市民的家庭生活》（1933年）、《定县——华北农村社会》（1954年）、《1933年之前华北乡村的社会、政治和经济活动》（1963年）和《定县秧歌选》（1970年）。

甘博一行1917年先考察了川西平原地区，留下了当时珍贵的历史记录。这张父子在收获后的田地放鸭子、使用独轮车（当地叫"鸡公车"）出行、集镇上卖盐的场景，在20世纪七八十年代还常见。但售卖点油灯用的灯芯草和草鞋的情况，早已消失在历史的长河里。

接着甘博一行从今天的都江堰市出发，到川西北一带考察。都江堰市是世界自然和文化双遗产地，有两千年来一直发挥作用、世界著名的都江堰水利工程，当时名字还叫作灌县，这里是山区和平原的连接地。沿着岷江峡谷前行，山高水急，道路极其崎岖难行，甘博一路拍摄下岷江河谷湍急的河流和险峻的峡谷。

作为一位社会学家，他非常关注普通老百姓的生活状态。一路行走拍摄，也一路采访记录，晚上就在下榻的路边旅馆、马店里冲洗照片，非常难得地记录了当时用竹索做成的破烂索桥，和当地人在竹索上套一个木筒飞渡岷江的情景。

　　他们在古老的茶马古道上，拍摄和采访了大量行人。有平原地区编草鞋，然后背进山的汉族农民，他们以此补贴家用。当时的行旅之人，大多穿这种用稻草打成的草鞋，走在崎岖的山道上廉价方便。从平原汉族地区更多输入山地民族地区的是茶叶、百货，全靠人背肩扛和骡马运输。许多人都靠当背夫、赶骡马为生，常年行走在这条艰辛的路上。

　　同时也将大山的药材、皮毛、烟叶（当地叫蓝花烟或叶子烟，直到 20 世纪末当地人还主要抽这种自制的土烟），还有就是将原木制成水瓢向外运送，我小时候还能够见到当地人挖木瓢的手艺。

在岷江拐弯堆积形成的台地上，分布着大大小小的村庄。人们依靠贫瘠的小块土地，收获微薄的口粮维生，借助湍急的山溪水建水碓磨面。沿着古已有之的茶马古道，经营着旅馆饭铺的小生意，形成大小村庄和市镇，为匆忙的行旅和骡马提供歇脚喂料的场所，也记录下各民族交往交流交融的历史场景。南来北往的疲惫客人，夜晚掌灯接待的倦怠店主，村庄小镇弯曲的街道，见到陌生人孩子们吃惊呆滞的目光，还有背夫旁边小姑娘被裹出的小脚，百年前的影像历历在目。

最为难得的是，甘博记录下了老县城绵虒镇的珍贵影像。从南门进入老县城，城北右手就是颇为雄伟壮观的孔庙，旁边配套建有一座魁星楼，当地人叫天坛，我的幼儿园时光就是在这里度过的。一进孔庙大门，就是全国统一建制的棂星门及泮桥，早已被拆除平整为小学的操场，幸好甘博留下了它的真容。院子里两棵巨大的古槐树，遮天蔽日，上面布满鸟窝，总有喜鹊和麻雀欢歌聚集，20世纪70年代勤工俭

学、勤俭办校，校长果断将两棵大树砍伐，木材做了学校的桌椅板凳。当地老百姓一直耿耿于怀，认为由此断了绵虒古镇的风水。我的小学和中学就在这座文庙大院里度过，也眼见着它被一步步改造为现代学校。汶川大地震时绵虒中学的学生有十多人不幸遇难，灾后重建时就另地新建学校，这里遂成为全镇的大地震纪念公园。

　　孔庙、天坛和城墙之间的空地，中华人民共和国成立后逐渐变成绵丰大队的果园和菜地，由一位据说是四川黄埔军校毕业、参加过滇缅作战的抗战老兵陈老头负责看守。每当看电影的夜晚，这里就是我们重点觊觎的地方，无奈老头极其认真负责，他常年住在园内，让我们偷瓜摘果很难得手。南城门外，原来是县政府的监狱，后来变成绵丰大队的养猪场。建有一个带枪眼的三层雕楼和两排相对的监舍，里面养着生产队的肥猪，走进去仍旧给人阴森森的感觉。南门旁边的城隍庙，后来已经变身绵虒中学住校生的宿舍和食堂，留下几棵古老的松柏。也得益于甘博的记录，我们还能看到当时庙里供奉的各路神仙。他还留下了路边村庄简陋的土地庙供奉的菩萨夫妻像，大路边供奉的"泰山石敢当"避邪柱，以及当地瓦寺土司属下藏民信奉的大鹏神鸟造型，充分反映了当时的宗教由多元化构成。

　　更为珍贵的是，甘博也为我们留下了汶川老县城绵虒古镇的市井生活，以及周边村寨各民族的生活场景，让我们能够充分体味那时人们的生活状态和精神状态。老奶奶气定神闲地靠在水柴堆上，用长烟杆抽着当地的叶子烟，水柴是每年夏天洪水冲刷下来的枯木树根，冬季水枯时沿河居民就去捡拾，晒干后供给家庭一年的柴火需要，我从小没少干这活儿，直到我大学毕业，家里堆积的水柴还未烧完。老爷子则拿着牦牛尾巴赶蚊蝇，坐在街边看行人匆匆走过，镇上一代一代的老人，就这样度过他们的老年生活。

　　那张绵虒古镇街上剃头的照片很令人瞩目，被剃者疑是上街的一位残疾孤寡老人马鞍乔，挂一独杖像马鞍一样在地上迅速爬行，据说他是从马背上摔断了脊椎骨。在我十岁左右，他寂静地去世，被钉入简陋的棺材抬走埋葬。老街铺着不规则的石板路，旁边一条溪水缓缓流过。从大溪沟引来的山泉水，使绵虒古镇的豆腐特别好吃，尤其是麻婆豆腐，至今还是当地的拿手好菜。每家都会一大早备好全天的饮用水，平日就在这里洗衣洗菜，淘米做饭。秋末天寒后，各家都要准备冬季常备的酸菜和干菜，小沟里洗菜手冻得通红的感觉，至今还留在记忆深处。

　　比起汶川老县城绵虒镇的居民生活，生活在周边村寨的农民日子要苦得多。他们会到绵虒镇上赶集，卖一些自家农产品、土特产，同时购买家庭必需的日常用品，逛完不大的小镇，就会坐在街边小店歇脚发呆。如果背上一背柴火卖到镇上，20世纪70年代能有3—5元的现金收入，才可能"奢侈"地吃碗面条改善下饭食。

　　农民们一年四季忙于生计，非常辛苦也很知足。贫困的日子是常态，逢年过节的快乐也不可少。羌藏百姓大多住在周边的半山或高半山，依山建寨，垒石为屋，一般下层关牲畜，中层住人，上层做仓库或敬神，平房顶脱粒晾晒粮食饲料，一年辛劳不停歇，过着日出而作、日落而息的日子。春天播种时节，二牛抬杠耕地时牧歌声声，四山回应；夏天耘草、放牧割蒿，牛羊牲畜漫山遍野。孩子们像野草一样生长，大人们终年忙碌谋求一家温饱。妇女尤其辛苦，连走路也会同时兼做各种手工活儿。秋收后相对农闲时，各家老小还会赶上自家牲口，进出山跑运输，或去灌县参加每年的筑堰维修，或去汉族地区打工挣钱。

　　1917 年的那次旅行，甘博还造访了位于今汶川县玉龙乡涂禹山村上的瓦寺土司官寨，这是一座明朝中期建造的城堡，现在只有部分城墙尚存，基本已经消失在历史的长河中。好在甘博拍摄的照片，让我们得以了解百年前土司官寨的真实模样。两名洋人中间戴瓜皮帽者就是这座官寨的主人，第二十三世瓦寺土司索代庚，他穿

着当时流行的长袍马褂和一双懒汉鞋，看着有些瘦小枯干。甘博称他为索先生，这位身材矮小的土司不但博学而且非常健谈，旁边坐着的是他十三岁的儿子索海璠，长得聪明伶俐。

此外，甘博一行又沿杂古脑河去了今天的理县，留下了部分藏区文化的记录。他一路所拍摄的"兵爷"的照片，记录下当时驻扎当地的四川军阀的地方军人形象。这些衣冠不整、倒背枪支的人正忙着采摘路边的野草莓，可见其供给和军纪都不太好。村镇出现的喇嘛庙表明信仰的变化，桥梁变成川康藏区特有的"伸臂桥"，村庄的布局和老百姓的穿戴风俗，都表现出与汶川羌汉为主的文化差异来。

怀念那一代的父亲们

　　我的父亲，是一位最普通的中国人，他平凡得像一棵小草。在祖国的大地上，长满了这样的小草。他们朴实无华，没有不可一世的地位和显赫招摇的业绩；他们柔软善良，从来都是宁可人负我，不可我负人；他们坚强不屈，任凭风狂雨急多灾多难，总不会低下自己高贵的头；他们敬业忠诚，毕生辛勤工作，像负重的黄牛一样兢兢业业。

　　父亲出生在川北的一个小山村，从破落贫困的家庭中挣扎出来，勤恳地求学读书，靠着政府的奖学金读到了大学，让他一辈子感念国家的恩情。1957年学业尚未修完，作为那一代的热血青年，他坚决响应党的号召，背着枪、唱着歌，去了当时正在激烈进行平叛剿匪的川西北民族地区。就像一颗种子落进那块土地，发了芽，生了根，开了花，也结了果。

年轻的时候，他拉琴唱歌，写文章，打篮球，大碗大碗地喝酒，有过青春的梦想和冲动。改革开放后，他迎来了人生的青春期。他重新拿起笔来，为他深爱的第二故乡，呕心沥血记载下那里的昨天和今天。已经出版的《汶川县志》，作为中国少数民族地区首批完成的地方志，记录了他的勤劳和智慧，也圆了他长久的心愿，更为他以及那一代建设边疆的知识分子，筑起一座永久的纪念碑。

父亲敬业，无论做什么工作，他都力求做得最好。在工作的时候，他那种精益求精的神态，一直激励我做好自己的工作。人微言轻的小文书，他干得有滋有味，所有的工作有条不紊，他留下的各种档案，直到今天还被当地政府视为范本；在编写地方志时，他更是全部身心投入其中。加班加点地忘我工作，是他一生中的家常便饭，为此没少和母亲发生矛盾。

父亲待人平等和蔼，他不会谄上，更不欺下。我没有看见过一次他向有权势者献媚，他不以做人的原则，换取分外的好处；反倒对又穷又土的少数民族农民，他从来都是满腔热情。我的记忆中，他没有上下班的时间，无论农民何时来办事，他都一样热情和认真，来我们家串门的客人，大多也是四乡八里的乡亲。有许多的乡亲，以及与他共过事的人们，一直念着他的好，人们经常说："老徐是个好人"，有这样的人生评价，我想，他一定会感到满足。

父亲认真，最讲清白做人，他从来不占小便宜，不贪钱财，不拿不属于自己的东西。他当文书的时候，管着公社的几辆自行车。这在 20 世纪 70 年代，相当于现在管着公家的汽车，他从不因私动用，比自己家里的财产还珍惜，总是擦洗得干干净净。有一次我和几位小伙伴，偷骑了一辆没锁的破车，为此还挨了一顿暴揍，给我上了人生深刻的一课。

父亲慈爱，他竭尽全力地供养子女，孝敬老人，帮助兄弟姐妹。对孩子，他是一位严父，打骂过我们，教育方法粗暴，大冬天把我们拉出热被窝跑步锻炼，培养了我们的品德，磨炼了我们的意志，让我们都考上了大学，成为社会合格的劳动者。在我读大学期间，他几乎每周一封家书，那厚厚的一沓书信，犹如我成长的里程碑，令我终身珍藏。

父亲忠诚，他热爱祖国，时刻关心着国家的命运，每天读报看电视新闻，成为他终身的生活习惯，他真诚地期望我们的国家更强大、更美好；他感谢人民的培养，一直为加入党组织而努力奋斗。记得临近退休才被批准入党的父亲，格外兴奋和满足，在家喝起了小酒。不懂事的小弟说现在才让你入党，就是不想提拔重用你，给你点儿精神安慰而已。老年平和的父亲顿时翻脸，狠狠地打了小弟一耳光，愤怒地说："你以为入党是为了升官发财？我追求的是自己的人生信念，是完成自己的人生目标。"

在这点上，我尤其尊敬这位普通的中共党员。父亲从大学就是优秀团员，虽然在政治上历经坎坷，但从未放弃过加入党组织的追求，一直对自己高标准严要求。自从他去到民族地区工作，就视当地为故土，忠实地实践年轻时的选择——"建设落后的第二故乡"，他热爱少数民族，成为他们真诚的朋友，他毕生在那里工作，也在那里退休，更在那里安息。

2001年1月26日，大年初三，星期五，父亲饱受病魔的摧残，终于平静地走完了人生的旅程。春节冷清的街头，张贴出三张简单的讣告，宣布他离去的消息。人们闻风而动，奔走相告，父亲生前的同事朋友来了，当地的各级领导来了，乡下的农民朋友们更是专门租车赶来了，大家默默地为他送行。一位一生清贫、没有半点权势的小人物，受到如此隆重的礼遇，让我感受到父亲的人格魅力和生命的价值。

父亲太平凡了，平凡得让人难以找出点儿光辉的事迹，虽然他留下了一箱子各种先进的证书。然而，正是在他平凡的人生中，我看到民族地区翻天覆地的变化，看到祖国日益繁荣富强，看到中华民族光辉的未来。他不是一位英雄，但他是一位忠诚的党员，是一位敬业的干部，是一位称职的父亲。更应当说，他是一位真实的人，他一生光明磊落。

父亲的名字，作为一个符号，已经失去了生命的含义，人们不需要知道他是谁，也无须记住他。我怀念父亲，更怀念那一代人的精神：他们敬业忠诚，从来都是以党和国家的事业为重；他们吃苦耐劳，没有过上几天好日子，付出多索取少；他们饱受磨难，却从未丧失人生的信念。这一代知识分子，伴随中华人民共和国走过了艰难的岁月，在迎来充满希望的21世纪的时候，他们犹如燃尽的蜡烛，老了，走了，像秋天的落叶，默默地凋零了。

我们应当永远尊敬和纪念这一代父亲，记住他们的艰辛，记住他们的品行。在物质生活越来越丰富的好日子里，让我们多继承一些他们的敬业，他们的真诚，以及他们善良的人性，使自己活得更充实一些，更有信念一些，也更精神一些。但愿我们，也能成为一代让后人尊敬的父亲！

父亲坟头的野花，也许已经盛开了吧，鸟儿的叫声会依然清脆，山风一定还在诉说人生流水的故事。安息吧，亲爱的父亲，我永远怀念您，怀念并坚守你们那一代共产党人的精神品质！

2001 年 1 月 26 日星期五初稿，时值父亲去世；2001 年 3 月 01 日星期四再稿，想念父亲；2006 年 4 月 01 日星期六重看，时值清明时节；2011 年 4 月 1 日星期三再读，时值父亲去世十周年清明节前。2011 年 9 月 30 日，本文被中央直属机关工委评选为建党九十周年优秀论文。

大山里的童年和唐孃孃传奇

我母亲马有英出生在抗战时期的成都，很小的时候就失去了母爱。当时日军飞机对成都不断狂轰滥炸，在倒塌的废墟下她居然顽强地存活下来。她的童年是悲惨和孤独的，年迈的姥爷自顾不暇，三位姨孃各自成家，在东家一口饭西家一件衣中胡乱长大，最早的记忆就是美军驾着吉普车在成都街头横冲直撞。穿着姥姥去世后留下的小鞋，致使她终身脚板变形，十来岁就穿梭在街头巷尾以卖纸烟糖果为生。比她年龄大得多的同父异母的舅舅，伴随着汶川的解放，养活一大家人也很艰难，靠在老县城所在的绵虒镇开家面馆维生。舅舅到成都购买面粉时，遇到这个流落街头的小妹，于是将她带到山里生活。母亲十多岁才有机会入小学读书，又在街上隔壁邻居好心人的资助下，凑齐了上学的被褥用具，坚持在茂县中学读完初中。作为旧政府职员的舅舅，已经无力承担几个孩子的学习和生活。母亲就找到县委组织部要求参加工作，正是新政府急需用人之际，她被分配到汶川县绵虒区下属的兴文坪公社当文书。

母亲文化水平不高，在艰难生存环境下养成的热情、善良、智慧的性格，使她人缘和心态都非常好。对工作一贯敬业认真，对人热情大方，特别知恩图报克己待人。终身对舅舅如父亲般的尊重和爱戴，对人生的点滴之恩从来涌泉相报。记得在"文革"的严酷社会环境下，她也时常让我转钱和粮票，偷偷塞给那些帮助过她的"四类分子"老人。我们家庭经济从来都不富余，父亲月收入 43 元钱，母亲是 33 元钱，父亲时不时还要接济老家的亲人，全家五口人开支非常紧张，一发工资就先采购粮油肉保证基本生活。但我们家总是人来人往，成为公社的聚会中心，父母亲对外人总是以诚相待。我家的客人几乎都是下乡知青和乡下农民，也总是收到大包小包的土豆、红薯、白菜，我们再拿出珍贵的大米，送给病人和孕妇。我也经常把农村同学带回家，有什么就吃什么。

父亲徐德辉是 1957 年阿坝州发生叛乱后，在解放军护送下紧急征召进山工作的大学生，先在州级机关工作，因为"出身不好"层层下放在基层，有些郁郁不得志，大学时的恋人也受不了大山里的艰苦生活，不辞而别。就在兴文坪公社这个特定的时空下，父母相识相爱。据说那是一个幽静的月圆之夜，失恋的父亲拉着忧伤的二胡曲调，母亲带着一帮不知深浅的村姑，以嘻嘻哈哈的纯真和热情，削减了父亲的伤痛，也找到了心安之处。为了纪念这段人生的重要经历，给我取名叫徐怀平，就是怀念兴文坪的意思。父母一辈子也没有说过什么"恩爱"的话，却给我这么一个富含深意的名字，他们一起走过了风风雨雨的人生，真情尽在无言中。

对兴文坪的生活我几乎没有留下任何记忆。它位于成都到阿坝公路的必经之地的飞沙关附近，这是古已有之的茶马古道上的重要咽喉之地，历史上就在这里设卡收税、查鸦片、防土匪，1917 年美国社会学家西德尼·戴维·甘博，拍摄下飞沙关及其骡马古道的照片，马背上驮的是运进牧区的茶叶，看得出它的险峻。成阿公路修筑时，在这里一锤一钎打出一条隧道，据说牺牲了不少筑路工人。汶川大地震后新修的公路高架绕过，老公路、隧道和老关卡都荒废掉了，但在旁边建起了雄伟的大禹祭坛，传说这里就是大禹的出生之地。

兴文坪公社后来并入了绵虒区的绵虒公社，父亲当公社文书，母亲被调到相隔5 千米的玉龙公社当文书。那时夫妻因工作需要分居两地是常态，一切都听从组织的安排。我被送到成都三姨家寄养了几年，住在破烂的大杂院里，据说我能独自到

街头小吃摊赊馒头吃，还敢对欺负我的大鹅食盆里放煤灰，有点小机灵劲儿。随着二弟的出生，我更多是和父亲生活在绵虒镇。记得刚上一年级时，觉得没有意思就独自回家了，被老爹一路抽打送回学校，从此不敢逃学。

绵虒镇一条独街约一千米长，作为老县城和区乡政府所在地也算热闹，四乡八村都到这里赶集。街上 4 分钱一斤的樱桃、3 分钱一斤的苹果，唯一的饭馆 8 分钱一碗的素面，一角二分钱一碗的臊子面更让人难忘，如果能吃上 5 角

钱一份的回锅肉，那香味到现在还往外飘。单调的童年让我自寻其乐，特别是弹弓打麻雀比较准，上下学总是绕道走公路边或街后的水渠边，一路走一路玩，也成了半条街的孩子王。挖防空地道准备打仗、搭抗震棚集中居住、看坝坝电影、基干民兵军训或是区乡三级干部会议召开，都是我们趁机疯玩的时候。

（我们一家人在 20 世纪 60 年代的幸福照片，当年的父母那么青春朝气）

1969 年后一批又一批的知识青年上山下乡来到当地，给寂寞的山乡带来了一丝丝城市文明的新风。他们吹口琴、拉手风琴、打乒乓球、唱歌跳舞，许多新鲜的事物，让人耳目一新。学校有一个足球，我们一直当篮球玩，这时候才知道是用脚踢的。晚饭后"压马路"散步，特别是在唯一的篮球场观看热闹的篮球比赛，再加上时不时的群众大会、文艺演出，生活还是有滋有味。

后来，我不得不跟着几位大哥哥、姐姐们每天往返绵虒和玉龙"跑通学"，那时我不到十岁，单程就要走 10 里路，特别是冬季一个人赶路的时候，黑暗中危机四伏，偶尔一辆汽车经过，车灯下更觉得鬼魅乱舞，只能攥紧拳头吹着口哨，一路给自己壮胆鼓劲。

这条路上经常有事故发生，一位小伙伴就被落石砸死，一位是偷到河里游泳漂走失踪，还有几位意外掉河淹死。我自己也不止一次出危险，一次差点掉进急流中，一次顺水漂了半里路幸运地漂到岸边，两次惊到晒太阳的毒蛇被穷追不舍，拼命抱头鼠窜，好多次成功躲过铺天盖地的飞石。回想起来，能活到今天真不容易。有一天绵虒公社的炊事员罗婆婆，偷偷给我留了一块锅盔，也就是一个大面饼子，这在当时是难得的美食，说你父亲回来后再结账。我满心欢喜地抱着锅盔独自赶路，居然在半途饿晕过去，被林场职工捡回家，害得玉龙公社全体干部出动，沿路沿河找人。大锅盔也被母亲分食众人，我只能泪汪汪地看着。

母亲当文书的玉龙公社，原名白鱼落村，据说岷江在此拐弯处经常聚焦大量的鱼，过路人解下缠头布带或裹脚布即可将鱼打捞上来。和绵虒镇一样，玉龙也是茶马古道的必经之地，历史上主要靠工商业维生，因而有许多高门大院的马店，专供过往的马帮食宿。在1954年成阿公路通车后，汽车替代了马帮运输，沿途的村子都相应无可奈何地衰落了。玉龙小街铺着青石板，弯弯曲曲的很有特色，我现在一闭眼，就会想起它那时的景象。可惜汶川大地震后，整个村庄几乎都北迁到沙坝去了，玉龙街上已经没剩几户人家，只留下昔日的记忆。1971年三弟出生，父亲又被隔离审查，我既要看护母亲"坐月子"，还要监管5岁的二弟。玉龙处在高台地上，用水特别困难，要沿陡窄的山路下到深深的河边。我就动员身边的小伙伴，连挑带抬每天到河边取水，一路打闹游玩，倒也自得其乐。

胖乎乎的二弟，时常盯着新生婴儿看了又看，想不通他从何而来，正好遇到夏天暴雨使围墙坍塌，大人就说从墙里垮出来的；他再追问自己怎么来的，大人又说是父亲从河里钓鱼时钓上来的，所以嘴巴大，相当长时间让他深信不疑。那时经常有传达中央精神不过夜，记得迎接我国第一颗人造地球卫星的那个夏夜，大家聚在院子里望天等待，我在睡梦中被唤醒，收音机里传来卫星上的《东方红》乐曲，看着它在大山里很快通过，留下非常神奇的印象。

那时的物质生活非常贫困，每家几乎都有泡菜坛子，冬天还要腌大量的酸菜，作为日常的补充菜肴和储备，土豆、红薯更是当饭吃，吃得嗓子眼直反胃酸。时不时路过的地质勘探队和顺河漂木的林业队，会特别卖给公社干部一些他们的供应食品，记得第一次吃上"富强粉"馒头，那酥软香甜胜过任何美食。大人们有时会到河里抓鱼，有时能抓到一条胖蛇或一只野狗，有时各村的民兵保卫秋收，猎获野猪和老熊肉也分一些给公社干部，大人孩子立即欢聚一堂"打平伙"。我会带领孩子们演出革命现代京剧《红灯记》，当然我们永远只会演第一场"跳车"，我总演正面人物李玉和，大人们兴致勃勃地观看和再评价调笑一通。

玉龙的供销社余家的大姐、二哥、三姐、四妹，最调皮的余老五；公社余家的松、竹、梅三兄妹；供销社廖家的勇、强二弟兄，驾驶员父亲让我们感觉最威武；小学钟老师家的女儿老想跟着我们混，经常被嫌弃；王老师家的怀、茂两兄弟老实厚道，背负着父亲的沉重包袱；还有供销社的素青娃总扮演《红灯记》中的叛徒形象，虽心有不甘也无可奈何。玉龙隆起的那座土山，是我们经常"打仗"的地方。

我看了连环画《一只驳壳枪》，总怀疑对门苏地主家就藏有枪，认真监督观察了好长一段时间。我和苏家小妹曾在玉龙小学同过几天学，她不幸跌入岷江死亡，到现在我还能想起她可怜瘦小的样子。有一天看苏家老二水边磨刀，我无聊地将水撩到他身上，他挥刀追赶吓唬，我在慌乱逃跑时磕到尖石头上，至今额头还留下伤痕，一位高人说我因此摔断了官运。确实，这辈子总在有意无意中错失晋升机会，一直混同于普通老百姓自得其乐。塞翁失马，焉知非福？

（照片为唐延秋提供）

当时玉龙公社的广播员蒋兴全，他的普通话让我们把"玉龙公社广播站"，总听成"玉龙公社两个蛋"。我回老家做博士论文调查时，他已经成为绵虒镇镇长；后面一位是玉龙公社通讯员兼炊事员但文富，不幸英年意外死亡，他是一位热心助人的人，他家就在公社对面，房前一棵繁茂的苹果树，很让我惦念。记得有一次冬天打鸟时，他用手捂着枪口走路，结果火枪走火自伤手掌。

最难忘的是大学生唐孃孃的到来，给我们这帮山区孩子，打开一扇向外观望的窗户。她大方开朗、热情似火的性格，深得大人孩子的喜欢。她的公社卫生院，是我们这帮人最喜欢游玩的天堂，讨一些废纸盒做玩具，看她如何治病救人，晚上则围着火炉听她讲"一双绣花鞋"的故事，大家越挤越紧，谁也不敢回家，她还得挨个送回去。有天早上我正朗读课文，大声念读"反对自由主义"，她听后说你就是自由主义，连同广播里常说的"形而上学"（我总听成"平儿上学"），让我更加迷糊："平儿上学，怎么会是自由主义？"

唐孃孃全名叫唐延秋，1944年出生于重庆的医生世家。1962年考入重庆医科大学医疗系，1968年底毕业分配到四川省阿坝藏族羌族自治州汶川县绵虒区玉龙公社，自建医院并在玉龙当了八年的乡医，1975年调到汶川县威州中学担任校医，1978年调汶川县妇幼保健站工作，1981年调中科院成都分院光电所医院，2000年正式退休。从此老两口开始周游世界，而且走一路写一路。唐孃孃一生都是风风火火，热情不减当年。在2020年6月12日的《老三届》网站上，登载了她的文章：《分配汶川，我成了拿"高薪"的赤脚医生》，记录下那段她终生难忘的玉龙从医经历，读起来非常亲切，也引起许多人的共鸣。

当年在玉龙下乡当知青的东戈扎西是这样评价的："唐医生写得好啊！20世纪70年代在玉龙公社发生了一些与时代脉搏共同跳动的事件！那个紧挨着公路的、灰吧拢耸公社机关'院子'从此多了一份生机，多了一份工作，以公社为中心，辐射到全公社的沟沟坎坎，高山河坝，村村寨寨，也多了一些热烈的话题……公社来了一个大学生，建了个医院，又来了一批愣头愣脑小知青，给那些日出而作、日落而息的人们带来一阵一阵的新鲜感。这些事经唐医生这么一说，一切都历历在目，那地方，那人，还有那个永远笑容可掬的马文书，还真的是那么的亲切、可爱，那么让人留恋……生活艰苦却快乐！社会复杂人却十分纯朴。一切都显得那么自然而又新奇。让我们回味无穷！想念那热喷喷的玉米蒸蒸饭和火塘上的鼎锅里咕噜咕噜响的干菜炖排骨，还有饭后的一根'飞雁牌'香烟啊。"

我在此将唐孃孃的回忆摘录几段，保存下那段特定时间里的玉龙生活场景和终生难忘的童年时光。

1968年底我（唐延秋）从重庆医科大学医疗系毕业后，稀里糊涂分到阿坝藏族羌族自治州汶川县玉龙公社，当了一名带工资的赤脚医生。为建一个像样的医院，我随公社干部带人上大雪山伐木，拖下山来修起了玉龙公社医院。我从清洁工到护士到医生到会计，甚至采买药品及医疗器械，统统包干。

我学会了在山区崎岖不平的碎石小道上骑自行车；冒着一边是悬崖下滚滚的岷江水，一边是随时可能掉落、由山上羊群踢下的滚石砸破头的危险，去30里外的汶川县城购买药品；为了到岷江对岸去救治病人，我也敢使用溜索飞渡过河，或走过只有稀稀拉拉几块木板的吊桥，手脚并用爬上无一棵树全是碎石块的高山去救治生活在高山顶上的病人。

（20世纪70年代的玉龙公社医院，照片为唐延秋提供）

　　年轻的我朝气蓬勃，不知何为苦，新的环境使我好奇，周围的羌族、藏族老乡对我们这些远道而来的大学生能来这种荒僻艰苦之地为他们看病充满感激和尊敬，公社的干部们对我也十分照顾，下到公社各队的知青们更为公社分来一个大学生感到欢欣鼓舞，我很快融入这批善良朴实的人群之中。

（唐医生和赤脚医生助手王兰芝）

我们的医院紧靠成阿公路，上约十二步台阶有一约30平方米的平台，正房2层楼，正中堂屋为过道，进门左边是中药房及库房，里间为卧室；右侧前屋进深2间，外间是我的西医诊疗室，靠窗有我的办公桌，对面是大药柜，进门有一张宽约半米的长条凳，这就是我的检查床。对面是长桌，上面放上我用的医疗器械及消毒用品。内间就是我的卧室。约4平方米，室内只有一床一二屉桌，还有一个小方凳当饭桌。正房两侧分别有两间厢房，右侧为厨房，但我们都在公社食堂吃饭，这房里就成了杂物间。左侧是临时病房。有两张床，床上铺的是稻草。我就在这幢公社医院干了整整八年（1968年12月—1975年6月），内外妇儿全科医师。

2005年5月，我重访医院，它早已整体卖给了几户农家，但医院的基本结构还在。我见到了当年的陈遇生老中医，他已80多岁，不认识我了，但还在行医。当年的兽医罗贤安已60多岁，花白头发下一对和善的眼睛还是那样炯炯有神，他在当年可帮了我不少忙；还有当年公社招的乡村赤脚医生王兰芝，她边向我学医，边当我的助手兼在中药房配中药，他们都是本地土生土长的农民，文化不高，但我们像一家人一样。在那些艰苦的岁月生活上相互照顾，工作上相互支持，从不分彼此，我们的友谊中没有金钱交易，没有身份高低，这样的友谊是最纯真的。

当年我是整个公社干部中最富裕之人，工资每月46元。公社书记每月只有30多元，他老婆是当地农民，孩子一大帮。每到月底前几天，总有人来向我借五块八块，言下月发工资就还，而我总是有求必应，我认为帮助别人是一件很快乐的事。为此我结交了很多朋友，他们是那样真诚地帮助我，使我终生难忘。

1972年3月3日，我原已做好充分准备回重庆北碚第九人民医院分娩，我母亲任这所医院妇产科主任已10多年，在当地早有名气。而且在此以前早已为我准备了坐月子包括婴儿的一切，大家都信心满满等待唐刘两家第一个下一代的出生。第二天我就要离开偏远的阿坝州搭上早已联系好阿坝州车队运木材的货车起程去成都，然后坐火车去重庆北碚生产。晚上我早早上床准备明晨的长途旅行。我做了一个十分美好的梦。梦中我和兆祥看见我们的孩子从天而降，背上一对粉红色的翅膀带着他在云端飞翔，慢慢地落在我们身旁。"天使降临人间！"这就是我们的儿子！梦中的我激动万分，咯咯地笑个不停。

突然，我发现我的背心被水浸湿，猛然惊醒，学医的我马上明白这是羊水早破——我走不成了！我看看表，才清晨5点！玉龙公社医院就两人——与我一板之隔的邻居是一近60岁的乡村老中医，这种事我不能麻烦他。那时整个公社也就一部座机电话，如果我要去公社打电话，还得下10多级台阶到公路上，然后步行半里路去公社。那天是正月十八，下着小雨，天黑黑的，路又湿又滑，而我一人躺在床上不敢动弹，因我深知羊水早破可导致脐带脱垂危及即将出生的小生命。时间一分一秒在悄悄溜走，我心急如焚，再看表已快6点，四周仍漆黑一片。不能再等了，我只好轻轻敲板壁唤醒隔壁的陈遇生老中医，求他起来去找公社唯一的女干部文书马有英，她有办法帮我。陈老先生二话没说，拧亮电筒急急而去。当时我也不知哪儿来那么大的力气，不顾一切提着笨重的铁炉外出生火烧水。"呀，你还敢干这个？快上床！"马有英很快出现在医院大门口，见状大惊，叫道。她立即扶我上床，顺手抄起一枕头放在我的臀下，手脚麻利得俨然一个产科医生。

　　这时天开始放亮，马有英跑前跑后，忙里忙外。打电话给在5000米以外的区医院求派医生速来接生，又电话通知我远在21千米外的丈夫刘兆祥。可惜当时电话线被县革命委员会占用开电话会议，直到下午2点才通。原计划当天就回重庆，所以家里什么也没准备，马有英拿出她家的鸡蛋、饭菜，给我弄吃的，又走遍玉龙街，挨家挨户敲门为我借鸡蛋。奇怪的是我一直没有产前阵痛，还能吃下3个荷包蛋。电话不通，公社通讯员段文富骑车去绵虒区医院接郑德龄医生。医生一到，我高悬的心落下来，下午1点过孩子在我家的床上顺利出生。1个多小时后，兆祥才心急火燎地骑自行车从21千米外的阿坝州下庄水电厂赶到。

（1983年刘兆祥、唐延秋夫妇带着二儿子刘松回汶川和我们一家人的合影，共同回忆玉龙的故事，感慨孩子们已长大）

　　星儿提前出生是有原因的。在他出生前三天，农历正月十五，人们都沉浸在节日的欢乐之中。谁也没有料到灾难即将来临。记得那天清晨浓雾弥漫，一夜小雨把乡间小路弄得泥泞不堪。约九点，一个满身泥浆的农村青年跌跌撞撞奔了进来，上气不接下气地哭叫道："唐医生，唐医生，快救人啦！"原来玉龙大队罗祥林队长一早起来到自家红薯窖里取红薯。他不知道窖里的部分红薯已腐烂产生大量有毒的氨气，一下到窖里立刻晕倒在地，没有一点这方面常识的儿子见爹倒地，马上跳进窖试图扶起老爹，瞬间他也中毒倒下；可悲的是队长侄子见状连呼二人名字也旋即跳下救人，也立即失去知觉。这时一路赶来的农民们才意识到事态严重来叫医生。我挺着大肚子，让兆祥扶着我，一路小跑在泥泞的田坎路上，一面大声呼喊地窖有毒气，让人用竹竿绑上钩子把窖里的人钩出来。让人痛心的是三个活蹦乱跳的大活人回到地面时早已面色发乌，全无声息。当时没有氧气袋，除我以外没有一个懂医的，我早已顾不上自己大腹便便，跪在潮湿的泥地里拼命轮流为三人做心脏复苏、人工呼吸、心脏注射肾上腺素、静脉推葡萄糖等，一刻不停干了3个多小时，直到县医院县卫生局来了医生，告知我一切抢救都无济于事我才敢歇手。一下死了三个成年人，全公社笼罩在一片悲伤之中。大家都在为暴死的亲人扎花圈，做白花，街上时时飘过呜咽之声。那一年是我感到最内疚的一年，毕竟我眼睁睁看着三条鲜活的生命瞬间逝去而无能为力。（我还清楚地记得当年玉龙发生的这件大事，人生第一次对死亡有了确切的感受）

星儿提前来到人间毕竟是如此匆匆，我们什么都没有准备。面对刚出生啼哭不止的孩子，我只有用枕巾将他暂时裹上，用一小手绢四角打结成一小帽扣在他头上。一位农村老大娘用兆祥穿的劳动布长裤把他牢牢地包裹起来，我现在都不解大娘是如何折叠那厚厚的劳动布长裤把一个仅4斤的弱小婴儿包裹得结结实实且密不透风的。婴儿出生一个多小时后兆祥终于赶到，来不及分享做父亲的喜悦，手忙脚乱地为我弄点吃的，又骑车去5000米外的绵虒区发电报报喜并求家里人速把吃的穿的带来。离开时又去区供销社买回婴儿用品，如内衣、奶瓶、奶嘴、奶粉等，要知道这些极平常之物在那个年代只有区供销社才能买到。

忘不了我每次下乡乡亲们对我的信任之情。记得有一次去板子沟大队，先过溜索，然后在干涸的河道里行走。河道里根本无路，全是溜圆的大石块，你必须从这块石头上跳到另一块上，走几步又得跳到其他石头上，我就这样跳来跳去地走了5个多小时，已是黄昏时分，筋疲力尽的我终于看到隐没在夕阳余晖中的乡村，激动的心情如同饥饿的婴儿见到母亲一样，路上的疲劳一扫而光。更使我吃惊的是，大队的老少爷们全站在村头的大树下接我，一位老大爷对我说："唐医生，我们盼你把眼珠都差点掉在河里了！"这句发自肺腑的质朴语言至今回想起来仍回味无穷。

忘不了在半坡大队，我看完病后在一位复原军人家住宿，他为我铺上刚买来的崭新的被褥，对我说："我这辈子只有结婚那天用过新被褥，这一次是专门为你买来铺上的。"

忘不了玉龙大队的白妈，常道我一个大城市来的大学生，又有一个婴儿，下河取水困难，我家有儿子担水，让我每日免费去她家取水。要知道玉龙医院建在半山腰，下河取水必须一口气担上有50多级60多度的斜坡石子小路，中间无地可放下双桶歇气。我老公每周回家把我家的小木桶担满水，还把家里能盛水的锅碗瓢盆全装满，这水也只够我们母子用三天。况且夏天因岷江水暴涨，担上来的水全是泥沙，还得用明矾过滤。虽然我们就住在岷江边，取水却如此困难，剩下的日子我总是厚着脸皮去白妈家讨水，白妈一家总是笑脸相迎，嘱我随时来取水，老是说她家有的是劳力，这些话现在想起来仍是那么温暖无比。

忘不了我手脚并用爬几个小时的碎石小路到达小毛坪生产队出诊，那里的知青们把我当尊贵的客人对待，他们专门为我推磨制豆浆熬豆浆小米粥，要知道当时黄豆是很稀奇之物，知青们劳苦一年也分不了几斤。晚上我睡在知青们的集体宿舍，聊天唱歌一直到天亮，那些充满青春气息、活力四射的日子永远难忘。平时知青们从大队到公社来，总把我的住处当成他们可以信赖的家，与他们在一起有永远也说不完的悄悄话。

忘不了在一个风雨交加的夜晚，河对岸的鸽子岩生产队一老农被山上滚落的石头砸伤腿，鲜血不停从伤口往外流。不能等待，我背上正在吃奶的儿子，冒着风雨滑过溜索，手打电筒爬上半山腰的老农家。顾不得一旁哇哇大哭的儿子，为老农缝合创口，待把伤员处理好，回头看儿子已哭累睡去，眼旁仍挂着泪珠，还在不时地抽泣。返回途中，由于暴雨江水猛涨，已淹没了回去的溜索。但来时的那根溜索因较高还在风雨中飘摇，唯一的办法就是从下到上、倒着用手拉溜索上到对面的山崖上。老农让他年轻力壮的儿子在前，用绳拉我和儿子倒着上。为了我儿子不被江水淹没，我把他捆在我的胸前。果然拉到最低处，我的臀部早已被汹涌而来的波涛浸湿一大片，而我儿却安然无恙。好在深夜过河，四周一片漆黑，我双眼只死死盯住电筒光亮直指的湿漉漉黝黑铁索上的铁钩一点点向上移动，移动一寸，到家的希望就增加一分。

那时的我根本不知道什么叫害怕，只知道救人就是我的工作、我的责任。几十年后，在旅游景区看着现在的青年男女在设施完备的溜索上滑过时留下一片惊叫声，这才觉得，当年的我们才是真正的英雄。

33

是的，在我眼里，唐孃孃和他们那一代支援边疆民族地区的大学生，是真正的时代英雄。英雄不老，他们身上那股朝气蓬勃、永远进取、扎根人民、无私奉献的精神，永远值得学习。

震不垮的汶川人

2008 年 5 月 12 日，星期一，一个平常的日子，北京天气晴朗。下午我正在给研究生上课，突然接到一位远在内蒙古的同学打来的电话："你的家乡发生大地震，网上最新消息。"我立即开始与家人联系，但所有的电话已经打不通了。这一天，正好是我母亲预定从都江堰返回汶川的日子，那条高山峡谷中的公路，平时一遇风吹草动，就会有塌方、飞石、泥石流和洪水的威胁，如果爆发大地震，后果不堪设想。一位七十多岁的老人，孤身一人的旅行，怎能不让人心急如焚？

我每天都 24 小时盯着中央电视台和四川电视台的直播节目，追踪着几大门户网站的实时报道，同时不断地打汶川亲友的电话，没有消息，还是没有消息！不断打来的电话和发来的邮件，全是亲朋好友、同事同学和学生的慰问，许多中断很久的联系和友谊，因为地震又重新连接起来，让人感到爱心的温暖。地震后的第三天，终于接到了母亲的电话，她说在都江堰，一切都很好。语言像平常那样无奇，似乎什么也没有发生。她乘坐的是下午一点半的班车，在平常情况下二点二十八分该行驶在映秀一带，正好是震中地区。但因为乘客不多，司机沿途招揽客人而一再拖延，因而未进深山峡谷区就遇地震而折回，逃过了这场大劫难。母亲简短地报个平安，立即就挂断了电话，还有许多人等着用这个公用电话通报情况，而且必须迅速回到空阔的地方，余震还在不断地发生。

在马尔康工作的二弟，地震发生后立即参加了州政府组织的首批救援队奔赴汶川，出发的路上打来了一个电话，以后就音信全无。从电视的报道中知道，他们冒着强烈的余震，徒步最先进入汶川县城，立即开始抗震救灾工作，手机在半途躲塌方飞石时遗失。通过海事卫星电话，辗转传出了汶川亲人都平安的消息。一颗心放下了，另一颗心又悬了起来，二弟说县城表面损失不算大，但听说县城以南农村的房屋几乎夷为了平地。我是在县城以南的绵虒镇长大的，也在那里经历了1976 年的松潘、平武大地震，留下了深刻的记忆。

大地震发生一个星期以后，汶川的通信才勉强恢复，我总算陆续与亲友们取得了联系。在庆幸大多数人幸免于难的同时，也沉痛地听说一些熟悉的朋友眼看着被垮塌的房屋和山体大塌方所吞没，有的至今还未找到遗体。人们住进了抗震棚里，冒着持续的小雨和六千多次余震，坚守在各自的岗位上，虽然许多亲人还被掩埋或失踪，活着的人秩序井然地重新开始生活。数千年来饱受地震灾害考验的汶川人，早已经磨炼出忍耐和坚强的性格，他们乐观而平静。一位朋友给我发来短信，"近期生活状况：震不死人晃死人；晃不死人吓死人；吓不死人困死人；困不死人累死人；累不死人跑死人；跑去又跑回，余震不来急死人。"时时可能发生的强烈余震，不断干扰着救灾工作的进展和灾区人民的生活。

汶川是阿坝州的南大门，有"川西锁钥"和"西羌门户"之称，1949 年后在国家的大力支持下，凭借交通优势和靠近成都平原的地缘优势，率先得到发展。特别是改革开放以来的三十年，更呈现出加速发展的趋势，成为阿坝州的工业重镇和文化重镇，有中央、省、州、县属企业 288 家，各类学校 38 所，人口发展到 11 万人，经济建设和社会发展都蒸蒸日上。县政府刚刚做完一个宏大的计划，要把汶川建设成阿坝州的中心城市，使其成为阿坝州的安居、消费、度假、物流、会展、文卫六大中心。然而一场突然的大地震，给汶川造成空前的灾难。

据汶川县县长廖敏 5 月 27 日向媒体透露，此次地震造成汶川 1.5 万人死亡，7000 多人失踪，4000 余人重伤，20 多万间房屋倒塌，直接损失超过 1000 亿元，已快通车的高速公路几乎荡然无存，仅县城的房屋 90% 以上需要重建，至少 20 年的建设成就毁于一旦。但灾区的人民没有绝望，更没有屈服。党中央的关心，全国人民的支持，给了汶川人温暖和信心，广东对口支援汶川，更让人们看到现实的希望。廖敏县长说，"给我们 5 年，我们就能重建新汶川、新映秀。我们有这个魄力，也有这个信心。……我们要把坏事变成好事，用 5 年时间来实现原本要 20 年才能实现的事情。被这种精神鼓舞，我们很累，但我们精神很好。"

五年重建新汶川，表达了所有汶川人的心声。为了实现这个美好的愿望，各级党员干部冲锋在前，年轻人和男性大多已经奔赴乡村救灾，所有人都坚守在自己的岗位上；老百姓擦掉眼泪，立即自觉有序地开展抗震自救，发自内心地感谢和慰问前来救灾的子弟兵。灾区人面对亲人的死伤从容镇定，面对艰巨的灾后重建充满信心，甚至比身处灾区之外的我更乐观和坚强。但我知道，汶川重建的任务实在太艰巨了，90% 的工业被毁，城乡集镇基本倒塌，绝大多数的房屋需要重新修建，几乎所有的城乡基础设施需要重新起步。如果说震后抢救生命如救火，抗震期间的缺吃少穿、缺医少药如过河，那么灾后的重建就如爬山，而且是一座接一座的山。

　　大地震发生不久，在北京工作的阿坝州籍老乡立即集合起来。我们交流家乡的情况，关注家乡的灾情发展，更感激全国人民的关心和支持。我们无法消除内心深处的忧虑，大地震的损失实在太大了。家乡亲人的房屋面临重建，几乎所有的家当都需要重置，死去的人需要安葬，受伤的人需要治疗，活着的人同样面临着诸多的现实困难。老乡们决定连续五年为救灾捐款，为家乡重建尽自己的微薄之力。但我们知道，自己的力量实在太小了，灾后重建需要更多的爱心接力，需要更多的人认识汶川、了解汶川、关爱汶川、建设汶川。汶川人会记住每一颗爱心，每一件善举。

　　汶川大地震，使我的家乡尽人皆知。里氏 8.0 级，震撼了中国，也震动了世界。这是一次突发的灾难，破坏程度触目惊心，连日来心系家乡寝食难安。5 月 19 日至 21 日，国旗半降，举国致哀。心绪稍定，遂提笔著文寄托思念。2008 年 5 月 23 日星期五凌晨二时一刻写作《汶川，我的家乡》一文，发表于《学习时报》2008 年 5 月 26 日，被媒体广泛转载报道，为世人了解汶川提供最早的资料；再作《震不垮的汶川人》，载《中国民族报》2008 年 6 月 6 日；《地震灾区"非遗"保护重在修复基础》，载《中国文化报》2008 年 7 月 13 日；次年发表《不能忘却的纪念》，载《学习时报》2009 年 5 月 11 日；2018 年 4 月 20 日又撰文纪念汶川地震十年系列文章，发表《历史、记忆与现实：汶川大地震十周年祭》，载《民族学刊》2018 年第 3 期，先后在《中国西藏网》《中国社会科学网》《凤凰网：田野拾遗》2018 年 5 月 11 日转载，对家乡汶川和灾后重建进行一个连贯的记录。

一、汶川为什么会发生大地震？

　　汶川县地处九顶山华夏系构造带，主要有三条大断裂斜穿全县。西部是青川—茂县断裂带，中部是北川—映秀断裂带，东部是江油—都江堰断裂带，呈东北 – 西南方向斜穿 60—113 公里，影响宽度 13—32 公里。历史上就沿着这三大断裂和褶皱穿插断裂，沿东南方向不断形成地震群。而这次有记载以来最严重的"5·12"汶川大地震，就是以中部的北川—映秀断裂带为主线爆发，加之是浅源性地震，因而破坏力度极大，形成南为映秀、北为北川的重灾区，地震几乎波及全国，沿三条大断裂呈放射状对周围九省形成巨大的人员伤亡和财产损失，严重破坏地区超过 10 万平方千米，其中极重灾区共 10 个县（市），较重灾区共 41 个县（市），一般灾区共 186 个县（市）。截至 2008 年 9 月 18 日 12 时，"5·12"汶川地震共造成 69227 人死亡，374643 人受伤，17923 人失踪，是中华人民共和国成立以来破坏力最大的地震，也是唐山大地震后伤亡最严重的一次地震。

　　《汶川县志》上确切的地震记载，是始于明宪宗成化十三年（公元 1478），到 1947 年共有 31 次。1657 年那次大地震，留下了"地震有声，昼夜不间，至初八日山崩地裂，江水皆沸，房屋城垣多倾，压死男妇无数"的记载。1933 年在茂县附近发生的里氏 7.5 级强烈地震，将古镇叠溪整体淹没在地震造成的堰塞湖中，周边各县损失惨重。三个月后湖水溃堤，洪灾再次袭击沿岷江两岸村镇，成为老人们经常讲述的悲惨故事。1952 年以后，汶川地区有记载的较大地震又发生近 200 次，其中以 1976 年的松潘、平武 7.2 级地震记忆最为深刻。

（地震发生时的震中映秀，人们首先从废墟中抢救伤员，躲避余震，等待救援。照片由在映秀镇工作的中学同学莆元琼提供）

（地震发生时震中映秀的惨状，照片由在映秀镇工作的中学同学莆元琼提供）

（地震发生时震中映秀的惨状，照片由在映秀镇工作的中学同学莆元琼提供）

二、面对大灾难，汶川人不哭！

一场突然的大地震，给汶川造成空前的灾难。汶川前进的步伐，被暂停在 2008 年 5 月 12 日 14 时 28 分。基础设施严重破坏，刚刚修建完成的都江堰到汶川的高速公路几乎要推倒重来，县城 80% 的房屋需要重建，农村房屋普遍倒塌，而农民的生活还不富裕。当抢救生命的接力赛完成以后，活着的人怎么办，灾后如何建设更美好和牢固的汶川，是汶川人最关心的问题。1976 年松潘、平武大地震以后，政府建房基本都在抗震 7 级以上的标准，因而当这次更大的灾难到来时，县城的房屋大多只是开裂而没有粉碎性坍塌，我仍旧生活在汶川县城的亲人才得以幸免于难。汶川人经历了太多的苦难，也磨炼出乐观和顽强的性格。面对大灾难，汶川人不哭！

（这是我在北川县城考察时拍摄的照片，在外地打工的姑娘赶回家乡，亲人和房屋都找不到了，她很坚强，但没有忍住泪水。姑娘，你现在还好吗？）

大地震发生一个月后，我作为文化部聘请的专家组成员，总算有了看望灾后家乡的机会。汶川却因为道路严重破坏而不能进入，我们只考察了都江堰、绵竹、北川的毁损情况。北川县城的惨状令人痛心疾首，汶川县城似乎要幸运一些，但城乡同样遭受了前所未有的损失。直到2009年的春节，我才在成都的安置点，见到灾后过渡的亲人，知道一些同学、熟人在地震中遇难，仅我毕业的母校绵虒中学，就因为一块飞奔的巨石在操场转了一圈，当场就碾死12名空地避难学生。随后三弟开车送我进山实地考察，我们开始了心惊胆战的回故乡之旅。

（地震发生时的震中映秀，人们迅速开始自救和生活。照片由在映秀镇工作的中学同学莆元琼提供）

　　大地震带来的破坏和惨烈，超乎人们的想象。我熟知的一位叔叔，在地震后失踪。家人朋友找遍了所有的救护医院，看遍了所有的遇害遗体，都没有下落。最后通过DNA鉴定，才确定他已经遇难，而那具遗体他们反复看了无数遍也没敢相认，因为人和衣服都彻底改变了颜色和形状。在巨大的自然灾害面前，人类实在太渺小也太脆弱了。我的一位中学同学，夫妇俩连同他们的房屋一起被埋进巨大的山体滑坡里，孩子瞬间成了孤儿。另一位同学连同乘坐的汽车一起被埋进了公路隧道，虽然这次大地震公路隧道几无垮塌，许多还成了在崎岖山路上行驶的汽车和旅客的避难所，但他经过的隧道却因两头被塌方堵塞，成了死亡通道。地震后那次北川县城考察，记忆尤其深刻，虽然经过了严格的消毒和一个月的晾晒，整个县城仍飘浮着死亡的气息，一直深入五脏六腑，让人永远无法忘怀。

（北川中学几乎被地震夷为平地，师生死伤惨重，我站在遗址前，悼念那些不幸遇难的同胞）

　　山河破碎，百废待兴，只有到了灾区，才会有真切的感受。在都江堰市，灾难的痕迹正被积极的救灾抹去。除了城郊新增的棚户小区还有清理为平地的废墟，春节的鞭炮和焰火依然热烈，只是增加的不是节日的喜庆气氛，而是一种对死亡和灾难的特殊纪念。市场冷清了许多，但小商小贩们顽强地做着生意，他们说要有尊严地活下去，不想给国家和社会添更多的麻烦。从都江堰出发，公路已是崭新的柏油路，不时出现的扭曲和破碎的旧路，提醒人们刚过去的悲剧。地震的痕迹随着海拔高度而递增，绿色的大山开始破裂，山体滑坡从一道道的细流变为宽大的瀑布。车到震中映秀，大山已经斑驳陆离，到处是大片的塌方。新公路穿过老公路断裂的高架桥，构成进入震中的大门。公路边巨大的滚石被刻上"5·12震中映秀"几个红色的大字，成为一个鲜明的地震灾区标志。

　　老映秀镇整体上变成了一片废墟，由武警把门看管了起来。地震灾害历历在目，阳光下一片死寂。漩口中学垮塌的教学楼前，放着温家宝总理春节慰问时摆放的花圈，黄色和白色的菊花带着露水，像人们伤心的眼泪。不时有人前来悼念，这里成为震中映秀的祭台。灾后新建的棚户区构成新映秀镇，生活依然在继续，透露出灾区人民顽强的生命力。我们登上半山的地震遇难者公墓悼念，这里集体埋葬着映秀镇六千多位遇难者。几个新立的墓碑上的照片，让人感受到曾经有过的鲜活生命，土堆上残留的各式祭品，表达着亲人们刻骨铭心的痛苦。望着山下的映秀全景，我才回忆起它原来的样子，它被地震蹂躏得满目疮痍。旁边新建的棚户区闪光的屋顶和忙碌的施工场面，预示着一切都在重新开始。

（地震发生时震中映秀的惨状，人们迅速从惊恐中开始自救。照片由在映秀镇工作的中学同学莆元琼提供）

（地震发生时震中映秀，人们聚集在漩口中学门前的工地上，等待救援。现在该处为地震遗址纪念地。照片由在映秀镇工作的中学同学莆元琼提供）

　　映秀再往北走，景象更加触目惊心。岷江变得又细又急，越发顽强地挤出峡谷，大山失去了植被，几乎全变为秃山，满目晃眼的白色，飞沙随风弥漫。往日熟悉的场景荡然无存，只有裸露的山体、巨大的塌方和塞满河道的石块。公路上每隔三五百米，就有一位安全员站岗，监督仍旧不断滚落的飞石和塌方，交通时断时续。都江堰到汶川70多千米的距离，过去只需不到一个多小时的车程，现在却变成了无法预计的漫漫长途。高山峡谷地形，使映秀以北地区的山川、道路、村庄几乎完全毁损，处处是大地震带来的惨烈。比之汶川县城朽而未倒，广大农村就没有这么幸运，当地依山而建、垒石为屋的羌族民居普遍坍塌，许多村寨被夷为平地。我曾经做过学术调查的羌锋村，房屋毁损达95%，死亡村民11人，受伤百余人。村里历经叠溪、松潘等大地震考验的千年古碉震塌了一半，当年我请费孝通先生题写的"西羌第一村"铜字，也只剩下一个"羌"字。

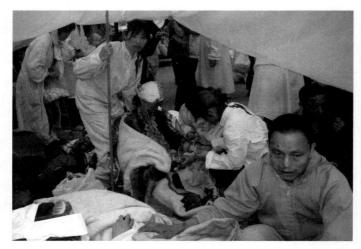

（地震发生时震中映秀，医务工作者冒着余震投入抢救，照片由映秀镇工作的中学同学菁元琼提供）

一路拜访了许多亲友，每一个人都有一段惊心动魄的故事，生死仅在一瞬间。他们讲述时都显得十分平静，就像谈别人的事。我知道，这平静来自九死一生后的幸存感。对比伤者，肢体健全就是一种幸运，对比死者，活着更是一种幸福。他们把地震的苦难暂时埋藏在心底，因为还必须面对现实生存的挑战。灾区人要背负的痛苦太多了，以至于有些麻木。他们在外人面前总是显得很坚强，也很乐观，只有酒和情分都到位的时候，你才会听到那种撕心裂肺的痛哭。

（地震发生时震中映秀的惨状，人们一时不知所措。照片由在映秀镇医院工作的中学同学菁元琼提供）

重灾区每家几乎都有亲人或朋友死亡或受伤，伤亡来得太突然，而且非常惨烈。震后忙于自救和重建，白天的日子还好过一些，一旦夜深人静面对真实的自我时，灾难造成的噩梦挥之不去。这种噩梦会随着生活回归正常和平淡而加重，使许多人难以走出心理的阴影。灾后综合征可能会在半年、一年，甚至数年后才爆发，让时间来治愈心灵创伤，可能与恢复被破坏的自然生态环境一样，将是一个漫长而且艰难的过程。仅汶川县就有 15000 多名中小学生需要异地安置读书，无论死伤孩子的家庭还是在读家庭的孩子，都因为这次大灾难造成生离死别，牵动着几乎所有灾区家庭的神经。

三、灾后十年重建路

每当"5·12"汶川大地震的纪念日到来，都会让我止不住思念汶川，想念家乡的父老乡亲，我深切知道家乡重建的道路艰难而漫长。当安居的问题解决过后，乐业就成为更加艰巨的任务。汶川本来就面临着人多地少的矛盾，地震灾难和灾后重建又带来大面积土地减少，山地农耕基础越发动摇。从游牧走向山地农耕的古老羌族，不仅面临着灾后重建的短期任务，更面临着市场经济环境下的第三次文化转型。尤其是灾后重建带来的打工机会逐渐减少之后，老百姓的生计和地方的可持续发展问题会更加突出。更何况地震和重建不仅掏光了老百姓的家底，而且还使很多家庭债台高筑。虽然当地政府和群众都在努力奋斗，但要彻底走出地震灾难的阴影和获得更好的发展，无疑还需要国家和全国人民的继续关心和支持。

（我去北川考察，正遇上县城的灾民从废墟中抢救财产，他们悲壮而坚毅）

2009 年的夏天，我率领研究生组成的六人调研团队，重新踏上回故乡之路。到达都江堰市已经是下午 4 时，因为交通堵塞正采取单向限行。我们迫不及待地坚持当天进山，就为早一刻看到思念中的汶川。一路的拥堵可谓前所未有，灾后重建使得这条还未完全康复的道路严重超载。在长长的隧道里，因为一辆大货车故障而导致全面堵死，汽车排放的尾气让人头晕目眩，很可能发生严重的群体性窒息事故。我们立即担当起临时的交通疏导员，忙碌了两个多小时才恢复交通，终于在晚上10时到达了汶川县城。疲惫的司机说感觉不好，固执地空着肚子返回成都，第二天上午就听说他刚过罗圈湾就发生了大塌方，接下来是一个多星期的交通中断，故乡就这样迎接游子的归来。

　　我们的调研课题是灾后重建和羌族文化保护，在当地有关部门的帮助下很快确定以布瓦寨、雁门村和羌锋村为调查基地，开始和当地群众生活在一起。汶川灾后重建可谓方兴未艾、遍地开花，从官员到民众一片忙碌，城镇和乡村到处是工地。从军绿色组成的救灾大军，变成了操南方口音的广东援建大军。广东的概念，汶川人从抽象到具体，从遥远到切身，从陌生到亲切。政府的办公室里，老百姓的抗震篷里，几乎所有的建筑工地上，到处是熟悉的广东人。我回到长大的古镇绵虒，乡亲长辈抱着就痛哭，他们有太多的痛苦和悲伤。哭完过后说的是不怕，有党和政府的领导，有解放军的救援，有全国人民的关心，有广东人的援助呢。我当年做博士论文调查时的房东王志高老人，就在老房子的废墟前，用他习惯的羌族山歌，讲述了地震的灾难以及对党和国家的感恩，直唱得我们都泪流满面。

（地震发生时震中映秀，迅速赶来的解放军，全力投入抢险救灾。照片由在映秀镇工作的中学同学莆元琼提供）

（地震后的震中映秀，争分夺秒的抗震救灾随之展开，直升机一趟趟运来物资，运走伤员。照片由在映秀镇工作的中学同学莆元琼提供）

　　灾后重建，让家乡汶川变成了大工地，记忆中熟悉的印记和大地震带来的伤痕，正在一点一滴地抹去。故乡的明天会怎么样？2010年的夏天，我接到了家乡的《大禹文化论坛》的会议邀请，这次我是带着全家回去的。"三年援建二年完成"的目标大部已经实现，对口支持绵虒镇的广东省珠海市，没有满足于上级布置的援建任务，在圆满完成十大民生工程外，还着力于当地的长远发展和老百姓生计。他们经过深入考察，结合当地实际，提出了以绵虒镇深厚的大禹文化、羌藏民族文化及古县城文化为基础，着手绵虒旅游基础设施重建规划，构建以发展当地旅游产业和生态观光农业为主体的产业发展模式。将绵虒镇定位于"大禹故里、西羌门户、震中姊妹、九寨驿站"，在史料有载、传说有根、现实有据的高店村建立以大禹祭坛为核心，包括禹王纪念馆、纪念馆副馆等设施，并对石纽山上的刳儿坪进行整体开发。大禹故里景区不仅成为九环旅游线上一颗新的明珠，也激励着汶川人民延续大禹精神，重建美好新家园。

　　这次回到绵虒，熟悉变成了陌生。这个有着两千多年历史的古镇，已经发生了翻天覆地的变化。跨河大桥将周边的几个村庄联系在一起，乱石林立的河岸变成了沿河走廊，河边建立了漂亮的珠海渔女雕像。残存的旧城墙和新建的城楼、广场、办公楼、医院、学校建筑融为一体，中间矗立着高大的大禹铜像。就连那块碾死学生的巨石，也变成精心打造的街心花园一部分，成为永久的大地震纪念物。老街按照规划被完整地保留下来，带着大地震的伤痕成为历史的遗迹，破败的禹王宫已经

45

重修一新。居民搬进了新开发的城区，正忙着新楼房的装修和开始他们全新的生活。最壮观的是新建的大禹祭坛及其配套工程，展现着汶川历史的新篇章。

又岂止是绵虒古镇，整个汶川县的城乡都演绎着沧海桑田的故事。依山成寨、木石结构的传统民居，普遍更新为有着浓厚民族特色的两三层现代建筑，各乡各村都被重新打造，灾区人民艰苦奋斗、自强不息精神令人肃然起敬。震中映秀镇集聚了世界优秀建筑设计师的作品，三江镇、水磨镇体现了传统和现代的结合，县城所在的威州镇更变成了一个巨大的城市花园，连父亲长眠的公墓都得到精心的修复。特别是夜色中的灯光装扮下，县城简直就是如梦如幻。几乎所有的人都说，灾后重建使汶川的经济社会文化的整体发展，至少提前了三十年。

（大地震时碾死 12 名学生的绵虒中学，已经建设为避灾公园，这块罪石成为永久的纪念碑）

四、汶川告诉世界什么？

汶川大地震形成的灾区"对口援助"，已经成为中国特色的应急救灾、扶贫助困的特有模式，发挥着越来越重要的作用。经国务院批准，自 2009 年起，每年 5月 12 日也成为全国"防灾减灾日"。一场汶川大地震，上演了一方有难、八方支援的历史大剧，"万众一心、众志成城，不畏艰险、百折不挠，以人为本、尊重科学"的伟大抗震救灾精神，矗立起中华民族"用理想凝聚力量、用信念铸就坚强、用真情凝结关爱"的丰碑。不仅那些灾后重建的雄伟工程和灾区日新月异的变化，给人们留下难忘的印象，应当说人们心目中更高大的，是抗震救灾中的无名英雄们，还有那些灾后重建中无数的援建者，灾区人民永远不会忘记他们的无私贡献。

（广东省珠海市对口援建绵虒古镇的大禹广场，古老的绵虒镇焕然一新）

我经常想起珠海援建绵虒镇的组长陈仁福博士，他有着一副大嗓门和雷厉风行的工作作风；在援建中受伤一直拄着拐奔波在工地上的张工，他把援建看作自己人生价值的一次实现；还有长期住在板房中以苦为乐的其他成员，那是一群充满活力的年轻人。他们只是灾后援建大军中的一员，不仅创造出一个一方有难八方支援、以东支西共同繁荣的"汶川对口支援模式"，而且通过这一模式实践着一个更加伟大的信念：多难兴邦，中国人民是不可战胜的！"中国社会主义制度的优越性""中华民族是一家""平等团结互助和谐的民族关系"这些抽象的口号，正是在援建的行动中变得具体而坚定，社会主义的核心价值体系也因此得以展现，成为鼓舞全国各族人民团结奋斗的强大精神动力。

（2018年春节拍摄的汶川县城照片，记忆中的旧建筑几乎没有了，高层电梯公寓不断拔地而起）

　　弹指一挥间，汶川地震灾区走过十年的艰苦重建，已经发生了翻天覆地的巨大变化。几乎每年春节，我都要回故乡看一看，汶川的变化是如此之大，大得让人无法相认；发展步伐是如此之快，快得让人眩晕。2017年汶川县地区生产总值57.57亿元，比2008年增长2.6倍；城镇居民人均可支配收入达29472元，比2008年增长1.7倍；农村居民人均可支配收入达12243元，比2008年增长3.5倍；先后获得"四川省县域经济发展先进县""四川省农民增收工作先进县""四川省重大农村改革任务年度推进示范县"等称号。

（2018年春节的汶川县城中心广场，人们载歌载舞喜迎新时代）

　　2019年春节自驾再去汶川，大年初二高速公路就开始堵车。号称"川A大军"的成都市民，早就不安分在家过年，兴起了自驾旅游的热潮。如果是在天气炎热、水果飘香的夏季，避暑胜地汶川更是热闹非凡。汶川甜樱桃、羌脆李、花椒成为人们竞相购买的山货，腊肉、豆花、农家饭更让沿途村寨的"农家乐"生意火爆。映秀、水磨、三江、龙溪等震后开发的旅游景区，一到节假日就游客如织。春节时县城的中心广场上，正举办由各乡镇群众轮番上演的节目，充满欢快喜庆的节日气氛。特别是2018年2月12日上午，习近平总书记亲自前往汶川县映秀镇考察，掀起了又一股关心汶川地震灾区的热潮。他访问过的那家饭馆，生意格外红火，连习近平总书记关心过的"酥肉"也特别畅销，映秀镇甚至找一个停车位都很困难，更别说进出的堵车了。

　　我回到博士论文调查点羌村，过去只有二十多户人家，现在变成密密麻麻的大村庄，许多高山村寨的人灾后搬到了这里，羌村和绵虒镇、三官庙村几乎连在一起。房东王志高夫妇已经先后过世，我去给他们上了坟。当年村里的小破孩们，带着他们的孩子竞相开着私家车，赶回来与我相见，那种亲人间的亲密感情，让我深受感动。临别之时，各家都拿着一大堆当地土特产，无可商议地塞满我的汽车，一路散发着浓浓的乡味和难以消弭的乡愁。

（2019 年春节的映秀镇，自驾游客很多，停车都不容易）

（习近平总书记访问过的饭馆，生意火爆，腊肉、豆花、酥肉卖得特别好）

我的家乡变化太大了，大地震带来了大破坏，大破坏带来了大建设，大建设带来大发展。如何总结家乡的变化？我与汶川县委县政府共同筹划召开一次学术研讨会，邀请国内外专家学者共同探讨汶川告诉世界什么。2018年7月20日至22日，由中共中央党校文史部、中共汶川县委汶川县人民政府主办，中国马克思主义研究基金会、四川省社会科学院、西南民族大学、北京师范大学等单位协办的"十年重建说变化，阔步迈进新时代"学术研讨会，在汶川县府所在地的威州镇隆重召开，并同步推出由近百位参会专家共同撰写、长达52.4万字的会议论文集：《汶川十年：抗震救灾精神与社会文化重建》，由中国大百科全书出版社2018年出版。

五、汶川的明天会更美好

汶川，我的家乡，我曾经为你哭泣，也不断为你惊喜。我期待着，你继续展现人类不屈的精神和无限美好的未来！时间一晃又过去了几年，家乡汶川还在快速地发展和变化，或许应当再筹划《汶川十五年》《汶川二十年》的调研和总结，在此先将汶川县的最新情况做一介绍。

汶川县位于青藏高原东南部、四川省西北部，岷江上游，辖区面积4084平方千米，辖威州镇、灌州镇、绵虒镇、映秀镇、漩口镇、水磨镇、三江镇、耿达镇、卧龙镇9个镇，75个行政村、8个社区，2020年底全县户籍人口91682人，藏族18700人、羌族36412人、汉族35308人、回族949人，其他民族313人，占总人口的比例分别为20.4%、39.7%、38.5%、1.0%和0.4%，是藏羌回汉等各民族交汇融合的地带，素有阿坝州南大门和"川西锁钥"之称。

汶川是民族地区和革命老区，是全国最大的羌民族集中聚居区之一，县南部明、清时期曾为藏区瓦寺宣慰司（嘉绒十八土司之一）辖地。西汉时置绵虒县，西晋改为汶山县，北周始名汶川县，县治距今已1400余年。1935年到1936年，中国工农红军长征途经汶川，在此建立了革命政权。1952年县城由绵虒迁威州；1958年茂县、汶川县、理县合并成立"茂汶羌族自治县"；1962年恢复汶川县。

汶川是高原山区和资源富区，都汶高速、汶马高速、国道213、317、350线纵贯全境，是四川经济西进和畅游九寨、黄龙、四姑娘山及大草原风光的快速通道，现已逐步发展为川甘青物流集散中心。全县地势由西北向东南倾斜，北部为高山地区，日照充足，干旱少雨；南部为中低山地区，气候湿润，雨量丰沛，独特的山地气候特征，适宜在南部发展现代林业，在北部发展"汶川三宝"（甜樱桃、脆李子、香杏子）等生态果业。

全县水能装机容量近 150 万千瓦，矿产资源 50 余种，金刚砂储量、品质属全国之最；旅游资源得天独厚，拥有卧龙国家级自然保护区、四川草坡自然保护区、国家 5A 级汶川特别旅游区、国家 4A 级大禹文化旅游区，素有"大禹故里·熊猫家园·康养汶川"之美誉，先后荣获全国休闲农业与乡村旅游示范县、国家卫生县城，全省首批天府旅游名县殊荣。

汶川是地震重灾区和贫困地区，2008 年"5·12"汶川特大地震使汶川遭受巨大损失，境内国、省、乡村道路全部中断，通信、供水、供电等基础设施全部瘫痪；200 多家工业企业毁于一旦；10.6 万亩耕地中灭失 4.2 万亩，严重受损 4.8 万亩；死亡 15941 人，失踪 7295 人，受伤 34583 人，直接经济损失达 643 亿元。

汶川县曾是国家集中连片特困地区和四川省 88 个片区贫困县之一，2014 年，精准识别建档立卡贫困村 37 个、贫困户 1341 户 4440 人，贫困发生率为 6.8%；2018 年实现"整县摘帽"，截至 2019 年底，全县所有贫困村退出、所有贫困人口脱贫，贫困发生率降为 0，被表彰为"四川省摘帽工作先进县"。先后荣获"全省三农工作先进县""全省农民增收工作先进县""全省乡村振兴规范试点县"等多项殊荣。

汶川发展良好，前景广阔。"5·12"汶川特大地震以来，汶川县将恢复重建与产业发展有机结合，特别是十八大召开以后，全县按照"南林北果·绿色工业 + 全域旅游（康养）"的总体思路，大力发展"五型经济"（康养创新型、"三态三微"精致型、水生态文明型、互联网 + 汶川特色型和"三资"融合型经济），加速经济转型，加快建设康养汶川，三次产业结构不断优化、质量不断提升、基础不断夯实，县域经济综合实力在全省 51 个少数民族县（市）中多年排名前三。成功创建国家 AAAAA 级汶川特别旅游区、国家 AAAA 级大禹文化旅游区、全国休闲农业与乡村旅游示范县、水墨藏寨国家级水利风景区、国家卫生县城、"全省县域经济发展先进县""全省农民增收工作先进县"等荣誉称号。

2020 年全县实现地区生产总值 747499 万元，按可比价格计算比上年增长 3.6%。其中，第一产业增加值 117887 万元，增长 4.7%，对经济增长的贡献率为 15.0%，拉动经济增长 0.5 个百分点；第二产业增加值 312639 万元，增长 4.0%，对经济增长的贡献率为 57.6%，拉动经济增长 2.1 个百分点；第三产业增加值 316973 万元，增长 2.6%，对经济增长的贡献率为 27.4%，拉动经济增长 1.0 个百分点。全年全体居民人均可支配收入 25589 元，比上年增长 6.5%。其中城镇居民人均可支配收入 36253 元，比上年增收 1581 元，增长 4.6%；农村居民人均可支配收入 16525

元，比上年增收 1678 元，增长 11.3%。全年共接待游客 675.2 万人次，比上年增长 7.6%。其中汶川特别旅游区接待游客 366.53 万人次，大禹文化旅游区接待游客 308.67 万人次。实现旅游总收入 501967 万元，比上年增长 77.8%。全县有 5A 和 4A 级景区各 1 处，星级饭店 1 个，星级饭店客房总数 76 间，床位数 139 个。

九寨沟的生与死

2017 年 8 月 8 日晚 9 时 19 分，位于四川省阿坝藏族羌族自治州的九寨沟县，发生 7.0 级大地震，再一次牵动人们的心。根据阿坝州新闻办发布的消息，截至 8 月 11 日 21 时，"8·8"九寨沟地震共造成 24 人死亡、493 人受伤（重伤 45 人），转移疏散游客、外来务工人员共计 61500 余人（含 126 名外国游客），临时安置群众 23477 人。目前仍有 5 人失联，相关力量正在全力搜救。

2008 年的汶川"5·12"大地震，严重破坏地区超过 10 万平方千米，其中极重灾区有 10 个县（市），较重灾区有 41 个县（市），一般灾区共 186 个县（市）。汶川特大地震共造成 69227 人死亡，374643 人受伤，17923 人失踪，是中华人民共和国成立以来破坏力最大的地震，也是唐山大地震后伤亡最严重的一次地震。经国务院批准，自 2009 年起，每年 5 月 12 日为全国"防灾减灾日"。

经过近十年的恢复重建，汶川地震灾区已是一片繁荣景象。虽然付出了沉重的代价，但在全国人民的关心支持下，灾区发展加快了三十年。当我们正感叹灾后重建的成就时，2017 年 6 月 24 日早 6 时左右，汶川地震次生灾害再发，茂县叠溪镇新磨村山体高位垮塌，造成河道堵塞 2 千米，100 余人被掩埋。当时居住在新磨村的人，只有经营乔家大院农家乐的村民乔大帅，早晨因婴儿哭闹，起床照顾孩子时发现泥石流已冲入家中。他迅速拉上妻子抱上孩子出逃，虽被巨大气流掀翻，又陷入泥石流中，总算挣扎着逃脱困境。而住在村里的其他人，再无幸免。截至 27 日上午 10 时，118 名失联人员中，有 35 人因在村外被确认安全，累计发现遇难者遗体 10 具，仍有 73 人失联。茂县于 2017 年 6 月 30 日上午 10 时举行默哀仪式。

一而再，再而三的地震及其次生灾害，给人类造成巨大的人身和财产损失，特别是名声在外、号称门票第一贵却仍旧游人如织的九寨沟，也发生如此惨烈的大地震，更是引发人们空前的关注。我作为土生土长的汶川人，心情格外复杂，引发的思考也就格外辽远。

　　从大处说，地壳运动中欧亚板块和印度板块的相互挤压，造成青藏高原不断隆起是大地震的根本原因。青藏高原 2.8 亿年前的早二叠纪时，是波涛汹涌的辽阔海洋，原本是世界最低洼的地方，被称为特提斯海或古地中海。这里气候温暖，海生动、植物茂盛，而且横贯欧亚大陆的南部地区，与北非、南欧、西亚和东南亚的海域沟通。到二叠纪晚期，地球上南、北两块大陆开始分裂，随着板块漂移，印度板块分离形成，并以较快的速度向北移动，特提斯洋壳受到强烈的挤压，不断发生褶皱断裂和上升。到距今 4000 万年前的始新世晚期，青藏高原开始露出海面。

　　两大板块的相互挤压，致使青藏高原不断隆升，成为中国最大、世界海拔最高的高原，被称为"世界屋脊"和继南极、北极之外的"第三极"。它南起喜马拉雅山脉南缘，北至昆仑山、阿尔金山和祁连山北缘，西部为帕米尔高原和喀喇昆仑山脉，东及东北部与秦岭山脉西段和黄土高原相接，东西长约 2800 千米，南北宽约300—1500 千米，总面积约 250 万平方千米。两大板块的挤压还是持续，青藏高原迄今每年仍以 10 厘米左右的速度长高。

　　位于青藏高原边缘的地方，容易成为地震的多发区和地层断裂带，汶川正处于成都平原和青藏高原连接处，是著名的龙门山断裂带。汶川—九寨沟一带，整体位于中国大陆中部纵贯南北的贺兰—川滇南北构造带上，自古就是地震多发地区。这条中国南北大地震带上，集中了我国有历史记录以来约一半的 8.0 级以上的大地震。这一地区从来就是小震不断，每隔 30 年左右就会有一次较大地震发生。在我的早年记忆中，住地震棚大家亲如一家，跑地震时紧张激烈最后瘫坐在地，小学开始就参加各种测地震的科学小组，随时注意鸡鸣狗叫蛇搬家，大小地震伴随着我们成长。

　　汶川大地震不到十年，又发生九寨沟地震，说明这条大断裂带的地质活动加剧。青藏高原周边相应地震频繁，2017 年 5 月 11 日 5 时 58 分在新疆喀什地区塔什库尔干县（北纬 37.58 度，东经 75.25 度）发生 5.5 级地震，震源深度 8 千米，造成 8 人死亡，20 多人受伤，180 多户房屋倒塌，789 人受灾。比九寨沟地震晚一天，2017 年 8 月 9 日 7 时 27 分，在新疆博尔塔拉蒙古自治州精河县发生 6.6 级地震，震源深度 11 千米，震中位于北纬 44.27 度，东经 82.89 度的托里镇，距精河县城37 千米，共造成 32 人受伤（3 人重伤）、307 间房屋倒塌、5469 间房屋裂缝受损、213 处院墙和 153 座畜圈倒塌、6 处路面受损。据中国地震台网最新公布，2017 年8 月 13 日 01 时 09 分在西藏林芝市波密县（北纬 30.31 度，东经 94.92 度）又发生4.3 级地震，震源深度 7 千米。

　　在地球 47 亿年的历史演变中，地壳运动从来就没有停止。按照地球板块漂移说，近四五亿年的地壳移动中才形成今天的五大洲四大洋布局，而最大的欧亚板块与印度板块的碰撞挤压，在三四千万年前让青藏高原浮出海面，持续不断的挤压使其不断隆升，逐渐成为地球最高的地方。在青藏高原周边的板块结合部，既是地质活动最频繁的地方，也是自然风貌变化最剧烈的地方，形成环青藏高原风景带。如西藏的林芝地区、四川西部山区、云南的迪庆，西北的青甘新也各有美景。我2016 年刚去的墨脱最为典型，从海拔近四五千米的冰天雪地，降到海拔几百米的热带雨林，一天经四季，十里不同天。穿越藤蔓古树的原始森林，听猿啼鸟叫虫鸣，看无数飞瀑直下三千丈，一路真是让人醉了。

　　九寨沟景区，就是大自然风云变幻中留给人类的一个惊喜，这个惊喜恰恰是千百次地震和地质变化锤炼的产物。无数次地震带来的塌方形成系列堰塞湖，水中的碳酸钙镁等矿物质长年积累变为硬边，层层相依梯田式分布（这在黄龙景区最为典型），各种植物见缝插针顽强生长，溪水塘塞处形成高山湖泊（当地人叫海子），静如处子，掩映蓝天白云，大如九寨沟的长海。更多的小湖泊依山就势、错落分布，湖光山色，形成如五彩湖、火花海的壮丽景观。遇到地层断裂处，要么飞瀑直下，日照紫烟，水雾缭绕，四山轰鸣；要么流水蜿蜒，顺势而下，浪花激越，或低声诉说，或喧哗欢快；要么涓流漫浸，水帘高悬，彩虹映衬，如诺日朗瀑布之宽阔。更多时候，溪水淙淙，潺潺绵绵，花红树绿，牛肥羊壮，田园井然，绕村过户，造福人类。加之四季变换，景色各异，天堂就在人间。

　　这天堂是大自然创造的，也是大自然变幻的，它的生和死都按自然的法则不断辩证地演进，从生向死，死又是新一轮的生，在时间的漫长年轮中生死轮回，从而生生不息。这次九寨沟地震，我们见证了破坏，又何尝不是见证再造呢？人生百年，比之地质变化的万年亿年，何其短也，有经历再有感悟，也是人生难得的机遇。我是 1984 年第一次去九寨沟，还没有太多的人类开发印记，那是一种纯粹的美。即便如此，我也很难感动，因为在我家乡有太多这样的景致。岷江河谷的每一条山沟，都曾经这么美丽，虽然很难有九寨沟这样集中的景点，但有的景色同样也是九寨沟欠缺的。初中学农时在大溪沟办农场，那条飞瀑直下百米，响声如雷，两岸峭壁万丈，农场周围林木森天，翠竹覆溪，我们那时体会的不是美丽而是辛劳，夜晚的寒冷更是透心透骨。

　　随着青藏高原的不断隆起，它在变高多震的同时，气温更低，氧气更少，风霜雨雪，越来越缺少生机。一般认为，海拔四千米以上便不适宜人类生存，所以西藏自治区 120 多万平方千米的辽阔大地上，只有 300 万人口，更多的人口集中在青藏高原边缘的地区。虽然这里地震频发，气候恶劣，但汉藏语系的二十多个大小民族就世居在这高山峡谷中，形成多民族走廊。自古以来他们就在这块地震及各种自然灾难频发的地域顽强生存，尽可能地利用自然、适应自然。形成高原地区游牧为主，高山峡谷地区农牧结合，以旱作农业为主，海拔千米以下的浅山平原地区则盛行水利稻作，工商发达。穿越千山万水的阻隔，沿河谷山脊形成密如蛛网的通商贸易之路，相应促成不同民族的交流协作，经济互补文化相济，从唐蕃古道、茶马互市，到通西南和西北的陆上丝绸之路，形成民族迁徙和文化交流的大通道。除了丰富的自然资源而且美景富集之外，这里更是多民族文化资源富集的百花园。

人类生存第一位指标是地利，各民族在不同的地理环境下适应和利用自然，创造出不同的活法和想法，所谓靠山吃山靠水吃水，从万物有灵的原始自然崇拜，发展出不同的宗教信仰，我们称为文化模式。随着交往交流的频繁，各民族互相学习和影响，我们称为文化传播，如果说早期人类更多依靠自然的禀赋，后期更表现为学习和文化引进的能力。人类在互相学习中不断提高驾驭自然的能力，不断推动生产力发展，达成越来越复杂的社会结构，我们称为文明进步。在这个过程中，第二个要素天时就重要起来，我们总是在特定的时空下展开现实的生活，青藏高原独特的生存环境，在不同的时间坐标下，表现出完全不同的自然和人文生态。

在漫长的农业文明时代，这里以粗放原始的农牧业为主，特别是环青藏高原边缘多是高山峡谷地形，高寒贫瘠、地广人稀是基本特征，一沟山溪、几片薄田、几十户人家是基本的格局，山地旱作农业提供口粮饲料，牛耕地、马运输、猪肥田，农牧相辅，农闲时打工或手工补贴家用，兼顾采集狩猎作为生活补充，多种谋生方式配合，勉强维持贫困的生活。这里是地震多发地区，泥石流、塌方、洪水干旱、兽灾虫害，天灾人祸不断。只要看一看这里依山而建、垒石为屋、山寨险峻、高雕林立的人居环境，还有各类庙堂观寺，就能够感受这里人们生存的艰难。清末民初，漫山遍野的森林被作为资源开发，沿着大河小沟砍伐，顺水运输到平原地区出售。中华人民共和国成立后，伐木仍旧成为这些地区发展的主导产业，形成所谓的木头财政。一到洪水季节，大小江河里流动的都是铺天盖地的木材，那种排山倒海的气势令人终生难忘。

20 世纪 70 年代以后，沿河的森林砍伐殆尽，开始向深山延伸。森工部门专门成立筑路队，先修路再伐木，沿河放漂改为沿路运输，那时公路上跑的绝大多数是拉木材的车辆。20 世纪 70 年代后期，国家、集体、个人一起上，是森林破坏最严重的时期，记得农民从深山偷砍一根三米长的木料，劳累一天运到公路边卖给木头贩子，能有40元钱的收入，当时可是一笔大财。政府也开始重视封山育林、护林防火，我那时刚练毛笔字没几天，就被叫去写宣传牌。各级政府严禁乱砍滥伐，沿途设卡查罚，人们的环保意识逐渐增强。九寨沟就是在这样的背景下，被幸运地发现并保护下来。据说是一位林业部的记者，去当时的南坪县林区采访为伐木修路的先进人物，沿着新修的公路到了九寨沟，他拍摄的照片震惊了外界，香港摄影家陈复礼闻风而动，在香港举办第一个九寨沟摄影展，藏在深闺的九寨沟因此一鸣惊人，林业开发变身为旅游开发，后来九寨沟又评为世界自然遗产，成为享誉中外的5A级景区。

　　时也，运也！九寨沟是幸运的，给人类留下了美丽的"童话世界"。生活在这里的人们，也伴随着改革开放富裕起来。天时、地利之外，中国人还讲究人和，社会主义制度的建立，解决了阶级剥削和民族压迫，民族仇杀和民族歧视成为历史，大家看一下阿来的作品，就清楚这里过去的情景。中国特色社会主义建设的持续推进，特别是旅游业的发展，更让这些地区发生翻天覆地的变化。世纪交替之时，国家推出了西部大开发战略，最早的退耕还林政策就在阿坝州实施，林业森工部门从砍树变为种树护林。随着生态文明建设成为新的国家发展战略，九寨沟和整个青藏高原都将迎来一个崭新的历史时期。

　　除了自然美景，这里丰富的人文资源和地方精神也值得体味。在千百年的天灾人祸考验中，生活在高山峡谷里的人们，形成一种大山的性格，沉默不张扬，坚定不放弃，顽强不悲观。看惯了风起云涌，经历过悲欢离合，更懂得生死轮回，他们有一种从容，有一种执拗，有一种天生的乐观。特别是面对天灾人祸的考验，更有一种豁达和包容。回想自己的成长经历，几乎每年都会遇到几起非正常死亡，塌方飞石、洪水泥石流、戏水落河、交通事故，可谓防不胜防。亲身感受过地震的天摇地动、落水后的绝望时刻、泥石流的巨大威力、飞石迎面的魂飞魄散，狗咬蛇追的仓皇逃窜，经常有种能活到今天真不容易的感慨。

　　对于地震，这些地区的人们更是处之泰然。2016年到墨脱调研，返京后从网络上看到附近发生5级多地震，立即打电话问候，他们说该吃就吃，该睡就睡，全无一丝紧张。青藏高原周边可以说常年小地震不断，我在西藏阿里的中印边境楚鲁松杰调查时，那里的地震可谓家常便饭，土房子一震就掉一身泥土，当地人早已见怪不怪。有一次我们正开座谈会，大地剧烈摇动，一名队员高喊一声地震啦，立即冲出房门，当地人安坐如山，仍旧侃侃而谈，跑出去的人见无人响应，悻悻而归。当地人也格外善良，那里翘着尾巴满屋乱爬的大蝎子，让我一直担心晚上会钻进被子里，好不容易踩到一只，被他们立即叫停，一个劲说可怜，拾起来到远处放生。恶劣的自然环境，人活得不易，动物同样不易，推己及物，这是青藏高原人普遍善良的原因。汶川地震、九寨沟地震总有一些普通人做出不普通的事情，比如迎着塌方飞石前进的战士、尽职尽责的导游、平时斤斤计较地震后却免费招待的商家等，在当地人看来，这些事不值一提，本该如此。往根上说，这正是中华民族扶危济困、同舟共济的优秀传统，在大难来临时，就表现为一方有难八方支援的伟大抗震救灾精神。

今天科学发达，大地稍喘口气就被测定出来，一有风吹草动，瞬间传遍世界。汶川地震发生时，我正在给学生上课，远在内蒙古的同学第一时间打电话过来问候，这次九寨沟地震，又是他第一时间打电话告知。互联网时代确实让世界联为一体，休戚与共。九寨沟作为著名的景区，加之汶川地震破坏殷鉴不远，因而影响格外大。大家都在为灾区担忧，灾区人却还是一如既往地从容面对，家乡的朋友发来的信息是："第一秒钟，地震啦！第二秒钟，跑不跑？第三秒钟，稳一下神；第四秒钟，赶快发朋友圈；第五秒钟，睡觉。8级以下别叫我，8级以上别救我！"大灾中不忘调侃，惊恐时也要幽默。看一看汶川地震后灾区的快速发展，大家对祖国有信心，对自己也有信心。

作为汶川人，我想说：九寨沟景区，很快就会重新开放，而且还会增添难得的震后风貌，让你体会大自然的生死再造；地震灾区的重建，很快就会全面展开，而且会比过去更漂亮，旅游环境也会更安全更便捷；老百姓的日子，很快就会复原，他们会乐观顽强地创造自己的新生活。人类对大自然既依赖又抗争的关系不会改变，青藏高原的隆起和地震仍旧会继续，在千百回的较量和适应中，今天的人类更有能力与大自然和谐相处。当我们再去九寨沟时，那里一定会给我们全新的体验。谨以此文悼念不幸遇难的同胞并祝愿九寨沟早日新生！

原文以《作为一个汶川人，我眼中九寨沟的死与生》，载腾讯《大家》2017年8月15日

第二篇　逝者如斯话师恩

秋天，关于老师的思念

当秋天来临的时候，新学期开始了，教师节也随之到来。秋天是思念老师的季节，关于老师的话题又热了起来，调侃的依然不少，但比过去真诚了许多。每个人的人生旅程，都有老师像修路工一样，默默铺路。当我们在自己的人生路上高歌猛进时，是否还想得起在每一段人生路上为你修路的人？

高中时曾在养路段打过一个暑假的工。那时的公路是土石路，要不断地垫土、洒水、清扫，还要冒着飞石的危险，迅速解决小泥石流塌方的威胁。如果认真，工作强度可谓没完没了，如果不认真，也可以马马虎虎。我最怕跟着佘班长干活儿，他话不多，干活儿麻利，自己从不停息，也不容别人偷懒，烈日下风雨中始终如一。每天只能挣6角的工钱，要劳动到傍晚，我们才能拖着疲惫的身躯收工。一路上佘班长都会清理公路，哪怕是路上的一块小石子，他也会走过去将其踢下路基。

驶过我们修过的路，许多司机会鸣笛致意，一些司机会加速前行，一些司机全然没有感觉。特别是傍晚收工时，路过的车大多会主动停车，捎我们早些回家，也有司机忙着赶路，甚至车厢空着也对我们的搭车置之不理，这让我非常愤怒。一次泥石流堵断了公路，汽车排着队在泥水中挣扎，佘班长忙得顾不上我们这些小临时工，我们就挂着铁锹看热闹，不帮忙也不借铁锹，总算出了一口恶气。

收工的时候，佘班长推着胶轮车，一路走着一路与我们聊天。他没有批评人，也没有讲修路的意义，只是说人要做好自己的事，要体谅别人的难处。夕阳下佘班长黝黑的脸，反射着红光，挺拔的身躯透着职业的尊严，成为我记忆永恒的瞬间。以后走过每一条路，我都知道修路人是用心还是没用心，也反省自己是否做好了自己的事，是否学会了体谅别人。

老师就如修路工，看护着人生的每一段行程，每一程都很重要。三岁上幼儿园的时候，记忆是模糊的，幼儿园的老师很难被人记住。我依稀记得幼儿园的陈老师，在奎星阁的古院里带着我们丢手绢，那时一位老师带着一堆学龄前儿童。儿子才离开幼儿园几年，便记不起自己老师的名字，也不认得那时的同学，他们一个班有几位老师，一级就好几个班，而且不断轮换，记不住情有可原。中国人常说，三岁看老，就像儿子幼儿园的大柏杨树，关键是根要扎得牢。儿子幼儿园毕业后，有一次正好在餐馆碰到他的老师，我立即帮忙买了单，真诚地对她们表示感谢。

上小学是系统掌握知识的开始，最重要的是养成良好的学习习惯。我的小学老师，记住的都是严格的老师。闵老师认真，她会反复纠正错误；任老师严厉，上课时会一直盯着你看，直到停止小动作；彭老师爱才，对学习好的孩子呵护有加；祁老师刻板，我都光荣考上大学了，她还当众指出我某字少一横，仍旧不给面子；曾校长忙碌，短发圆脸的她总是走路带风。我真诚地感谢他们，即使是在"读书无用论"流行的年代，他们依然坚守着阵地，努力教书育人。两棵大树，四间平房，我的小学校原是文庙，庙堂虽已破败，文脉依然传承。

中学是一个人奠定知识基础、确定人生方向最重要的阶段，对学生一生的前途特别重要。前段时间，在中学同学群里，发现有董老师的女儿，急忙打听老师的情况，才得知董老师已经去世多年，心里非常难过。董老师穿着随意，生活也很随性，抽烟喝酒，经常端着一个大瓷杯，夹着课本，歪着身子走进课堂，他上课时唾沫乱飞，时常表扬学生，大大激发起我们对语文课的信心。从县中下放到我们乡镇中学的黄老师，不改严肃认真的教学态度，恨不得把所有的知识都灌输给学生，让我们突然发现一直害怕的物理课，原来是这么有趣。和他一样被下放的一批大学生老师，如梁老师端庄秀丽，讲课不急不慢；詹老师行为古怪，时常骑自行车操场绕圈；叶老师讲课时喜玩弄假牙，让人总担心会卡住他的喉咙；教地理的陈老师，居然相信我从小说上看来的消息，在课堂上宣布喜马拉雅山发现恐龙，后来我看到封面标明的"科幻"两字，心里很是不安，老师却宽容一笑。这些老师让我懂得坚守、信任、宽容、表扬，成为我当老师时的行为准则。每一位学生都有无限的可能性，只要你用心铺路，他们就会走好。

也有的老师让人一生无法忘记。乡镇中学的孩子普遍数学不好，我被抽起来答题本已心惊肉跳，老师嘲笑说答案等于"徐老二"，他喜欢当场羞辱学生，让我们更怕数学课。好不容易有堂音乐课，唱歌深情时不觉带出了啊音，音乐老师立即暴跳如雷，你啊什么？啊什么！让我至今不喜欢唱歌，从此灭了唱歌的兴致。英语老师刚进修回来，他努力教会我们26个字母，全部用汉字标音，到大学我只好选择学日语，也为弄清楚《地道战》电影里鬼子话是什么意思，那是时代给我们的局限，也成为我一生的局限。我一直在想，老师，你多重要啊，特别是在人生的初始阶段，你有意无意中就决定了一个人一生的走向和行程，这是一个多么神圣的职业！前段时间在飞机上，正好与一位遵义的中学老师坐在一起，她带领全家老小到北京旅游，说起来日子过得不错，但她很有些自卑自嘲，我说同为老师，你比我重要。

我误打误撞走进了中央民族学院的历史系。1952年的院系调整，让这里云集了原来北京大学、清华大学、燕京大学、辅仁大学等一批著名学者，吴文藻、潘光旦、费孝通、林耀华等名人让历史系很有学术底气，号称实力仅次于北大、北师大之后的"民老三"。我的大学老师多是一些学者的学生辈，也有一些工农兵大学生，那时能够评上一个讲师，就是高职称了，有一位讲师授课，也足以让学生激动一阵。好在历史系学术传承没有中断，中国史、世界史、民族史系列讲授，古汉语、写作、职官志、版本学、目录学等课程齐全，考古课是到实地挖周墓，再加上一个多月的毕业调查实习，给我们打下扎实的学科基础，使得历史系培养的学生，一直口碑不错。大学阶段，最重要就是人生素质养成，为进一步发展奠基立根。

我的硕士研究生上的是中国社会科学院研究生院民族系，依托的是社科院民族学与人类学研究所，这是20世纪50年代从中央民族学院历史系和民族研究所分出的，学术传承上同根同脉，老师们都彼此熟悉。导师罗致平是第一代学者，导师卢勋则是第二代学者，两代学者联合培养，那时的研究生可是宝贝，那枚橘红色的校徽引人注目，走路都挺着胸膛。我们在研究生院上综合课，在研究所上专业课，骑车游走于刚刚打通的北三环路。那时中国社会科学院研究生院草创之初，搬了好几次家，管理上比较宽松，学习上靠导师指导。罗先生学养深厚，但年事已高，强调多看书，卢先生精力旺盛，强调多做调查研究。硕士研究生阶段，一是学习和研究要结合，二是师傅引进门，修行在个人，看你的领悟能力和勤奋程度。罗致平先生后来回南方颐养，去世时我未能送行，一直遗憾在心。卢勋先生去世的时候，我专程前往抬棺，也算尽了份弟子心。

1987年我幸运地考进北京大学社会学系，跟随费孝通先生念博士。如果说大学本科阶段培养的是素质，硕士阶段则偏重能力培养，博士阶段我认为最重要的是给学生境界。既是做学问的境界，更是做人的境界。费先生培养学生，强调的是师带徒的关系，方式是跟着走跟着学，他让我们跟着他参加学术活动，到全国各地进行实地调查研究。上课方式多采用"席名纳"，即师生围绕一个主题讨论，这是当年他在英国念博士时导师马林诺夫斯基的做法，马林诺夫斯基每星期五的"今日人类学"，在浓烈的烟雾中激发学生的灵感。比之做学问，费先生强调最多的是做人，他说做学问首先是做人。他的一生"死"过三次，但从未放弃乐观和坚强，始终秉持从实求知的研究态度，立足于经世致用、志在富民的学术理念。他给我最大的影响一是担当和责任，他的研究于国于民有用，于学术有意义；二是大局观，站在历史的高度看待和处理问题，才能把握时代的潮流；三是乐观向上精神，永远矢志不移，不畏浮云遮望眼。他九十岁生日时，我专门请人做了一幅他的铜版画，并题诗一首："九十一少年，笑谈人世间，力耕为富民，大同是心愿。"这是我对费孝通人生的理解。

我从 2001 年开始培养硕士研究生，2003 年开始培养博士研究生，算起来也是有几十号弟子的老教师，但教育问题和老师角色变化也让我时常困惑。今天人们对中国的教育批评不少，可能最大的问题是忘记了教育的本质。教育最重要的功能，就是完成人的社会化，这不仅是让社会新成员掌握知识和技能，更是让他们学习社会规则，完成社会整合，培养合格新成员，从而完成社会的新陈代谢或代际更替。我们曾经清楚地表明教育就是培养"又红又专"的接班人，那时的教育方式可能有过问题，但教育方向是明确的。今天我们的教育方式越来越精细，教育规模也越来越庞大，但教育方向似乎有些犯迷糊，产生一些手段高于目标的颠倒性混乱。

改革开放四十多年来，让一部分人和一部分地区先富起来，激发了社会发展活力，也带来效率优先的功利化取向，形成物质文明和精神文明失衡现象。受社会普遍功利化和浮躁化的影响，人们容易把教育只看作走向成功的手段，而成功又被简化为升官发财，甚至回归粗浅层面的欲望满足。家长也把教育看作竞争的工具，一句蛊惑人心的"不要输在起跑线上"，谁家都怕输，起跑线甚至一直推到胎教阶段，从幼儿园择校开始，上好小学，上好中学，然后是考一个好大学，最后去欧美留学，而且最好是留在发达国家工作生活，于是许多中国人变成了外国人，自己的孩子变成了别人的孩子。

"苦学生、苦老师、苦家长"的三苦教育，不断加码，让孩子们在身心成长的岁月变成苦读苦学，不仅让他们失去了学习的快乐，也丧失了学习的本来意义，甚至失去了童年的乐趣。一位才上小学的孩子，看到树下悠闲下棋的老人，也闹着要退休。苦完小学，再苦中学，考上大学则变成"耍大学"，大学生放纵自己流放青春,已经不是新鲜事,本该发光的岁月,却多在蹉跎中度过。有的人直到毕业时才想起就业难,于是为了找工作、落户口再考研究生,真正为学业为兴趣为志向的考生现在少了许多。

北京大学中文系的钱理群教授,曾经说过一段震撼人心的话:"我们的一些大学,包括北京大学,正在培养一些'精致的利己主义者',他们高智商,世俗,老到,善于表演,懂得配合,更善于利用体制达到自己的目的。这种人一旦掌握权力,比一般的贪官污吏危害更大。"之所以说是震撼,是因为他说出了我们共同的感觉和忧虑,而且在反腐败斗争中确实出现一批有才无德、有文凭无文化的年轻贪官。我们是如何将一代人变成了精致的利己主义者?可能根子上是教书不育人。当年我考入仰望已久的北京大学,说实话首先被北大某些学生的自私自利行为所震惊,继而为北大"振兴中华,从我做起,从现在做起"的精神所感动,接着为北大满大街越来越多的考研、出国、租房、约友、旅游、做生意的小广告所担忧。关键是社会的整体格局是做大了,还是做小了。

在一个格局变小的时代,老师自然不好当。韩愈说:师者,所以传道授业解惑也。传道授业解惑三者并重,这是中国儒家文化的教育传统,而且是格物、致知、诚意、正心、修身、齐家、治国、平天下的系列动作,是让人有大格局和大作为。我们正在进入一个平面化、碎片化时代,个人主义和自我意识增强,是无法抗拒的时代变化,也是一种社会的进步,但这种进步中也容易让我们变得短视而功利。孔子说"无欲速,无见小利。欲速则不达;见小利则大事不成",早就提出了警告并指明了方向。要想让社会格局做大,传道授业解惑之人,格局自然要大。学高为师,身正为范,中国人把培养老师的学校叫师范,就包含着社会的期望,也是要求老师率先垂范。

这个教师节过得很忙碌,心情也很复杂。学生学员发来的祝福短信、微信,回复得手软。也是在这一天,得知大学老师陈燮章去世的噩耗,立即去他家慰问。在北京求学的十多年里,经历了许多的老师,他们都是我敬爱的人。但交往最多就是这位陈老师,他在边疆工作了十多年,夫妻长期分居,直到20世纪80年代初期才调回北京,给我们讲授藏族史。他们一家人先住在一间十多平方米的筒子楼,到20世纪90年代才分到一套60平方米左右的两居室,水泥地老家具,简朴而温馨。比之授业来,这位老师更多是解惑,每当我人生遇到困难的时候,他都会静静地倾听,力所能及地给予指导和帮助。退休时夫妻两人一个是副教授,一个是讲师,但从无抱怨,仍旧每天去北京图书馆收集摘录史料,坚持完成了藏族历史资料的汇编。他生病住院以来，我好几次要去医院探望，家属都说他不愿意让人看到他人生的暮色，甚至去世后也不愿惊动他人。他们一生只有默默奉献，没有自怨自艾，从他们身上，我感受到一种师道的力量。

教师节，总想起家乡那座文庙大殿，那是我小学和中学老师们的办公室，是我从小就敬畏的地方。每个人的成长，都有老师一路陪同，他们默默地为一茬又一茬的年轻人铺路送行。当我们长大之后，他们就老了，就像夏天绚丽的花，变成秋天沉甸甸的果实，然后在冬日里凋零，化作春泥培植新的生命。古老文庙那股看似消失了却还真实存在的香火，就这样一代又一代地延续传递。"师者，所以传道授业解惑也"，当接力棒传到我们手上的时候，无论时代如何变化，教书育人的职责不会改变，中华文明数千年的文脉，也会一代又一代生生不息。

原文载腾讯《大家》2017 年 9 月 14 日

从实求知志在富民的费孝通

一、跟费孝通读书结缘

第一次认识费孝通先生，是在 1982 年秋末冬初的时候，聆听他作"四上瑶山"的学术报告。那时我是中央民族学院历史系大学三年级的学生。在阴冷的地下教室，费先生戴着深度近视眼镜，穿着深色夹袄，说着浓厚乡音的普通话，我们在半懂不懂状态中听讲。他讲了自己在大瑶山调查的亲身经历，又谈到二上、三上大瑶山的感受，谈到民族地区的现代化建设，最后是对我们这些来自边疆民族地区的大学生的希望。刚开始是听不大懂他的话，渐渐听懂了话又觉得内容漫无边际，有些摸不着头脑，直到最后老先生几句简短的结语，一下子将他的整篇谈话串了起来，不仅浑然一体，而且生动自然，充满感情，让我立即感觉到这正是我要找的那种学问。

对费孝通先生的"私淑"之心一直没有放弃，我从报纸杂志上追踪着他的消息。1987 年我即将从中国社会科学院研究生院硕士毕业，有一天突然在报上发现一则很短的报道，说费孝通先生计划在有生之年培养一批博士，研究方向之一就是针对民族地区发展的"边区开发"专业。我激动不已，四处打听费孝通先生的住处，直接找上了家门。费先生的女儿费宗惠接待了我，让我去找北京大学社会学系的潘乃谷联系。1987年7月的一天，潘老师专门致电告诉我被录取了，而且马上跟费先生去内蒙古做调查。

按照约定的时间，我直接去西直门火车站与他们会合。顺路买了个最大的西瓜，算是拜师的见面礼。所有的人都到齐了，我是最后一名，刚一上车火车就开动了，潘老师责问道："怎么这么晚才来？"我说堵车，这是事实，心想真不该和卖瓜的小贩讨价还价。潘老师引我到费老面前，说："这是您今年新招的学生。"费老放下正在看的书，打量着我，问我一些基本情况。没等他说几句话，我就抱出大西瓜，拿出刀子切瓜，咔嚓一声打开后是一个生瓜，老先生满脸慈爱地看着我。我想他一定很后悔当初没有亲自检验一下，招了这么一个毛头小伙子。

从此我开始跟随先生攻读社会学"边区开发"研究方向的博士学位，也是他培养的唯一的"边区开发"研究方向的博士研究生，先生的言传身教让我终身受益。我一直努力领会费孝通的社会学、人类学、民族学和文化学思想，也认真实践先生倡导的"从实求知"的学术精神。在我的书房里，悬挂着先生为我题写的"求实、创新、勤学、笃行"几个大字。每当我倦怠时，就感到先生慈爱的目光在看着我，耳边就响起先生的话：珍惜时光，踏实做人。或许，我一生也做不出什么值得引以为自豪的成绩，但我会永远以先生为榜样，不断追赶。

2005年4月24日上午8时左右，我接到费孝通女婿兼秘书张荣华先生的电话，说老先生可能不行了。我立即赶到北京医院先生的病床边，俯下身轻声说道："先生，我来看你了，你要挺住！"先生的眼睛不断眨动，眼角浸出了泪水，接着是剧烈的身体抽搐，他的女儿费宗惠心疼地抱住他的头，让我不忍目睹。我知道先生有许多话要说，但他已经说不出来了！当晚就接到了先生去世的噩耗。我参加了先生葬礼的全部过程，尤其是作为唯一一位非血亲关系的人，我亲历了先生在人世间的最后告别仪式，又陪同两位工作人员和一位保卫干部收先生的骨灰。2007年4月3日，我专程陪同先生骨灰回到吴江老家，将他安葬在离他出生地不远的公园里。就在上个月，为纪念费孝通江村调查八十年，我再次到吴江拜谒了先生的墓地，重新品味用他自己的话题写的墓碑："逝者如斯而未尝往也，生命劳动和乡土结合在一起，就不怕时间的冲洗了。"

2005年也是费孝通和前妻王同惠大瑶山调查七十周年，在先生逝世这样一个特殊背景下，费孝通先生的女儿费宗惠和女婿张荣华庄重地委托我，重新接上广西金秀的大瑶山追踪调查。如此重大的使命交给我来完成，我要感谢先生家人对我的信任和厚爱，这是我作为费孝通弟子的光荣，更是我和费先生的缘分。我率领门下的研究生们，先从 16 卷的《费孝通文集》中，摘录出有关民族研究的文章，编辑为百万字的《费孝通民族研究新编》上、下两卷，又将他关于广西瑶族的研究文章编辑为《六上瑶山》，两本书基本将费孝通一生民族研究成果汇集在一起。2005 年夏和 2006 年春，我两次带研究生们到广西金秀追踪调查，写作了《大瑶山七十年变迁》一书，与前几本书集为一套由中央民族大学出版社出版，隆重纪念费孝通先生逝世以及他在民族研究上的贡献。

我又和学生一起撰写了《费孝通评传》，2009 年由民族出版社出版。转眼又一个十年过去，2014 年我第三次带门下的学生重上大瑶山，开展费孝通、王同惠大瑶山调查八十周年的追踪研究，2015 年由中国社会科学出版社出版专著，并由中国社会科学院召开了专题国际学术纪念会。我先后发表了《大瑶山调查与费孝通文化思想》和长篇论文《费孝通的民族研究及其理论贡献》，较为系统地整理了费孝通民族研究思想。

在跟随费孝通先生从事民族研究的近三十年历程中，对他的民族研究思想亦步亦趋，却总是陷于一城一地的局部领悟状态。蓦然回首，才发现费孝通先生从来不是孤立地研究民族问题，而仅只是在民族研究上着力最早且持续一生，他是从"民族"这种常见的文化现象入手，或者说以此为线索，不断推进对人类文化的认识，其终极目的是如何让社会变得更美好。他以社会人类学的独特视角，不断提升文化研究的内涵和外延，在"志在富民"的表达下为中国实现现代化不懈努力。可以说费孝通先生终生都走在文化探索的路上。

二、人生多经暴雷雨

回顾费孝通先生一生的学术经历，可以概括为"从实求知看世界，三级两跳论中国，差序格局说乡土，多元一体求认同，志在富民是心愿，城乡边区重行行，文化自觉强九州，和而不同安天下"。费孝通先生无疑是我们这个时代罕有的学术大师之一，他被人们称作著名的社会学家、人类学家、民族学家和社会活动家，为后人写下了七百余万字的作品，也留下了一笔宝贵的精神财富。

出生于 1910 年的费孝通，生长在书香门第，从小受到良好的家庭和学校教育，又幸运地师从吴文藻、史禄国、马林诺夫斯基等国内外著名学者，饱喝洋墨水却一头扎进"乡土中国"，毕生"行行重行行"，探索"认识中国从而改变中国"的路径，当过国家领导人却始终自认为"老来依然一书生"。在他的思想中，既有中国传统文化所打下的深刻烙印，也有西方学术精华的熏陶，更能够看到一代大家的严谨风范和崇高的爱国情怀。"脚踏实地、胸怀全局、志在富民、皓首不移"，既是费孝通一生学术追求的自我概括，也是费孝通学术思想的高度总结，他毕生都围绕中国现实问题"出主意、想办法、做好事、做实事"。

费孝通的人生，正如他诗里写的一样"多经暴雷雨""荣辱任来去"。他经历过三次死亡考验：第一次是1935年大瑶山调查时误入虎阱受重伤，前妻王同惠觅援失足摔死，成为他终生的痛；第二次是1946年在昆明民主运动时面对国民党特务的暗杀侥幸逃脱；第三次是1966年"文革"期间想过自杀而未实施。他有过两次传奇的爱情经历，经历二十年的压抑与沉默，坚持七十年的学术生涯。有着如此丰富曲折的人生经历而又忧国忧民，笔耕不辍，他的人生值得阅读，他的思想保存着一个时代的记忆和智慧。

费孝通和他们那一代的许多优秀青年一样，满腔富民强国的情怀，大学是从医预科转到社会科学，试图从医治个人转变为医治整个社会。在燕京大学社会学系学习后，发现听不到中国社会的真实情况，即使听到了，也是听得越多，视听越乱，于是就有了他和前妻王同惠去广西大瑶山"蛮荒之地"的调查，虽然付出了一死一伤的惨痛代价，费孝通也找到了他毕生的研究方法，那就是"从实求知"，其实就是中国知识分子传统的"知行合一"理念的现代延伸，开始了他一生"行行重行行""志在富民"的追求。

大瑶山调查，使费孝通从体质人类学者转变为社会人类学者，也认识到文化是一个完整的结构，不能随心所欲地凭感情拆"搭配"，必须在弄清楚中国社会的完整结构之后才知道应当改变什么，应当保留什么，"从认识中国社会到改造中国社会"。到姐姐费达生正在工业下乡实践的开弦弓村养伤，将费孝通与中国农民的命运联系在一起，虽然在大学时代他就短期参加过梁漱溟等人倡导的乡村建设活动，但这次调查使他的认识更加深刻。开弦弓调查无心插下的杨柳，产生了比《花篮瑶社会组织》影响大得多的《江村经济》，有意无意中使费孝通走到了世界人类学学科发展的前列，被导师马林诺夫斯基评价为具有里程碑意义，开拓了人类学本土调查和文明社会研究的新里程。《江村经济》以及在云南农村调查写作的《禄村农田》，直指当时中国农民的"饥饿"问题，提出了其根源是农村土地所有权，也看到了帝国主义入侵以及工业化大生产带来的农村凋敝，描述出半殖民地半封建中国的农村惨淡景象，揭示出中国革命的内在原因。在云南三村的调查基础上，费孝通在20世纪40年代先后发表了《生育制度》《乡土中国》《皇权与绅权》《初访美国》《美国人的性格》《重访英伦》《内地的农村》等一系列作品，提出了"差序格局"等中国社会研究的核心概念，开展国际视野下的文化比较，在对中国传统的皇权、绅权研究基础上，提出了乡土重建的问题，对传统农业社会文化转型进行深入探讨。

1957 年的二访开弦弓村，费孝通敏锐地发现中华人民共和国成立后虽然粮食大幅度增产，农民反而吃不饱饭的怪现象，经过细致的社会调查，认为问题出在片面地以粮为纲的政策导向上，破坏了传统的农工互补的经济结构，工副业的萎缩直接导致农民的贫困，他开始在报刊上为恢复乡村工副业生产而鼓与呼，可惜在《新观察》杂志上的连载文章尚未发完，费孝通就开始了沉寂二十年的艰难岁月。即使是在干校的艰苦环境中，费孝通与当地农民也结成亲密的朋友关系，甚至以六十岁高龄还下大田学种棉花。这段光怪陆离的生活经历，也使他对社会与人的关系有了更深的认识，从旁观者变成了亲历者，萌发了社会人类学关于心态研究的思考。

1981 年费孝通三访开弦弓村，当地的人均收入已经接近 300 块，在当时是很了不起的成就。副业发展起来后，老百姓有钱了，多种经营又焕发了农村的活力，看到自己当初提出的"农工相辅"得到了应验他非常高兴。以后又将开弦弓作为标本，追踪调查 26 次，而且从村到镇，提出了"小城镇，大问题"，从镇到全国一盘棋，将城乡关系和边区开发，看作做活中国人口这盘棋的"两个眼"，沿着城乡和边区两个路径，不断进行类型加比较的调查研究。及时总结各地发展经验，总结出"苏南模式""珠江模式""温州模式""民权模式"等多种发展类型，为各地经济社会发展"出主意，想办法"。先后去吴江 28 次、甘肃 11 次、广州 5 次、常州 5 次……，跑遍了中国大陆除西藏以外的各个省区，他总结各地农村发展经验，提出"无农不稳，无工不富，无商不活，无才不兴"。他谈得最多的是如何富民，思考最多的是中国发展的现实道路。

三、富裕之后怎么办

乡镇企业大发展，大大推进了中国工业化和城镇化进程，到 20 世纪 90 年代之后乡镇企业出现转制转型，形成了私营个体经济大发展和多种所有制共同繁荣。费孝通又将思路上升到区域合作发展的新模式上，他在 1987 年提出黄河上游多民族开发区的设想，主要是甘肃的临夏和青海的海东两个地方跨地区合作。20 世纪 90 年代初他向中央建议搞长三角开发区，以上海为龙头、江浙为两翼，带动整个长江流域发展。费孝通在珠江模式追踪研究的基础上，提出珠三角模式和南岭协作区的整体扩大，与东南亚经济发展联系在一起，这一倡议得到国家领导人的高度重视，也得到东盟十国的普遍响应。又几乎同时提出黄河三角洲开发，在天津几次强调港口与腹地的关系，对沿渤海湾开发和港口建设专门向中央提建议。

他不仅重视内地农村的发展问题，也一直关注边疆少数民族的发展问题，改革开放后，他又四上广西金秀大瑶山，提出要因地制宜发展民族经济，民族区域自治不是"画地为牢"，必须大力宣传和贯彻党的民族政策，民族团结首先是经济上的共同发展。他最早提出边区开发的构想，主张"以东支西，以西资东；互惠互利、共同繁荣"，为21世纪党中央提出的"西部大开发"战略鸣锣开道。根据在内蒙古等地的调查，他提出了要防止自然生态和人文生态的"两个失调"，较早提出了人和自然相和谐的问题，从包头钢铁厂"既要包钢也要包人"，提出打破"围墙经济"以及推动国企改革的思路。从鄂温克、赫哲等少数民族的发展困境，提出发挥各少数民族传统产业优势，促进当地整体发展，重点关注和推动人口较少民族的发展问题，得到国家的高度重视。

面对全球化的冲击，后现代主义反思成为国际性的学术议题，世界变得越来越不平静。人类怎样面对"经济一体化、文化多元化"的时代特征，建立一个和谐的地球家园成为费孝通深思的大问题。他在1990年八十岁生日时，提出了著名的"各美其美、美人之美、美美与共、天下大同"愿景。全球化时代的文化认同更引起他深刻的关注，结合一生的民族地区调查研究经历和在中央民族学院的教研积累，他综合运用多学科的理论和知识，提出了"中华民族多元一体格局"理论，为全球化时代中国各民族的团结和发展提供了强大的认同基础，有力地增强了中华民族的凝聚力。不仅在国内外学术界引起强烈的反响，并在2014年第四次中央民族工作会议上成为定义中国民族关系和走向的核心概念。

费孝通把中国近百年来的文化转型比喻为"三级两跳"，即伴随中国社会从农业社会走向初步的工业社会，当工业社会尚未完全形成又很快进入了以知识经济为特征的后工业化时代，经历了农业文明向工业文明一跳，接着又是工业文明向信息文明一跳。特别是改革开放以来的快速发展，容易带来社会失衡和文化眩晕，早在20世纪80年代末他就提出"富裕之后怎么办"？又从中国少数民族的文化转型问题，引发出中华民族的文化自觉问题，敏锐指出在经济一体化和文化多元化时代，如何通过"文化的自觉"，掌握文化转型的主动权，重建民族文化自信心，巩固国家和民族认同，建立"和而不同"的美好社会，更好地应对"全球化"的挑战，实现中华民族的伟大复兴。

在费孝通去世十多年后的今天，我们眼看着伟大祖国日益强大，不难发现他的思想一直活在人间。国家西部大开发战略的全面展开、兴边富民工程的步步深入，长江经济带、京津冀一体化、自贸区试点，无不包含着费孝通区域发展理论的思想火花。大力推进城乡一体化、加快边疆民族地区发展、减少贫困人口、生态文明建设等成为国家战略，回应着费孝通关于自然和人文"两个失衡"忧虑。"中华民族多元一体格局"理论，成为构建社会主义新型民族关系、最大限度凝聚各族人民智慧和力量、共同实现中华民族伟大复兴的重要支撑。"和而不同""美美与共""美好世界"的理念更成为建设和谐中国、和谐世界的强大思想动力……

费孝通的学术研究，始终贯穿着他所倡导的"从实求知"精神和"志在富民"的抱负。正因为费孝通很好地解决了理论和实际、学术和应用、高深和普及的关系，他的学问对国家有贡献、对人民有关怀，对社会有用处、对学术有意义，成为名副其实的一代学术大师，更为后人树立了为学为人的榜样。

四、费孝通的学术遗产

费孝通无疑是一代学术大师。他更是一位好老师，"但开风气不为先"，一辈子都在开风气、育人才。他给后人留下了丰富的学术成果，也留下了许多学术遗产。我作为费孝通的学生，一直惭愧跟不上他的步伐。当他给我们讲心态研究、打破学科边界、后人类时代、文化自觉、文化资源开发等问题时，我每每震撼却无力驾驭。特别是今天的中国日新月异，发展辉煌下也带来各种社会问题，需要后辈学子与时俱进地调查研究。不仅要讲好中国故事，更要弄清楚中国模式、中国道路，真正树立起中国学派，建立起强大的"四个自信"来。

费孝通的学术遗产，首先是他在 1983 年提出来的"小城镇大问题"。经过 30 多年的工业化城镇化，农民工已经进入了第二代，甚至第三代，从离土不离乡到离土又离乡。第一代农民工外出赚钱后要回归故土，可以继续当农民；当进入第二代、第三代后，就开始回不了村，也留不了大城市，他往往会选择县城和乡镇一类的小城镇作为创业和生活的地方，是不是下一步中国城镇化和工业化的重点还要转回小城镇？应该重提或者重新研究小城镇大问题，切实落实中央提出的"三个一亿人"的战略设想。

二是费孝通在 1984 年就开始的边区开发研究，当时他就提出"以东支西，以西资东"的共同发展模式，为西部少数民族地区的发展提出了很多的构想。我从北大毕业后做了 15 年的西藏调查研究。2009 年，开始从事新疆的调查研究。现阶段是边疆民族地区发展最快、政策最宽松、人民得实惠最多的时期，反而也是分裂势力破坏最严重的时候，不能不进行更深层次的反思。今天回过头来再读费先生的自然和人文两个"生态失衡""互利互惠、共同繁荣""提高少数民族自身的发展能力"等见解，就会意识到在边疆民族地区的发展上，也面临着新的历史转型，需要更深入的调查研究。

三是费孝通在20世纪40年代开展的乡土中国、乡土重建到后面的中国乡绅这条线的研究，到1949年以后就基本断掉了。中华人民共和国建立了一个全新的社会制度，彻底改造了传统社会结构。当今天面对基层社会组织松弛，有的甚至是瘫痪半瘫痪状态的时候，我们不断强调要加强基层政权组织，加强社区建设，但总有些见制度不见人，如何实现社会治理体系和治理能力的现代化？要改变基层社会的软弱无力问题，我们需要重新回头来理解中国的乡土性质及其变迁，重视中国基层社会重构和文化重建，特别是乡村和基层精英的培养问题，需要结合新的时代发展进行创新研究。

四是广受重视的文化自觉问题。费孝通从边区少数民族研究到中华民族多元一体格局，接着提出社区研究要上一个台阶，要从社会制度看到人，注重人文心态研究，明确提出社会学要扩大研究边界，在他八十岁生日时提出"各美其美、美人之美、美美与共、天下大同"的包容发展思想，晚年反复说到的就是文化自觉。面对21世纪全球化的时代背景，我们要获得文化转型上的自主能力，必须不断做到文化自觉。结合中华民族伟大复兴的"中国梦"和"四个自信"，有许多课题需要我们下大力气去深刻领会发掘。

五是知识分子定位和责任问题。费孝通20世纪50年代亲身经历了知识分子的改造运动，曾经担任国务院专家局副局长，为发挥知识分子建设国家的积极作用不断奔走。改革开放初期，他重新开始知识分子问题的研究，不断为提高知识分子的政治地位、经济待遇和充分发挥知识分子积极性而鼓与呼。费孝通学贯东西却扎根乡土，历经坎坷却无怨无悔，一生从实求知、志在富民，为我们树立了光辉的榜样。在今天知识经济时代，我们不仅需要对知识分子问题做进一步的研究，更需要思考如何在人生实践中，找到我们这一代知识分子的历史定位和社会责任。

原文以《费孝通：从实求知，志在富民》载《光明日报》2017年11月22日

特立独行的潘光旦先生

我一直想写一篇纪念潘光旦先生的文章，却一直写不出来。我没有见过潘光旦先生，但从学几十年来，潘光旦先生的名字和身影，一直萦绕耳际，盘旋在脑海。

1979 年我幸运地考入中央民族学院历史系读书，正值中国拨乱反正的特殊岁月。因为高考意外出色，得以从大山里到北京读"重点大学"，又因为意外地选择了"少数民族历史"这一奇特的专业方向，得以进入中央民族学院"最牛"的历史系，我也意外地"结识"了一批学术大师。当时许多人已经不在人世，他们的遗像高高地挂在灵堂上，我们这些懵懂的新生，木然地与他们的亲人握手，参加了一场又一场的平反昭雪悼念会。从他们的学生——我们的老师嘴里，潘光旦以及其他老一辈学者的形象逐渐清晰起来，也日益高大起来。

记得大三的时候，在中央民族学院阴冷的地下教室里，第一次聆听费孝通先生讲述大瑶山调查的学术报告。先是听不懂他的吴腔普通话，大致听懂后心情开始激动起来，我要找的就是这样的学问。此后我一直追踪费孝通先生的学术活动，得知他要招"边区开发"方向的博士研究生，立即一路打听找到费孝通先生家，表达我的强烈愿望。费孝通先生女儿费宗惠让我去北京大学社会学系找潘乃谷联系，她在具体负责招生事宜。潘乃谷老师热情地鼓励我报考，特别是在我错过外语面试情况下，积极联系相关部门和老师让我补考，我才得以在 1987 年进入北大，如愿以偿地成为费孝通的学生。

我读了五年的中央民族学院历史系，是潘光旦先生参与创建并度过人生最后岁月的地方；指导我考进北大并帮助我完成博士学业的潘乃谷老师，是潘光旦先生的三女儿，他的另一位女儿潘乃穆也是北大的教授，这是我与潘光旦一家的缘分。而我的老师费孝通与潘光旦，早在 1930 年以前就相识，"后来，在清华大学，我和潘先生住得很近，是邻居。到了民族学院，住得更近了。有一个时期，我们几乎是天天见面，一直在一起，可以说是生死与共，荣辱与共，联在一起，分不开了"。费孝通尊称潘光旦为老师，而且认为"他是个好老师，我不是个好学生，没有学到他的很多东西"。能让我的老师高山仰止的老师，又是一个什么样的人呢？

我们现在只能在照片里见到潘光旦先生。圆圆的脸上架一副圆圆的眼镜，总是带着慈祥平静的笑容。特别是他那张架着双拐不修边幅的照片，又表达出他人格的另一方面：坚强乐观而且特立独行。1913 年 14 岁的潘光旦考入清华留美预备学校，按照美式教育方针，学校规定下午四时至五时为强迫运动时间，并纳入留美考试的项目。潘光旦先生回忆道："我入校不久，就选择了'跳高'作为经常锻炼的方式。不到一年，就出了毛病。我自己总想做个'文武双全'的人，想在体育方面，也出人头地，好高骛远，一意孤行，当然要负主要的责任。但若当时，作为一个十四五岁的孩子，能够得到一些指导，这毛病与后来的不可挽回的损失，我想是可以不发生的。"

他的右腿因摔伤而发展为骨结核而不得不截肢，从此终身架拐而行。家里原来预订的婚姻因此告吹，虽然成绩优异也差点没去成美国留学，但意外灾难似乎没有影响他对生活的乐观态度。他以顽强的精神，不仅保持每门功课优秀，而且在日常生活中也与常人无异，在清华一样参加京郊几十千米的远足爬山，在昆明与同事徒步旅游，19 世纪 50 年代深入民族地区的高山深谷调查，连他的孩子们也从未感觉他是残疾之躯。他更没有残疾人常见的自卑压抑，甚至拿自己 1200 度高度近视和拄拐而行开玩笑，说自己方向不清，立场不稳。有人笑他读书如闻书，雪地行走如兽迹，他也听之泰然，反以为乐。

潘光旦先生一生研究领域广泛，在性心理学、社会思想史、家庭制度、优生学、人才学、家谱学、民族历史、教育思想等众多领域都有很深的造诣。他首开中国性心理学研究，1922 年他在选修梁启超《中国历史研究法》课程时，就以新的精神分析方法写出读书报告《冯小青考》，深得梁先生赞赏："以吾弟头脑之莹澈，可以为科学家；以吾弟情绪之深刻，可以为文学家。望将趣味集中，务成就其一，勿入鄙人之泛滥无归耳！"以后潘光旦还翻译哈夫洛克·霭理士七卷本长篇巨著《性心理学》，在当时的中国不仅开先河还要冒风险。

生活中的潘光旦先生，不仅是位好丈夫，也是一位慈祥的父亲。1916 年潘光旦回乡养伤，与表姐赵瑞云从熟悉到相知相爱。潘光旦留美期间生活节俭，一是为买书，二是拿出部分生活费供表姐上大学，以至回国时身上只剩一元钱。1926 年留美归国后两人正式结婚，共同生育七个女儿，有两位两岁半时患痢疾夭折，五位千金取名乃穟、乃穆、乃和、乃谷、乃年，潘光旦吟诗云"女比儿柔不厌多"，他从来不打骂训斥孩子，夫妻俩更是相敬如宾。二女儿潘乃穆回忆说："从我记事时起，看到父亲总是忙碌于学校工作，写文章，外出参加会议等，一切家务事，包括父亲和孩子们的穿衣吃饭，都靠母亲打理。"

潘光旦先生是中国著名的社会学家。1934 年至 1952 年，他先后在清华大学和西南联大任社会学教授共 19 年，讲授优生学、西洋社会思想史、中国儒家社会思想、人才论等课程。潘光旦的"社会位育论"是把西方社会学与演化论中国化的一个范例。他从《中庸》中的"致中和，天地位焉，万物育焉"的核心思想"中和位育"4 个字中，取"位育"两个字，来替代社会学里"顺应"（或适应）这个概念："一切生命的目的在求所谓'位育'。这是百年来演化论的哲学新发现的一个最基本最综合的概念。这概念的西文名词 Adjustment 或 Adaptation，我们一向译作'适应'或'顺应'，我认为这译名是错误的，误在把一种互相感应的过程看作是一种片面感应的过程。人与历史的关系，人与环境的关系，都是互相的，即彼此之间都可以发生影响，引起变迁，而不是片面的。说完全由人安排，是错误的；说历史与环境完全支配着人，也是错误。"

杨心恒先生认为，潘光旦用"位育"解释人与环境的互动，不仅仅是个概念的转换，而且是理论上的一大创造。"位育"虽然来源于《中庸》，但《中庸》里的"位"，是指天与地各安其位，"育"是指万物在天地间生长发育。潘光旦的"位育论"是"社会位育"，其中的"位"是说每个人都要各安其位，即"安其所"，待在自己应该待的位置，这样社会就有了秩序。"育"是"遂其生"，即在自己的位置与环境中发育成长，社会就有了进步。简言之，安其所是秩序，遂其生是进步。潘光旦的"位育论"不仅适用于个人与个人、个人与群体之间的互动，也适用于民族和国家，乃至人类与自然环境的互动。潘光旦先生说："位育是一切有机与超有机体的企求。位育是两方面的事，环境是一事，物体又是一事，位育就等于二事间的一个协调。"后来潘光旦把"位育论"扩展应用于思想、文化、教育、政治等各方面。

潘光旦先生是中国著名的民族学家。1952 年秋，他从清华大学调入新成立的中央民族学院，先后在研究部和历史系工作。他担任中央民族学院研究部第三研究室主任，负责中南西南地区的民族识别和调查研究。1953 年初开始对"土家"进行研究，他博览史籍，通阅地志，搜读笔记，遍求经、辞、诗、集。在文献研究之外，他还执着地寻找深入"土家"地区从事社会调查的机会。1956 年，他和同事前往湖南等地，在 26 个调查工作日中访谈了 70 多个调查对象，其中包括省、地、县各级领导干部，中学、师范学校校长和教师，基层一般干部，以及轿工和过往行人等。他亲自撰写和组织撰写的《湘西北的"土家"与古代的巴人》《关于湘西土家语言的初步意见》《湘西土家概况》3 篇文章，从历史起源发展、语言与现状三个方面，将土家族识别为中国单一独立的少数民族，1957 年 1 月得到国家正式承认。他还曾对中国犹太人、畲族等有过深刻的研究。

1959年10月到1964年4月，潘光旦参与《辞海》民族部分的编写工作，耗时长达五年左右，同时还参与中巴、中印边境的资料翻译工作。应商务印书馆之约，潘光旦翻译了达尔文的名著《人类的由来》，80万字文稿在"文革"中散佚，1983年4月该书才由胡寿文补译得以出版问世。从1960年开始，潘光旦下决心通读二十四史，将其中有关少数民族的资料全部摘录出来，整理成一套丰富的中国少数民族史资料汇编。在眼睛高度近视的情况下，他依靠放大镜，对每部正史从头读起，完成了这一浩大工程。直到2005年，在费孝通先生的关心支持下，由潘光旦编著，潘乃穆、潘乃和、石炎声、王庆恩整理的《中国民族史料汇编》才由天津古籍出版社出版，全书三册100余万字。

潘光旦先生是中国著名的教育家。1913—1922年，他在清华学校做学生，是学习和成长的9年；1934—1952年，他在清华社会学系任教授，是授业和服务的18年。在这期间，他还兼任清华大学教务长10年（1936—1946年）、秘书长2年（1939—1941年）、图书馆主任（后改称馆长）14年。1952—1966年他在中央民族学院，依然从事教学和研究工作。他一生做学生和当老师，对教育有自己独特的理解，力主实施通才教育："一切生命的目的在求位育，以前的人叫作适应，教育为生命的一部分，它的目的自然不能外是。我们更不妨进一步地说，教育的唯一目的是在教人得到位育，位的注解是'安其所'，育的注解是'遂其生'，安所遂生，是一切生命的大欲。"

他虽然从美国留洋归来，却反对西式实用化专业化教育体系。潘光旦在1932年写道："甚盼中国教育与欧美宣告独立，而新教育的领袖，应根据中国的需要，在中国国内养成之"，因为教育只能产生并发扬光大于教育对象生存的土壤。他认为"三十年来所谓新式的学校教育的一大错误就在这忘本与不务本的一点上。新式的学校教育未尝不知道位育的重要，未尝不想教人生和各种环境打成一片；但是他们所见的环境，并不是民族固有的环境，而是20世纪西洋的环境。20世纪西洋的环境未尝不重要，对它求位育的需要未尝不迫切，但是因为忘却了固有的环境，忘却了民族和固有的环境的连续性和拖联性，以为对旧的如可一脚踢开，对于新的，便可一蹴骤几，他们并不采用逐步修正固有的环境的方法，而采用以新环境整个的替代旧环境的方法——结果，就闹出近来的焦头烂额的一副局面。"

怎么个焦头烂额？"就物质的环境而论，中国的教育早应该以农村做中心，凡所设施，实在是应该以百分之八十五以上的农民的安所遂生做目的的；但是二三十年来普及教育的成绩，似乎唯一的目的是在教他们脱离农村，而加入都市生活；这种教育所给他们的是：多识几个字，多提高些他们的经济欲望，和消费能力，一些一知半解的自然科学与社会科学的知识和臆说，尤以社会科学为多，尤以社会科学方面的臆说为多；至于怎样和土地及动植物的环境，发生更不可须臾分离的关系，使百分之八十五的人口更能够安其所遂其生，便在不闻不问之列。……在文化的环境一方面，新教育的错误也正相似。它也是忘了本的。凡所设施，好像唯一的目的是要我们对已往的文物，宣告脱离关系，并且脱离得越决绝越好似的。……以前民族的文化与教育，唯恐离'经'背'道'，失诸一成不变，不能有新的发展；今日民族的文化与教育，唯恐不离'经'背'道'，失诸无所维系，飘忽不定。"这些话到今天也不过时，许多仍是中国教育的痛处。

潘光旦先生是社会活动家，更是中国优秀传统文化的践行者。他平易近人，诲人不倦，从来不摆大学者、名教授的架子，所以他家常常是高朋满座、热热闹闹。潘先生一家都热情好客、乐善好施，喜欢帮助解决学友生活中遇到的各种问题和困难。大家一到潘先生家，就会看到和和善善、亲亲切切的一家人，妻子赵瑞云是这个家的主心骨。在抗战艰苦的环境下，她组织教授夫人们上街卖自制的"定胜糕"，既补贴家用也鼓舞斗志。潘乃穆回忆道："母亲性情温和，对我们慈祥不用说，对亲戚、朋友和客人都是真诚相待，和蔼可亲。她和父亲不一样的是，不会到公众场合去说话；和父亲一样的是，无论贫富、老幼、有文化没文化、城里人乡下人，本省人外地人都可以接近，平等待人。母亲喜欢购物，出手大方，因为家庭人口多，需要量大，这本属正常，但自从抗日战争以后我家经济一直处于紧张状态，她受到很大限制。即便在经济十分困难的条件下，来了客人她必定请人留饭。遇到困难者，她则随手把家中仅有的东西送给别人。我父母均好客。请客的时候，母亲都要准备江南口味饭菜，每每得到客人好评。"

家庭关系和美，朋友关系亲睦，同事关系也特别。潘光旦在清华社会学及人类学系工作时，系主任陈达是学长，1916 年留洋，1923 年哥伦比亚大学获得博士学位，是清华社会学的开创者；吴景超则是 1923 年与吴文藻一起留洋的学弟，芝加哥大学博士，1931 年回到清华。陈达先生 1934 年将潘光旦引进到清华，可谓知遇之恩。但潘光旦所理解的社会学与陈达相去甚远，所秉持的大学理念也正好相反，陈达先生主张培养专才，潘光旦则主张通才。这场旷日持久的争论，一直到 1952 年院系调整社会学系被取消为止，谁也没有说服谁。但当陈达先生听说争论了一辈子的老伙计潘光旦悲惨去世，很少动感情的陈达先生赋诗一首《哭潘仲昂》：廿年同事不平常，死去孤魂我断肠！梦里寻君徒自苦，醒来犹自独悲伤。正如谢志浩先生的评价："可贵者，陈达、吴景超、潘光旦三位先生都具有学术勇气，在学术自由的氛围中，无所不言，无所不思，独立人格、自由思想；更可贵者，陈达和潘光旦具有开阔的学术胸襟，雍容大度的学人风范，万物并育而不相害，道并行而不相悖。"

费孝通先生在纪念潘光旦文章里说，要讲潘先生，关键是要看到两代人的差距，最关键的差距是在怎么做人。"潘先生这一代人的一个特点，是懂得孔子讲的一个字：己，推己及人的己。懂得什么叫作'己'，这个特点很厉害。'己'这个字，要讲清楚很难，但这是同人打交道、做事情的基础。归根结底，要懂得这个字。""潘先生这一代知识分子，对这个问题很清楚。他们对于怎么做人才对得住自己很清楚，对于推己及人立身处世也很清楚。不是潘先生一个人，而是这一代的很多人，都是这样。他们首先是从己做起，要对得起自己。怎样才算对得起自己呢？不是去争一个好的名誉，不是去追求一个好看的面子。这是不难做到的。可是要真正对得起自己，不是对付别人，这一点很难做到。考虑一个事情，首先想到的是怎么对得起自己，而不是做给别人看，这可以说是从'己'里边推出来的一种做人的境界。"所以他以《推己及人》来纪念恩师潘光旦，不仅怀念潘先生的"活字典"作用，更有学术的反思和做人的深刻领悟。

吕文浩在《费孝通与潘光旦——两代社会学家间的学术交往》一文中，对他们的友谊和传奇做了较为全面的介绍。1947年费孝通出版的《生育制度》一书，是在1946年夏他与潘光旦在苏州浒墅关避难时期所作。当时旅途困顿，行止不常，天气极为闷热，费孝通颇有将全稿搁置的意思，后来经潘光旦劝告，才决定姑先付印，以待将来补正。费孝通请潘光旦写一篇序。潘光旦历来为人作序都非常认真，洋洋洒洒，不可收拾，一写就是3万多字。这就是《派与汇——作为费孝通〈生育制度〉一书的序》一文。他认为，费孝通的书写得很好，但只是一家之言，太局限在功能学派的立场上，器局比较狭窄，并不是全面的分析。他回顾了中西方社会思想分分合合的历史，提出了一个更为综合的新人文思想。费孝通当时年轻气盛，对自己的学术颇为自负，对潘光旦的批评，他并没有完全接受。

直到20世纪90年代，费孝通年过八十以后，才重新拾起这个似乎已尘灰堆积的思绪，触起了重新思考。通过反思经历，费孝通认识到，个体虽然无法摆脱社会结构派定给他的角色要求，但他也有一个顽强的作为实体的"自我"存在。"这个自我的思想和感情可以完全不接受甚至反抗所规定的行为模式，并做出各种复杂的行动上的反应，从表面顺服，直到坚决拒绝，即自杀了事。这样我看见了个人背后出现的一个看不见的'自我'。这个和'集体表象'所对立的'自我感觉'看来也是个实体，因为不仅它已不是'社会的载体'，而且可以是'社会的对立体'。"从而将个人与社会作为并列的两个实体。"社会之成为实体是不可否认的。但是社会的目的还是在使个人能得到生活，就是满足他不断增长的物质及精神的需要。而且分工合作体系是依靠个人的行为而发生效用的，能行为的个人是个有主观能动性的动物，他知道需要什么，希望什么，也知道需要是否得到了满足，还有什么希望。满足了才积极，不满足就是消极。所以他是个活的载体，可以发生主观作用的实体。社会和个人是相互配合的永远不能分离的实体。这种把人和社会结成一个辩证的统一体的看法也许正是潘光旦先生所说的新人文思想。"

潘光旦先生一生爱读书，爱抽烟斗，几无其他爱好。他那只神气的自制老竹根烟斗上，刻着十二字铭文："形似龙，气如虹，德能容，志于通。"这是他的自我评价，或是自我的期许，或是"无我"的超然自得？特立独行的潘光旦先生早就走了，但他的身影和故事一直留在人间。或许随着年岁的增长，我们还会见到不一样的潘先生。

《"特立独行"的潘光旦先生》，载《群言》2019 年第 8 期

开风气育人才的吴文藻先生

神奇的笔记本

2016 年夏天，我要去西藏墨脱做社会人类学调查。路经拉萨时，巧遇一位学识渊博的老领导，校友丹增伦珠博士热心张罗，新朋旧友在八廓街弯曲巷子里的森苏大院藏餐馆聚会。

酒酣茶醉之时，西藏图书馆的努木馆长，拿出了一个黄布精细包裹的东西——就像西藏传统经书的包装一样。他小心翼翼地层层打开，显露出一个浅褐色的硬皮笔记本，封面是一只飞翔的鸽子。封页细密工整地写着"《实践论》《矛盾论》的学习心得"，红笔加方框标注着"唯物辩证法札记，吴文藻 1958 年 3 月初立志学习""学习毛主席著作笔记本，1960 年 9 月 7 日再立志记"。这是中华人民共和国

成立初期的高级笔记本，前面是毛泽东、朱德的标准照片。笔记本右上角注明了页码，一直编号到49页，实际记录到32页，清秀工整的字体，全部抄录和记载的是唯物辩证法的学习心得，还有一张1958年4月11日《人民日报》刊登的艾思奇的《哲学要为实际工作服务》的剪报和一张作为书签的纸条。

吴文藻，就在这么一个奇特的空间和时间里出现在我的面前。努木1993—1997年在中央民族大学民族学系学习，来自西藏农村的他家境贫寒，偶然在垃圾箱边发现的这个笔记本，本是想做读书笔记。当他看到吴文藻的大名后，立即精心地收藏保存了起来。他说："我一直在找一个最合适的人，来收藏保存这个笔记本，今天我把他送给你！"因为我也是中央民族大学的毕业生，更因为我的老师费孝通是吴文藻先生的得意门生，于是这本吴文藻的学习笔记，在奇妙的巧合机缘中传递到我的手上。

冥冥之中，我感觉有一种神奇的力量，将我拉回到学科发展史里。1979年9月，我从四川省汶川县的大山里，考入中央民族学院历史系学习，作为一个17岁的少年，一切都新奇而懵懂，只知道历史系有辉煌的历史，一直名人荟萃。我们的任课老师多是他们的学生或是学生的学生。听说过吴文藻，也依稀见过他与夫人冰心每天傍晚的散步，但离我有着跨时代的遥远。

进入高年级以后，我和学校的研究生们熟悉起来，我时常去研究生们居住的4号楼串门，与他们分享老家带来的腊肉香肠，更分享学术的熏陶。听的故事多了，老先生们的形象逐渐清晰起来，学术的价值也变得崇高起来。1987年我考入北京大学社会学系跟费孝通先生读博士，成为吴文藻学生的学生。看着这本古旧的笔记本，感觉学术的血脉传了过来，随着时光的流逝而变得日益厚重。

学术救国的践行者

1901年4月12日，吴文藻出生于江苏省江阴市夏港镇。父亲与人合开米店。吴文藻5岁发蒙，小学中学表现突出，得到老师厚爱指导，1917年他16岁时直接考入清华学堂。清华学堂为官办留美预备学校，不仅免费读书，而且照搬美国教材教学，使吴文藻打下厚实的现代学科基础。

1919年的五四运动，吴文藻参加了清华的游行，更受到进步人士和书刊的影响，开始认真思考为什么读书的大问题。他认为中国贫穷落后和任人欺凌宰割的原因，就在于中国的文化和科学技术落后，而要改变这种落后状况，首先应该学习西方先进的科学与文化，以学术改造来振兴中国。

1923 年吴文藻如期赴美国留学，进入达特茅斯学院社会学系学习。吴文藻将全部身心都投入学习美国的现代社会科学和自然科学知识，博览群书，广泛选课。他对西方政治思想史和工业化及经济制度发展格外留心，甚至选修过《社会主义运动史》课，阅读了马克思的《资本论》第一卷及列宁的一些著作。1925 年夏，吴文藻从达特茅斯学院毕业，获得学士学位，同年进入纽约哥伦比亚大学研究院社会学系学习，更加广泛地涉猎社会学、经济学、人类学、心理学、法学、历史学、统计学、人口学、逻辑学、伦理学、生物学、化学等众多的课程，还挤出时间学习了法文和德文。吉丁斯、奥格朋、海斯、塞利格曼、杜威、博厄斯、本尼迪克特等学术大家的讲课，都给他留下了深刻印象。

"以学术研究为祖国服务"是吴文藻留学的信念。他如饥似渴地吸收西方的学术思想，力求将学术研究与祖国需要相联系。仅仅在哥伦比亚大学学习一年以后，1926 年，吴文藻就以《孙逸仙的三民主义学说》的毕业论文获得硕士学位。同年，他还发表了《民族与国家》，这是吴文藻第一篇重磅学术论文，"民族乃一种文化精神，不含政治意味，国家乃一种政治组织，备有文化基础。民族者，里也，国家者，表也。民族精神，实赖国家组织以保存而发扬之"。试图将东西方的学术概念糅合在一起来认识和解读中国的社会与文化，反映了他宏大的学术抱负和学术视野。

两年后的 1928 年冬，吴文藻进一步利用英国议会材料，针对中国的社会问题和社会改造，撰写了《见于英国舆论与行动中的中国鸦片问题》的毕业论文，次年获得社会学博士学位，并荣获哥伦比亚大学颁发的"最近十年内最优秀的外国留学生"奖状。吴文藻决心选择社会学和人类学为终身专业，想通过对中国社会的深入研究，提出改变中国社会落后状态的合适方案。正是在这一信念的支持下，吴文藻在博士学位尚未公布的情况下，于 1929 年 2 月回到了祖国。

清华大学和燕京大学同时聘请吴文藻当教员。吴文藻因为深爱的冰心，选择了燕京大学，答应同时为清华大学兼课。

推动社会学中国化

社会学是在 20 世纪初传入中国的舶来品，最早在燕京大学等教会学校展开。教师、教材、教法甚至最早的中国社会调查，几乎都是外来的。1922 年步济时聘请 6 名美国人创办燕大社会学系，1926 年许仕廉接任系主任，倡导讲授中国的社会学。吴文藻加入燕京大学社会学系后，教授"西洋社会思想史""家族社会学""人类学"等三门课，原先采用的都是英文教本。有感于西方理论与中国现实的脱节，吴文藻首先为每一门课都编了一种汉文教材，并且加入中国的材料和研究内容，每年都根据自己的教学经验和新得材料加以修改和补充，使之日臻完善。

为了更好地推进社会学中国化，吴文藻在国外留学的深厚积累基础上，不断追踪国际学术最新发展，首先系统介绍欧美发达国家社会学、人类学的代表人物和典型学派。从民族出版社 1990 年出版的《吴文藻人类学社会学研究文集》，到 2010 年商务印书馆出版的《论社会学中国化》，都较为全面地收录了吴文藻付出巨大心血所撰写的这些文章，为社会学中国化做了大量的奠基性工作。他从《文化人类学》概念入手，依次撰文介绍《现代法国社会学》《吉丁斯的社会学学说》《德国的系统社会学派》《功能派社会人类学的由来与现状》《文化表格说明》《印度的社会与文化》等。在充分吸收国际学术成果基础上寻找社会学中国化的切实途径。

其次是引进来，邀请世界著名学者到燕京大学讲课。1932 年，69 岁的美国芝加哥学派代表人物帕克走上了燕大课堂，一头白发的他第一句话就是："在这门课程里我不是来教你们怎样念书，而是要教你们怎样写书。"一下子让中国学生脑洞大开。1998 年，费孝通 88 岁高龄时决心在学术上重新补课，用的就是吴文藻遗赠的帕克的两本书作教材，花了两年时间写下长篇《补课札记——重温帕克社会学》，深情回忆帕克来华故事及其深远影响。吴文藻专门为燕大师生编辑的《帕克社会学论文集》作导言，系统介绍了帕克的学术成就及芝加哥学派，特别有感于帕克"成功不居，提拔青年，鼓励后进"。

1935 年，吴文藻担任了燕京大学社会学系主任，更大力提倡和推行社会学中国化主张。他认为社会学要中国化，最主要的是要研究中国国情，即通过调查中国各地区的村社和城市的状况，提出改进中国社会结构的参考意见。吴文藻先生把此概括为"社区研究"。他专门增设"社区调查""社区组织及问题"两门课，先后撰写了《现代社区研究的意义和功能》《社区的意义与社区研究的近今趋势》《中国社区研究计划的商榷》。1935 年，邀请英国功能学派创始人之一的拉德克里夫—布朗来华讲授"比较社会学"和"社会研究"，吴文藻撰文介绍《布朗教授的思想背景与其在学术上的贡献》。燕大社会学系成为当时最流行的结构功能学派的中国研究中心。

最后是社会学中国化的实践。吴文藻认为"以试用假设始，以实地验证终，理论符合事实，事实启发理论；必须理论和事实糅合在一起，获得一种新综合，而后现实的社会学才能根植于中国土壤之上，又必须有独立的科学人才，来进行独立的科学研究，社会学才算彻底的中国化"。他主张把社会学的理论和方法与文化人类学或社会人类学结合起来，对中国进行社区研究，并认为这种做法与中国国情最为吻合，是社会学中国化的一条重要途径。

吴文藻倡导的"社区研究"，就是要对中国的国情"大家用同一区位或文化的观点和方法，来分头进行各种地域不同的社区研究""民族学家考察边疆的部落或社区，或殖民社区；农村社会学家则考察内地的农村社区，或移民社区；都市社会学家则考察沿海或沿江的都市社区。或专作模型调查，即静态的社区研究，以了解社会结构；或专作变异调查，即动态的社区研究，以了解社会历程；甚或对于静态与动态两种情况同时并进，以了解社会组织与变迁的整体"。

1937 年七七事变后，抗日战争全面爆发。燕京大学作为教会学校，虽暂时未受影响，但吴文藻一家无法在北平继续亡国奴的生活。吴文藻受聘云南大学并建立起社会学系，担任系主任，同年又受燕京大学的委托，成立了燕大和云大合作的"实地调查工作站"，吴文藻离开后由费孝通主持工作，在社会学史上留下了著名的"魁阁精神"。

1940 年吴文藻到重庆国防最高委员会参事室工作，对边疆民族的宗教和教育问题进行研究，参加了对西北边疆的实地考察。早在 1933 年他曾经到内蒙古调查，撰写了《蒙古包》一文。各民族团结抗战，让他更深刻地认识到民族与国家的重要关系。他提出"边政学"这一概念，并撰写长文《边政学发凡》，指出："所谓的边疆现代化，就是对于边疆文化，因势利导，使之与中原文化混合为一，完成一个中华民族文化，造就一个现代化的中华民族国家。"他又帮助成都燕京大学社会学系建立边疆研究所，推动民族地区实地调查，产生了林耀华《凉山彝家》、李安宅《藏族宗教与历史研究》、陈永龄《四川省理县嘉绒藏族土司制度下的社会》等成果。在抗战极端艰苦的条件下，以《社会学丛刊》名义分甲乙两集系列出版，并亲自作总序。这套书成为社会学中国化的重要标志性成果。

开风气育人才

吴文藻不仅是一位著名的社会学、人类学家、民族学家，更是一位十分出色的教育学家。吴文藻认为一个学科的发展，只靠少数人的努力不行，只有造就大批的人才，才能取得重大的成就。在吴文藻主持燕京大学社会学系工作期间，他为中国的社会学和人类学事业培育了第一批人才。吴先生门下的"四大弟子"，即费孝通、林耀华、黄迪、瞿同祖，他抗战时期在昆明和成都培养的一大批学者，都在学术上做出了突出的成就。即便是活跃在今天中国社会学、人类学、民族学界的许多同人，在广义上也可称为吴门弟子，大多可列为吴文藻先生的徒子徒孙。

《开风气，育人才》一文，是费孝通 1995 年北京大学社会学所成立 10 周年时的讲话，他强调这次会议同时是纪念吴文藻老师逝世 10 周年。"这两件值得纪念的事并不是巧合，而正是一条江水流程上的汇合点。这条江水就是中国社会学人类学民族学的流程，北大社会学研究所的成立和后来改名为北大社会学人类学研究所，还有吴文藻老师一生的学术事业都是这一条江水的构成部分，值得我们同饮这江水的人在此驻足溯源，回忆反思。"费孝通深情地回忆了在燕京大学社会学系的学习生涯，是吴文藻将一批优秀青年带入社会学的学科领域，让他们树立起"从认识中国到改造中国"的社会责任。

费孝通 1930 年从苏州东吴大学医预科转学到燕京大学社会学系，第一个震撼就是留洋归来的吴文藻，用汉语给他们讲授《西洋社会思想史》。他说"65 年前在燕京大学讲台上有人用中国语言讲西方社会思想是一个值得纪念的大事，在中国的大学里吹响了中国学术改革的号角。这个人在当时的心情上必然已经立下了要建立一个'根植于中国土壤之中'的社会学，使中国的社会和人文科学'彻底中国化'的决心了"。吴文藻深知社会学中国化是一个庞大的系统工程，十分重视发现和培养人才。他很看重牛津大学的导师制，想为中国培养"通才"式学者。1938 年他聘请牛津大学的林迈可和戴德华来系协助，打破院系界限，从各系优秀学生中选择了 8 人受 4 位导师分别培养。导师制虽因抗战烽火未能继续，但亲密的师生关系，成为吴门的传统。

1946 年，吴文藻赴日本担任中国驻日代表团政治组组长并兼任出席盟国对日委员会中国代表顾问。中华人民共和国成立后，吴文藻满怀爱国热忱，1951 年历经艰难返回祖国。1953 年任中央民族学院研究部"国内少数民族情况"教研室主任和历史系"民族志"教研室主任。吴文藻与费孝通等人共同校订了少数民族史志的三套丛书，为《辞海》第一版民族类撰写词目等，还多次为外交部交办的边界问题提供资料和意见。1971 年吴文藻和冰心以及费孝通、邝平章等 8 人，从下放劳动的沙洋干校调回北京的中央民族学院，共同翻译校订了尼克松的《六次危机》的下半部分以及海斯·穆恩、韦兰合著的《世界史》，以后又合译了英国大文豪韦尔斯著的《世界史纲》。

改革开放以后吴文藻竭力推动社会学学科重建工作，1979 年 3 月在重建社会学座谈会上，他以十分激动的心情发表了"社会学与现代化"的发言，热情洋溢地担任起中国社会学会、民族学会的顾问。海外朋友寄来了西方最新出版的 17 本社会学代表性著作，他据此与学生王庆仁联名发表《英国功能学派人类学今昔》，又单独撰写发表《战后西方民族学的变迁》《新进化论试析》等论文，积极推介国际最新学术成果和动向。他不顾年高体弱，连续招收了两届民族学研究生，一如既往地严格要求、亲自上课指导，经常将学生招呼到家里讨论，要求学生从外文原著学起。他带病修改指导学生毕业论文，坚持做完4名研究生的毕业答辩，才于1985年7月3日住进北京医院，以后长期处于昏迷状态。1985年9月24日早上6时20分，吴文藻静静地去世了！他留下的遗嘱是：不向遗体告别，不开追悼会，火葬后骨灰投海，存款三万元捐献给中央民族学院民族研究所，作为民族学研究生的助学金。

　　"首先我想说的是吴文藻老师的为人，他在为中国社会学引进的新风气上，身教胜于言传。他所孜孜以求的不是在使他自己成为一个名重一时的学人在文坛上独占鳌头。不，这不是吴老师的为人。他着眼的是学科本身，他看到了他所从事的社会学这门学科的处境、地位和应起的作用。他在65年前提出来的'社会学中国化'是当时改革社会学这门学科的主张。……从这个角度去体会吴老师不急之于个人成名成家，而开帐讲学，挑选学生，分送出国深造，继之建立学术研究基地、出版学术刊物，这一切都是深思远谋的切实功夫，其用心是深奥的。"费孝通以"开风气，育人才"来评价他敬重的吴文藻老师，既是发自肺腑的感情表达，也在为我们这些后学，树立起做人做学问的标杆。

一片冰心在玉壶

　　吴文藻与冰心的爱情，可谓因错结缘。1923年8月17日，美国邮船杰克逊号，从上海启程开往美国西岸的西雅图。这艘船上云集着风华正茂的中国留学生，其中仅清华留美预备学校的学生就有一百多名，还有刚从燕京大学毕业的美女作家谢婉莹。这位23岁的才女，以冰心的笔名已经发表诗集《繁星》和小说《超人》，在中国文坛崭露头角。

　　冰心贝满中学时的同学吴楼梅，来信拜托照顾同船的弟弟吴卓。船行第二天，冰心请同学许地山帮忙寻找，他却热心地从清华的留学生堆中，找来了一位温文尔雅虽姓吴却名文藻的瘦高男子。这个美丽的错误，开启了吴谢的终身之旅。吴文藻朴实无华，谈起文学却一口气列举几本著名的英美评论家的著作，问得冰心哑口无言。他直言不讳地说："你如果不趁在国外的时间，多看一些课外的书，那么这次到美国就算是白来了！"一席话刺痛了那颗孤傲的心，虽在横渡太平洋两星期的光阴中两人再无交结，爱的种子却已悄然埋伏。

　　船到美国西雅图，留学生们互留地址各奔东西。吴文藻节衣缩食地爱书买书，每逢买到一本文学书，看过后就寄给冰心。而且在有关爱情描写部分画上重点，对这种另类表达方式，冰心其实心有灵犀。她收到书就赶紧看，看完就写信报告读书心得，"像看老师指定的参考书一样的认真"。双方的学问在增长，爱情也随之增长。

　　入学两个多月后，冰心因病住进了沙穰疗养院，吴文藻乘七八小时火车前来看望。1925 年春，冰心和波士顿的中国留学生为美国朋友演《琵琶记》，冰心随信寄去一张入场券。吴文藻先说功课太忙不能来，但第二天却意外地出现在她的面前。美丽的夏天，冰心到康奈尔大学的暑期学校补习法语，意外发现吴文藻也在这里补习法语。两人几乎每晚从图书馆出来，就坐在石阶上闲谈。两年的信函往来，一次又一次的"意外"出现，有一天在湖上划船的时候，"老实"的吴文藻终于吐露爱的心声。

　　1929 年 2 月，吴文藻博士毕业回到祖国，受聘燕京大学同时在清华大学兼课。他们南下上海、江阴拜见了双方的父母。回到北京后，6 月 15 日是星期六，吴谢在燕大校园美丽的临湖轩，请来燕大和清华两校的同事和同学，举行了一个简朴而热闹的婚礼，仅用 34 元钱买来待客的蛋糕、咖啡和茶点。新婚之夜他们是在京西的大觉寺度过的，找了一间空屋，除了自己带去的两张帆布床之外，屋里只有一张三条腿的小桌子——另一只腿是用碎砖垫起来的。简单，却别有文人的浪漫。

　　在燕京大学社会学系的十年间，吴文藻把全部精力用在推动社会学中国化的事业上，冰心则承担起家庭的所有家务，特别是三个可爱的孩子相继来到世上，还要照顾两边亲戚的生老病死，维系复杂纷繁的社会关系。冰心深有感触地写道："一个家庭要长久地生活在双方人际关系之中，不但要抚养自己的儿女，还要奉养双方的父母，而且还要亲切和睦地处在双方的亲、友、师、生之中。"吴文藻的严谨、认真、朴实与冰心的细腻、周到、热忱相得益彰，吴家经常高朋满座、师生欢聚一堂。

　　生活并不总是美好，但苦中仍旧有乐。1937 年抗战爆发，不愿当亡国奴的吴文藻夫妇，等最小的孩子吴青出生后，立即绕道奔赴大后方昆明。吴文藻应聘云南大学社会学系主任，又创办了燕大和云大合作的"实地调查工作站"。为躲避日本飞机的轰炸，全家搬到昆明郊外的呈贡，住在华氏墓庐。冰心受聘担任当地中学教员，将那座祠堂式的房子改名为"默庐"。1940 年，吴文藻到重庆国防最高委员会参事室工作，全家又搬到重庆郊外的歌乐山，花 6000 元买了座没有围墙的土屋，冰心又将其叫作"潜庐"。每座房都伴有一篇美文，还有歌乐山小橘灯的故事，表达出冰心的乐观善良。吴文藻自传中回忆道："自 1938 年离开燕京大学，直到

84

1951 年从日本回国，我的生活一直处在战时不稳定的状态之中。"

1946 年，吴文藻赴日本担任中国驻日代表团政治组组长并兼任出席盟国对日委员会中国代表顾问，冰心受聘东京大学教授文学，全家团聚日本其乐融融。他们看透了国民党的腐败，也拒绝了美国大学的邀请，毅然在 1951 年历经艰难返回祖国。1953 年，吴文藻正式调到中央民族学院工作，冰心也加入中国作家协会，全家搬到民院家属院的和平楼居住。大儿子在清华学建筑，两个女儿听从周恩来总理建议攻读英语专业。

改革开放以后，1983 年他们搬进中央民族学院新建的高知楼新居，窗户宽大，阳光灿烂。书桌相对，夫妻俩终日隔桌相望，各写各的，不时有熟人和学生来访，说说笑笑，享受着人间"偕老"的乐趣。1985 年 7 月 3 日，吴文藻最后一次住进北京医院，一直昏迷不醒，在 9 月 24 日平静地离开这个世界。冰心又独自在这套窗明几净的房子里，慢慢地回忆，宁静地书写。"人活着一天，就有一天的事情"，她的《我的一天》记录下一位智者的雅淡和充实。1999 年 2 月 24 日，百岁的冰心老人安详地永远睡着了。她的骨灰和吴文藻的合装在一起，2002 年 10 月 21 日安葬在八达岭长城脚下的"中华文化名人雕塑纪念园"里。

冰心说："人生的道路，到底是平坦的少，崎岖的多。在平坦的道路上，携手同行的时候，周围有和暖的春风，头上有明净的秋月。两颗心充分地享受着宁静柔畅的'琴瑟和鸣'的音乐。在坎坷的路上，扶掖而行的时候，要坚韧地咽下各自的冤抑和痛苦，在荆棘遍地的路上，互慰互勉，相濡以沫。"

原文《此去不缘名利去，万里归心对月明——忆吴文藻先生》，载《学习时报》2017 年 3 月 17 日星期五第七版学术人生。

关于当代知识分子责任的思考

有关战略知识分子的讨论，去年底由《人民论坛》杂志发起，确有一石激起千层浪的效果。2010 年正好是我的导师费孝通先生去世五周年、一百周年诞辰的日子，从费孝通先生一生的经历和追求，我感觉到一个战略知识分子的光荣和伟大，趁势在《人民论坛》杂志上发表了一篇纪念文章，既是追思先生，也表达了沧海横流时代，对战略知识分子的需求和大浪淘沙般的选择。也引发出我进一步思考：什么样的人，才称得上战略知识分子？战略知识分子的讨论，是时代和个人的历史责任共鸣，还是一种不甘寂寞的鼓噪？

中国传统的读书人，一定要熟读孔孟之道，以四书五经博取功名，只要"范进中举"，即可一展宏图，虽然不乏志大才疏、弄权祸国之辈，但大多牢固树立"格物、致知、修身、齐家、治国、平天下"的宏大理想，讲求"先天下之忧而忧，后天下之乐而乐"，进则安天下，退则修自身，他们被称作"仕"或"士"。进入近代中国，科举制变成了考试制，读书是为了学习知识，虽然事实上还是社会选择的主要工具，但选拔形式、特别是选拔内容完全变了，知识重于修养，理论多于实践。知识多是从西方引进的"科学"体系，理论一直都存在如何联系中国实际的问题，读书人的称呼也变成了知识分子。

知识分子不仅与传统的"仕"和"士"不同，而且往往成为反传统的先锋，对社会充满批评精神，这也是延续了西方所谓知识分子的传统。在近代中国的窝囊背景下，有些人大有哀其不幸怒其不争的救世主心理，以为读了洋书穿上西装就不是中国人了。当然更多的读书人，还是延续中国传统的士大夫精神，不断地"吾将上下而求索"，更不断地努力奋斗，将自己融入中国的历史和人民。一百七十多年的磨炼，中国的知识分子队伍大大扩容了，但精神是否也同时成长了呢？大家都显得没有太大的把握。

经历了无数的反侵略战争，无数的东西方文化混战，无数的大浪淘沙般的洗礼，我们却不知道知识分子为何物了，岂不怪哉！一百六十多年的翻云覆雨，颠覆了多少是非曲直，知识分子一直起伏于风口浪尖，不知道又有何怪！想一想"三十年河东，三十年河西"这句老话，近代中国犹如不断改道的黄河，虽然不改奔流到海不复回的大方向，其间又经历了多少辗转反复？最早三十年我们觉得"器不如人"，于是要中体西用，引进洋务和实业，再三十年我们觉得"制度也不如人"，于是开始派留学生，搞变法，再一个三十年，我们觉得整体文化都出了问题，于是引进"德"先生和"赛"先生，要用民主和科学打倒自家的"孔家店"。实业救国走不通，就教育救国，政治维新不理想，就来革命运动，城市革命不成功，就以农村包围城市……，中国人走过了多少激流险滩啊。

即使在中华人民共和国成立以后，也经历了"统"与"分"的两个重大历史阶段，中国文化的传承和创新，相应也是反复无常。知识分子的命运，也如历史洪流中的碎叶，癫狂中变幻莫测，一会儿是"臭老九"，一会儿是工人阶级的一部分。不甘寂寞、指点江山的知识分子，在任何一个时期都有人站出来，很少有人在沧海横流中做到"手把红旗旗不湿"，能够留下一世英名，"古今多少事，都付笑谈中"。改革开放以后，进入一个号称"知识经济"的新时期，名和利的得失权衡，比历史上任何时期都放得更大，大大检验着知识分子的人格魅力。"有知识，无文化"，成为人们的一种感慨，还是一种集体性失落？

21世纪后的中国，全球化成为毋庸置疑的时代背景，知识分子身上背负起更大的历史责任。在综合国力竞争日趋激烈的现在，科教兴国不仅指日益强大的物质力量，更包含着文化的影响力，中华民族伟大复兴的目标，已经不是一个遥远的梦想，历史要求知识分子做得更好，于是有了战略知识分子的说法。这是一种希冀，还是一种知识分子的自大自恋？

寒假期间，带着家人游三峡，还带了一本厚厚的《陈寅恪与傅斯年》，当然也带着对战略知识分子问题的思考。在宜昌远观了葛洲坝水利工程，参观了中华鲟研究所，然后登上了去重庆的游轮。第二天上午就参观雄伟的三峡大坝，在最高处的坛子岭买了一本《百年梦想——中国三峡工程决策纪实》。躺在游轮舒适的床上，一边透过落地大窗户看着巨大的轮船，在五级船闸中一级一级地提升、最后翻越大坝进入高峡平湖的壮举；一边阅读着三峡建设70年的梦想、40年的论证、30年的争执的艰难历程，让人一下子似乎触摸到战略知识分子的一种内涵。

早在1894年，28岁的孙中山就上书李鸿章主张利用水力发电，平水患而兴水利，这时世界上第一台水力发电机刚诞生5年。改良不成的孙中山开始革命，革命挫折中研究《建国方略》。1917年在上海的寓所里，他比照地图选择了宜昌，最早提出了建立三峡大坝的设想。中华人民共和国成立之初的毛泽东，不仅写下了壮丽的"高峡出平湖"的诗篇，而且一直关注和推动着这项浩大工程，甚至提出想给长江水利工程局局长林一山当助手，找一个人替他当主席。周恩来以他一贯的细致务实，脚踏实地推动着这项工程的进程。历史又走过了邓小平、江泽民、李鹏等领导人时代，经过无数次的论证和争论，终于在1992年4月3日的七届全国人大五次会议上，以1767票赞成、177票反对、664票弃权三峡建设得以确立，2003年6月1日下闸蓄水，直到2009年才全部完工。

这一世界最大的水利工程，凝聚了无数中外知识分子的血汗。1944年5月，冒着日军进攻的炮火，美国最著名的水坝专家萨凡奇就应邀到三峡考察，他一生建造了60多座大坝，包括当时世界上最大的4座大坝。他提交了最早的三峡大坝建设方案，等1946年再来中国时，大坝理想已经淹没在蒋介石发动的内战炮声里。1955年苏联老大哥也派出了12名顶尖科学家，再次帮助中国选址和设计，出现了南津关还是三斗坪的争论，直到 1959 年才达成初步的共识。后来中苏关系破裂，一切又成往事。

从 20 世纪 40 年代开始的三峡建设的坎坷之途上，更多的中国知识分子一代又一代地默默勘探、设计、实验、论证；更有一批又一批的大小政治人物，你方唱罢我登台，不断推动这一工程付诸现实；还有一批忠实的批评者高举反对的大旗。就像一个传一个的接力赛，不断传递、完善、实践着三峡的梦想，许多人付出了终身的努力和代价。中华鲟保护的故事、泥沙专家钱宁的死而后已、几十年关于三峡工程安全的论证和实验……，让人有太多的感动和震撼！所有人几乎都是出于对科学的忠诚、对人类福祉的责任、对国家的热爱、对历史的担当，他们身上是否就体现着我们要寻找的战略知识分子的基本品质？

船到重庆，又去了一次渣滓洞和白公馆。中国人耳熟能详的红岩故事，激励着一代又一代人。在车耀先和小萝卜头牺牲的戴公馆，给自己买了一本《红岩档案解密》，给儿子买了一本《小萝卜头的故事》。红岩正反各色人物的生前死后，更加详细地展示出来。历史原来并不复杂，人性却扑朔迷离；监狱只是专政工具，时代不同关押的对象也不同，但监狱里的人却会演绎不同的人生价值。重庆在中华人民共和国成立前夕的大逮捕，首先叛变的是重庆市委的几名高级领导，因为害怕倒在黎明前，但他们最终倒在了黎明时分；而许多他们的部下和亲手发展的新党员，却表现了共产党员的坚贞不屈，烈士们牺牲了，却树起了高大永恒的人生。

叶挺将军拒绝蒋委员长的亲自封官许愿，坚持"人的身躯怎能由狗洞里爬出"的原则，毕生的愿望是加入中国共产党；刘国鋕、胡广斌等人背叛家庭，拒绝保释，甘愿坐牢。《红岩》小说里的江姐、许云峰、成岗、华子良以及叛徒甫志高，已经成为历史定格的形象，他们都是大小知识分子，在历史的关头上演了不同的人生故事。我最关注的是烈士们用生命写成的《狱中八条》，也反思自己在生死选择时会有着什么样的表现。说到底最重要的是人生的信念，因为有了主义真，才会有砍头不要紧，没有人生的境界，不可能有人生的高尚。中国知识分子从来讲求气节，要称作战略知识分子，可能还必须有坚定的人生信念才行。

一直回到北京，才读完那本长达 454 页的厚书《陈寅恪与傅斯年》。这是一本讲述知识分子人生境遇的著作，涉及了我们熟悉或者还不太熟悉的许多老一辈学术名人的悲欢离合，经常读得揪心揪肺，让人庆幸自己生活在一个好时代。他们是一代学术大师，为人为学堪称典范。陈寅恪先生坚持为学术而学术，追求"独立之精神，自由之思想"，把学问做成了事业，也做成了不朽的艺术品；而傅斯年从五四运动火烧赵家楼开始，就以经世致用为取向，一直累死在台湾大学的重建岗位上，他公开叫板四大家族的孔祥熙、宋子文，其才气、霸气和勇气都令人叹为观止。他们或许给了我们作为知识分子的另一些人格启示。

几本书和一路观感，都不足以说明什么是战略知识分子。每一代人都有自己的命运，每一个人都有自己的选择，与其说战略知识分子是一个需要说清的概念，不如说是需要我们这一代号称知识分子的人在新的历史阶段的人生实践。条条大路通罗马，但一定要走才能到达罗马，而且必须是在信念、忠诚、热爱以及历史的担当和责任引导下，才可能走出一代学人的辉煌。

我们还是少说多做吧。

本文以《战略知识分子：鼓噪还是担当》，载《领导之友》杂志 2011 年第 4 期

第三篇　从实求知承薪火

在费孝通门下读博士

作为费孝通先生的学生，我一直想好好总结一下，在他的门下究竟学了些什么。但每次提起笔来，总感到想写的东西很多，却又有些无从下手。利用春节的空闲，将先生的著作搬出来，选择代表性作品又读了一遍，似乎对费孝通先生的学术思想，又有了更新也更深入的理解，先生的音容笑貌也时时浮现在眼前。

一、考上了费老的博士研究生

第一次认识费孝通先生，是在大学二年级的时候。当时我是中央民族学院历史系的学生。有一天系里通知到地下礼堂听讲座，由著名社会学家费孝通先生主讲——通知的老师显得有些激动，因为费先生从1952年院系调整后就是中央民族学院历史系的教授，沉寂了二十多年后，又开始重登讲台了，我们当时的大学老师就是他当年在民院培养的学生。

在阴冷的地下礼堂，费先生戴着深度近视眼镜，穿着深色中山装，说着带浓厚乡音的普通话，我们在半懂不懂状态中听讲。他讲了自己在大瑶山调查的亲身经历，又谈到二上、三上大瑶山的感受，谈到民族地区的现代化建设，最后是对我们这些来自边疆民族地区的大学生的希望。刚开始是听不大懂他的话，渐渐听懂了话又觉得内容漫无边际，有些摸不着头脑，直到最后老先生几句简短的结语，一下子将他的整篇谈话串了起来，不仅浑然一体，而且生动自然，充满感情，让我立即感觉到这正是我要找的那种学问。我的家乡在川西北高原，那是一个很落后的地方。我高考那年，全自治州所有学生中只有我和另一个人上重点分数线，作为幸运儿我到了北京读大学。我希望能学到尽快改变家乡面貌的本领，费孝通先生的讲座，让我看到了努力的方向。

对费孝通先生的"私淑"之心一直没有放弃，我从报纸杂志上追踪着他的消息。有一天突然在报上发现一则很短的报道，说费老计划在有生之年培养一批博士，研究方向之一就是针对民族地区发展的"边区开发"专业。我激动不已，四处打听费孝通先生的住处，直接找上了家门，费先生的女儿费宗惠接待了我。她客气地告诉我费老在北京大学招生，让我去找北京大学社会学系的潘乃谷联系。在北大潘老师认真地听取了我的愿望，告诉我应该做哪些方面的准备，以后又不断打电话或写信鼓励，特别是在我考试时因外语口试而面临取消资格的危险时，潘老师又出面斡旋，使我得以补考。1987年7月的一天，潘老师告诉我被录取了，而且马上跟费先生去内蒙古考察。

按照约定的时间，我直接去西直门火车站与他们会合。顺路买了个最大的西瓜，算是拜师的见面礼。所有的人都到齐了，我是最后一名，刚一上车火车就开动了，潘老师责问道："怎么这么晚才来"？我说堵车，这是事实，心想真不该和卖瓜的小贩讨价还价。潘老师引我到费老面前，说："这是您今年新招的学生"，费老放下正在看的书，打量着我，问我一些基本情况。没等他说几句话，我就抱出大西瓜，拿出刀子切瓜，咔嚓一声打开后是一个生瓜，老先生满脸慈爱地看着我。我想他一定很后悔当初没有亲自检验一下，招了这么一个毛头小伙子。

二、跟导师学做学问

费孝通培养学生，有自己的一套独特办法。他认为"学术是细致的脑力劳动，有如高级的手艺，只是观摩艺术成品是不容易把手艺学会的。所以我采取'亲自带着走，亲自带着看'的方法来培养新手"。20世纪三四十年代他在云南"魁阁"就用这种方法，培养了张之毅、史国衡、田汝康、谷苞、张宗颖、胡庆均、李有义等优秀学生，对我们这些小辈也不例外，所以我尚未正式入学，就得以和他一起到内蒙古考察。

我们要去的呼伦贝尔市，我在大学毕业实习时曾做过三个月的社会调查，自认为还比较了解，心想看老先生有什么高招。旅行是愉快的，和先生一起享受"领导"待遇，一路看一路听，不时找典型人家访问。费先生总是兴致勃勃，和所有的人都能找到话题和问题，不时在小本上记上几笔。我渐渐感到有些厌倦，开始还绷着装学者，后来就有些吃不住劲了。晚上我睡觉时同行的潘老师和马戎博士还整理调查材料，第二天醒来他们已不知去向，急忙洗漱完毕跑出去，他们已陪先生散步回来，我有些不好意思，先生还是一脸慈爱地说："年轻人贪睡。"

回到北京，我也试图写点儿东西，满脑子看到听到的东西不少，就是串不起来，不久看到先生写的《话说呼伦贝尔森林》等文章，不能不佩服先生眼光的敏锐和思想之高远。以后跟先生去湖南、陕西等地考察，我就老实多了，细心地学习先生调查研究的方法。但必须承认，先生的学问是他长期不懈地努力积累的结果，要想学到家，绝非易事，需要我毕生的努力。

费先生对我这样一个学习基础很差的学生，一直抱着宽容而严格的态度。这种宽容，有老师对学生的谅解，有长辈对后生的慈爱，也包含着他对少数民族由衷的关心。用先生自己的话，他一生做了两篇文章，一篇是从《江村经济》开始的内地农村的调查研究，一篇是从大瑶山开始的民族地区和边区开发研究。尽管 20 世纪 30 年代的大瑶山调查，给了他终身难愈的伤痛，但他对少数民族和民族地区的关注和深情却从未减弱，从 20 世纪 50 年代的民族识别，到 80 年代的边区开发研究，他几乎走遍了各民族自治地区。由于身体原因，西藏一直是他未了的心愿，但在他七十五岁高龄时仍坚持到甘南藏区走了一趟；只要是医生允许去的地方，许多民族地区他是反复考察了好多次，每次总有新意。我是他招的第一个边区开发专业的博士生，又是来自民族地区的少数民族学生，我想先生对我是寄予了厚望，比之其他师兄弟也多了一些宽容和耐心。

我的博士阶段学习，除完成北大规定的课程和大量阅读专业书外，一是跟先生出去实地调查研究，二是参加他组织的讲座和讨论，三就是自己实践。我从第一学期开始，就利用假期到我的家乡进行实地调查研究，后来先生又支持我将其作为博士毕业论文题目。我在家乡连续做了三年的调查，累计在村里和农民一起同吃同住同劳动半年有余。每次调查回来，都给先生做次汇报，谈一谈调查心得，再根据先生的指点和调查中感觉到的问题，进一步读书学习。这样从理论到实践，从实践到理论，使我的调查和研究能力都不断提高，真正理解了先生平时教导我们，做学问来不得半点儿虚假的道理。

记得每次从农村调查回到北京，我都有些志得意满，总觉得自己够深入的了，但总是写不出好文章，让人十分苦恼。直到临近毕业的四月份，我还在村里做调查，感到需要了解的问题是越来越多，直到有一天豁然开朗，所有的散珠一下子串成了美丽的项链。回到北京，我只用了两个多月的时间，写成了 15 万字的博士毕业论文。我写好一章送一章给先生审读，很想一口气写成万世不朽的大作，结果第一章先生读完，就不客气地批评道："其志大矣"，只好老老实实地重写。尽管先生百事缠身，却逐字逐句地审读我龙飞凤舞的原稿，甚至连标点符号也没有放过，还针对原稿存在的问题，告诉我应当如何行文断句，如何让读者看起来轻松。今天当有人说我的文章好读时，我心里总泛起对先生细微培养的感激之情。

三、做学问首先是做人

老先生经常告诫我们：做学问首先是做人。他不仅在学业上严格要求我们，在个人品德培养上也从不放松。他身为国家领导人和国内外知名学者，是很容易为他的学生创造一些方便条件的，然而老先生不仅不提供方便，而且在许多时候近乎不讲情面。

有一次我家乡的一所学校校庆，希望费先生题几个字，我请潘老师和费先生的秘书张荣华通融，一直没有动静，我又直接向先生提出要求。老先生沉默了一会儿，神情严肃地问我："对你有什么好处？"我有些摸不着头脑，说："没什么好处。"老先生说："是有好处的。题了字，你在家乡就有了面子。你想一想，比我字写得好的人很多，我跟这个学校也没有什么关系，为什么非要请我写？因为我是名人。题字很容易，但对你是不是有真正的好处？对你一生的成长是否有好处？"我有些无地自容，认识到先生对他弟子严格要求后面的爱惜。我们在他那里，只能得到知识和人品，而不能用他做梯子走任何捷径。自己的事应当自己处理，而这个处理的过程，本身就是人生的重要环节，这里包含着对生活的诚实态度。跟先生学习了这么多年，他从来都是自己的事情自己做，没有让我们这些学生代过笔，尽管年事高事情多，但他所有的文章都是地道的费孝通作品。记得日本著名社会学家福武直先生去世时，他让我找一些福武直的材料，要写一篇纪念文章，我费了很大的劲儿写了篇自认为还不错的文章交去，结果先生只字未用，他自己的情感和境界是别人无法替代的。

我的博士毕业论文自我感觉还写得不错，但先生一直未说一个好字，我心里很不托底。论文答辩时请了杨堃、林耀华、袁方、全慰天、王辅仁、陆学艺、韩明谟等著名的社会学、民族学专家担任答辩委员，他们也给予了相当高的评价，但老先生一直是低调处理。直到我看到他为我的论文写的长达 5 页的详细评语，才知道他还是比较满意的，这才一块石头落了地。看过评语的许多先生都认为这篇文章不仅是对我论文的评价，也反映了费孝通独特的民族研究思想，对社会学民族学研究有很大的指导意义，应当发表出来。根据先生的指示，我毕业后又连续两次去论文调查点，进一步作补充调查，在原稿基础上进行了长达半年的改写，根据8位答辩委员和15位同行评议专家所提的意见，进行了彻底的修改，最后写成21万多字的专著。打听到中国社会科学出版社正在出一套"博士文库"，就直接将书稿送去竞选，荣幸地成为这套书的第一本社会学民族学方面的著作。我很得意，因为是靠自己的实力入选的。

按照惯例，出版时应当由导师写个序言，而先生给我的论文评语本身就是一篇很好的序，我想应当不成问题。没想到老先生坚决不同意用他的评语，也不愿重新写序："让社会去评价而不要去造影响"，如果一定要序，他可以请别人写，这样客观些。我赌气地说："您不愿写序，这本书就不要序，就让社会检验好了。"老先生语重心长地对我说："你们这代人，古今中外都还不通啊，天外还有天，不要光在国内比，还要和世界同行比，我们国内学科发展耽误了二十年，要靠你们去补上，那不是一朝一夕的事。你们还年轻，生逢可以干一番事的时代，不要急于出名，为名所累是出不了好东西的。"我才感到，先生托付给我们的责任，有多重；对我们的爱惜和希望，又是多深厚！做费孝通的学生，就得踏实工作，老实做人，淡泊名利。虽然先生没有给我写序，但给了我更深刻的做人道理，因而我在书的扉页上，加上了"献给敬爱的导师费孝通先生"几个字，以感谢他对我在学术和人格上的培养。

四、慈爱的长者

费孝通对弟子的要求是严格的，但并不是不通人情。我对先生的感情，既有对老师发自内心深处的尊敬，更有对慈祥长者的爱戴。我并不经常去看望先生，因为不忍心占用他的时间。他想在有生之年为社会多做一些事的紧迫感，人们很难真正理解。他一直用吴泽霖先生的"公式"来比喻，人生的天平上一头是社会的给予，一头是对社会的贡献。这些最可尊敬的老人，尽管他们已为社会做出了很大的贡献，但他们还是认为得到的太多而贡献的太少，只要生命不息，他们就工作不止。作为年届九旬的老人，费先生仍一年要外出考察一百多天，每天都在伏案勤奋地读书写作。每次去看先生，都有一种令人汗颜的感觉，我们自恃年轻，蹉跎掉多少宝贵光阴啊！尽管不常去先生处，但除了年节的问候外，每次外出搞社会调查回来，是一定要去汇报一次收获和感想的，再有问题和困难的时候，也会向先生请教和求助。先生总是乐于知道外面世界的变化，更希望听到我们事业上取得的每一个成功，在我们遇到人生的不顺利时，也会给予鼓励和安慰。

　　我博士毕业时，面临着去国家机关、高校、科研单位等多种选择，老先生建议我到后来就职的中国藏学研究中心工作，他反对弟子都集中在一起近亲繁殖，也考虑我们的住房、职称等生活上的具体条件，更是针对每个学生事业上的长远发展。他自己一直以没能到西藏做实地调查为憾事，认为西藏文化是很值得深入研究的，因而主张我搞藏学研究。我很感谢先生当年的建议，这些年来，中国藏学研究中心为我提供了良好的科研条件，我基本每年都能到西藏做几个月的实地调查研究，使许多想做事而缺少必要的科研经费的同学非常羡慕。

　　我一直挂念着博士论文点的乡亲。十来年过去了，他们依旧在传统的轨迹中循环，生活还比较贫困。在中国社会的转轨时期，民族地区的发展面临许多新的问题。一家一户的小农生产带不来小康，人口和土地反向增长和生态环境的恶化，加剧了传统农牧业生产的困窘，在新的市场经济背景下，民族地区的稳定和发展需要新的政策。根据多年的调查研究心得，我提出改变政府的传统扶持办法，引进股份合作制经营方式，鼓励干部和科技人员下乡，与农民共同组建股份合作制企业，在完善农村家庭经营的基础上，引导农村产业化发展，以达到农民致富、经济社会文化和生态的协调发展，并打算在博士论文点进行实地试验。先生对我的想法表示支持，但也警告说："你是在做一件改造文化的工作，绝不是一下子容易做到的事，但想为家乡的老百姓做点实事，想法总是好的。"他热情地为公司和景点题字，并让秘书张荣华拿出一万元钱给予帮助。

　　不出先生所料，改造文化确实不是一件容易的事。我在一些热心知识分子的大力支持下，于1997年初组织当地农民建起了股份合作制公司，种了60多亩商品蔬菜，养了40多头猪和1000只鸡，引进食用菌生产，开展民族文化旅游，推行机耕，实行民主选举等，但红火了不到一年，就因为种种原因流产了。我很痛苦和绝望，心里有一种很深的无能和无力感，愧对先生和一批有良知的知识分子的支持，也辜负了家乡干部群众的信任。特别是每到春节，一想到没有让农民过个好年，我就难过得流泪。我惭愧地对先生说："我扮演了一个现代堂吉诃德，您的一万元钱也让我泡汤了"，先生哈哈大笑："好一个堂吉诃德！尽心尽力就行了，你还年轻，人生没有几次失败是不可能的，不要因此而荒废了学业。"老先生还是一脸慈爱和宽容。面对办农民公司背上的巨额债务，我的孩子又连续五次生病住院，家庭经济随之出现困难。先生知道后，十分着急，执意让秘书张荣华转交给我两千元钱，我不好意思收，心里觉得拖累先生太大，老先生很生气："我给小孩子的，又不是给你的。"以后每次见面，总要问一问孩子的情况和生活上有没有困难需要帮助。

在我的书房里，悬挂着先生为我题写的"求实、创新、勤学、笃行"几个大字。每当我倦怠时，就感到先生慈爱的目光在看着我，耳边就响起先生的话：珍惜时光，踏实做人。或许，我一生也做不出什么值得引以为自豪的成绩，但我会永远以先生为榜样，不断追赶。

原文《我跟费孝通读博士》，载《民族团结》2000 年第 2 期

跟费孝通先生回家

作为费孝通的学生，他的家乡吴江是我一直想去的地方。因为吴江不仅是先生的故乡，还有一个叫开弦弓的村庄，是先生的博士论文调查点，从那里诞生了著名的《江村经济——中国农民的生活》。他的老师——英国著名的社会人类学家马林诺夫斯基在该书的序文中，开章明义就指出："我敢于预言费孝通博士的《中国农民的生活》一书将被认为是人类学实地调查和理论工作发展中的一个里程碑。"这本出版于 1939 年的著作，迄今已经历了 60 年的社会检验，充分印证了马林诺夫斯基先生的预言，在国内外学术界的影响仍旧是与日俱增，成为社会学和人类学的必读书。

不难理解，在我们这些学生的心目中，开弦弓是向往已久的学术圣地。因为我在攻读博士学位时的主攻方向是"边区开发"，毕业以后又长期从事西藏的调查研究工作，去开弦弓就成为久未了却的心愿。此外，开弦弓所代表的东部发达农村类型，也是我这个从事西部欠发达地区农村研究的人，十分想对比了解的样本。今年四月，在先生秘书张荣华的热心安排下，我终于得到一个机会，与先生一起回家乡考察。

我是在昆山市与先生一行会合的。昆山是一座美丽宁静的小城市，街道整洁。在北大念博士时，住在一个屋的师兄惠海鸣，就是以昆山作为他的论文调查基地。我们分别调查研究东西部农村，同样的土地调整问题，我的西部少数民族农村的农民是争着多要地，而他的昆山农民却是尽可能少要地，这是我对东西部农村差距的第一次深刻印象。十年后的昆山，国内生产总值已达 150 多亿元，历年在"中国综合实力百强县（市）"评比中名列前茅。

今天昆山的农民生活是怎样的呢？我随费先生访问了农户唐小庚家，夫妻两

人男的在村集体主管副业生产，率领 30 来人的小组从事果园、蔬菜、养鱼、养猪等工作，女的在家种田管家务，两个子女一个上大学，一个上研究生。据村书记介绍，这里农民的人均年收入已超过 7000 元。村办最大的企业是电镀厂，55% 的产品出口世界各国，仅太湖治理时的污水达标处理就投资了 200 多万元，现在治理后的废水可以养鱼。

唐小庚的住房是在 1995 年由村统一规划设计，自己施工的第一批农民新村，这是江南农民从原地盖房，到集中规划建设的第一步，标志着从三家村、四家庄的农村，向城镇化演变的关键性一步。唐小庚的住房建设共花了 12 万元，自己用了 5 万元，其他由村集体补助，房屋装修还用了 3 万元。二层小楼外带一个院子，面积约 200 平方米。我专门到各个房间都看了一遍，主人住在二楼，铺的是正宗红漆木地板，楼上楼下都有厕所，各种电器齐全，有一辆摩托车，房间大多空着，只有孩子放假时才有人居住。我只有从残存的旧家具和主人朴实的脸上，还能找到印象中的"农民"的影子。

才几年的时间，唐小庚的住房在当地已经落后了，农民对这种划一的住房格式，评价是太像军营，缺少个性和美观。这里又经历了村集体统一规划并统一施工建设阶段，可以进一步降低成本；到今天已发展到和专业建筑商合作，统一规划建设，将农民住房和房地产开发同步进行的阶段。我们参观了离唐小庚家不远的"同心新村"，全是别墅式园林建筑，是由当地拿出 73 亩土地，和苏州市工业园区联合开发的农村现代化工程，已建成的 51 幢别墅小楼，风格各异，但都带有车库，面积从 218—317 平方米不等，也有 4 幢公寓，以满足不同层次的需要。在我看来，已经超过了笔者所见到过的城市小区建设水平，中国由来已久的城乡差距，在这里已经倒挂，城市不如乡村了。

昆山给人印象最深的还是外向型经济的发展。利用靠近上海的地缘优势，大量吸收外资、建设合资企业成为当地发展的强劲推动力。从"八五"以来，该市每年约 30 亿元的工业投入，80% 来自外资。截止到 1998 年底，全市累计批准三资企业 1600 多家，合同外资 70 多亿美元，实际利用 30 多亿美元，投产三资企业 860 家。即使在东南亚金融危机的不利环境下，招商引资工作仍连创佳绩，昆山已成为国际资本投入密度大成功高的最佳投资区域之一。很多国际知名企业和跨国公司在这里落户，又为国内企业参与配套协作，加入国际经济大循环提供了契机，全市仅三产中直接为外企服务的人员就达 4400 人，年收入 6400 多万元。走在昆山国家级技术开发区，规模庞大的厂区显得整齐安静，世界著名企业的标志随处可见，与笔者在日本东京远郊见到的工业园区十分相似，只是那里的工人大多开着轿车上下班，中国工人大多还处于骑自行车上下班阶段。从下班时统一着装的年轻工人身上，也还不难看出走出农村不久的痕迹。我们参观了香港人投资的丹桂园主题公园，集旅游、休闲、花木观赏于一体；还有台湾人投资的高档高尔夫球场，他们正在筹备一场国际高尔夫球比赛。

值得骄傲的是，昆山有一批中国自己的外向型企业，已经茁壮成长起来。我们去了生产童车和儿童用品的"好孩子"企业，在琳琅满目的产品展示厅里，一边参观各种产品，一边听他们介绍如何从一个校办小厂，经过十年的艰苦奋斗，成长为国际型企业的历程。朴实的宋总表示，"好孩子"要在国际著名品牌上，树立起中国人的旗帜，正在酝酿中的 4 个新产品，是在美国进行了三次调研后开发出来的，估计能使"好孩子"的产值翻上一番。费先生一直支持和关注着"好孩子"的成长，看到他们取得的傲人业绩，高兴地说："感到九十岁时返老还童了"，建议他们还要考虑为老人服务，开发敬老系列产品，并欣然题字："我们喜欢好孩子"。

比之昆山的外向型经济发展带来的繁荣，吴江更具有江南水乡独特的风味。吴江在 1992 年撤县建市，城市发展特别迅速，先生早年生活的故居，也已荡然无存。城市的整体规划和建设都十分漂亮，在 1996 年被评为全国第 27 座国家级卫生城市。历史上就有"上有天堂，下有苏杭，苏杭之间有吴江"的美誉，早在后梁开平三年（公元 909 年）就设县，吴江给人的感觉是文化底蕴特别雄厚，真是人杰地灵的地方。同里镇"小桥流水人家"的江南格调，连着那天的霏霏细雨，永远留在了我的记忆中，明清建筑的古色古香和人涌如潮的旅游场面，让人感觉到历史和现代的交融。吴江的江苏大发电器市场，荟萃了国内外的电器电子产品，从最先进的高档家电，到地摊式出售的各种小电器，真是应有尽有。

去开弦弓那天，是江南难得的好天气。灿烂的阳光下，桑叶初绿菜花金黄，可谓天遂人愿。我一路都在重读先生的《江村经济》，就是想对开弦弓的六十年今昔有一个比较。先生书中描写的航船没有了，联系外界的水道，已变成四通八达的柏油公路，古老的京杭大运河里，还能看到机动拖船繁忙工作，在开弦弓只偶然见到条机动船突突而过，更多是泊在河湾里斑驳陆离的旧船，给人们述说着古老的故事；吱呀的摇橹声，早已消失在历史的长河里。

破旧的瓦房板屋，依稀残存数间，村民的住房，已普遍被二层小楼取代，过去沿河而建的风格，自然也变为沿路而建。村里的民居虽然在江南农村不算出色，比之先生六十年前的照片，也可谓天上地下。最引人注目的是一幢三层别墅式新楼房，据说是铸件厂老板修建的，主人花了 30 来万元。宁静的村庄里，节奏响动的织机声，显得格外突出，这是历史上养蚕、缫丝、织绸的传续，只是今天纺织的大多已是化纤产品，用作西服的衬料。据说当地的丝绸产品，因款式和技术原因在国际上身价跌落，丝绸之乡又面临新的技术和国际竞争的挑战。

开弦弓村有 604 户 2362 人，1388 亩土地。村子分散为几个居住区，中心的交叉路口，开了不少食品、杂货、洗染等诸多店铺，据说大多是外地人来开的，看来开弦弓人至今还是不太喜欢经商。许多店名都冠以"江村"什么的，可见商人们很懂得名人效应。香烟自然已不像六十多年前那样按支出售，细心观察了一下，当地农民大多抽的是红梅牌香烟，按一天一包的常规烟客水平计算，烟钱一月要开支一百五十多元，足见当地农民的消费水平不低。和当地的几位中年人握了握手，发现仍是农民式的粗糙有力，可以感受到开弦弓人仍要为生计付出相当强的体力劳动。村委会是一座安静的二层楼院落，专门设立了"费孝通江村研究六十年图片展览"室。村子里还有一座大棚蔬菜交易市场，供应人们日常生活中的蔬菜肉蛋。整个村子的规模和布局，超过了西藏一个中等发展水平的县城。

利用午饭后的空余时间，在李友梅教授和她的学生小胡陪同下，我们随机走访了村民金云发家。全家五口人，父母在家种田养蚕做家务；本人在铸件厂工作，每月有 700 来元收入；妻子开织机，每月能有近千元收入，但一年只能工作七八个月；儿子初中毕业后，尚未有正式职业。家里有 3 亩桑田和 3 亩粮田，传统的养蚕一年三批约有 2000 来元收入。另外养有 1 只母猪、5 只羊、14 只兔子。住房是十多年前建设的二层楼房，面积有 160 多平方米，当时花了 2 万来元，现在看来已经落后了。家庭经济状况自认为在村里处于下等水平。

我们又访问了性格开朗的朱宝英，这位 52 岁的村妇女主任，一看就知道是位精明能干的主妇。全家六口人，原来靠在太湖里打鱼为生，后来才上岸当了农民，现在有 4.8 亩水田，2 亩桑地。老父亲做家务劳动，丈夫种田；她和女儿养猪、养兔、养蚕，全年收入 1 万多元，仅生猪去年就出售了 27 头，每头有 100 多元的纯利，母女俩一年烫毛衣还要赚 5500 元。小叔子在甲鱼养殖场工作，每月有 500 元的收入。最使她骄傲的是儿子在盛泽工艺织造厂承包了一个车间，1998 年的收入就有 2 万多元，今年又扩大了承包范围，设计的款式在市场十分畅销。这家人算是开弦弓村比较富裕的家庭类型。

总体上看，今天的开弦弓村，农业已退到相当次要的位置，生产经营主要由妇女老人承担，只解决自家的口粮问题；传统的养蚕缫丝，从农民的主要工副业，也退居到补充的地位，用以解决每年户均一千多元的税费保险开支。养猪、养羊、养兔等仍是家庭经济的重要组成部分，但如果不是规模经营，至多只是锦上添花而已，最重要的是必须开拓新的工副业生产门路。亚洲金融危机以来，已较为明显地影响了乡村工业的发展，开弦弓的织造厂目前处于不景气状态。企业的改组改制，实行股份制、合伙制等多种经营形式，增强了农村经济的活力，个体私营企业蓬勃发展。但经济转型中的新情况，对大多数农民来说，还有一个适应和重新加入的过程。

费先生在1957年重访开弦弓村时，农民一见面就谈到"粮食"问题，吃饱肚子是当时农民最迫切的需要。笔者这次到那里，农民提到最多的是孩子的就业问题。这里早已严格执行计划生育政策，由独生子女和父母构成的核心家庭较为普遍，开弦弓户均人口已不到4人。孩子大多读到初中毕业，再往上读，一是学习成本较大，二是即使大学毕业，就业也不容易，影响了家长和孩子的上学积极性。初中毕业的孩子，传统的农业生产已容纳不了他们，甚至家庭的多种经营中也留不住他们，社会就业门路尚不通畅，农村的隐性失业在这里已明显暴露出来，和城里一样，农村也开始出现待业问题。

四十余年间，农民的需要已从企望吃饱到走出农村，里面包含着巨大的社会进步。开弦弓所代表的东部农村，已经走出传统的农业，但尚未完全从泥土里拔出腿来。农民所反映的子女就业问题，实质上是农业社会向工业社会进一步的转轨问题。笔者所研究的西部农村，低下的传统农业生产力水平，需要大量的劳动力，人们被强有力地吸附在农业经营中，小孩子也是家庭经营的重要辅助劳力，别说走出农村，连上学也不容易。正如费先生给我们描述的四十多年前的"江村"一样，比之上学来，割羊草更重要。开弦弓今天面临的问题，是经济发展过程中的必然反映，政府应当注意这个重要的社会信息，制定出相应的宏观政策，引导发达地区的农村更上一层楼。

为了让我更深入地了解东部农村的情况，先生又专门安排我和师弟邱泽奇去横扇镇叶家港村调查。一到横扇镇政府，由北京的专业机构设计、投资一千多万元的政府大楼，先把我吓了一跳。仿美国国会大楼的圆顶廊柱式建筑，加上宽阔的园林广场，确实壮观。叶家港村有320户1324人，耕地1775亩，原来也是以种桑养蚕、出售蔬菜为主要副业，后来逐渐转到以生产羊毛衫为龙头的多种经营模式。1982年村集体兴办了羊毛衫厂，到20世纪80年代末当地农民纷纷退厂自办纺织厂，又从苏北招收工人来维持集体企业。到1993年集体纺织厂办不下去了，十万元的年薪也找不到人当厂长，只好把织机卖给私人，分散经营，集体只保留了印染厂。

现在叶家港有 1500 多台织机，150 多台缝合机、熨汤机等辅助设备，全村每天要生产羊毛衫 3 万件，一年要生产 700 多万件（5—8 月为生产淡季），产品远销全国各地及俄罗斯等国家和地区，是全国最大的羊毛衫生产专业村，全国有一百多家专业纺织企业在这里定点生产和供应原材料。村集体印染厂 1997 年的产值就达 1 亿多元，村民中拥有 150 万元以上资产的人有 50 多名。村信用社储蓄总额达 4000 多万元，村民人均年收入超过 12000 元。近两千名外来打工人员，由老板管吃管住，月工资还在一千元左右。我们参观了两户家庭企业，别墅式三层楼房，集生产生活于一体，五十来位外地打工妹在织机上紧张工作；年轻的老板西装革履，头发梳得铮亮，手拿大哥大，开着桑塔纳 2000 型轿车，用着多媒体电脑，完全找不到人们印象中的"农民"影子。

村书记是位身材高大的年轻人，他的年薪是 3 万元，这是我所知道的中国最高村级干部工资。然而正因为当干部，已严重影响他个人的致富，同他一起最早兴办集体羊毛衫厂的人，现在个个都是百万元以上的私营业主。村书记信心十足地说，村里的河道公路整修、电信电视网建设、小学校扩建等工作已经完成，现在正进行统一规划建房，特别是鼓励私营企业联合经营，修建标准厂房，改变自己没有品牌主要靠来料加工的低水平状况，瞄准国际、国内、区域的三个层次市场，进一步上档次上规模。比之开弦弓来，叶家港找到了较为可靠的产业道路，并且已经形成相当大的生产经营规模，因而其发展程度，又上了一个台阶。

跟随先生一个星期的学习考察，在紧张充实中很快过去。与先生一起的回故乡之路，让我对许多问题有了更深刻的认识。读着先生六十多年前的著作，目睹开弦弓今天的变化，深深地感觉到社会人类学的学科价值。先生以中国东部的一个普通村庄，为我们提供了认识中国社会变迁的生动而完整的标本；而且，通过对这个标本的长期追踪调查剖析，不断适时提出对农村发展的独特见解，对于指导和帮助社会的良性发展，做出了巨大的贡献。先生在 20 世纪 30 年代的调查中，敏锐地指出了土地制度这个当时中国社会的根本问题；20 世纪 50 年代的重访江村中，指出了以农为纲的危害，继续呼吁发展农村工副业生产；1976 年后，当他一有机会开始研究工作，就一直关注和追踪家乡农村的变化，已经不知多少次重访"江村"。从开弦弓等普通乡村身上，他敏感地发现传统的工副业的再兴和转变，提出了"苏南模式"的乡镇企业发展概念，对于推动全国农村工业的发展，起到了重要的示范指导作用。直到九十高龄的今天，他还不辞辛劳长年奔波，为我们这些晚辈，树立了永远追赶的学习榜样。

阅读先生的著作，字里行间浸透着他对国家和民族高度的责任心。正是中国知识分子这种强烈的历史责任感，使他放弃医学而选择了社会研究这条坎坷的道路，而且在打击和磨难面前也从未放弃过自己的信念。这种坚韧不拔的精神后面，是他对祖国和人民深深的热爱。每次与他同行，都让我深刻感受到他那颗广博的爱心。正如他在接受马林诺夫斯基奖时，发表的"迈向人民的人类学"演讲中所表达的那样，他所追求的是为人民服务的人类学，他和调查对象是"亲人"关系。在开弦弓、在吴江——在先生一路走过的所有地方，都能感受到这种"亲人"关系，当地干部群众对他发自内心地尊敬和爱戴，以及他调查区域社会经济的迅速发展，都是对他几十年孜孜不倦奉献爱心和才华的回报。当我看到先生与他的小学同学相聚一堂的情景，看到白发老人们眼里闪动着的愉快，让我再一次思考人生的意义。人生最重要的还是精神境界，崇高的境界自会塑造出崇高的人生。

先生让我跟他回故乡，是想给我一个认识东部农村的机会，从而更好地研究西部农村的发展。这次特殊的调查，我跟着先生听汇报、入农家，参观企业，当然有不少的收获。我所研究的西部少数民族地区农村，总体上比东部农村的发展要晚三四十年，就直观的人均收入水平看，差距在10倍左右。然而西部有西部的优势，在交通、通信日益发达的今天，东部最明显的地缘优势已不是十分重要，东西部差距最大的还是人的观念和高素质的人才。

叶家港村在当地并不是交通最方便的地方，他们使用的原料，很多是来自西部，产品相当部分也卖回西部。叶家港之所以能成为全国最大的羊毛衫专业村，主要在于有一批精明强干的能人，能在市场经济的大潮中呼风唤雨，他们根据市场的需要，甚至一天就能推出两个新款式产品。如果西部人也能像他们一样敢想敢干，并且具备敏锐的市场意识，西部同样充满发展的机会。

西部发展的最重要优势，还在于中国的社会主义国家性质，全国一盘棋发展过程中，随着国家综合实力的日益强大，经济的整体发展必然向西部转移，国家在政策导向上，已经表现出一定的倾斜来。费先生提出的"以东支西、以西资东"的优势互补思想，在实践中已越来越广泛地被运用，东部到西部投资联营的企业在不断增多，西部也在崛起自己的拳头企业和产品。政府通过政策援助西部也取得很大的成效，在昆山市临时陪同我们考察的副市长张雪纯，就在西藏林周县担任常务副县长，正在为当地建设水电站及其他基础设施。吴江市也经常接待前来参观学习的西藏代表团，两者也建立了非常亲密的关系。

当然，东西部的差距，根本上还是需要西部人自身的努力去缩短，躺在别人身上，永远长不出硬本领，特别是在市场经济的大海中游泳，只有自己亲自下水才能学得会。东西部社会经济发展上存在的巨大差距，是长期历史造成的，也需要一个长期的过程才能解决。只要有全国人民的帮助，有国家的大力支持，加上西部人自己的努力，西部同样也有赶上甚至超过东部的一天。

原文以《跟费孝通先生回家》，载《民族团结》1999 年第 7 期

费孝通指导我成长

一、追寻名师到北大

北大给我的最早印象，是高不可攀。

1979 年我从大山里考入北京西郊的中央民族大学读书，每每经过北大时，望着高大的院墙，心里就充满敬仰和惶恐，从来没敢贸然进入这所中国的最高学府。那一年，中国足球队胜了科威特，我跟随激动的同学，敲锣打鼓游行去了北大，在五四广场喊了一阵口号，就随人们乱哄哄地走出北大。第一次进北大的印象，感觉北大的学生，和我们一样充满激情，也似乎更有自信。

1987 年春，我即将从中国社会科学院研究生院毕业，偶然从报纸上看到一则消息，我追慕已久的费孝通教授，在北京大学招收博士研究生，于是，我决定攀登北大。考试期间，我在未名湖畔的长椅子上，一个人坐着发呆，还草草睡了个午觉，阳光灿烂得透明，北大在明晃晃的幻影中。

秋天，我入学了，北大从想象中走进现实。北大的校园很美，也很大，未名湖畔落日余晖下的散步，既有遭遇浪漫爱情的遐想，更让人产生哲人般深沉的感悟，千年古树，在斜阳下的影子，拖得很长。上课的教室总不固定，每天上午十时，就像部队换防，校园里到处奔忙着骑车的人。北大学子们的自行车，似乎是越破越好，最好是一路吱喝没闸，惊得女生四处躲闪。上课时未必有多少人聚精会神，课桌上往往遍体伤痕，刻画出年轻学人的无聊寂寞和青春躁动。比之刻板的课堂学习，各种讲座更受大家欢迎。

最热闹的当属"三角地"。各种失物招领和小广告是常规节目。三角地的现场自由讲演，最为精彩，愿意听，就伸长脖子当观众，听高兴了就叫声好；不想听，忙自己的事去。你要是觉得他讲得"臭"，也可以站上小木凳，当场发表上一通高见，是得到掌声鼓励，还是"下去吧"的倒彩，全凭自己的水平。

北大的"大"，包含着自由，自由民主的气氛，必须带来生气和活力，我开始喜欢北大。教学的自由，并不意味着可以随便混日子，北大在教学上有着良好的学风，宽松中不失严格。

北大举世公认的崇高地位，除了因为学生来源出众、自由民主的气氛、宽松而又严格的学风外，还有一个非常重要的因素，就是有一支优秀的教师队伍以及严肃认真的教学传统。认真负责地教授好每一门课自不必说，在许多小事情上，也给人留下难以忘怀的印象。每当有学术交流的机会，系所的领导和老师，总是想方设法地给学生创造条件。有一次日本社会学学者来访，老主任骑着自行车，气喘吁吁地从教室找到图书馆，再到学生宿舍，非要让所有学日语的研究生都去见面，还一再叮咛用日语交流。

二、跟着费孝通学手艺

在北大读书期间，对我影响最大的，当然是导师费孝通先生。与其说他教导我如何做学问，不如说他教会我如何做人。作为八十高龄的老人，又担任了许多的社会公职，但他从未放松过对我们的培养。从进入北大起，我就跟随导师四处考察，用他的话说，做学问是特殊的手艺，光看是看不会的，还要跟着做。

我考进北大尚未正式入学，就荣幸地跟随费孝通先生一行去内蒙古自治区呼伦贝尔市考察。我在大学毕业时曾经到这里做过毕业实习，心想还是有一定的了解。与先生一起听汇报进农家，到各地参观访问，一路竭力瞪大眼睛，学习先生是如何认识中国社会的。回到北京后我也想写些东西，仍不知道从何下手，很快看到先生写的《话说呼伦贝尔森林》，敬佩至极。老先生从表面的社会现象入手，看到深刻的内在社会因素，又用通俗易懂的语言，深入浅出地谈出让普通人也能够看得懂的道理。以后我又跟先生到陕西省、湖南省等地实地考察，学到了许多书本上学不到的东西。

我从第一学年起，就选择家乡的一个少数民族山村，开始长期追踪调查研究，一边学习，一边实践。在费孝通先生的大力支持下，又将其作为毕业论文调查基地，长期追踪调查研究。社会学不是一门能够轻易学会的学问，真如费先生所说的需要在师傅的带领下，用心领会揣摩才能入门，而且必须将理论和实践结合起来才会不断深入。记得每年北大举办研究生论文评选活动，我每次从家乡调查归来，都信心十足地想写一篇好的论文参加，但总是知难而退地结束。我整整用了三年的时间反复读书，反复做调查研究，直到临近毕业的四月份才从调查地归来，终于找到一种"蓦然回首，那人却在灯火阑珊处"的感觉，一口气写出博士毕业论文。

在写毕业论文时，我仓促得写好一章，就交给费孝通先生审查一章。面对我龙飞凤舞的手写稿，老先生在百忙之中，仍逐字逐句地认真修改，甚至指导我应当如何行文断句，让读者看得轻松。1990 年 7 月 30 日，我的博士论文《文化的适应和变迁——羌村社区调查研究》在北京大学获得通过，由著名的社会学家、民族学家费孝通、林耀华、杨堃、袁方、全慰天、王辅仁、陆学艺、韩明漠等组成答辩委员会，还聘请了十五位同行专家进行了学术评议，他们给了我很大的鼓励，也寄予了更高的希望。

费孝通先生在论文评议书上写道：

《羌村调查》是一篇比较完整的社区研究论文，反映了组成羌村这个社区的人们怎样生产和生活的全面情况。作者不仅从经济基础看到社会结构，而且更进一步进入人们的意识形态，这在我国的人类学和社会学著作中还是少有的。之所以少有，是因为很少学者把经济基础、社会结构、意识形态联系起来，去观察和分析一个具体的社区。当然在理论上是容易说的，要在调查研究中去实践，就难能可贵了。

过去中国的民俗学者，对各民族的民风民俗的资料收集得是不少的，但大多就事论事，甚至抱着猎奇或怀古的态度去罗列去表述。本论文的作者并不满足于单纯的描述，尽管在这方面是相当的详细而且附有摄影和文物，他把这些礼仪联系上了生产的节奏和人生的节奏，而且阐明了这些礼仪的社会意义。比如时令的划分，逢时逢节的社会仪式都密切和农作物生长的生物节奏和气候的自然节奏相配合，明显地起到了调度农作活动和所需劳力的作用，同时又反映了劳动者在这种经济结构中感情的张弛。不仅如此，这些节日的欢聚和礼仪的往来，实际上起到了组织劳动的作用，使得集体生产得以实现，更可看到这些在消费账上占着大宗支出的节日和红白大事的活动中，在社会结构上所产生的凝聚力。

同样的，配合人生各关节的"红白大事"，正是起着把生物的人转化为社会的人的具体过程。本论文从个人的出生到死亡的生物过程出发，沿着个人身份的获得，塑造，认定，退休到消亡，叙述了一系列的所谓"红白大事"的各个人生关节上的礼仪。没有比这些事情更清楚地说明生物与社会的辩证统一。这样的分析确是比一般民俗学资料提高了一步。

《羌村调查》在中国的民族研究中也有它独特的贡献。首先羌村这个社区是少数民族所形成的。已有民族研究的成果中像这样采取亲自观察，全面调查，深入分析的作品还是不多的。如果单从羌族来说，应当说尚属开始的探索，能做到现在的水平是不易得的。

羌族的研究有它特具的意义。它是属于很古老的民族，早于汉族。它很可能是早期生活在中国西部草原地区牧业民族的总称。按现在一般的看法，它在几千年的历史过程中，已有很大部分和它附近的民族群体混合。当前汉藏语系的民族中有许多是在不同时期和羌族混合而成的。羌族的主体看来一直是在高原和平原的过渡地带，即今内蒙古、宁夏、甘肃、四川这一条民族走廊里。这个曾经在宋代在西北建立过西夏地方政权的民族，现在只在四川留下十多万人，还保留着他们的族名。它和西北地区的各民族，包括汉、藏、回等族都有过，也还存在着密切的接触，因此它是历史悠久，迁移万里，多方接触，历尽变化的民族。在保留着这条农牧两大地区接触会合的特点上，它提供了民族变迁和民族适应的理想标本。正是我极力支持的"六江流域"民族研究的一部分。《羌村调查》在这一系列研究中是走在前面的，同时在方法上提供了一个范本。

本文作者经过实地调查，最后提出他总的体会。像羌族这样一个民族，确是容易使人注意到文化的适应性。从游牧到农耕是人类历史上一个极其重要的转型过程。这个过程在许多现代民族已成了历史上过去的事，但在我国，特别是许多少数民族地区还是当前的现实。羌村提供了一个实例，在这个标本里如果能总结出一些规律性的体会，当是有助于当前少数民族的发展。对当前少数民族的发展来说，也许更重要的是怎样对待改革开放的问题，也就是怎样适应现代化的世界和怎样改造传统的经济基础、社会结构、意识形态的问题。本论文最后一章提出的看法，是有事实基础和向前看的眼光的，值得引起讨论和重视。

这本论文又一次证明一个人类学者或社会学者，经过一定的理论训练后，在自己熟悉的地区，利用本人和研究对象已有的关系，进行社会学的调查是一个可取的方法。在总起来大约半年的时间里，能收集这样大量的资料，不是在一个熟悉的地方进行是不可能的，我认为这可以作为一个经验传下去。

这里可以加一句，本论文的作者是在羌村附近的小镇上出生的人，不是羌族而是回族。在这种关系下，他和羌村的人是容易熟悉的，据本论文中提到的，羌村的老一代还认识作者的上辈，这是使他的调查工作容易进行的一个重要条件。

另一条经验是他所选择的研究对象，是比较小的社区，只有26户146人。单枪匹马的调查者必须估计自己力所能及的范围。这样一个自然村，一方面确是一个集体生活的基本单位，一只五脏俱全的"麻雀"；另一方面一个研究者又可以按户访问，得到该村全部的资料。这个微型调查较之以乡或以县为研究对象的显然较为深入和全面。有了这样一个标本，以后还是有可能在具有不同条件的羌族社区中做比较研究，逐步深入也逐步提高。这样做下去，我认为是可以取得更好的成就的。

总的来说，我认为《羌村调查》这本论文所达到的水平，是足够给予博士学位的。

我在认真吸取了八位答辩委员和十五位同行专家的意见后，再一次返回羌村做补充调查，并请村里的老百姓也进行了评议，又经过半年的修改和补充，终于完成了《羌村社会——一个古老民族的文化和变迁》的学术专著，经过中国社会科学出版社组织的专家小组的评估，荣幸地被纳入"中国社会科学博士论文文库"中出版。

这本书是我学术的真正起点。我感激导师费孝通的培养，感谢其他七位答辩委员的提携，他们如今已全部谢世，让人永远怀念这代认真负责的学人。也感谢十五位参加评议的同行专家的勉励。我知道比之他们的鼓励，我实际还差得很远，下决心要做得更好一些。

三、走读西藏十六年

我跟费孝通先生在北京大学社会学系学习期间，参加了由他牵头与中国藏学研究中心合作的《西藏社会经济发展研究》课题，于1988年夏天第一次到西藏自治区进行社会人类学的调查研究，西藏独特的自然和人文资源给我留下了深刻的印象。1990年我博士毕业的时候，我在众多的选择中，根据费孝通先生的建议，去了中国藏学研究中心工作。

费孝通先生一生行行重行行，几乎走遍了祖国的山山水水，但西藏和台湾成了他未了的情结。20世纪50年代进行全国民族大调查时，他根据统一部署负责贵州的少数民族调查。以后是众所周知的原因，使他饱受政治运动的磨难，等到能够重操旧业时，医生已经不允许他上高原了。因而，让我到西藏做社会人类学的调查研究，多少有一些要补上这个夙愿的意思。当然更重要的，是费先生认为西藏独特的文化和社会，值得深入地调查研究，而且通过对西藏这样一个人口较少的社会进行研究，有助于将来对整体中国社会的理解和研究。

　　我进入藏学研究领域以后，立即按照从费孝通先生处学来的社会人类学方法，有计划地在西藏自治区选择典型社区进行深入的调查研究。最早是在拉萨郊区的曲水县选择了一个农村社区——达村，进行了好几年的追踪调查，发表了几篇论文和调查研究报告，仍觉得不够理想和典型，这是一个缺少历史的村庄，还不足以代表西藏农村。在一次偶然的机会，我陪同外宾参观位于日喀则地区江孜县江热乡班觉伦布村的帕拉庄园，站在庄园的楼顶上，看到阳光下宁静的村庄，突然发现找到了要找的东西。

　　位于后藏年楚河上游冲积平原上的江孜，在日喀则市东南 90 千米，是一座历史悠久、名胜众多的古老城镇，1994 年元月被国务院命名为全国第三批历史文化名城。吐蕃王朝灭亡后，群雄割据，江孜一带为法王白阔赞盘踞。江孜原来称为"杰卡尔孜"，简称"杰孜"，逐渐变音为江孜。元朝时江孜修建了白居寺，各方信徒云集，又位于交通要冲，工商业繁荣，遂形成西藏历史上的第三大城镇，尤其是江孜卡垫名扬四海，有"卡垫之乡"的美誉。在民主改革以前，这里实行的是典型的封建农奴制，西藏地方政府设立宗政府进行管辖，并在这片丰饶的土地上分封有大小 32 家贵族，加上以白居寺为首的寺庙集团，构成旧西藏统治基础的三大领主[1]齐全。全县绝大多数人从事农业，粮食产量在全地区以至全自治区都名列前茅，是西藏自治区重点粮食基地县，1994 年被农业部命名为全国农业百强县，人民生活水平发生了翻天覆地的变化，比较典型地代表了西藏的昨天和今天。

　　位于江孜县城西南面约 4000 米的江热乡班觉伦布村，是旧西藏有名的大贵族帕拉家族的祖业庄园所在地，也是西藏至今唯一保存完整的封建领主庄园，为人们认识旧西藏的封建农奴制度提供了宝贵的标本。帕拉家族是旧西藏有名的贵族世家，曾有 5 人担任过西藏地方政府的噶伦。在民主改革以前，帕拉家族仅在后藏地区，就拥有 25 个农业庄园，8 个牧业庄园，牲畜 7000 来头（只），役使农奴 3000 人左右。当时班觉伦布村的 40 户 214 人中，有 75% 的家庭和人口属于帕拉家的朗生，也生活着旧西藏特有的差巴、堆穷以至铁匠等各个社会阶层的人，具有极大的代表性。

　　半个世纪过去了，帕拉庄园建筑作为旧西藏封建农奴制的缩影得以完整保留，但景色依旧换了人间，班觉伦布村的人民过上了越来越美好的生活。帕拉庄园成为

1　政府、寺院、贵族是构成旧西藏统治阶级的三大组成部分，被称作三大领主。

爱国主义教育基地也正式对外开放，与作为藏传佛教艺术代表的白居寺十万佛塔、作为旧政府遗址及抗英斗争纪念地的宗山齐名，成为江孜以至西藏的"唯一"级的著名旅游景点。

1995 年，我得到国家社会科学基金的支持，立即率领课题组到班觉伦布村，做了四个多月的调查研究。课题组花费了相当多的时间进行逐户的访问和问卷调查，取得了丰富的第一手材料。我们又邀请村里不同群体的人，以及与县、乡、村各级干部召开了十多次座谈会，走访了许多当事人，收集、整理、翻译了大量有关的藏汉文档案资料和历年统计报表。课题组先在乡政府住了一段时间，观察乡村行政运转和农民与政府的关系，后来又搬进农民家中，与他们同吃同住，也适当地参加了一些劳动，以观察体会农村生活。作为班觉伦布村的临时村民，课题组也直接参与了许多村里的集体活动，比如祭祀"域拉"、建房庆典、丧葬法事、参加江孜"达玛节"等，和村民结下了深厚的友谊。1996 年上半年，我用了两个多月时间，将逐户调查问卷输入计算机进行统计分析；1997 年夏天，又只身回到班觉伦布村进行了一段时间的补充调查。

在较为充分的调查研究基础上，课题组成员都发表了不少的学术成果，我也先后出版了专著《西藏农民》《西藏农民的生活》《活在喜马拉雅》和一大批论文及调查报告。2001 年夏天，我和同事万德卡尔到江孜调查。2004 年初，冒着西藏冬天的寒冷，我再带 3 位研究生到日喀则、江孜和班觉伦布村调查，又出版了《帕拉庄园》《江孜抗英》《红河谷的故事》《中国历史文化名城江孜》等专著。

除了江孜农村为主的系列追踪调查研究外，我也进行了一些如牧区、寺院、扶贫等其他专题的调查研究，主要开展西藏农牧区的社会经济发展研究。2003 年，我申请到国家社会科学基金的十五重点课题《西部开发与西藏农牧区的发展研究》，目前正在进行过程中。根据费孝通先生一贯倡导的类型比较法，我也有意识地进行不同类型文化的比较研究。1999 年春，我听说在西藏自治区最偏远的阿里地区，因为特殊的历史和地理原因，还存在几个未经民主改革、基本保持历史原貌的村庄，我立即申请课题立项，当年 5 月就单独进行了一趟沿着中国最西部调查研究的艰苦之旅。从拉萨到阿里首府狮泉河，我搭乘大货车在荒原上颠簸了 8 天。在当地政府和朋友们的帮助下，又骑马翻越 6000 米的大雪山，进入深藏在西部喜马拉雅山中的楚鲁松杰乡，依靠步行和骑马，在平均海拔 4000 米以上的地区，走访了所有的村庄和农户，圆满地完成了预定的调查任务。再从狮泉河搭乘部队的军车，从新藏公路出藏，从南疆到北疆，接着横穿数省，乘坐火车回到北京。这可能是我一生最艰难也最难忘的社会人类学之旅了，根据这趟独特的经历和调查研究成果，我写作出版了《西藏秘境——走向中国的最西部》《神山圣湖阿里行》《喜马拉雅最后的山民》等专著。

在进行藏学研究的十多年里，我几乎每年都要到西藏进行一百多天的实地调查研究。每次出发前和回来后，都要到费老家里汇报。老先生总是认真倾听我的调查研究计划和心得体会，及时提出他的建议和意见，对我在工作过程中的继续学习和提高，起到了非常重要的作用。我的著作出版后，也总是最先送给先生验收。老人家在百忙之中的读后感，总是寥寥数语、实事求是，既看出我的进步，也会指出不足，每次都使我深受鼓舞，鞭策我不断进取努力。

四、志在富民，无怨无悔

费孝通先生把自己一辈子的追求，概括为"志在富民"，从来都是把做学问和做人放在一起，把学术研究与国家需要和人民的幸福紧密联系。他谆谆告诫我们做人的境界，做学问的目标，而且身体力行，现在虽然年过九十，但他还在外出考察，还在孜孜不倦地读书，还在一篇接一篇地发表文章。先生为我题写的"求实、创新、勤学、笃行"八个大字，成为我人生的座右铭。

我进入中国藏学研究中心工作后，虽然暂时停止了羌族的调查研究，但是继续从事着民族地区的文化和发展研究，在心里也始终没有放下家乡和羌族。我长年在西藏农村进行田野工作，又选择了若干典型农村，进行了较为深入的社区调查研究，主要进行农牧区的发展研究，学术研究的目的，始终是想实践费孝通先生倡导的"志在富民"这四个字。然而，这四个字的真实分量和艰难性，我却是在实践中真正体会到的。

根据十多年实地的调查研究心得，我感到西部民族地区农村，尽管文化上千差万别，但在发展上却有着极其相似的经历：一方面是中华人民共和国成立后翻天覆地的变化和进步；另一方面是在改革开放的大好形势下，东西部差距反而不断拉大，面对市场经济的巨大冲击，西部民族地区显得有些不知所措了。作为在民族地区长大又长期从事"边区开发"调查研究的学者，我觉得自己有责任应该做点什么。

我认为西部民族地区限于社会经济发育程度，很难自发地进入商品经济时代，面对建立社会主义市场经济的新的历史阶段，呈现出两难的局面：一方面西部民族地区的发展，还是离不开政府的引导和推动，在东西部差距持续拉大的情况下，甚至更需要政府加大支持的力度；另一方面，传统文化的影响和长期计划经济形成的体制弊端，深深地束缚着前进的脚步，很难提供市场经济健康成长所需要的环境条件。

在这种情况下，我们不能指望西部民族地区，会像东部发达农村那样，自然而然地走上市场经济的道路，放任自流的结果，一是会加剧传统生产方式与日益增长的人口和需求的矛盾，外延式扩大生产必然以破坏生态为代价，牺牲的是人类长远的生存利益；二是会进一步加大东西和城乡两大差距，给国家安全和民族团结埋下可怕的隐患。同时，也不能像计划经济时代那样，由国家全盘"包"起来，抱着西部民族地区进入现代化，这既不符合市场经济的基本规则和发展要求，中央和地方财政也不具备这样的实力。

一方面，西部的各民族群众要调整心态，努力改造本民族的传统文化，积极适应市场经济的全新挑战；另一方面，政府还必须继续引导和扶持西部民族地区的发展，改革计划经济时代的旧体制。由此我提出了用股份合作制的方法，组织少数民族农民进行商品经济的尝试，这既符合他们长期形成的互助传统，在竞争中发挥群体的优势，以逐步适应市场经济的挑战，也可以有组织地注入政府的扶持和帮助，并把这种扶持和帮助逐渐向市场化引导，更重要的是推动政府体制的改革，把"窝"在各级机关里的科技人员和知识精英释放出来，让他们在带动农民致富中发挥应有的作用。

长期以来，社会科学是学术研究，习惯于光说不练。趁着年轻时的勇气，我想实际尝试一下，并自称是"实践的人类学"。我将自己的想法，向费孝通先生做了汇报，老先生没有我想象的那么激动，只是平静地说："想为家乡的老百姓做点事情，总是好的"，他为我题写了公司和景点的题词，还通过秘书张荣华借给我一万元做启动资金。但同时警告说："你在做一件改造文化的工作，改造文化是一件非常不容易的事情。"

我的热情居然得到了许多人的认同，师友的鼓励之外，家乡的干部和群众也积极响应。1996 年的最后一天，汶川县人民政府召开了论证会，羌锋村的村民们也积极响应，到 1997 年春天到来的时候，羌锋有限责任公司就成立起来，由阿坝州农牧经济学校的教师徐丹具体主持，他和一批热血的知识青年，开始和羌锋村的农民们一起摔打磨炼。

夏天的天气越来越热，羌锋公司的气氛却越来越冷。资金短缺，技术人员难以到位，员工出工不出力，严重的自然灾害，市场上蔬菜价格一路下滑，各种矛盾纠缠在一起，可以说天时、地利、人和全部不帮忙。秋天的时候，开始变卖拖拉机、农用汽车，以支付各种费用；堆积成山的西红柿，吃得我们饲养的四十头猪通身发红，还一车一车地当垃圾倒掉；一千只鸡更是饿得满天乱飞，没有资金再买饲料。

严酷的冬天到了，我在医院通宵守护着生病的孩子，心里盘算着如何抢救远方的羌锋公司，独自流泪，体会着叫天天不应、叫地地不灵的凄苦心情。想着师友的帮助，想着家乡干部群众的期望，想着许多支持我们的人，我的心里充满愧疚，我确实无能为力，更是无可奈何。羌锋公司的实验，让我又欠下一笔良心的债务。

老先生的话终于应验了，我垂头丧气地坐在先生面前，他还是一脸平静。面对我家庭遇到的实际困难，又让张秘书给了两千元钱。我坚决不收，老先生强调这是给孩子治病的。让我静下心来，认真总结经验教训。走不通的路就不要硬走，人生就是在挫折中成长和升华。

我认真地反省自己，发现自己的幼稚，也发现自己的无力，本想为家乡的老百姓做点儿有益的事，结果却不如人意，甚至是适得其反，心里充满痛苦。这几年来，我一边用微薄的收入偿还办公司欠下的债务，一边更加努力地读书思考，继续在西部农村做调查研究。当心情逐渐平静下来，我认真地反省羌锋公司的教训，甚至反省中国的传统文化。我感觉到作为一次社会科学的实验，无论成功还是失败，都有其独特的意义。

当我们在 1997 年上半年办起羌锋股份合作制公司的时候，下半年召开党的十五大的报告中，就充分肯定了股份合作制对中国农村发展的意义；当我们大声呼吁要重视西部民族地区发展的时候，党中央发出了"西部大开发"的伟大号召。这并不说明我们有什么先见之明，只能说这是时代发展的必然要求。同样道理，羌锋公司的出现，与其说是我的策划，不如说是一批忧国忧民的知识分子，一批有责任心的领导干部，特别是西部的少数民族群众，面对市场经济的快速发展，做出的一种必然而且积极的反应；作为一个匆忙的早产儿，羌锋公司的失败，同样也是命中注定；它虽然只是一颗流星，却代表着西部民族地区奔向现代化的强烈愿望和艰难历程。

结合羌锋公司失败后痛定思痛的反省和思考，在我博士论文的调查研究基础上，我和徐丹联合写作了《东方大族之谜——从远古走向未来的羌人》。我们显然不擅长办公司搞经营，还是回归自己的老本行比较得心应手一些，这也是我们更应该做的事情。我们想用最通俗易懂的语言，讲述历史上构成中华民族重要来源的古羌人，如何创造远古的辉煌，他们是如何适应自然和社会环境的变迁，一直介绍到今天羌族文化的方方面面，尤其是羌族人如何面对现代化的挑战，以及存在的问题和思考。从某种意义上说，现代化是不可阻挡的奔腾激流，生活在现在的每个国家、每个民族以至每个人，都面临着前所未有的艰难竞争，面临的是无可逃避的新的文化适应。我想，无论古代羌人的文化适应和变迁，还是现在羌族的现代化遭遇，以及羌锋公司失败的经验教训，都会对人们有所启发。我的论文《西部大开发需要新机制》，在2000年12月获中央统战部"学习邓小平理论"征文一等奖，2001年7月又获中央直属机关党委"建党八十周年论文评比"二等奖；论文《推行股份合作制在西部大开发中的意义》在学术界也引起较大的反响。

五、从实求知，上下求索

从1987年跟随费孝通先生念博士，迄今已经有十八年光阴；1990年从北大毕业也已经十五年了。这么多年来，我从未中断和老先生的联系，也未中断过对先生思想的学习。几乎费老所有的著作和文章，我都反复阅读，总给人常读常新的感觉。从2001年起，我在中央民族大学的民族学与社会学学院担任兼职教授，在给研究生上课的过程中，我特别注意给学生教授费孝通的社会人类学的理论和方法，将费老的《江村经济》《花篮瑶社会组织》《禄村家田》《乡土中国》《生育制度》等经典著作列为硕士和博士研究生的必读书，其中又将《乡土中国》和《生育制度》两本书作为《社会人类学名著选读》课的基本内容，整整和学生一起探讨了一个学期，使学生和我自己都获益匪浅。

费孝通的学术思想，始终贯穿着他自己倡导的"从实求知"精神。费孝通的一生，也是在认识中国和改造中国的基本精神下，从实求知、上下求索的奋斗过程。在晚年他总结为"志在富民"，将远大的理想和抱负落在这四个朴素无华的字上，而且用行动不断去实践，行行重行行。正因为费孝通较好地解决了理论和实际、学术和应用、高深和普及的关系，他的学问对国家有贡献、对人民有用处、对学术有意义，成为名副其实的一代学术大师。能够成为他的学生，确实是我的幸运。

作为费孝通的学生，担任的责任和压力相应也很沉重。因为先生已经为我们树立了一个崇高的人生标杆，无论做人还是做学问，都是我们永远追赶的榜样。我在自己的学术实践中，深感要完全掌握费孝通的学术理论和方法不易，要达到他的人生境界更不容易。虽然现在我已经是博士研究生导师，厚厚薄薄也有十八本专著，但总还是感觉达不到先生对我的期望和要求，耳边经常响起费老的谆谆教诲，让我不敢松懈不断进取。

从学校毕业十多年来，我主要在西藏进行社会人类学的调查研究，又经历了羌锋公司的实际锻炼，人生到了一个转型的新时期。正如我当年去中国藏学研究中心工作时费老的提示一样，将对西藏的调查研究，看作是认识中国整体社会过程中的一个深入的社区研究，我觉得这项工作基本算是圆满结束了，我应当转向更大范围的中国社会研究。结合费老前几年提出的"文化自觉"的深刻概念，我想让自己在认真读书"补课"和冷静消化十多年调查研究材料的基础上，转向中国文化建设的大课题，所以近期从中国藏学研究中心社会经济研究所调动到中共中央党校文史部的文化学教研室。

志在富民，是我从费孝通先生处学到的基本学术目标；从实求知，是我从费孝通先生处学到的基本治学态度；行行重行行，是我从费孝通先生处学到的基本方法。路漫漫其修远兮，吾将上下而求索。在恩师费孝通的指导下，我不断成长。我会更加努力，不辜负费孝通先生的培养。

原文以《从实求知与费孝通学术思想》，载《群言》杂志 2006 年第 12 期

费孝通文化思想演变及其文化自觉实践

我是 1987 年到 1990 年跟费孝通先生在北京大学社会学系攻读博士学位，我的专业研究方向是边区开发，也就是说搞民族地区发展研究。从北大毕业后我做了15 年的西藏研究，接着又做了十多年的新疆研究，但始终围绕探索中国文化结构和变迁这个主题，这也是费孝通先生在我北大毕业时为我设计的研究途径：从相对简单的民族地区入手，进而从整体上理解和研究中国文化，三十年来我一直沿着这条研究轨迹前进。如今恍然过了知天命的年龄，我一直在思考费孝通的文化思想内涵是什么？他是如何认识中国文化的构成，而且终身在"志在富民"的抱负下"从实求知"，通过"文化自觉"不断推动中国社会文化良性变迁的？

一

我们首先要对他的文化思想进行追根溯源。费孝通先生是从 14 岁开始发表文章，真正谈文化是在 1933 年他大学毕业后。他的大学毕业论文是《亲迎婚俗之研究》，根据地方志材料的记载，找出婚嫁娶媳妇时"亲迎"习俗在哪些地方有分布，从而思考中国文化的传播和变异，在他同年发表的《中国文化内部变异的研究

举例》一文中，他指出"研究社会变迁实是在比较不同的文化状态而追寻其过程罢了。所以研究中国社会变迁，势必从它的文化状态开始"[1]，这个时候他谈的文化，已经是社会人类学意义上的文化了，不仅是正规的学术概念，而且联系中国社会实际，在当时是比较超前的。

费孝通系统的文化思想形成，最早得益于他大学的恩师吴文藻。吴文藻先生1929年从美国博士毕业，回国后在燕京大学社会学系教书，开始致力于推进社会学中国化，他是非常认真的一个人。提起吴文藻可能大家更知道他的太太冰心女士，但就社会学中国化来说，吴文藻是最早的奠基人之一。他在燕京大学社会学系教书及担任系主任期间，先系统地介绍人类学是什么，然后把欧洲大陆的人类学、社会学思想，美国、印度的社会和文化进行全面梳理过后，他提出社会学中国化，应当把社会学的方法和人类学的方法结合在一起，最早在中国倡导社会学的社区研究，按照社会人类学的标准来谈文化，提出文化的三定义，即文化是物质的文化，是社会的文化（或者称为制度的文化），还有一个叫精神需求的文化，第一次完整地把文化的思想以及社会变迁的研究方法系统介绍过来。1932年，他请美国芝加哥学派的代表人物帕克到燕京大学讲课，帕克在讲授《社会研究的方法》课时，对学生说的第一句话就说："在这门课程里我不是来教你们怎样念书，而是要教你们怎样写书"。[2] 然后就把学生领到北平的八大胡同、监狱等地去了，实地观察和调查中国的社会如何构成和运转，把学生从书本里解放出来，把芝加哥学派的人文生态学的研究方法引入中国来。紧接着在1933年，吴文藻又请来了和马林诺夫斯基齐名的另外一个著名代表人物布朗，到燕京大学系统讲授当时最流行的结构功能主义学派思想。

当时燕京大学社会学系，非常流行结构功能主义的分析方法，而且不断开展社区研究的实地调查，这在当时世界的社会人文研究上都算是领先的。1936年吴文藻到哈佛大学参加一百周年校庆，正好遇上了功能学派大师马林诺夫斯基，他介绍了中国社会学与人类学嫁接的新探索。听完吴文藻的介绍，让马林诺夫斯基非常兴奋，说中国了不起，走得这么前卫。所以马林诺夫斯基一回到英国，对他的大弟子弗斯说，你别指导费孝通，我来亲自指导，直接将费升格为直系弟子。费孝通与弗斯也从师生关系变成师兄弟关系，分别为马林诺夫斯基一首一尾两大弟子。费孝通

1　《费孝通文集》第一卷，群言出版社1999年版，第79页。

2　费孝通《师承·补课·治学》，生活·读书·新知三联书店2001年版，第213页。

的博士毕业论文研究方向是由弗斯选定的，原来他想续写大瑶山调查，弗斯听完他的江村调查经历，确定就写江村，由此奠定了费孝通一举成名的机缘。

费孝通先生说过，他在去英国读书以前，就已经掌握了结构功能主义学派了。因为燕京大学社会学系给予他系统的社会人类学训练，他几乎借阅了吴文藻所有的私人藏书，打下了较为宽泛的学科基础。1933 年这篇本科毕业论文，标志着费孝通真正理解了文化是什么。费孝通从燕京大学毕业后，吴文藻先生又热心地向清华大学推荐，1933 年使他成为清华大学人类学系唯一的硕士生，1935 年成为清华唯一的人类学硕士毕业生。当时清华大学就招了这么一个学生，是件很不容易的事情，吴文藻不仅要说服学校，还要经导师史禄国同意。史禄国是俄国著名的人类学家，因为十月革命而流落清华教书。他为人清高孤僻，长期从事西伯利亚及通古斯文化调查研究，在欧洲经历过严格的学科训练，是一位世界级的人类学大家，被看作欧洲大陆系学者。他给费孝通制订了六年的学习计划，从体质人类学开始，然后是语言学、文化人类学，要把他培养为涵盖人类学各分支所有知识的通才。费孝通在清华的学习，从测量死人骨头开始，经过计算归类，先从体质人类学角度了解东亚的民族构成，这给了他类别加比较的基本研究方法训练。费孝通回忆道，史氏的教育方法，就是着重培养学生自己解决问题的能力，"他从来不扶着我走，而只提出目标和创造各种条件让我自己去闯，在错路上拉我一把"。[1]

1935 年，费孝通按规定可以毕业并被选派去英国留学，史禄国也因故要结束在清华的教学生涯，六年计划只实施了两年。史禄国并不放心，说你就这样走有可能给我丢人，出国前应当先去搞一个田野调查。在吴文藻的推荐和史禄国的全力帮助下，就有了费孝通和王同惠的广西大瑶山的实地调查。这次调查对费孝通学术发展很重要，可以说是费先生作为真正意义上的社会学家、人类学家、民族学家的起源；这次调查也非常悲壮，他的前妻王同惠因为救他而死在大瑶山。我有幸在 2005 年费孝通先生去世之后，受费宗惠和张荣华的委托，带领我的学生做了大瑶山 70 年的追踪调查，我们出版了《大瑶山七十年变迁》这么一本书；在 2014 年又借助中国社会科学院民族学与人类学研究所的创新工程项目，我又率队做了大瑶山八十周年变迁的追踪调查，2015 年出版了八十周年的书并召开了专题学术纪念会。

我认为费孝通先生的著作里，第一本必读书应当是《花蓝瑶社会组织》，这本书只有七万多字，是在王同惠的调查笔记基础上由费孝通整理完成的。用吴文藻先

---

1   费孝通《师承·补课·治学》，生活·读书·新知三联书店 2001 年版，第 88 页。

生的话说，用这么简短的文字，层层剥笋似的把一个民族的文化，概括得这么完整和精炼。这是费孝通作为功能学派的人类学家，第一次完整地将文化结构展现出来。事实上费孝通在没有跟马林诺夫斯基读书之前，已经较好地使用了功能主义学派的观点和方法。费孝通自己总结道："我通过瑶族调查，对社会生活各部门之间的密切相关性看得更清楚和具体了。这种体会就贯串在我编写的这本《花篮瑶社会组织》里。我从花篮瑶的基本社会细胞家庭为出发点，把他们的政治、经济各方面生活作为一个系统进行了叙述。"[1]1988 年费孝通在和美国学者巴博德谈话中谈道："我在去伦敦经济学院之前就是一个功能主义者。这是从我对体质类型研究——从体质人类学自然出现的方向。我随后把它应用于人类文化类型。因此我要说我的主要观点和研究方法在三十年代早期已经形成。我作为体质人类学者进入瑶山而出来时成了社会人类学者。"[2]这次艰苦的实地调查，虽然代价很大，妻子都丢在那里了，但是却开了他终身实地调查的先河。他在不断的实地调查中，真正理解和解剖文化，解决了什么是文化这一基本问题。《花蓝瑶社会组织》是第一本实地调查成果，《江村经济》则是第二本。细品《江村经济》，可以发现他调查研究的新动向。他跟随马林诺夫斯基学习两年，特别是参加每星期五的"今日人类学"讨论，学科的基础更加雄厚。

费孝通于 1938 年博士毕业后，当年 10 月底辗转到达抗战大后方昆明，任职云南大学社会学系，15 天后就马上选择禄丰县的若干村庄开始内地农村的调查。他率领一批有志青年，在昆明远郊的呈贡县"魁阁"，坚持不懈地开展认识中国的调查研究，推出了《云南三村》等一批成果。内地农村的调查，开始他研究的一个新阶段，注重类型加比较，代表着费孝通的文化研究思想的另一次跃进。在云南内地农村大量调查的基础上，费孝通将其 20 世纪 40 年代在西南联大和云南大学开设"乡村社会学"时的课程讲义，应当时《世纪评论》之约，整理成 14 篇既相对独立又内在联系的《乡土中国》一书，从多个"点"来剖析传统的中国社会，并用"乡土社会"将这些点连成一个"面"来体现中国社会的总体特征。《乡土中国》开篇就写道："从基层上看去，中国社会是乡土性的"[3]，称其为乡土本色。乡土社会中社会关系的最突出特点就是"差序格局"，成为社会学中国化的经典性概念。

1　费孝通《论人类学与文化自觉》华夏出版社 2004 年 2 月版，第 105 页。

2　费孝通：《城乡和边区发展的思考》经历·见解·反思，天津人民出版社 1990 年 3 月版，第 203 页。

3　费孝通《乡土中国》，生活·读书·新知三联书店 1985 年版，第 1 页。

费孝通把中国乡土社会的"差序格局"与抽象的西方"团体格局"相比较："我们的社会结构本身和西洋的格局不相同的，我们的格局不是一捆一捆扎清楚的柴，而是好像把一块石头丢在水面上所发生的一圈圈推出去的波纹。每个人都是他社会影响所推出的圈子的中心。被圈子的波纹所推及的就发生联系。每个人在某一时间某一地点所动用的圈子不一定是相同的。"[1] 由着这个"己"推出的圈子，可伸可缩，大可"一表三千里"，而小可以缩到只剩家庭成员，并根据与中心"己"的距离远近来区分厚薄。凭着这个富有伸缩性，关系厚薄不一的圈子，生活在稳定不变的乡土社会里的人民，建立了一个可以应付日常生活危机的社会支持关系网。正是这种差序格局下乡土中国的乡土性，维系着私人的道德，影响着亲属关系、血缘关系甚至地缘关系，并扩大到家庭之外的家族，甚至影响着乡土社会的政治秩序和统治方式。从男女有别的"家族"到"礼治秩序"下的"无讼"，无为政治下的长老统治，再以名实分离来应对社会变迁。而近代以来从欲望到需求的文明转折，时势的权力又迫使乡土中国进入乡土重建。

1947 年由商务印书馆出版的《生育制度》，是费孝通研究社会文化结构的另一本力作。费孝通自我分类是"《生育制度》可以代表以社会学方法研究某一制度的尝试，而这本《乡土中国》却是属于社区分析第二步的比较研究的范围"。[2] 早一年出版的《生育制度》，其知名度反而稍逊于《乡土中国》，因其更具"学术味"和基础性。其来源和意义正如潘光旦先生为本书作的长序《派与汇》所言："这是孝通六七年来在西南联合大学与云南大学开授的一个学程，就叫作'生育制度'。其实所论的不只是生育，凡属因种族绵延的需要而引申或孝通所称'派生'出来的一切足以满足此基本需要、卫护此重大功能的事物，都讨论到了。它实在是一门'家庭制度'，不过以生育制度为名，特别从孝通所讲求的学派的立场来看，确更有点睛一笔之妙。这也是他关于此学程的全部讲稿，历年以来不断地补充修正，才告完成；只有最后的一两章是最近补写的，因为刚从西南避地归来，旅途困顿，行止不常，又值天气闷热，与西南的大相悬殊，文思汗汗，同其挥洒，极感不能畅所欲言的苦痛，孝通自己颇有因此而将全稿搁置的意思，后来还是经我的劝告，才决定姑先付印。"[3]

1　费孝通《乡土中国》，生活·读书·新知三联书店 1985 年版，第 23 页。

2　费孝通《乡土中国　生育制度》，北京大学出版社 1998 年版，第 94 页。

3　费孝通《乡土中国　生育制度》，北京大学出版社 1998 年版，第 283 页。

费孝通在《生育制度》一书中，生动地运用社会人类学的功能主义研究范式，在一般意义上从"种族绵延的保障"和人类"双系抚育"的功能分析出发，解析了人类社会普遍存在的"婚姻的确立"现象以及"内婚和外婚"的区别。从"乱伦禁律"说明了"性和社会"的关系，再根据他在广西大瑶山的实地材料，谈"夫妇的配合"需求，认为婚姻是一种"利他"而非"利己"行为，其功能不是满足"性"而是限制"性"。"夫妻一方面是共同享受生活的乐趣，另一方面又是共同经营一件极重要又极基本的社会事业。若不能两全其美，就得牺牲一项。在中国传统社会里是牺牲前者。"[1]家庭则成为抚育后代的"事业单位"，父母子的完整体系，才构成"社会结构中的基本三角"，成为社会结构稳定的基础，因而"结婚不是一件私事"。从中国社会的"严父和慈母""婆媳矛盾""舅舅的权利"现象，展开若干家庭关系分析，经过"成年仪式"最后"要飞的终于飞了"，从个人和家庭的关系，上升到家庭和社会的关系，个体和家庭的新陈代谢"世代参差"，成就了不变的"社会继替"。血缘关系在地域上的扩张，是为克服"单系偏重"和"以多继少"的矛盾，通过"过继""改系""收养"等手段解决"续绝"问题。亲属分类和扩展，建构起中国数千年稳定的社会结构，牢固的婚姻家庭制度和观念，才是乡土中国最坚实的社会基础。

二

如果我们说第一个阶段费孝通先生主要是搞清楚文化是什么，文化怎么去调查，怎么去分析、怎么去研究的话，《江村经济》及《云南三村》则代表他的文化研究进入第二个阶段。大家都很熟悉马林诺夫斯基给《江村经济》写的序，第一句话就是"我敢预言费孝通博士的《中国农民的生活》一书将被认为是人类学实地调查和理论工作发展中的一个里程碑"。一个博士论文就是里程碑，代表社会人类学发展的里程碑，马林诺夫斯基的高度评价其实是说了几层意思：第一层意思是认为这本书突破了文野之别，人类学原来都是调查研究野蛮民族的，费孝通一下子把他用到具有几千年文明史的古老的中国，他说这个了不起，跨越了文野之别；第二层意思，人类学都是所谓的"先进民族"的学者高高在上，以俯视的眼光研究落后的民族或殖民地调查，而费孝通开拓了本土人类学研究，自己研究自己的民族，"如果说人贵有自知之明的话，那么，一个民族研究自己民族的人类学当然是最艰巨

1　费孝通《乡土中国　生育制度》，北京大学出版社 1998 年版，第 147 页。

的，同样，这也是一个实地调查工作者的最珍贵的成就"。[1]费孝通先生文化自觉思想，或许可以说起始于马林诺夫斯基的这句话："人贵有自知之明"，其"根"可能就是从这个序言开始种下的。

其实马林诺夫斯基还说了一个更重要的理由，他最欣赏的就是这本书所包含的对人类命运的关怀："费博士看到了科学的价值在于真正为人类服务"，尤其是这本书不是静态的文化结构研究，他是关于文化变迁的研究，而且是社会科学如何去推动变迁的研究。我把这个序言反复读，才读出点儿味来，才知道里面蕴含了这么深的意义，为什么《江村经济》能够在世界这么响亮，不是没有原因的。我曾经跟费先生开过玩笑，我说先生你的《江村经济》是社会学谈经济，我的《羌村社会》才是正宗的社会学研究，你只关注了父系血缘的社会功能，我看出了母系血缘的平衡功能，你的书不够全面。老先生当时哈哈大笑，说是有意思。我当然不会愚蠢到去跟老先生论高低，但那种爷孙般的自由讨论，想起来就让人心热。

马林诺夫斯基这个序言，值得大家再好好读一下。费孝通在《江村经济》的前言，说明了他要干什么："正确地了解当前存在得以实施为依据的情况，将有助于引导这种变迁趋向于我们所期望的结果。社会科学的功能就在于此。"[2]他学社会人类学，绝不是为换个洋学位，搞一个高雅的话题，他是实实在在想要改变这个社会，"社会科学应该在指导文化变迁中起重要的作用"，这也是马林诺夫斯基非常欣赏他的地方。他感叹说我们这么多人类学家，我们都是在消费这个学科，而费孝通所代表的学术取向，是一个有几千年文明史的国家，他们面对日本人的侵略，以那么平和、包容和积极的心情，"态度尊严、超脱、没有偏见"。[3]大家如果从这个角度再去看《江村经济》前言，真会让你对这本书有更深层次的感觉。

费孝通在《江村经济》开篇就说："我的人民肩负重任，正在为当前的斗争付出沉痛的代价。"但经过艰苦奋斗，我们中国文化会迎来一个崭新的明天。费孝通是带着那种信心去研究的，那种开放的心态去研究："然而我确信，不管过去的错误和当前的不幸，人民经过坚持不懈的努力，中国将再一次以一个伟大的国家屹立在世界上。本书并不是一本消逝了的历史记录，而是将以百万人民的鲜血写成的世界历史新篇章的序言"。[4]《江村经济》显示出费孝通文化研究的第二个趋向，就是

---

1 费孝通《江村经济 马序》，江苏人民出版社 1986 年版，第 1 页。

2 费孝通《江村经济 前言》，江苏人民出版社 1986 年版，第 1 页。

3 费孝通《江村经济 马序》，江苏人民出版社 1986 年版，第 4 页。

4 费孝通《江村经济 前言》，江苏人民出版社 1986 年版，第 4 页。

引导型文化变迁。我们的学科要干什么，我们就是要让社会更美好，积极地引导这个社会，向我们觉得美好的方向去变迁。从那以后，费孝通一直都在这么做。

在充分调查研究乡土中国的基础上，在 20 世纪 40 年代后期，费孝通和一批知识分子就开始探索乡土重建。1948 年春，费孝通停顿了"一向做的实地研究工作"，打算"转变一个研究的方向，费几年读读中国历史"。抓住"皇权与绅权"这个题目，他与吴晗等六人一起探讨"中国社会结构"，于年底由上海观察社出版了合著的《皇权与绅权》一书。最集中体现费孝通推动文化变迁和乡土重建思想的，是出版于 1948 年夏天的《乡土重建》一书，这是将费孝通先后在《大公报》《中国建设》等报刊发表的系列文章，由《观察》社集辑出版。他认为中国社会正面临农业文化"匮乏经济"向工业文化"丰裕经济"的变迁过程。过去传统的乡土中国，因为不进步的技术限制了技术的进步，结果是技术的停顿。技术的停顿和匮乏经济互为因果，一直维系了几千年的中国社会。近代西方列强入侵，中国逐渐沦为半封建半殖民地国家，"反而因为和现代工业国家接触后，更形穷困。在这生产力日降，生活程度日落的处境中，绝不会有'现代化'希望的"。[1]

费孝通认为，中国的过去和现在，乡村和都市（包括传统的市镇和现在的都会）是相克的。都市克乡村，乡村供奉都市，但"我们得从土地里长出乡土工业，在乡土工业长出民族工业"。他的结论是："一个工业落后的国家，政治程度较低的人民，很可能产生一个强有力的集权政府，用政治力量积聚资本，计划工业，等这些经济基础安定之后，再讲从来没有享受的政治自由等一类在生活上比较了饥寒为次要的权利。如果这种国家能有这个机会不能不说是幸运，因为一个人民所不能控制的权力能为人民服务是一件奇迹。奇迹可以有，但不能视作当然，所以为了要保证一个权力不能不向人民服务，还得先由人民控制住这权力，这才是政治上的常轨。"[2] 这种政治远见令人吃惊。

如果我们回溯到 1948 年 4 月，费孝通和雷洁琼等人一起应邀赴西北坡的故事，就能够理解他思想的转变。他们在解放区一路上看见支前民工队伍，推着独轮车，打着红旗，没有一个当兵的押送，拉着粮食、枪支弹药，滚滚洪流向前，费孝通一下子明白了中国人民要革命的道理。他说共产党为什么能得天下？是因为他们得人心。为什么能得人心？是因为共产党解决了中国的基本问题。大家看一看《江村经

1　《费孝通文集》第四卷，群言出版社 1999 年版，第 310 页。

2　《费孝通文集》第四卷，群言出版社 1999 年版，第 414 页。

济》最后一章："中国农村真正的问题是人民的饥饿问题。"[1] 国民党政府说得多做得少，中国的实质问题是土地问题，是农民太贫困的问题，这是中国革命的根源。他看到支前的滚滚洪流，没有当兵的押送，没有打人骂人，完全是群众自发的一种革命潮流，他就被彻底地震撼、彻底地征服，认识到共产党革命的正当性以及潮流性。从那以后，他全身心地投入新中国的建设，不管他从事何种工作，我们可以看到他的研究始终贯穿了一个思想，就是引导性社会文化变迁。

1957年，他有机会第二次到江村调查，因为《知识分子的早春天气》这篇文章，调查成果在《新观察》上的连载还没完成，就被打成了右派。直到改革开放过后，才重新得到工作机会，费孝通又捡起了大瑶山调查和江村调查。1978年，他第二次上大瑶山，接着三访江村。沿着这两个点的追踪调查，开始"行行重行行"的研究，形成他晚年的两条调研线索：一个是边区开发，一个叫城乡关系，坚持了几十年。从改革开放初期，他就提出要做好全国人口这盘棋，要有边区和城乡两个眼。1984年正式启动边区开发的调查研究，从内蒙古的农牧接合部开始，他发现民族地区存在"两个失衡"，即自然生态的失衡和人文环境的失衡。通过包头钢铁厂调查，发现"既要包钢还要包人"，提出打破"围墙经济"的国企改革思路。1988年他提出青海甘肃的黄河上游多民族开发区的想法，进入区域整体研究。他提出"以东支西、以西资东、互惠互利、共同繁荣"思想，为21世纪国家西部大开发战略鸣锣开道。

沿着城乡关系这条线，他从三访江村开始，逐渐从村上升到镇，提出"小城镇、大问题"，提倡农工相辅，为乡镇企业的发展大声疾呼。根据各地发展经验的实地调查，他总结出集体经济为主的苏南模式、"三来一补"的珠江模式，再加上以个体私营企业为主的温州模式，还有中原农村的庭院经济等多种发展模式。20世纪90年代后，费孝通的研究视角上升到区域整体发展思路，他最早提出南岭开发区及九加二的珠三角大开发，"1988年在南岭山脉的考察中，我把开发这片瑶族聚居的山区的希望寄托在珠江三角洲的经济扩散上，而提出了以香港为中心的三个环形带的区域格局。"[2] 隐约可见今天的"大湾区"建设原型。

1990年，费孝通以民盟中央的名义，直接给中共中央领导人写信，建议以上海为龙头，江浙为两翼，带动整个长江流域的发展。"长江三角洲作为一个整体，

1　费孝通《江村经济　第十六章》，江苏人民出版社1986年版，第200页。

2　《费孝通文集》第十二卷，群言出版社1999年版，第314页。

能从这一系列的改革中得到适当的重视和扶持，不仅自身能迅速强盛，成为国家财源的沃土，上缴更多的利税，而且具有强大的能量，能够'拉动'广大腹地的发展。"[1]今天称其为长江发展战略，可以说费孝通首发"长三角一体化"之先声。1986 年，他在兰州说道："我展望西北的前途，如果通向西部的市场前进的话，不仅是青藏高原，还有新疆，甚至国外的中亚细亚和直到中东的那一系列伊斯兰国家。你们确有广阔的天地，比沿海地区更优越。"[2]1991 年，他在《凉山行》中提出攀西开发区设想，重振南方丝绸之路，辐射内外两圈，打通"以攀西开发区为中枢的一条我国大西南通往缅甸、印度、孟加拉国各国的交通动脉"，[3]1992 年他在《孔林片思》这篇文章中总结道："长江是一条可以带动整个内地发展的脊梁骨。龙尾有两端，长得很。一端在西南，以攀枝花和西昌为中心的南方丝绸之路；一端在西北，以兰州为中心，西出阳关的欧亚大陆桥。这是中华大龙的总格局。"[4]激活古已有之的南北两条丝绸之路。

1995 年，费孝通在天津以"口与腹"为比喻，提出了环渤海经济圈："京津冀二市一省，从地理上讲是互相交织在一起的，你中有我，我中有你，经济上从来就是休戚相关，来往密切。在当今经济建设的大潮中，京津冀除了按照各自的特色发展之外，应该从区域经济的观点出发，增进了解，在互利互惠、共同繁荣的基础上，开展多方面的合作，先把联合的架子搭起来。我建议京津冀二市一省的有关领导同志，在适当的时候，共同研究一个办法，成立协作机构。开始的时候不妨选几个容易操作的项目进行协调和合作，再逐步扩大，最后将整个环渤海地区联系起来，形成一个与华南、华东相对应的华北经济区，并实现天津在这个经济区域的中心作用。"[5]今天京津冀一体化战略正全面展开，不能不佩服费孝通的先见之明。可以说中国改革开放以来的每一步历史进程，费孝通都能够及时发现苗头，总结规律，指明发展趋向。他的《行行从行行》等著作都有详细的记载和分析，正是费孝通的草根工业理论和乡镇企业多种发展模式总结，揭示、记录、总结并引导中国独特的工业化和城市化路径。

1　《费孝通文集》第十二卷，群言出版社 1999 年版，第 39 页。

2　《费孝通文集》第十卷，群言出版社 1999 年版，第 534 页。

3　《费孝通文集》第十二卷，群言出版社 1999 年版，第 176 页。

4　《费孝通文集》第十二卷，群言出版社 1999 年版，第 294 页。

5　《费孝通文集》第十三卷，群言出版社 1999 年版，第 294 页。

三

　　费孝通文化思想发展的第三个阶段，以 1990 年他 80 岁生日提出来的四句话为标志："各美其美，美人之美，美美与共，天下大同。"面对扑面而来的全球化，1997 年他正式提出文化自觉思想，这是他在"社区研究要进入心态研究"之后的又一次思想升华。他在 1998 年退出公职后开始学术补课，系统回忆了几位影响他学术成长的老师，重新体味他们的文化思想，从而使他的文化探索进入"文化自觉"阶段，成为他学术人生的最后议题。全球化时代的文化认同更引起他深刻的关注，结合一生的民族地区调查研究经历和在中央民族学院的教研积累，他综合运用多学科的理论和知识，1988 年提出了"中华民族多元一体格局"理论，为全球化时代中国各民族的团结和发展提供了强大的认同基础，有力地增强了中华民族的凝聚力。不仅在国内外学术界引起强烈的反响，并在 2014 年第四次中央民族工作会议上成为定义中国民族关系和走向的核心概念。

　　费孝通把中国近百年来的文化转型比喻为"三级两跳"，即伴随中国社会从农业社会走向初步的工业社会，当工业社会尚未完全形成又很快进入了以知识经济为特征的后工业化时代，经历了农业文明向工业文明一跳，接着又是工业文明向信息文明一跳。特别是改革开放以来的快速发展，容易带来社会失衡和文化眩晕，早在 20 世纪 80 年代末他就提出"富裕之后怎么办"？又从中国少数民族的文化转型问题，引发出中华民族的文化自觉问题。他在《关于'文化自觉'的一些自白》一文中写道："学习社会人类学的基本态度就是'从实求知'，首先对于自己的乡土文化要有认识，认识不是为了保守它，重要的是为了改造它，正所谓推陈出新。我在提出'文化自觉'时，并非从东西文化的比较中，看到了中国文化有什么危机，而是对少数民族的实地研究中首先接触到了这个问题。"[1]

　　《费孝通论文化自觉》一书集中阐述了费孝通文化自觉思想："通过我这 60 多年的经历，我深深体会到我们生活在悠久历史的中国文化中，而对中国文化本身至今还缺乏实事求是的系统知识。我们的社会生活还处于'由之'的状态而还没有进入'知之'的境界。而同时我们的生活本身却已进入一个世界性的文化转型期，难免将人们陷入困惑的境地，其实不仅我们中国人是这样，这是面临 21 世纪的世界人类共同的危机。在多元文化中生活的人们还未能寻找到一个和平共处的共同秩

1　　费孝通《论人类学与文化自觉》，华夏出版社 2004 年 2 月版，第 193 页。

序。"[1] 因而费孝通特别强调文化自觉的重要性，他详细解释道："文化自觉只是指生活在一定文化中的人对其文化的'自知之明'，明白它的来历、形成过程，在生活各方面所起的作用，也就是它的意义和所受其他文化的影响及发展的方向，不带有任何'文化回归'的意思，不是要'复旧'，但同时也不主张'西化'或'全面他化'。自知之明是为了加强对文化发展的自主能力，取得决定适应新环境对文化选择的自主地位。"[2] 他不仅对文化自觉的概念进行了详细定义，还强调指出"文化自觉是一个艰巨的过程：首先要认识自己的文化，根据其对新环境的适应力决定取舍。其次是理解所接触的文化，取其精华，去其糟粕，加以吸收。各种文化都自觉之后，这个文化多元的世界才能在相互融合中出现一个具有共同认可的基本秩序和形成一套各种文化的和平共处、各舒所长、联手发展的共同守则"[3]。目的就是通过"文化自觉"，掌握文化转型的主动权，重建民族文化自信心，巩固国家和民族认同，建立"和而不同"的美好社会，更好地应对"全球化"的挑战，实现中华民族的伟大复兴。

以我自己的一孔之见，本文梳理出费孝通先生文化思想发展的三阶段历程，以便大家更完整系统地理解费孝通文化思想的演变及其文化自觉的实践。在这个基础上，大家在读费孝通著作时，可能就会有更加深透的理解。费孝通一生的学术贡献，我概括为："从实求知看世界，三级两跳论中国，差序格局说乡土，多元一体求认同，志在富民是心愿，城乡边区重行行，文化自觉强九州，和而不同安天下。"他的学术人生，可以说是从中国社会的实际出发，探索何为乡土中国，为何要乡土重建，如何乡土重建。如果再联系中华人民共和国七十年的曲折道路以及改革开放四十年的光辉历程，也可以看到乡土中国——乡土重建——城乡一体的中国现代化进程。对照费孝通一生"从实求知、志在富民"的不懈追求，就能品味他在老家吴江的墓碑上留下的那句话："逝者如斯而未尝往也，生命劳动和乡土结合在一起，就不怕时间的冲洗了。"

原文载《中南民族大学学报》2020 年第 1 期

1　费宗惠、张荣华编《费孝通论文化自觉》，内蒙古人民出版社 2009 年版，第 4 页。

2　费宗惠、张荣华编《费孝通论文化自觉》，内蒙古人民出版社 2009 年版，第 5 页。

3　费宗惠、张荣华编《费孝通论文化自觉》，内蒙古人民出版社 2009 年版，第 6 页。

社会调查研究札记

屈指一算，今年是我从事西藏调查研究工作的第三十个年头。用社会人类学的行话，实地调查研究称其为田野工作，曾经游历的西藏广阔的学术田野，成为我生命历程中无法抹去的记忆。

一、第一次进藏调研

1988年夏天，我作为北京大学社会学系的博士研究生，参加《西藏经济社会发展调查研究》课题，这是我第一次进藏。根据北京经验我准备了一堆蚊香，去后才发现，当时的拉萨苍蝇乱舞，却几乎没有蚊子，那是一个清凉凉的夏天。我们先在西郊的西藏自治区委党校，培训来自县乡基层的调查员，集中培训高潮过后，留下我和一个硕士生继续培训晚来的人，工作时断时续，非常清闲。那时的区委党校，僻处远郊，进城得靠走路或骑自行车，几排平房，白云悠悠，树荫下多是闲逛的野狗。好在党校有几位自愿进藏工作的大学生，大家脾气相投，工作之余就在他们家里聊天吃饭喝酒，偶尔也结帮进城闲逛。

印象最深是去"强盗"林卡（传说过去是强盗出没的地方，林卡是藏语公园或树林的意思）参加一年一度的沐浴节。拉萨居民几乎都是全家出动，在河滩柳丛中支起一顶顶漂亮的帐篷，草地上铺上花花绿绿的地毯，开始一整天的悠闲郊游生活。呼朋唤友、打牌喝酒、唱歌跳舞，真是人间天堂。没有人问你是谁，要干什么，只需要带上真诚的微笑，一屁股坐下去，立即就有人捧上一杯杯酥油茶和青稞酒，还有风干肉和各类藏式点心，吃喝高兴了就唱起来跳起来。人们相信，在这一天到拉萨河里沐浴，可以一年不患病，因而河边全是裸体混浴的人们，不乏年轻漂亮的姑娘。我们一路摄影，遭到一群姑娘的浇水痛击，要求我们也脱光了下水才可以拍照。依嘱"折中"办理（还是没有勇气脱掉裤衩），才发现脱掉一些包装后，人与人反而可以坦诚相见，营造出天真无邪的人际关系。这种体会，后来在澳大利亚的天体浴场也感受过。

党校的朋友们暑假陆续回内地探亲了，空旷的校园更加冷清。陪伴我的是朋友养的两条母狗，它们每天都聚集在我的宿舍前。长得漂亮的叫讲师，据说那次党校评职称会议时它跑了进去，当时评定的最高职称是讲师，大学生们对这次评审明显有意见，就将此狗命名为讲师。讲师漂亮温顺，深得公狗们的喜欢，几乎每年都会产一窝狗仔。长得丑的叫罗比，聪明好奇勇敢，却不讨公狗们的喜欢，从来没有成功的恋爱，因而显得抑郁孤独倔强。一强一弱，两只母狗关系出奇的好。我撤离党校进城那天，两条狗紧跟我的自行车依依不舍。经过第一个村庄，就遭到群狗的攻击，讲师溃逃，罗比勇敢冲出重围。再过其他狗的地盘，它要么从公路边的排水沟匍匐前行，要么张牙舞爪强行冲关，要么强作镇静、紧贴自行车一侧溜过去。一路跟到我在城里的工作站，后来又静静地消失了。

我一直挂念着党校结识的朋友，许多人到今天还有联系，可谓终身的朋友。也一直惦记着罗比，据说它确实回到了党校，在一次又一次的"打狗运动"中，聪明地躲过了人们的枪口，但一直保持着单身。而讲师依然情人不断，又繁衍了不少的后代。在西藏行走三十年，和各种各样的狗打过交道，这是一种有灵性的动物。西藏既有比老鼠大不了多少的袖狗，高傲金贵——我曾在强盗林卡见一俊俏少女，用一根精致的细链牵着一只袖狗，那是一幅美丽高贵的画；也有身如牛犊、声如洪钟的藏獒——我们在拉萨的工作站就养了一头。新来的小伙子不知好歹地解开了拴它的铁链，一路猛窜把人拖翻前行，吓得他不敢撒手，拖行中居然碰折了腿骨。西藏人的众生平等、博爱善良品性，给狗们最大的自由和繁衍空间，因而西藏的狗风格各异，也可能是狗品种最多的地方。

那时的拉萨，地盘不大，人也不多。最热闹是八廓街，会聚了藏区各地朝佛的信徒和国内外的旅游者。信徒们先拜大昭寺和小昭寺，在寺庙门口或围绕寺庙磕长头，再绕八廓街、林廓路甚至整个拉萨城和著名的三大寺转经或磕长头，有的磕头要达到十万个，也有专门代人还愿的职业磕头人。特别是大昭寺门前，虔诚的信众不断起立跪拜，口中诵念经文，那种发自内心的虔诚和由此带来的宁静，经常让我躬身自省——我们是否活得太物质化了？真是穷得只剩下钱了？问题是钱也是问题，那还剩下什么？汗颜过后是恐慌。这里就像一面大镜子，能够穿透皮囊让人审视灵魂，不得不深刻反省自己的人生。我发现许多旅游者，也喜欢在大昭寺门前发呆。曾经与一位来自香港的女士聊过，她几乎每年都会来一次，在寺庙前静坐反省，就为了给灵魂洗次澡，让浮躁的心得到片刻宁静，收拾好身心再杀回都市，更加拼命地挣钱。

以后每一次进藏，我都会和同事们先到八廓街报到，拜访完大昭寺、小昭寺，才算到了西藏。我信奉孔子的那句话：敬鬼神而远之，也相信在四川羌寨调查时房东的话：一地有一地的菩萨，礼多神不怪。我不信仰宗教，但绝不轻慢任何信仰，尊敬每一位信徒的虔诚。参观每一座庙观，我从来不拜菩萨也不烧香磕头，讨厌虚伪浅薄功利的举动，但大多会布施点儿钱。在西藏最早是每个神像前放一毛钱，以后是一元钱，现在是五元钱、十元钱，虽说随愿其实钱数基本跟着物价上涨。你尽可以拿着大钞在神像前的小钞堆里找零，没有人会怀疑你做手脚。有意思的是八廓街也是乞丐最集中的地方，而且乞讨得理直气壮：你布施给我物质，我还给你精神升华，两不相欠。他们许多是千里迢迢来朝佛，用尽或者捐尽家财，再通过乞讨获得生活费和路费，完成人生最重要的信仰实践。当然也有部分人演变为职业乞丐，或是春耕秋收夏乞冬讨，那是把乞讨当家庭副业收入。乞讨价格也是随着物价上涨而水涨船高，那时你给一元钱他会找回九角，绝不妄取一分，说一声"末子明都"（没有零钱）也不会有人纠缠。可惜八廓街的乞讨也随着市场经济发展而乱象丛生，甚至支使小孩抱人大腿，不给钱不让走人，给少了还不行，职业乞丐也越来越多，背离了佛教乐施向善的精神，也偏离了西藏人重精神而轻物质的传统。

1988年的拉萨，改革开放的春风刚刚吹到高原，市政建设和服务设施都还很差。交通基本靠走，能骑上自行车就很不错了。人力三轮车成为市内主要交通工具，到西郊罗布林卡或郊县有破旧的中巴车，扯着嗓子叫客不定时发车。最要命是为数不多的饭馆，不仅价高质次，而且定点开饭，带着国有企业的傲慢。我们先是在旁边地矿厅的单位食堂搭伙，周末还不供应，后来只好自力更生。布达拉宫旁边当时建有拉萨最大的菜市场，从内地几千千米运来的蔬菜、副食品种少且损耗大，去晚了就无菜可买。好在当地出产的牛羊肉非常便宜，我用十元钱就购买了一个硕大的牦牛头，两个人才抬得动，用了一天时间剥下两脸盆肉，不仅让我们吃了一星期，还制作成一件独特的工艺品。

市场经济在西藏方兴未艾，一大批内地农民走上高原，给高原带去前所未有的大冲击和大改变，我的第一个调查就围绕内地流动人口展开。他们克服种种困难，在西藏开疆拓土，各行各业遍地开花，带着很强的地缘和血缘特色，也形成内地和西藏、各民族之间的大协作和大联合。四川人承包工程、开饭馆、蹬三轮，还从承包单位温室到承包近郊农民土地种植大棚蔬菜，极大地提高了当地的生活和服务业水平；湖南、甘肃、四川的商贩，从内地批发来服装百货进入西藏城镇，再由当地藏族商贩批发到农村牧区；浙江人、福建人挑着担子进西藏，当木匠铜匠卖服装百货，率先承包国营商店的柜台，后来整体承包改制为百货商场，接着建宾馆、会所、加油站。西北的回族人深入牧区贩卖牛羊、挖金开矿，西南的回族人则从石家庄进百货长途贩卖到尼泊尔，康巴藏族走村串寨收购古董旧货，苗族卖中草药带看病，青海撒拉族占领了进藏的长途客运市场，沿线建起撒拉饭馆……，可以说各民族共同演奏西部大开发的宏大乐章。

市场经济掀起了西藏的一场经济和观念的革命，这是一个艰难推进的过程。我在布达拉宫后面的龙王潭公园，给一个藏族小男孩拍了一张照片，他的父亲认定我拿走了小孩的灵魂，挥拳相向，追得我落荒而逃。而诸如"内地人抢走了我们的饭碗"等言论，不仅是观念的冲击，而且是现实的磨合，甚至还包含深刻的国内外背景。拉萨居民面对市场经济冲击，走过了茫然不知所措、参与适应、分工合作、共生共赢。大棚蔬菜、养殖种植、行商坐贾、旅游运输，当地人越来越得心应手，各地区和各民族的有机合作更加细致。当我们今天看到焕然一新的西藏城乡，自信开朗的当地人，各民族亲如一家的景象，这是西藏伴随祖国整体改革开放大发展的必然结果，也是一步一步艰难开拓的成果。而且这种观念的冲击、现实的磨合、国内外的复杂背景还会继续下去。西藏和其他省市的发展一样，都是这样由具体的人和具体的事，在特定的时空下一点一点探索前进的。

二、多布吉一家

1990 年我博士毕业后，进入中国藏学研究中心社会经济研究所工作，从此开始春天进藏、金秋返京的候鸟式生活，几乎走遍了西藏主要地县。我首先想找一个能够代表西藏社会文化变迁的典型田野，进行长期的跟踪调查研究。经行家指点推荐，我选择了拉萨市达孜县的邦堆乡作为第一个田野调查点，据说这里是西藏最早建立人民公社的地方。工作站的司机将我送到邦堆乡，这是一个不大的藏族传统村落，乡政府只有两座藏式二层楼房，院子里也见不到人。找附近的村民一打听，原来乡干部都在甜茶馆聚会，这里才是乡政府的公共空间。乡书记看出了我的疑惑，说是西藏农村落实土地承包责任制后，农民自主经营都忙着过好自己的日子，乡政府需要操心的事情越来越少。他利落地招来一位名叫多布吉的当地干部，让他把我带回家，就在他们村开展调查，当场就落实了我的工作要求。

就这样，我跟着多布吉去了离乡政府还有几里路的罗吉林村，开始了我在西藏的第一个田野生活。多布吉是半脱产干部，小学文化程度，汉语说得结结巴巴，勉强能够交流。看得出，他不是十分乐意接受我这个外来人。他用自行车驮着我的行李，一路聊着走在乡间土路上。拉萨河谷的罗吉林村只有二十多户人家，是一个纯粹的藏族村落，只通行藏语。"嘉米"（汉人）成为我的第一个称呼，接着是"眼镜"，因为全村只有我一个戴眼镜的人。一段时间后，孩子们叫我"名卡日"（你叫什么名字），因为我总是用这句简单藏语开始和村民的交流，他们对我的糖果和拍照最感兴趣。本着"同吃、同住、同劳动"的"三同"田野调查传统，我努力进入村庄生活。秋收季节是村里最忙的时候，我卖力地干活，但多布吉明确让我退出田间劳动，专门承担做饭的任务，因为"汉人做的饭好吃"。第一次生牛粪火，很费了一番功夫，一身烟尘也不得要领，就差要撕书点火了。早饭一般是喝茶抓糌粑，午饭吃炒菜米饭，晚饭由阿妈啦做吐巴（面片汤）。大家最在意我做的午饭，下午两三点钟从田间地头和上学回来，全家就眼巴巴等着我的手艺上桌。就着我带去的大米清油、他家自产的有限蔬菜，还有就是去达孜县城的简陋市场能够购买的东西，我赢得了全家的信任，也逐渐融入了村庄。

多布吉的儿子扎西最喜欢跟我玩，我们时常到拉萨河里游泳和捕鱼。沿着沟渠拉网走上一百多米，就能够捕上一水桶高原无鳞鱼（学名裸鲤）。那时高原鱼多得水渠里随处可见，我在门外小水沟里洗碗的时候就能舀上几条小鱼，不像今天这么金贵。附带说一下，当地村民吃饭都各有专用碗筷，吃完后就用舌头舔干净，重复使用，我做不好也做不到，所以每次餐毕就去水沟洗碗，后来带动年轻人也跟着出去洗碗，也算起到了移风易俗的作用。人们传说藏族不吃鱼，其实拉萨贵族和下层贫民都吃鱼，只是因杀生嫌疑，不便大张旗鼓罢了。拉萨附近一直就有捕鱼为生的渔村，在拉萨大街小巷一呼"卖水萝卜了"，就有人会意地从小门潜出购买。罗吉林村民大多没有吃鱼的习惯，但人们很乐意参与捕鱼，更喜欢吃我做的饭菜，米饭、炒菜和鱼肉好吃，也算是我带给他们的观念变化。一时吃不完的鱼，就直接挂在铁丝上晾干，高原炽烈的阳光，只需几日就让鱼干连骨头都酥掉，就像油炸过一般香脆可口，成为我和孩子们都喜欢的零食。多布吉家有村里唯一的彩色电视机，虽然农村的用电不够稳定，每晚的藏语电视节目仍成为主要的娱乐方式。我发现只有我和家里的成年男人在屋子里看电视，妇女和孩子们都通过门窗看电视，多布吉说"电视里总有亲嘴的动作，一家人一起看太难为情"。由此我开始观察藏族社会规则和人际关系。

为了招待我这个贵客，多布吉决定杀一只羊。我兴奋地说我来帮忙，他用十分诧异的眼光看了我半天。下午四五点钟，专门邀请的屠夫师徒二人才姗姗来迟，师傅抓住羊手起刀落、一刀致命，然后就坐在墙根喝青稞酒，直喝得语无伦次。徒弟将羊收拾干净，黄昏时两人拿着工钱和羊头羊蹄回家了。我才隐约发现西藏农村一直存在的社会等级制度，只是新的社会环境将其埋得更深了。历史上西藏的铁匠、铜匠等手工艺人，还有屠夫、天葬师、猎人、渔人等职业的人，都被看作有"杀生"嫌疑的贱民阶层，备受歧视和污辱，不能与常人一起吃饭、喝酒、饮茶，连座位和坐垫都是专设的，更别说交朋友或通婚。随着市场经济在西藏的深入发展，这些社会边缘人往往是最早发家致富的人，社会地位得到进一步提高。如果说政治制度变革是西藏的第一次解放，市场经济的发展可谓第二次革命。西藏的婚姻关系最为多样，以一夫一妻为主，也有一妻多夫、一夫多妻、朋友共妻等多种形式，但归根结底可总结为"等级内婚，血缘外婚"两句话。多布吉家有三位未成年的姑娘，我猜想这是他最初不愿让我这个外人进入他家庭的原因，而且我这位有身份的人，居然想干贱民的活，当然也让他意外甚至吃惊。

多布吉妻子是一位结实的中年妇女，温柔少语，总是带着一脸微笑。她从无高声言语，周到细致地做好每一件工作，全家几乎都无声地围绕她在运行，代表着藏族妇女普遍的美德。早晨她会很早就在院子里煨桑，这袅袅烟火既是敬神，也是一家的生气，然后挤牛奶做家务，不时酿一坛青稞酒，一天总是忙个不停。她每天会给我烧一壶新挤的牛奶，不断地添加到茶杯里。刚开始的时候，我怕拂了她的好意，她倒一次我喝一次，我喝一次她立即躬身再添满，无论是酥油茶还是鲜牛奶。我长期吃草的胃终于受不了了，上吐下泻，带去的黄连素、痢特灵都吃完了，也不见好转，几天就让我起不了床。多布吉从墙缝里抠出一报纸包，拿出几粒羊粪蛋似的藏药，建议我试一下。果然一吃就灵，这才过了田野调查必过的水土关，也开始理解藏族文化的独特和深厚。

藏族村庄都有自己的地方神，称为"域拉"，就像内地的土地庙，藏历新年要举行隆重的祭祀活动，人们穿戴一新围绕"域拉"煨桑，向空中撒青稞粉，高呼"拉索"（神灵保佑）。在山顶、路边、河边也有相应的神灵，用石头砌成方台插上经幡，走过路过要撒些"风马"（印有经文或骑马图案的四方纸片）高呼"拉索"乞求保佑，在特定年节也要举行祭祀仪式。甚至每块土地也有自己的神灵，最中心的土地用三块白石头做神灵象征，每年秋收前的"望果节"，全村要巡游田间地头隆重祭祀，载歌载舞欢庆丰收。每户人家既有屋外的煨桑炉，清晨必要煨桑，也会在房屋高处悬挂五彩缤纷的经幡（藏历新年前更换），有的还会放几块白石代表屋神；室内最富丽堂皇的房间是经堂，神龛里供奉着菩萨，墙上悬挂着代表家庭主要成员生神"格拉"的唐卡佛像，同时经堂也是客厅兼客房，我就一直住在多布吉家的经堂里。每天晚上多布吉都会一边与我聊天，一边使劲擦洗铜净碗（富裕人家也用银碗甚至金碗），第二天早晨重新盛满敬神的净水。我发现藏族的宗教信仰除人们熟知的藏传佛教外，还有一套指导和规范现实生活的信仰体系，是理论宗教和现实宗教的有机结合体，正如他们的经济结构是以农为主，牧业为辅，还要兼顾工商赚点活钱，这才是西藏农村文化的完整形态。

罗吉林村的三个多月调查，我和多布吉一家和全村人都结下了深厚友谊。临走时给孩子们赠送了《新华字典》等学习用具，嘱咐他们好好学习。以后再去西藏调查，只要顺路我都会回家看一看。2004年后，我调动到中央党校工作，去西藏实地调查的机会减少了，也就断了和多布吉一家的联系。前两年多布吉的二女儿央珍来北京参加培训，我才知道他家的近况。儿子扎西当兵转业后进入政府机关开车，三个小女儿先后考上大学或中专。央珍当了小学教师，梅朵在林芝做公务员，最小的嘎桑也考入了大学。当年最苦最累的大姐和姐夫，贷款购买了客车，专营到甘丹寺的旅游专线，现在日子过得最富裕。多布吉退休后，夫妻二人搬到拉萨市区常住，主要任务是陪孙子辈上学读书，当上了陪读。当年他为我当翻译，我的藏语进步不大，他的汉语却越来越流利，后来都派上了用场。只可惜多布吉已不幸病故，家里人按照传统天葬习惯，隆重举行了葬礼。阿妈啦身体健康，每天还是忙活不停。

我经常想起在罗吉林做田野调查的日子，特别是这位一只眼睛有些伤残，说话时爱抖肩膀，总爱问"是什么"的房东多布吉，感谢他把我带进了西藏广阔的田野。

三、从帕拉庄园见证西藏农村百年的变迁

1988年夏天，我作为北京大学社会学系博士生，参加了北大与中国藏学研究中心合作的《西藏社会经济发展调查研究》课题，那是我第一次进藏。1990年我博士毕业后，正式进入中国藏学研究中心社会经济研究所工作。

我首先想找一个能够代表西藏社会文化变迁的典型田野，进行长期的跟踪调查研究。经行家指点推荐，我选择了拉萨市达孜县的邦堆乡罗吉林村作为第一个田野调查点，据说这里是西藏最早建立人民公社的地方，我先后发表了几篇论文和调查报告，但这不是我想找的田野阵地。这里原来是一个封建农奴制下普通奚卡，以差巴为主的小村子。西藏民主改革后虽说建立人民公社最早，但没有更多的故事，改革开放后也较为平淡。直到1993年我陪同参加国际藏学会议的外宾，去到藏南江孜县的班觉罗布村参观，站在著名的帕拉庄园屋顶上，看到村子一片祥和的气氛，脑子里砰然一声，总算找到了我一直要找的西藏研究的理想田野，发掘出一个社会人类学的宝地，由此开始长达十余年的追踪调查，先后出版《西藏农民》(五种文字发行)、《西藏农民的生活》、《活在喜马拉雅》、《中国历史文化名城江孜》、《帕拉

庄园》、《江孜抗英》、《红河谷的故事》等著作。

江孜县海拔超过四千米，但纬度偏南，又有年楚河的灌溉之利，自古就是西藏的粮仓。地处南通印度的要道，因而工商业发达，成为藏南的富裕之地，也是旧西藏人口最多的宗（县）。1904年，荣赫鹏率领英国远征军入侵西藏，一路受到西藏军民痛击，江孜宗衙门建在一个突起的秃山上，在这里上演了壮烈的江孜保卫战，残存的勇士们最后跳崖自杀，电影《红河谷》就是讲述这段故事，因而江孜又被称为"英雄城"。历经战火和时间的摧残，江孜宗衙门被大致保存下来，是现今唯一保存完整的旧西藏宗政府建筑遗址。位于县城中心的宗山，既是江孜人民英勇抗击英国侵略者的历史见证，成为著名的爱国主义教育基地，也成为江孜著名的旅游景点。位于县城西郊的白居寺，始建于1418年，是唯一的藏传佛教三大教派聚于一寺的寺庙，"十万佛塔"更是藏传佛教中唯一的塔寺，塔上的智慧眼让人印象深刻。

而位于江孜县城西南面约2公里的江热乡班觉伦布村，则是旧西藏有名的大贵族帕拉家族的祖业庄园所在地，也是西藏至今唯一保存完整的封建领主庄园，为人们认识旧西藏的封建农奴制度提供了宝贵的标本。

我在1994年申请国家社会科学基金一般项目《西藏农民的生活》获得批准，经过充分的资料准备和问卷设计，于1995年春率课题组到西藏自治区江孜县班觉伦布村开展了为期近五个月的实地调查研究，对全村每家每户进行了逐户访问，并做了跨越民主改革前、民主改革后、人民公社时期、改革开放以来四个时期的详细问卷调查。1997年我再次回到班觉伦布村进行一个多月的补充调查。以后又数次到江孜县调查，每次都十分重视收集各级政府的统计资料。2002年，我再次获得国家社会科学基金重点项目《西部大开发与西藏农牧区的稳定和发展》课题资助，于2004年春又回到江孜班觉伦布村进行了三个来月的调查，对原有的问卷做了修改和补充，同样对全村每一户人家做了访问和问卷调查，在原有成果基础上，进一步补充最近十年的变迁情况。参加1995年调查的课题组成员有郑堆、易华、达娃才仁、熊文彬；参加1997年调查的有万德卡尔；参加2004年调查的有包路芳、曹志安、张凤霞。江孜调查研究的所有成果，都包含着他们的劳动，特此申明致谢。

生存权才是最大的人权。1995年第一次到帕拉村开展调查时，我们走访了村里的每一户人家，那时许多老朗生还健在。他们在回忆民主改革以前的生活时，经常说一句话："我们不是吃糌粑长大的，是饿大的"。人怎么可能饿大？刚开始我很不理解，当问卷统计数据出来后，才知道那时朗生们年人均口粮不到100千克，每年庄园给农奴发放十六如克粮食和一卷下等氆氇，放粮时不仅大斗进小斗出而且其中掺杂着杂草和泥土，还只发给能劳动的朗生，家里的老小都靠这点儿粮食生活，所以农奴家庭每天只能喝着稀薄的糌粑面粥，维持最低程度的生理需要，时常处于饥寒交迫之中，难怪他们对饥饿有着最深刻的人生记忆。

在封建农奴制时代，社会制度和生产力水平的双重落后，使班觉伦布村的粮食产量十分低下，单产徘徊在 50 千克左右，以 1958 年统计为例，粮食总产仅 2.8 万千克，人均有粮仅 133 千克。民主改革以后，虽然生产力水平没有突破，但由于社会制度的革命，消灭了农奴主对农奴的剥削，极大地调动了翻身农奴的生产热情，土地面积也因部队农场的下放地大规模扩大，因而农民生活比民主改革前提高了一倍多，总产达到了 6.5 万千克以上，人均有粮提高到 320 多千克。1966 年进入人民公社阶段，直到 1976 年，这十年间班觉伦布村的生产力水平也没有明显突破，政府推广步犁、化肥等先进生产技术，一定程度上使人民生活水平有所改善，粮食总产达到 7 万千克左右，人均有粮略有提高，1976 年达到 365 千克，人均收入仅五六十元。

1978 年以后，随着改革开放政策的一步步深入，班觉伦布村也不断打破人民公社的大锅饭体制，以经济建设为中心使政府和群众的工作重心都转移到发展上来，班觉伦布村的生活水平不断提高，1978 年粮食总产量突破 10 万千克，人均收入突破百元，到 1982 年总收成已近 20 万千克，人均有粮近千斤，人均收入跃升到 540 元。1985 年班觉伦布村正式实行土地、牲畜双分到户的"两个长期不变"政策后，农民的生产积极性空前高涨，当年粮食总产达到 28 万多千克，单产 273 千克，人均有粮 1234 千克，人均收入 866 元，自愿向国家出售的粮食高达 9 万千克。1988 年以后，班觉伦布村的粮食单产突破 300 千克，当年达 322 千克，总产达 33 万千克，人均有粮 1449 千克。此后大致保持在这个水平并在总体上呈小步提高的趋势。到 1996 年，班觉伦布村的粮食总产达 36 万千克，单产近 350 千克，人均有粮 1458 千克，出售余粮 8.7 万千克，人均纯收入 1403 元。

仅以粮食总产比较，1996 年班觉伦布村的粮食产量，是封建农奴制时期的 1958 年的 12.6 倍；是民主改革时期的 1965 年的 5.53 倍；是人民公社时期的 1976 年的 5.01 倍；甚至比改革开放以前的 1978 年也提高了 3.6 倍。到 2004 年，班觉伦布村的粮食总产达 44 万千克，单产近 482 千克，人均有粮 1745 千克，出售余粮近 11.7 万千克，人均纯收入 2038 元。仅以粮食总产比较，2004 年班觉伦布村的粮食产量，是封建农奴制时期的 1958 年的 15.66 倍；是民主改革时期的 1965 年的 6.86 倍；是人民公社时期的 1976 年的 6.21 倍；甚至比改革开放以前的 1978 年也提高了

4.28 倍。至此，我们通过半个世纪班觉伦布村的经济史回顾，清楚地看到社会制度的变革及其不断完善，以及生产力日益进步所带来的巨大变化。

温饱解决以后，发展就成为更大的人权。进入 21 世纪以后，班觉伦布村人不再满足于传统农牧产业带来的收益，转而开始向手工业、养殖业、温室育苗、大棚种植、多种经营等方面施展自己的才华和能力。截至 2013 年，班觉伦布村 96 户人家共 508 人拥有农田 1767 亩，牲畜 1682 头，大大小小的农用机械共 92 辆，有 50 辆收割机、60 辆耕作机……人们开始运用更加科学的方式耕作，农牧林等总收入达到 522.5 万元，人均收入 7400 元，全村 93 户新建了楼房，其中有 85 户还是二层楼。不仅如此，村里还开通了高压电、自来水、道路、电话、广播、电视等，冰箱、搅乳机、打酥油茶机、暖气炉等现代家具的覆盖率达到 70%，人民群众的获得感和幸福感空前提升。村里的文化活动室、图书室、健身中心等具备配套的器材和图书，极大地丰富了村民的文体生活。

我在 2004 年从中国藏学研究中心调动到中央党校工作，相应去西藏实地调查的机会减少了。2016 年我率课题组到墨脱调查，成果在 2020 年才正式出版，算是了却一桩心愿。但藏南江孜一直没有机会再去，很想念班觉伦布村的乡亲们。2018 年夏天，我当年的翻译和房东德吉夫妇，送儿子到内地上大学，专程绕道来北京看望我，他们把班觉伦布村的近况又呈现在我面前，回去后又热心补充了一批最新的材料。截至 2018 年，班觉伦布村农牧经济总收入达到 748.83 万元，比上一年增长了 40.64 万元，同比增长率为 5.74%；农民人均收入 10212.12 元，已基本与 2018 年西藏自治区农村居民人均可支配收入 10330 元持平。班觉伦布村作为历史上最底层农奴聚居的村庄，经济发展的底子薄，一直是江孜县最贫困村之一，改革开放后虽然发展较快，但在江孜县仍不算突出。如果我们将坐标拉回到民主改革以前，回顾这个曾经吃不饱穿不暖的"朗生村"六十年的巨变，从一滴水看西藏农村和农民生活的变化，不能不用沧海桑田、天翻地覆来形容。

就以德吉家为例。在民主改革以前，德吉父亲尼玛顿珠是帕拉庄园管奶牛的朗生，与妻子、孩子及姨母三代四口人住在 12.6 平方米的朗生小屋中。尼玛顿珠最早参加革命工作，在人民公社后期曾担任江热区供销社的主任。改革开放以后家庭生活条件明显改善，在村子里率先盖起了 2 柱上下十间 570 平方米的楼房，家中子女大多先后参加工作，是村里出干部最多的家庭。德吉是尼玛顿珠最小的女儿，从西藏水电技工学校毕业后先在县电站工作，后调江热乡政府担任妇女主任，为我们历次班觉伦布村的社会调查提供了不少的帮助。德吉家最早在村子里建起来的土坯两层楼房，现在变成了村子里最落后的房子，他们刻意将其保留，作为村里的一个发展标本。又在离县城较近的路边新建了 800 多平方米的现代楼房，还在拉萨市区购买了商品房。说起来德吉夫妇的工资收入比我还高，儿子也在 2018 年考上河北工业大学的信息工程专业。

当年帕拉家管理奶牛的朗生尼玛顿珠，不仅第一个参加革命工作，除大女儿外其他子女也都当上了干部，到他的孙子辈，全部走进大学课堂，先分散在全国各地学习，毕业后陆续活跃在西藏的各个工作岗位。西藏自治区从 2012 年秋季开始执行学前至高中阶段 15 年教育免费的政策，对农牧民子女"三包"与学前教育财政补助的政策不断完善，班觉伦布村人也更加重视教育，目前全村有 95 名学生分别就读于小学、初中、高中和大学，教育已实现适龄儿童上学全覆盖。昔日的"朗生村"和文盲村，现已培养出一大批中专生和大学生。截止到 2017 年，全村先后有 53 人考上了国家公务员。2007 年，班觉伦布村被评选为县级文明建设先进村，十多年来一直保持和维护着这一荣誉。

帕拉庄园已经是西藏旅游的热门景点，班觉伦布村也变得越来越美丽。1995 年去调查的时候，帕拉庄园阴暗破旧，我们所住的乡政府也透风漏雨，全村几乎无人会说汉语，孩子们是坐在泥地上读书；2004 年去的时候，班觉伦布村焕然一新，参观帕拉庄园的游客摩肩接踵，村里最受歧视的铁匠家有了安徽籍女婿，开了"汉藏一家亲"商店；2019 年，西藏民主改革 60 周年到来之时，我从电视上看到一位又一位熟悉的朋友，热情地讲述着班觉伦布村和他们自己的故事，而帕拉庄园已经淹没在农民的新居中。

班觉伦布村，只是西藏许许多多乡村的一个缩影，从这滴水珠就足以让人感受到西藏农村的发展长河，在越来越良好的社会生态环境下，正如涓涓细流不断壮大滚滚向前，欢腾着奔向更加美好的明天。班觉伦布村的故事还在继续，让我们静静聆听和记录。

四、羌村祭祀仪式的参与观察

我在羌村调查时的房东王治高家，居住在四川省阿坝藏族羌族自治州汶川县绵虒镇羌锋村里坪村民小组。我在童年时期就经常去里坪村玩，那里有一片茂盛的竹林，飞鸟成群，野趣横生。因为中学同学关系，在他家三女儿高珊的热情邀约下，我从 1984 年开始进村调查，1988 年最后决定将博士论文的调查点就选在里坪村，取学名为羌村，有意和费孝通先生的《江村经济》比较，从此和王治高一家形同亲人，至今保持着亲密的联系。

右图是 1917 年甘博拍摄的里坪村全景，直到 2008 年汶川大地震前，也基本保持这种风貌。大地震带来的大建设，使里坪村和附近的绵虒镇与三官庙村融为一体，附近还建起了大禹农庄的高档宾馆和国际音乐广场，早就变了样。

王治安 1924 年出生，对羌族传统文化有着系统的领会和掌握，在当地被看作最懂规矩的"老帮子"，实际参与和指导社区的日常生活。老人毕生从事山地农耕、养猪放牛放羊、砌墙打工等羌族传统的生计方式，上过私塾，算是同代人中的文化人，中华人民共和国成立初期担任过民兵队长、集体时期担任过记分员，能够熟练运用汉语，因而能够将羌族传统文化的内容较为准确地翻译为汉语。

王治高正在进行家庭祭祀

在他的热心指导帮助下，我在该村连续四年进行社会调查和补充调查，顺利完成博士毕业论文，先以《羌村社会》为名纳入中国第一套博士文库，于 1993 年由中国社会科学出版社出版，2006 年又以《文化的适应和变迁——四川羌村调查》为名由上海人民出版社作为国家重点出版工程再版，成为羌族研究及社会学、人类学领域颇有影响的一部著作。

春节时凌晨在房顶的祭天仪式

　　王治高老人对羌族传统社会结构中由父系血缘关系联结起来的家庭——家门——亲房——族房，以及带地缘性的邻里——寨中——五大寨体系，还有以母系血缘关系联结起来的大母舅——小母舅的舅权体系有着完整的了解和运用，在实际生活中指导和参与村民的出生、建房、婚礼、做生（割寿材）、丧葬等活动，小到每家每户经常遇到的杀猪、做生、请满月酒，修葺房屋等小型活动，大到村寨间开展的龙灯、狮灯、打太平保护、祭山会、羌历年等活动，他都是积极的指导者、参与者。但王治高老人不是"端公"，用他的话说，自己没有菩萨（即不像端公一样有某种保护神）帮助，全靠自己顶住，所以轻易不说传统祭语和从事法事活动，大多只以"支客司"的身份前去帮忙。

　　每当年节到来，王治高老人都要对家里各尊神位，屋外野鬼山神、祖宗牌位和坟墓举行羌语祭祀。在神龛上，供有家神（基古色），他是主管家庭全面的神，有时也代表去世的祖先；男人神（母巴色），保佑男人平安的神；女人神（吉兹阿），保佑妇女平安的神；牲畜神（油扎麦次巴杂色），保佑六畜兴旺的神。特别是凌晨时在房顶以风谷机为祭台的祭天仪式，非常庄严神圣："伟大的天帝阿爸木比塔，旧的一年过去了，在您无比有力的庇护下，我们全家平安地度过了一年，我们向您致敬，献上祭品请您领受，希望在新的一年还得到您的保佑！……"每年春节要用燃烧的木炭预测未来一年气候；根据牲畜三十夜的特征（特别是羊）预测来年的求财方向。在日常生活中，经常使用各种巫术来求神驱鬼。常见的有立水筷子、泡水饭、吞符水、占梦、立铜钱和咒语等，还会使用驱鬼符、止血咒、止虫咒等法术。

我在 1990 年调查时，在年夜饭后跟老人学跳羌族锅庄

　　老人对羌族历史传说掌握丰富，传统神灵中，最高的是天帝阿爸木比塔，他像人世间的皇帝一样，具有最崇高的地位和法力，掌管着世界的一切。阿爸木比塔的三公主木姐珠和野人热比娃恋爱结婚，繁衍出的后代就是羌人，因而木姐珠是羌人的女祖神，热比娃则是羌人的男祖神。雪隆包神（比友舍罗倮色）。羌锋人认为自己是翻越雪隆包山迁徙来的，已故的祖先们都居住在雪隆包山上。因而羌人死去以后，还要回到雪隆包去，雪隆包神一是象征着祖先，二是纪念民族先祖的大迁徙。他经常讲述的三个传说故事是"开天辟地""舅舅的法力""善有善报"。

　　老人也是有名的羌族山歌的演唱家，山歌的格调低沉、悲婉、平和，给人以深沉有力的感觉，让人联想到的是羌区的穷山深谷，以及在这贫瘠环境中顽强生存的人们。在声音上高亢、嘹亮、朴素、自然，没有乐器伴奏，全凭天然嗓音清唱。曲调上，分为"花儿纳姐""花花米勒""窝以哟""哟喂""拉丝儿""太平梁""哟""月亮弯弯哪""色以没，小郎哥""哥嘿"等固定格式，同一曲调可以随心所欲地创造歌词。除有内容的山歌外，还有大量的劳动号子，针对不同的劳动方式和节奏采取相应的曲调。劳动号子一般没有内容，但非常动听，有耕地曲、割麦曲、背粪曲、打荞曲，等等。同时，王治高也是羌族舞蹈的能手，会领唱和领跳许多喜事锅庄及忧事锅庄。

　　王治高老人全面地掌握和使用羌族传统文化，是一位不可多得的羌族文化传人，也被政府认定为羌族非物质文化遗产传承人。他是我田野调查的指导老师，也一直将我看作亲儿子,我也和所有儿女一样称呼他为"阿爸",他于 2016 年 3 月 3 日(农历正月二十五日)去世;勤劳善良的"阿达"(妈妈)也于 2017 年 12 月 19 日(农历冬月初二)去世。他们被埋葬在村后的山坡上,永远俯视着羌村的变化。阿爸王治高的智慧、善良、博学,常常让我怀念,羌村的兄弟姐妹晚辈后代们,也成为我们一家人遥远的亲情牵挂。

以上文章,原文见《多布吉一家》,发表于《中国西藏》1992 年秋季号;《西藏农民半个世纪生活的定量分析》,载《中国藏学》2000 年第 1 期;《帕拉庄园:见证西藏农村 60 年沧桑变迁》,载《中国民族报·理论周刊》2019 年 4 月 5 日

第四篇　行走在学术田野

人类学者何以认识人类社会？

社会学、人类学、民族学、民俗学者的任务，说到底都是如何面对人类自己的问题。我们所谓的研究，无非是一个如何认识和不断加深认识人类社会的过程。我们可以固执己见地强调，这几个学科是如何的不同——它们的学科源流、理论方法、目的任务等有着多么大的区别，但从根本上讲它们的功能是一致的，即注重从整体上理解和分析人类社会。这几个伴随着中国近代化进程而从海外漂来的舶来学科，在中国的学科理论发展和社会实践过程中，一直都是相生相成，高度交融。特别是在认识人类社会的方法上，都格外强调"调查研究"。无论称其为社会调查、民族调查、民俗调查还是田野调查，注重对现实生活的解析是其共同的特征。因而，笔者所说的人类学者，是一种泛指的概念。无论我们个人把自己定位于文化人类学者、民族学者、民俗学者还是社会学者，都有必要认真检讨一下我们认识人类社会的基本功。

回顾我自己三十多年的社会调查研究实践，感受可谓一言难尽，最想说的一句话，那就是社会调查研究是一件"苦中求乐"的事业。社会调查研究本身是一件非常辛苦的工作，没有哪一位严肃学者的成果，不是用艰难和毅力写成的，李安宅、于式玉的藏区调查，林耀华的大凉山研究，20世纪五六十年代的民族大调查，都是人所共知的实例。我自己1999年在西藏阿里楚鲁松杰调查，也许可以说是我一生中最艰苦的经历。

尽管如此，这几个学科却有着非凡的生命力。这种生命力又主要表现在科学的调查研究方法上，正确认识社会并以正确的理论指导社会实践，是任何一个人类社

141

会都要努力遵从的法则。在这个意义上，马克思主义的基本理论和方法，比其他所有的理论和方法，都表现出更强大的生命力和更全面的科学性。毛泽东同志早年对湖南、江西农村的社会调查，如著名的《中国社会各阶级的分析》《湖南农民运动考察报告》，成为不朽的社会调查研究范本，也构成毛泽东思想的重要理论和方法。"实事求是、群众路线、独立自主"被称为"毛泽东思想活的灵魂"，成为中国革命和建设取得伟大胜利的基本经验；毛泽东同志 1930 年在《反对本本主义》一文中提出的"没有调查，没有发言权"，更成为家喻户晓、人人皆知的经典语言，让人们广泛认同社会调查研究工作的意义。

同样，科学地认识社会，理论联系实际的基本方法，对中国社会的改革开放，也起到了独特的作用。在改革开放之初，首先掀起的是真理问题讨论，实质上是发起一场思想解放运动，邓小平同志当时就指出社会学要"补课"，这对社会学、民族学、人类学、民俗学等学科的恢复和发展，起到了十分明显的推动作用。"补课"要求后面，反映的是中国社会发展面临的许多重大问题需要调查研究，需要有符合客观实际的理论解答。"实事求是"一直是我们党倡导的基本认知方法，在中国的改革开放进程中更成为一面光辉的旗帜，甚至可以说这四个字构成了邓小平理论的核心思想。

要成为一名合格的人类学工作者，第一，必须从思想上树立正确认识"人类社会"的基本意识，这就要求我们做到在正确理论的指导下，遵循实事求是的基本原则，扎根于活生生的现实生活中，而不是从书本上的时髦理论出发，去套用、演绎、推理、构建所谓的"理论"。否则，我们千辛万苦的研究成果，即使是再时髦的"理论"，也至多是学者自己和自己玩的游戏，社会和大众不会理睬，更谈不上真正意义上的学术影响和社会贡献。

第二，要有过硬的学德。学德包含了学术作风和职业道德两个方面的含义，是我们从事社会调查研究的基本修养。学德非常重要，是我们研究理念的体现，表明的是我们的学术境界，是成为艺人还是匠人的分界线。最基本的学德要求，要有一颗美美与共、兼善天下的人性取向，具有促进社会进步、改善人民生活的社会责任心。费孝通先生在九十岁生日时，将自己一生总结为"志在富民"，就是这种学德的具体体现。有了良好的学术作风和基本的职业道德修养，社会调查研究中的吃苦耐劳精神、联系群众的作风、克服困难追求真理的勇气，才有了真正的附着点。否则，所有美好的愿望和雄心大志，只会停留在口头上，不容易落实到行动上，也就很难体现在成果上。

第三，良好的理论修养是调查研究的基础，社会调查的深入需要人生阅历和经验的储蓄。古今中外的经典理论，都是在某个方面对人类社会正确认识的理论结晶，我们首先要站在前人肩膀上才能超越前人，读书就显得特别重要，这是个学无止境的过程，要树立不断学习的信念。社会调查研究作为一个社会实践过程，也是一个经验积累的过程，也是一个永无止境的人生体验过程，任何人都没有妄自尊大或者妄自菲薄的理由，正确的态度是永远把自己当作小学生。马克思主义理论及方法的学习和运用，是人们老生常谈但又经常不以为然的问题，就我自己的经验看，无论对我们的调查还是研究来说，马克思主义的基本理论和方法，确实具有非常重要的作用，且不说马克思主义在认识具体社会上的重大指导意义，最起码我们无法回避理论——实践——再理论——再实践这样的基本认知规律，毛泽东同志通俗地总结为从群众中来，到群众中去，事实上我们所从事的社会调查研究过程，无非是对这一基本认知规律的运用和实践而已。

第四，敏锐的观察问题能力，是一名成功的人类学者的基本功。我们在社会调查研究中，无论强调自己的学科多么特殊，方法如何先进，观察和分析问题的能力，总是第一位的基本修养，参与观察法也一直是难以替代的基本社会调查研究方法。因而，培养敏锐的观察问题能力，就显得非常重要。我们无时无刻不是生活在人类社会中，观察和思考问题，应该从身边做起。老百姓常说的"进门看脸色，出门看天色"，就包含着很深的人类学道理，许多时候我们这些所谓的科班出身的人，在观察分析问题上未必比得上一位普通老百姓。在做具体的社会调查研究时，首先要注意"听话听音"，从对方的语言表述中听出暗含其中的情绪、感情和社会关系；其次是注意观察对方的形体动作，真正的交流许多是由身体语言表达的；再次要注意人与人、家与家、村与村之间的空间关系，因为人们的社会关系，无不落在具体的空间分布上；最后要学会在具体的社会调查中，敏锐发现人类在社会关系上的物质"载体"，比如住房、服饰、饮食等现象后面，就表达着人们的社会关系。

第五，树立平民意识，力诫主观主义，真正深入实际。我们的许多调查研究成果，之所以不受重视，甚至闹出笑话，我认为主要是因为存在几大误区：首先是缺少真正的平等意识，尽管在口头上我们一直在鼓吹自由平等，在思想深处可能多少还是自认为高人一等，有一种精神贵族的自我优越感，在社会调查研究过程中，如果不注意克服这种潜意识的东西，肯定会难以和调查对象在感情上沟通，如果对方在感情上不接纳你，实话又从何说起？其次，在不平等意识的指导下，表现在行为上就是缺少平民作风，特别是比之特权者和富有者，经常感到愤愤不平。如果不把自己当作普通老百姓，又如何体会占社会最大多数群体的利益和感情？没有利益和感情的认同，就很难真正表达出调查对象的感受和需求，研究成果也就很难在社会中产生共鸣；再次是容易犯主观主义的毛病，一方面是因为走不出所学的"理论"，为理论所累，用书上的死东西套千姿百态的现实生活，免不了要出错。另一方面是生活经验和阅历不足，加上调查研究不深入，对所研究的对象一知半解，就急于下结论出成果；最后是缺少换位思考能力，也就是费孝通先生经常强调的"推己及人"的能力。不顾对方的需求和情感，只强调自己要怎么样，别说社会调查研究做不好，即使在现实的生活中，也会遇到许多障碍。最常见的就是调查研究成果，往往得不到当地干部和群众的认同，学术部门和政府部门需求更是经常脱节。

第六，根据调查研究工作需要，灵活和综合地运用多种调查研究方法。各个学科都有自己推崇的社会调查研究方法，各种方法毋庸置疑都具有自己的科学性和优越性，但一个学者如果抱残守缺，只坚守某一种方法，肯定会带来较大的局限性。因而，根据不同的社会调查研究工作的需要，综合运用各种方法就成为基本的原则。我们常用的方法，归纳起来，无非是参与观察法、访谈法、座谈会、问卷调查；从资料收集的角度说，既要注意历史文献资料的收集，又要注意现实的政府和民间资料收集，特别是官方统计数据、政策文件、地方志、家庭记账本等材料要格外留意。从整体的调查研究方法上说，20世纪30年代以吴文藻先生为代表的社会学家，在推进社会学中国化的过程中，特别强调运用社会人类学的社区研究法，主张将各个学科的理论和方法进行综合运用。直到现在，应当说这种观点仍旧具有非常大的指导意义。我自己社会调查研究的实践中，一直注意运用社区调查研究方法，并且逐渐加入社会学的问卷调查方法，力求将定性研究和定量研究有机结合起来，取得了比较好的效果。

以上只是总结自己近二十年的社会调查研究的工作经验，有感而发，谈几点不太成熟的想法，主要是针对自己研究工作中存在的缺陷和不足，对他人未必实用，谨供大家批评指正。归纳起来，想说的就四句话：一是树立人本主义思想，二是推崇实事求是精神，三是要有些社会责任感，四是老实做人做老实人。有了这几点，虽然我们所从事的调查研究工作，未必能给我们带来多少财富和荣誉——因为人类学本身就是条清苦而且寂寞的道路，但起码可以问心无愧地说：我是一名人类学工作者！

原文《人类学学者如何认识人类》，载《民族研究》2002年第5期

游牧在西藏的田野上

一、西藏旅行的惊喜

走四方，路迢迢，水长长，迷迷茫茫，一村又一庄……

每当我听到这首熟悉的歌曲，脑海里便浮现出在高原旅行的情景，大漠荒原，蓝天白云，世界在苍劲中的肃穆，让你回到赤子般的单纯。

现代科技的发达，已使高原不那么遥远。过去几个月的路程，现在可以弹指一挥间完成。若要快，从北京乘飞机只需四小时就能到达拉萨。空中俯视高原，山河起伏蜿蜒，白云飘带般地缭绕雪山，大地一片金光灿烂，你顿时有一种驾临人间的神仙感觉，当然这是好天时的情景。高原气候阴雨坏天不多，而且这条航线还从未出过事故，你大可不必担心安全问题。

坐飞机当然便捷，但时空变换太快，还容易发生高山反应，高原空气的含氧量，大多只有平原地区的一半。到拉萨一走出机舱，第一口高原的空气，凉丝丝地直逼肺腑，清纯得让人陶醉，什么叫空气污染，你就有了切身的对比。阳光灿烂得睁不开眼，金灿灿地像一个童话的世界，很容易感受到太阳的温暖，却没有内地同样情况下的炎热，好似走在清凉的月光里。眯缝着眼睛四望，天是那么蓝，云是那么白，啊，我到了高原！在一阵兴奋中你有些忘乎所以，贪婪地感受这神秘陌生的世界，渐渐地有些头痛，有些气喘，有些吃力，高原反应就出现了。严重者头疼失眠，呼吸困难，几天下不了床，身体好年纪轻的人不会太明显。但初上高原的人，都最好先冷静地休息半天。

高原旅行最常用的交通工具是汽车。进出藏有四条公路，即青（青海）藏、川（四川）藏、滇（云南）藏、新（新疆）藏，其中青藏公路占客货运输量的80%左右，公路等级也最高，在格尔木和西宁以铁路相连。从青藏公路入藏，渐次登高，一路观望风景，可以在不知不觉中适应高原。日月山、青海湖、唐古拉……一座座终年不化的雪山和一处处散落着牛羊的辽阔草原，以及不同民族的人和不同的生活方式，让你的脑海里翻腾起历史上金戈铁马的壮丽画卷，赞叹着大自然的博大奇异，也感受着民族文化的多姿多彩。

不过，长途旅行辛苦不说，还伴有一定的危险性。特别是青藏公路笔直平坦，行人和车辆稀少，四周是看不尽的荒原雪山，近处缺少参照物，汽车的时速大多在80千米以上，仍觉得如老牛拉车永无尽头，司机稍有大意就出事故。公路沿线不时就能看到事故的痕迹，有时还能亲眼见到一两起刚刚发生的事故。好在高原司机大多技术高超，而且有种大无畏心态，让你不能不服。

有一次，我们的车半路出了故障，一发动就跑，熄火后仍会滑行好远才停得住，好像是离合器的毛病，反正要么当"团长"，即在荒野中等待渺茫的援助，忍饥耐寒，特别是夜晚的寒冷让你抱膝取暖，故曰团长；要么冒险前进，来个我拿青春赌明天。当时司机轻松地说了句没事，我们也就不知深浅地上了车。转过一个山口，冷不丁停着一溜五六十辆军车，道路上全是三两成群的人，前面有两辆慢悠悠行驶的载重大货车，迎面还在来车，下坡使我们的车不仅不能减速，反而越来越快，我们又是狂鸣喇叭，又是齐声高吼闪开，急得直拍车门。只见司机紧咬牙关，敏捷地来回轮盘，车子像股轻风，伴着一路骂声冲了过去。如此几番冲杀，我们总算到了能够修车的地方。坐在饭馆里，大家尚未从惊吓中回过神来，找不到胃口，司机却悠然端着酒杯，讲述起他在路上的艳遇，仿佛什么事情也没有发生。

没出事当然无所谓，出了事又怎么样？一次我认识的两位朋友分别搭乘两辆大货车在西藏旅行，前面的车走了一阵，不见后面的车跟上，司机说了声："可能出事了"，立即掉头寻找。果然那辆车侧翻在路边，急忙跑过去一看，出事司机和乘客正躺在草地上抽烟晒太阳，看不到事故后的惊吓。请过路车和牧民帮忙，卸货、推车、修理、装货，再互相道声平安和再见，又各自上路了。

高原地广人稀，有时几百千米见不到一户人家，大多数地方路况极差，汽车抛锚是很糟糕的事。因而司机们尽可能结伴而行，互助精神也极强。那次我们雇了辆切诺基越野车，在西藏一口气跑了四千多千米，过足了车瘾，也历尽磨难。路上内胎炸了几十次，新轮胎换了两只，以致我们每个人都成长为修补轮胎高手。最惨的一次是备用车胎全部炸完，手工补胎后用气筒充气，大家都没吃早饭，正午的高原烈日晒得全身软绵绵的，每人打二十枪汽，打完一个倒下一个，最后都倒在草地上累得爬不起来。好不容易来了辆过路车，生怕别人不帮忙，手拉手站一排强行阻拦。来车司机二话不说，立即牵出充气管帮助干活儿，对我们的感激摆了摆手又上路了。车辆故障经历多了，我们也感染了不少从容。一旦车抛锚，能帮忙则帮忙，帮不上忙，我们就在公路中间坐下打牌、聊天，也不用担心影响交通，因为过往车辆实在太少，等司机修好车再愉快上路。我们去尼泊尔的时候，眼看着要到中尼交界的友谊桥头，小车又趴窝了，大家高呼着"先出国，后修车"，唱着歌就走进尼泊尔的边境小村，猛玩了一顿，十分尽兴。

高原乘车旅行，艰辛中也充满乐趣。大自然的奇妙景观，常常令你沉浸在静默的感动中；金碧辉煌的寺庙和各种民居，让你感叹人类的伟大；特别是高原人的淳朴好客，给你善良人性的陶冶。我们常常寄居在路旁村庄的人家，一起聊天唱歌，农户家的青稞酒，每每让我们大醉而归，牧民现杀活羊做的手把肉，现在想起还飘着香味。

藏北的那次旅行，给我留下深刻的印象。我们先在海拔四千五百米的措那湖里游了泳，然后在牧民家里围着火炉，边吃手把羊肉，边听他们讲述湖怪的故事，脑子里飘荡着奇妙的幻想。房东两位美丽的女儿，不停地给我们添茶斟酒，会说话的眼睛里，满是善良的温情，嘴角总挂着蒙娜·丽莎式的笑容，纯洁得如神话里的仙女。第二天我们醒来时，姐妹俩已经放牧去了，我们在莫名的惆怅中与房东告别，一路无言，沉默中低声唱起："在那遥远的地方，有一位好姑娘……"

旅行中我们还遇到过天上掉馅饼的好事。有一次，突然从山上掉下一只香獐，就落在我们的车前，它被猎人射中后长途奔逃力竭而死，伤口上还渗着血。我们大吃了几餐野味，司机白得一个珍贵的麝香。也有天上掉坏事的时候，那次我陪外宾旅游，一只山上吃草的毛驴，踩落下一块拳头大小的石头，从前面风挡玻璃砸进急驶的车里，正好打在坐在前排的"老外"手腕上，窗户立即哗啦啦全塌了。好在没有砸着司机，司机也没有在忙乱中出错，望着江水咆哮的深涧，只觉得上天开了个玩笑。但玩笑还不算结束，刚才还好好的天，突然下起了暴雨，受伤外宾的呻吟和饥寒交迫的处境，都迫使我们尽快前进。所有的乘客都蹲到放行李的地方，只有司机全身披挂独坐前排驾驶。风绞着雨点直扑进车来，让人无处躲藏。雨打在脸上手上生疼，风像刀子一样透人心骨，那两小时的路程，是我一生中过得最漫长的时间。后来在西藏偶然碰到已经分别五年的那位司机，他一把抱住我，那股亲热劲儿，让我真正体会到生死之交的含义。

在十多年的西藏社会调查研究工作中，我走过长路，骑过马，也骑过自行车，坐过马车、驴车、拖拉机，乘过飞机、牛皮船，当然最常用的还是汽车——无论大小新旧，想起来各有各的味。交通工具的快慢好坏是可以比较的，但也有不能比较的地方，那就是感觉。你如果也想找一找这种感觉，不妨到高原走一次，别忘了人生就是经历。

最艰难困苦，也是经历最丰富的一次，要数我 1999 年去中印边境上的楚鲁松杰乡，那里属于西喜马拉雅山地区，无论从地理上还是文化形态上，都说得上是中国的最西部，平均海拔在 5000 米以上，骑马是最高的待遇，一路风餐露宿，还要徒步翻越 6200 米的终年雪山。我乘大货车从拉萨到狮泉河，路上就走了八天时间，再游览阿里著名的神山圣湖和普兰边贸口岸，在扎达县的楚鲁松杰调查两个多月，走访了喜马拉雅山中的所有人家，最后从新疆返回北京，五个来月的旅行，几乎环绕整个中国西部走了一大圈。记述这一路精彩的《西藏秘境——走向中国的最西部》一书，由知识出版社 1999 年出版，后由民族出版社分两本书再版。如果你想了解真实的西部，以及在西藏的高天厚土旅行的感受，不妨一读，定会给你深刻的心灵震撼。

二、西藏的狗

游历西藏几年，感想颇多，其中一直念念不忘的是写一下西藏的狗。西藏人崇尚佛教，心地善良，可能缘于这一根性，狗在西藏得到比其他地方少有的善待，西藏的狗也就特别多。几乎可以说家家养狗，村村狗成群。狗最多的地方，要数拉萨。

西藏的狗不仅数量多，种类也颇为繁杂。农区的狗大小适中，以工布江达县一带的狗最漂亮，毛色纯正，黑得油亮，白得鲜明，黄得高贵；牧区的狗则硕大健壮，黑如牦牛，声若洪钟，让人望而生畏，种类最齐全的是拉萨的狗。各地的狗随人的流动而进入拉萨，自由交配，使拉萨成了狗的博物馆。大街小巷的狗中，小的如鼠，可藏于袖中玩于股掌之上，称为袖狗，大的如牛犊，虎虎生气，有藏獒之美誉，最多的是那种不大不小的杂种狗。

袖狗名贵，深藏于名家大院，平时极难睹其芳容。还是在一年夏天的沐浴节上，我在拉萨河边的林卡有幸见到一次，身着藏装的妙龄少女，一手撑一顶小花伞，一手牵着比猫还小的袖狗，纤细而精致的链子将两者连在一起，少女体态婀娜，小狗雍容华贵，互相辉映，好一幅唯我独尊的高贵场面，我想这可能是拉萨最美丽的姑娘和最名贵的狗了！

与藏獒打交道，有好几次经历。第一次是在海拔 4800 米的雄舍尼寺调查，寺里养了一条藏獒，白天拴在山门外的一块空地上，晚上拴在寺庙的院子里，以看护经堂中珍贵文物。这条藏獒已有些高龄，胡子花白，牙齿似乎也掉了两颗，但威勇不减当年，别说生人，连寺里的僧尼，除了负责喂食的，无人敢靠近。第一次见面，我就发现这家伙对我很友好，投了几次食，就可以靠近抚摸了。以后一有空，我就牵着它满山游玩，常常将它前肢扶起，站起来差不多快和我一般高。藏獒无论烈日高照，还是刮风下雪，都拴在无遮无掩的空地上，顽强的生命力，可与高原的牦牛媲美。

　　还有一次我去访问一家高山牧户，在户主人热情洋溢的接待之下，我顺利地完成了调查工作，出门后才发现一百米远拴着一条牛犊般的藏獒，比雄舍寺的更年轻威风，它立即引起了我的兴趣，我端着相机就靠了上去。藏獒似乎对我这个陌生人的挑衅极为愤怒，低声警告了几声，旋即跳起高吠着猛扑过来，汽车链做的套链，被拉得笔直，似乎马上就要断了，低沉有力的叫声，四山回应。女主人急步上前，死命抱住狗头，藏獒仍拼命前蹿，陪同的乡长拉上我就走，说这条藏獒打败过豹子，狼根本就不在话下，而且好几次拉断链子，一旦挣脱，后果不堪设想。下了两个山岗，还听到藏獒低沉有力的吠声，让人心有余悸。

　　在西藏最常见的，是个头不大、色彩繁多、体态各异的杂种狗，尤以拉萨最多。藏族人善良，不打狗杀狗，狗的繁殖力又极强，多余的狗往往成为无固定主人的野狗，野狗自行繁殖，就有了形形色色的杂种狗。野狗中长得漂亮的，往往被人收养，留下的大多是较丑的家伙。在拉萨的各大寺庙里，栖身着的狗最多，居民养狗生仔，无力多养，又不忍心抛弃街头，往往拉到寺庙放生，造成寺庙狗多为患。其他野狗，则分布于居民大院，街头墙角，甚至政府机关大院里，野狗生活，靠自己寻食和路人投食。一次见到一位藏族老阿妈，买了牛肺，用小刀割片喂狗，其善良其耐心令我感动。野狗一般结群生活，有力者则为首领，各群有固定的地盘，侵犯疆土，必然导致战争。经常可以看到狗群间的战斗，打得难解难分，非有一方落荒而逃方才肯结束。

　　狗是善解人意的动物，很容易与人建立起亲密的关系。在西藏的十多年调查工作之余，我交了好几位动物朋友，它们给了我很多乐趣。而且狗又很有灵性，只有你对它好，它会加倍地报答你。在西藏无论走到哪里，我都喜欢喂狗，常常引得众多的小家伙包围，前呼后拥，好不威风。那种亲昵、信任、献媚、争宠，很是让人难忘。在狗的眼睛里，能表达出与人类一样的复杂情感。狗有极好的记忆力，即使隔上一两年再见它也会老远就冲过来，围着你欢蹦乱跳，摇头摆尾，甚至把爪子搭在你身上，印上几个大灰脚印，用舌头殷勤地添你的手或轻扯你的衣襟，叫你应接不暇，哭笑不得。那种老朋友见面的热烈情景，却也令人温暖感动。多愁善感的人，最好不要养狗，往往会给你带来不必要的伤害。住在拉萨时，附近住户放生了一群尚未断奶的小狗，跑起来跟跟跄跄，可爱极了。我捡了一只喂养，没想到其他小狗也追随而来，在门外吠了一夜，满以为它们叫一会儿就会没趣地离开，另投高门。第二天开门一看，已冻饿得奄奄一息，很快就死掉了。吓得我慌忙将收养的小狗硬送给一位朋友，担心再搭上一条小狗的命，一想到这事，心里就觉得欠了一笔账，此后再不敢养狗了。此外在西藏熟悉的几位狗朋友，再去时好多见不到了，一打听，说是被人打杀吃掉了，真是可恶至极。每每想起，就让人心情沉重。内地人吃狗肉的习惯，切不可带到西藏，这种爱好，在西藏是极难容忍的残酷行为。虽然只是饮食习惯问题，却关系到民族团结之大事。

狗和人一样，有明显的性格特征，有的活泼外向，有的老成狡猾。头领狗大多显得深沉有力，目光高深莫测，行为雍容大度。其他的狗都要看它的眼色行事。在和其他狗群争斗时，它必须表现出异常的勇猛和机智。狗群往往有着按实力划分的等级关系，内部常常为排定座次而明争暗斗，单个的狗要加入狗群，要经过一番嗅闻的"文"的考察或者咬杀打斗的"武"的较量才能获得认同。狗在择偶时还很注意相貌，有一位朋友养了两条母狗，漂亮的那只总有公狗献殷勤。几乎一年下一窝仔，而丑的那只则难觅配偶，一直没有产仔的机会。狗之间的嫉妒情绪还十分强烈，在雄舍寺调查时，有一对一黑一黄的野狗追随，即使是抚摩一下，也必须做到公平，否则没被抚摩的狗会像耍赖的孩子一样，在你腿上磨蹭个没完。

最有意思的是我离开友雄舍寺时，想与两只狗合影留念，平时关系极好的阿黑阿黄，总觉得对方更靠近我，互不相让，最后打了起来，直咬得狗毛乱飞，只好一左一右用手按住，才拍下了几张照片。

西藏的狗，普遍比较温顺，绝大多数情况下是不咬人的。市井之中的野狗，几乎从来不咬人，起码不会主动攻击人，除非你不小心踩到它，它才会本能地反咬一口。居民家养的狗，狗仗人势，攻击性较强，但看主人脸色行事，一般只是示威性地叫叫，表示它的职守，有主人约束，也不用担心。危险性最大的，是那种在居民大院或机关大院的狗，这些狗半野半养，既无明确的主人管理，看家护院还最卖力，而且一呼百应，群起攻之。一般情况下，这些狗也不真正攻击人，只是虚张声势，是对你进入了它的地盘的一种反应，第二次见面就不会找麻烦了。

狗是很狡猾的动物，有一种欺软怕硬的本性，往往还很能代表主人的好恶，它们在长期的潜移默化中，深知对不同的人应采取的不同态度。对于真正想攻击的人，狗会眼露凶光，死命相扑，这种情况下，切不可撒腿就跑，它会趁势咬住你的小腿，最好是且战且退，让其不敢靠近；也可迅速找出狗群中的头领重点攻击，头领逃跑，狗群必四散，吠叫而不向前的狗，往往是胆子最小的狗，真正咬人的是不声张而偷偷袭击的狗。高大健硕的狗当然需要警惕，但咬人最狠的常常反而是体小貌丑的狗。我亲眼见到和猫一般大的小狗，抱住人腿撕咬，咬得人连滚带爬地逃跑。

我也有被狗攻击的经历，有一次去拉萨某机关大院，躺在大院各个角落的狗警惕地盯着我，一条狗突然起身攻击，所有的狗便一拥而上，一下子围了十几条狗不断发动冲锋，我认准狗群中的头领，挥舞拳头就冲过去，首先将其驱退，别的狗也就四散，只躲得远远地吠叫，再使劲跺跺脚，全都夹着尾巴逃跑了。但遇到有脾气的狗就不这么简单。在另一个机关大院里，也是遇到一群狗的攻击，采取老办法很快驱散了群狗，但一条小狗一声不吭地频频发起背后偷袭，我险些被咬，后来捡了块石头教训了一下，它才号叫着逃掉。狗很记仇，以后我再去这个大院时，其他的狗都不再发难，但这条小狗一有机会就偷袭，动作更为敏捷，害得我每次都小心翼翼地，而且尽量不再去那里。

西藏的狗给我留下了极为深刻的印象，许多事情成为我西藏经历中的美好回忆。听说在市场经济大潮中，有人打起了狗的主意，尤其是西藏名贵的狗，更是被买卖的主要对象。再想到被吃掉的那些可怜的小狗，心里很不是滋味，我想人类应当善待动物，因为每一生命都有灵性，都值得充分地尊重。

三、永远的墨脱记忆

西藏平均海拔超过 4000 米，被看作地球上最高的地方，称为继北极南极之后的世界"第三极"，因其高而让人望而止步。很少有人想到，西藏还有一个地方，最低理论海拔（因处于印控区）仅 100 多米、平均海拔也就 1000 米、完全处于热带气候的墨脱县，因其低而同样让人望而止步。到墨脱，就像走到青藏高原边缘，一下子从四五千米高空垂直掉下去，一天经四季，十里不同天。高矗云天、绵延千里的喜马拉雅山，就像一堵厚实的墙，阻挡着去路，只有每年夏秋之交的短暂时节，人们才能艰难翻越多雄拉山口，单程须徒步行走 4 天，匆忙进山或出山。

从 20 世纪六七十年代修骡马道开始，修路和穿越，就成为墨脱人的奋斗和梦想。工程上马又下马，投入一次比一次更大，物质甚至生命的代价不断地付出。1994 年 2 月，总算第一辆汽车开进了墨脱，公路立即被泥石流、塌方等自然力量根本性毁灭，这辆车在漫长的等待中，终于化为一堆废铁，墨脱也长期保持着中国唯一不通公路的县的称号。在恶劣的自然环境面前，想穿越喜马拉雅山这堵世界最厚实的墙，实在不容易。人们常说：爱一个人，就陪他到墨脱；恨一个人，就让他独自去墨脱。我本人做西藏田野调查十几年，几乎走遍了西藏各地，但去墨脱，一直是未了的心愿。

2010 年喜讯飞传，全长 3360 米、两头高差 110 米的嘎隆拉隧道，历时两年打通，这才根本解决了墨脱公路建设的关键性问题。又经过近 3 年的奋斗，直到 2013 年 10 月 31 日，波密县扎木镇到墨脱的扎墨公路正式宣布通车，这距第一辆车开进墨脱，差不多又等了 20 年。扎墨公路也才只是四级沙石公路，许多地方是单行道，连大客车都还不能正常通行，在恶劣的大自然面前，仍旧时断时续，但起码在理论上实现了四季通车，成为墨脱对外联系的生命线。正在建设的从米林县派区到墨脱的派墨公路，也在加紧施工，将形成进出墨脱的环行线。随着墨脱交通条件的改善，这一隐秘的莲花之地，将更加绚丽多彩。

借助中国社会科学院民族学与人类学研究所实施的国家社科基金特别委托项目、中国社会科学院创新工程《21 世纪中国少数民族地区经济社会发展综合调查子课题：西藏墨脱县经济社会发展综合调查》所提供的机会，我们课题组于 2016 年 7 月底启程去墨脱调查。先在西藏林芝市开展调查研究，邀请曾经在墨脱县工作的老同志和相关职能部门召开了两场座谈会。8 月 1 日由林芝市有关负责人将我们送到波密县扎木镇，墨脱专门派组织部部长赵敬在这里迎接我们。虽说乘坐县府的高性能越野车和有经验丰富的当地司机驾驶，墨脱的路可谓险象环生、惊心动魄、千辛万苦。一出嘎隆拉隧道，就如从雪域高原直落高山峡谷之中，千旋万转，四季压缩。路边规律立着的彩色竹竿，是为公路被大雪覆盖时指明路标，十多千米就放置着修路机械，是为了应对不时发生的泥石流和塌方。从冰雪世界，穿越高山原始针叶林，再到藤萝纠结的阔叶林，最后进入热气腾腾、鸟鸣虫噪的热带世界，竹木漫天、飞瀑高挂、悬崖耸立、峡谷森严，再加上雅鲁藏布江勇往直前、惊涛拍岸，咆哮之声四山回应。一路可谓目不暇接、美不胜收。

进驻墨脱县水电宾馆，天已经黑了。墨脱县委书记邓江陵等候已久，边吃饭边热情介绍情况，作为老墨脱而又即将升任新职的他，似乎要把对墨脱的理解和感情一次性倾诉给我们，墨脱的调查研究就此进入工作状态。课题组分别与墨脱县委、县政府、县人大、县政协四大班子，以及发改委、统计局、教育局、文体局、民委、旅游局、卫生局、社保局、扶贫办等职能部门召开了 12 场座谈会。专访了墨脱新任县委书记旺东，还有县长魏长旗、副县长高功强、四郎拥珍以及广东佛山第八批对口援墨工作组负责人谢国高、李斌等人。接着，课题组成员根据分工安排，分别对相关单位和个人进行重点走访，广泛收集查阅材料，墨脱各单位的领导和同志们都给予热情接待。我们再克服塌方泥石流、雨淋日晒、虫咬蚊叮等困难，最多一天步行 6 小时，走遍所有勉强通车的乡，召开座谈会并开展入户访谈。尚未通车的两乡（徒步须 4 天）因安全原因，被当地政府劝阻未去，但也顺利完成发放回收问卷的任务，还访问了边防驻军和公安边防部队。我本人应邀为墨脱县党政机关和西藏公安边防总队林芝边防支队驻墨官兵，做了两场《"两学一做"与西藏的稳定和发展》的专题报告。

墨脱一个多月的实地调查，给课题组每一位成员，都留下了终生难忘的记忆，也和墨脱的干部群众结下了永久的友谊。我们一直保持着与他们的微信联系，更关注墨脱传来的每一个消息。我本人在墨脱摔了一跤，当时几乎不能动弹，由此也亲身体验了墨脱医疗事业的飞速发展；在访问著名的仁青崩寺时，大家不仅亲历了被蚂蟥疯狂吸血，我还被当地称为"一点红"的毒蚊叮咬，一周以后小红点蔓延发作，至今小腿上伤痕累累、黑疤不消。我们返回各自的工作岗位后，立即按照分工分头写作，都按期完成了初稿，经过我和包路芳两次统稿，又对各章节分别进行修改补充，在三次反复修改的基础上，于2017年12月提交31.5万字最终成果。当这本书的清样再呈现在我面前时，对墨脱的思念也越发强烈：我要感谢政府办周小义主任的周到细致、感谢墨脱县医院各位大夫的精心治疗、感谢县机关食堂的热情服务、感谢老乡家香甜的酥油茶！更要感谢长期驻守边疆的军人们和无私奉献的各民族干部群众！对帮助过调研组的每一位墨脱朋友，我们都牢记在心。衷心祝愿墨脱人的生活越来越美好！

参与墨脱调查研究和著作撰写的学者有北京市社会科学院社会学所包路芳研究员、成都信息工程大学社工系主任陈锋博士、北京理工大学人文学院刘颖博士、中央民族大学张阳阳博士、北京印刷学院邓笑博士、中国社会科学院研究生院博士生黄万庭。我们还邀请在中央民族大学就读的墨脱籍门巴族珞巴族学生，亲自撰写自己和家庭的故事：布琼一边读研一边担任县委办繁重工作，曾给我们的调查以许多帮助；本科生顿珠卓玛、曲珠，讲述了他们如何走出大山不断成长的故事，生动再现墨脱在一百年里，在剧烈社会变迁的"四级跳"中家庭和个人是如何艰难适应；乐观勇敢的多多仙森，大学毕业返乡创业，墨脱人如何应对市场经济的挑战；墨脱的发展离不开各民族的共同奋斗，书中也讲述了墨脱"一把刀"邓声敏院长和广东第八批援藏的"新墨脱人"谢国高及其同伴的故事。这本《中国民族地区经济社会调查报告墨脱卷》，由中国社会科学出版社2020年7月正式出版，既是为墨脱的文化建设做一些微薄的贡献，也为外界了解美丽的墨脱架起一座新的桥梁。

原文《旅行在西藏》，载《中国西藏》1999年第4期；《西藏的狗》，载《西藏民俗》2002年第4期；《永远的墨脱记忆》，载《中国民族》2020年第11期

费孝通大瑶山调查的田野追踪

2005 年是费孝通、王同惠大瑶山调查七十周年，费孝通先生也在这一年的 4 月 24 日逝世。我受费先生家人的委托，带领研究生到大瑶山进行追踪调查。我们撰写了《大瑶山七十年变迁》一书（约 28 万字，100 张照片），又编辑出《费孝通民族研究文集新编》上下卷（计 96.5 万字）及《六上瑶山》(23.8 万字），都由中央民族大学出版社 2006 年 10 月正式出版。2014 年，我再次带研究生到金秀大瑶山，展开八十周年的追踪调查，作为国家社科基金重大委托项目和中国社会科学院创新工程的"中国民族地区经济社会调查报告"的系列丛书之一，撰写了《金秀瑶族自治县卷——费孝通大瑶山调查八十年追踪研究》，由中国社会科学出版社 2015 年 7 月正式出版。

在 2005 年追踪调查研究的基础上，本文试图就大瑶山与费孝通的学术思想演变展开研究。七十年前的大瑶山调查，改变了费孝通一生的命运，王同惠的牺牲，促使费孝通毕生实践他们年轻时的梦想，为认识中国和改造中国而奋斗不息。大瑶山调查，形成了费孝通学术思想的基础和应用研究的取向；也使他与中国少数民族结下了终身的缘分，费孝通先后五上瑶山，几乎走遍了中国的少数民族地区，对我国的民族研究做出了重大贡献；他晚年提出的文化自觉、和而不同的思想，是他学术思想和人生经历的结晶，同样与最早的大瑶山调查有关。

1935 年的秋天，一对风华正茂的青年学者，不远千里前往遥远的广西大瑶山做社会调查，这就是在中国社会学、人类学界都广为人知的费孝通与王同惠的故事。他们一路走一路写出《桂行通讯》，在《北平晨报》和天津《益世报》上连载，引得社会各界的广泛关注。特别是燕京大学的师生们，都对这对"能说能做"、志同道合的夫妇叫好。他们是 1935 年 10 月 18 日进入大瑶山，一路走村过寨，费孝通进行体质人类学的调查，王同惠则进行社会学的调查，大瑶山的生活"充满了快乐，勇敢，新颖，惊奇的印象"[1]。

然而，当他们完成花篮瑶的调查后，12 月 16 日在从坳瑶居住的古陈村向茶山瑶居住地区转移过程中，却出现了一死一伤的悲剧。吴文藻先生痛心疾首地写道：

1　费孝通、王同惠著《花篮瑶社会组织》吴文藻先生导言，江苏人民出版社 1988 年 11 月版，第 3 页。

"我们正在北平盼望他们工作圆满成功回来的时候，突然接到这不幸的消息，使我精神上受了重大的打击。我不但不知道所以慰孝通，也不知所以自慰。我们这些幼稚的子民，正在努力地从各个方面来救护这衰颓的祖国，这一支从社会人类学阵线上出发的生力军，刚刚临阵，便遭天厄，怎能不使人为工作灰心，为祖国绝望？"[1]

大瑶山的不幸遭遇，成了费孝通人生中一个"打不醒的噩梦"。几乎可以说，大瑶山改变了费孝通的人生。从此，费孝通和大瑶山结下了不解之缘，他先后五上大瑶山，直到他九十高龄以后，还一直惦记着重上大瑶山。今年是费孝通和王同惠大瑶山调查七十周年，费孝通先生也在今年的 4 月 24 日仙逝，在这样一个特殊的背景下，我受费孝通先生家里的委托，带领我的妻子和三位学生再上大瑶山调查。如此重大的使命交给我来完成，我要感谢先生家人对我的信任和厚爱，这是我作为费孝通学生的光荣，更是我和费孝通先生的缘分。因为我第一次认识费孝通先生，就是在 1982 年秋末冬初的时候聆听他作"四上瑶山"的学术报告，当时我是中央民族学院历史系的三年级学生。

那一天的情景至今记忆犹新。在寒冷的地下教室里，费先生穿着黑色的棉袄，戴着厚重的眼镜，说着不紧不慢的"吴语"普通话。刚开始是几乎听不懂他带有浓厚乡音的话，好不容易听懂话了，又觉得漫无边际，摸不着他在讲什么内容。直到最后先生简短的结束语，才将整篇内容串成一条美丽的项链，让我对先生的学问和才华都敬佩不已。正是这篇"四上瑶山"的学术报告，引导我认识了费孝通先生，也使我走上了追随先生从事社会学研究的道路，某种意义上说，大瑶山也是我的学术起点。

我于 1987 年考入北京大学社会学系跟随先生攻读"边区开发"专业的博士学位，从此受到先生的言传身教，一直努力领会费孝通的社会学、人类学和民族学思想。从 2001 年我在中央民族大学民族学与社会学学院担任研究生导师以来，我引导学生重点学习费孝通先生的《花篮瑶社会组织》《江村经济》《禄村农田》《生育制度》和《乡土中国》等代表性著作，将其列为社会学专业硕士和博士研究生的必读书，贯穿在我开设的《社区研究的理论和方法》和《社会学名著选读》的课程里。结合这次大瑶山的调查研究，我想总结一下大瑶山调查对费孝通的人生和学术都产生了哪些方面的影响。

1　费孝通、王同惠著《花篮瑶社会组织》吴文藻先生导言，江苏人民出版社 1988 年 11 月
　　版，第 3 页。

一、圣堂山下盟　多经暴雷雨

圣堂山是广西第五高峰，海拔1979米，是大瑶山中的第一高山。当年费王的主要调查地，就是围绕圣堂山周围的村寨展开。圣堂山下的学术和爱情，始终贯穿在费孝通以后七十年人生，一直在老人心中萦绕。费老1988年五上瑶山时，12月16日拜谒王同惠纪念亭后写道："心殇难复愈，人天隔几许。圣堂山下盟，多经暴雷雨。坎坷羊肠道，虎豹何所沮。九州将历遍，肺腑赤心驱。彼岸自绰约，尘世惟蚁聚。石碑埋又立，荣辱任来去。白鹤展翼处，落日偎远墟。"[1]反映出费老对王同惠永远的怀念和牵挂。

费老所说的"圣堂山下盟"，显然不是一般人所理解的儿女情长，海誓山盟。在对王同惠深深的爱情和思念以至歉疚上，费孝通在1936年5月为王同惠所立的墓碑上，有着更加充分的表达："吾妻王同惠女士于民国二十四年夏，同应广西壮族自治区政府特约来桂研究特种民族之人种及社会组织。十二月十六日于古陈赴罗运之瑶山道上，响导失引，致迷入竹林，通误踏虎阱，自为必死。而妻力移巨石，得获更生。旋妻复出林呼援，终宵不返。通心知不祥，黎明匍匐下山，遇救返村，始悉妻已失踪。萦回梦祈，犹盼其生回也。半夜来梦，告在水中。搜遍七日，获见于滑冲。渊深水急，妻竟怀爱而终，伤哉！妻年二十有四，河北肥乡县人，来归只一百零八日。人天无据，灵会难期，魂其可通，速召我来。"一句"萦回梦祈"，一句"妻竟怀爱而终，伤哉！"，再加一句"速召我来"，我们已经无法用其他的语言来形容和表达费孝通伤痛的心情。

据费老自己的回忆，当他得知王同惠牺牲的消息后，怀着绝望的心情，将带去的药品，包括消毒水都全部吞下，只求与王同惠同路，但求死不得。我们在大瑶山下古陈村访问村民时，他们也谈到当时村里最担心的就是费会寻短见，是否将噩耗告诉他很用了一番心思。果然在费见到王的遗体时，他挣脱搀扶的人决意将头捧向放遗体的大石头，幸好村民早有防备，以后每天都派专人守护着他。费孝通在《花篮瑶社会组织》一书的后记里也写道："同惠死后，我曾打定主意把我们两人一同埋葬在瑶山里，但是不知老天存什么心，屡次把我从死中拖出来，一直到现在，正似一个自己打不醒的噩梦！"

当费孝通从心灵和肉体的双重痛苦中站起来之后，他意识到"我既不死，朋友

1　费孝通著《费孝通诗存》，群言出版社1999年10月版，第64页。

们一路把我接了出来。我为了同惠的爱，为了朋友的期望，在我伤情略愈，可以起坐的时候，我就开始根据同惠在瑶山所收集的材料编这一本研究专刊。这一点决不足报答同惠的万一，我相信，她是爱我，不期望着报答的，所以这只是想略慰我心，使我稍轻自己的罪孽罢了"。[1]

吴文藻先生赞叹道："孝通真镇定，真勇敢，他在给我的信末说：'同惠既为我而死，我不能尽保护之责，理当殉节；但屡次求死不果，当系同惠在天之灵，尚欲留我之生以尽未了之责，兹当勉力视息人间，以身许国，使同惠之名，永垂不朽'。这几句话何等沉痛，何等正大，又何等理智？读信至此，使我忍不住流下了悲哀钦佩的热泪。"[2]

费王谈恋爱时，费孝通已经在清华大学跟史禄国念人类学的硕士研究生，王同惠则在相距不远的燕京大学社会学系读三年级，他们通过探讨学术，共同译书不断加深感情，在清华和燕大之间来往穿梭。两座校园、宿舍、实验室以及周围的圆明园、颐和园公园，都留下了他们美好的记忆。费孝通说："回想起来，这确是我一生中难得的一段心情最平服，工作最舒畅，生活最优裕，学业最有劲的时期"[3]。到广西做特种民族的调查，使他们决定迅速结婚，在师友们的衷心祝福下，这对志同道合的夫妻踏上了改变命运的旅途。

但是，费、王的恋爱和结婚，比人们通常理解的罗曼蒂克要深刻得多。"圣堂山下盟"，早已超越了一般意义上的男女之情。费孝通在为王同惠翻译的《甘肃土人的婚姻》作序时，深情地回忆了他们恋爱的经过和感觉："这段姻缘也可以说是命中注定的，就是说得之偶然。因为两人相识时似乎并没有存心结下夫妻关系，打算白头偕老，也没有那种像小说或电影里常见的浪漫镜头。事后追忆，硬要找个特点，也许可以说是自始至终似乎有条看不见的线牵着，这条线是一种求知上的共同追求。当然这并不是两个书呆子碰了头，没有男女之情。如果连这点基本的人情都没有，那就成了图书馆里坐在一张桌子上的同伴了。牵着我们的那条线似乎比乡间新郎拉着新娘走向洞房的红绸更结实，生离死别都没有扯断。"[4]

1　费孝通、王同惠著《花篮瑶社会组织》编后记，江苏人民出版社1988年11月版，第67页。

2　费孝通、王同惠著《花篮瑶社会组织》吴文藻先生导言，江苏人民出版社1988年11月版，第4页。

3　《费孝通人物随笔》青春作伴好还乡，群言出版社2000年4月版，第195页。

4　《费孝通人物随笔》青春作伴好还乡，群言出版社2000年4月版，第192页。

其实，这条牵着他们、连生离死别都没有扯断的线，不仅是求知上的共同追求，本质上更是中国知识分子世代相传的社会责任感。当年费孝通从东吴大学转学燕京大学时，看似无意地从医预科转到了社会学专业，绝不仅只是当时系主任许士廉的口才和吴文藻等杰出老师的人格魅力，骨子里费孝通一直在找寻救国之路，想从医治个人的痛苦升华为医治社会的疾病，让中华民族尽快地强大起来。

这是一代有志青年的抱负，王同惠也是这么一位杰出的女性。她的老师吴文藻对她向来赞誉有加："二十四年八月，她和费孝通由志同道合的同学，进而结成终身同工的伴侣。我们都为他们欢喜，以为这种婚姻，最理想，最美满。他们在蜜月中便应广西壮族自治区政府的特约去研究'特种民族'。行前我们有过多次谈话，大家都是很热烈，很兴奋。我们都认为要充分了解中国，必须研究中国的全部，包括许多非汉民族在内，如果从非汉民族的社会生活上，先下手研究，再回到汉族本部时，必可有较客观的观点，同时这种国内不同社区类型的比较，于了解民族文化上有极大的用处，我们互相珍重勉励着便分手了。"[1]

王同惠在和费孝通合作翻译比利时神父许让写作的《甘肃土人的婚姻》时，就提出了"为什么我们中国人不能自己写这样的书"的疑问，急切地盼望实际认识中国社会和文化，因而主动要求和费孝通一起去大瑶山做调查。在大山里的生活，费孝通用了"兴奋"一词来形容，"我们已经忘却了一切生活上的困苦，夜卧土屋，日吃淡饭，但是我们有希望，有成绩。一直到我们遇难，一死一伤，三个月中，我们老是在极快乐的工作中过活。在遇难前一日，我的妻还是笑着向我说，'我们出去了会追慕现在的生活的'。"[2]我们在读费、王的《桂行通讯》时，不难感受到这对急于认识中国社会和文化的年轻人的辛苦和快乐，特别是当费孝通从别的村子测量人体归来时，留在六巷村的王同惠总会说"了不得，我都弄清楚了"，快乐地将新的收获告诉费。老乡们也回忆当时作为北方人的王同惠，吃不惯山里饮食的事情，甚至连生火做饭，他们也得从头学起。

王同惠的突然牺牲，对费孝通的打击非常巨大。几十年过去了，他回忆起来还是那么痛心疾首："我们的相识只有两年，结合只有108天，正如春天的露水一般，

---

1 费孝通、王同惠著《花篮瑶社会组织》吴文藻先生导言，江苏人民出版社1988年11月版，第2页。

2 费孝通、王同惠著《花篮瑶社会组织》编后记，江苏人民出版社1988年11月版，第67页。

短促得令人难以忍受。天作之合，天实分之。其可奈何？"[1] 费孝通在当时不仅是痛失亲人，也感觉痛失同工，他在广州养病时给朋友们的信中表达了这种痛苦。"若是我们所认定'从认识中国来改造中国'是救民族的正确大道，那么同惠所贡献给民族的并不能说小了。同惠有灵当在微笑，那是我相信的。"当费孝通逐渐从痛苦中清醒过来，他明确地意识到自己的特殊使命："同惠是不能再为中国，为学术服务了，因为她爱我，所以使我觉得只有我来担负这兼职了。我愿意用我一人的体力来做二人的工作，我要在 20 年把同惠所梦想、所计划的《中国社会组织的各种形式》实现在这个世界上。"[2]

这就是费孝通与王同惠的"圣堂山下盟"！为了这一个庄严的承诺，费孝通无论面对什么样的严酷环境，"多经暴雷雨"，始终不渝地坚持"我们所认定'从认识中国来改造中国'是救民族的正确大道，"坚持孜孜不倦地探索中国的文化和社会。费孝通在晚年写道："我是想从人类学里吸取'认识中国，改造中国'的科学知识。我这样说，也这样做。一生中虽则遇到过种种困难，我都克服了。年到七十时，我还是本着这个'志在富民'的目标，应用人类学的方法，到实地去认识中国农村，中国的少数民族，凡是穷困的地方我都愿意去了解他们的情况，出主意，想办法，帮助他们富起来。我是由人类学、社会学、民族学里得到的方法和知识去做我一生认为值得做的有意义的事。"[3]

大瑶山调查，留给费孝通最大的痛楚，就是王同惠的牺牲。王同惠的牺牲，促使费孝通坚定不移地去实践他们年轻时的梦想，使他义无反顾地毕生用"一人的体力来做二人的工作"，造就了一个不平凡的费孝通。

二、类型加比较 行行重行行

大瑶山的调查研究，在学术上也对费孝通产生了深刻的影响。费孝通在《花篮瑶社会组织》重版前言里写道："作为一本我在青年时代和亡妻合作的学习成果，我也无意在此做自我评论，只想说在重读时不断发现我后来所发表的许多学术观点的根子和苗头，因而想到这本书对于那些想了解我学术思想发展过程的朋友可能也

1 《费孝通人物随笔》青春作伴好还乡，群言出版社 2000 年 4 月版，第 196 页。

2 《费孝通文集》，群言出版社 1999 年 10 月版，第一卷，第 361 页。

3 费孝通《论人类学与文化自觉》，华夏出版社 2004 年 2 月版，第 11 页。

是有用的"。[1]

20世纪的30年代，中国社会学尚处于正在起步阶段，创办不多的社会学系也带着浓厚的"舶来品"色彩，教材是外国的，教师是外国人，甚至授课也用外语。以吴文藻为代表的留学生回国后，一直努力在寻找一条社会学中国化的道路，虽然在一定程度上改变了这种面貌，但隔靴搔痒的社会学离中国的实际还非常远。

费孝通在解释为什么他们要到大瑶山调查时，就说明了这种情况："我们是两个学生，是念社会学的学生。现在中国念社会学的学生免不了有一种苦闷。这种苦闷有两个方面：一是苦于在书本上，在课堂里，得不到认识中国社会的机会；二是关于现在一般论中国社会的人缺乏正确观念，不去认识，话越多视听越乱。我和同惠常在这苦闷中讨论，因为我们已受了相当社会学理论的训练，觉得我们应当走到实地里去，希望能为一般受着同样苦闷的人找一条出路，换言之，想为研究社会的人提供一个观点，为要认识中国社会的人贡献一点材料。"[2]

费孝通这一到实地里去，就走出了一条独特的社会学研究道路。大瑶山成为他真正意义上的社会学调查研究的起点，这一走就一发不可收拾，除了1957—1978年这段特殊的历史时期外，他几乎沿着实地调查研究的路子走了一生，行行重行行。社区研究的方法，文化完整性的视野，类型加比较的路子，应用研究的目的，理论联系实际的作风，体现了费孝通学术思想和研究方法的不断完善。

大瑶山调查，费孝通和王同惠出版了《花篮瑶社会组织》，作者沿着家庭、亲属、村落、族团及族团间的关系层层深入，以简短的六章数万字的篇幅，就给人们展现了一个完整的花篮瑶社会结构和文化结构。吴文藻先生评价道："我们看过这本花篮瑶的社会组织以后，就不能不承认该族社会组织的严密，文化配搭的细致。"[3] 在养伤期间，费孝通在家乡做了开弦弓村的调查，由此写出了他的博士论文《江村经济》，得到导师马林诺夫斯基的高度赞誉。留洋归来的费孝通，立即在抗日战争的烽烟中扎进云南农村调查，他的《禄村农田》指向内地农村的土地制度，也带着比较研究的视角，标志着他的社会学思想的进一步成熟。

1　费孝通、王同惠著《花篮瑶社会组织》重版前言，江苏人民出版社1988年11月版，第2页。

2　费孝通、王同惠著《花篮瑶社会组织》编后记，江苏人民出版社1988年11月版，第64页。

3　费孝通、王同惠著《花篮瑶社会组织》吴文藻先生导言，江苏人民出版社1988年11月版，第9页。

改革开放以后，费孝通受命担负起社会学恢复的历史重任，社会学得到空前的发展，费孝通更是马不停蹄地奔波在祖国的大江南北，沿着城乡发展和民族研究这两条大线索，行行重行行。1998 年他从国家公职上退休，总算成为一名单纯的教授，在这一年里，88 岁的费孝通外出调查的时间是 166 天；同时笔耕不辍，又写下了 10 余万字的调查研究文章。[1]16 卷本的《费孝通文集》，有 9 卷本是 1981 年以后的作品，可见老人的勤奋和才华。

当我们在回顾费孝通的学术思想史时，不能不读一下他的《师承·补课·治学》这本书。他在书中详细回顾了影响他一生的重要导师和学术经历。帕克来华讲学，将关注现实社会生活的新风吹了过来，一句"我不是来教你们怎样念书，而是要教你们怎样写书"[2]，让青年学子们兴奋不已。以吴文藻先生为代表的"社区研究派"，将人类学与社会学学科理论方法进行了嫁接，使得社会学研究从空中降落到地下，找到了一条社会学中国化的实际道路，吴还帮助促成了费、王的大瑶山调查。史禄国在清华大学对费孝通进行的两年体质人类学训练，也给费打下了坚实的学科基础，尤其是类型和比较的概念，以及生物性和社会性的关系对费以后的学术发展产生了深远的影响。史氏还为他们在大瑶山的实地调查提供了设备和知识，一双马靴使得费孝通没有落下太严重的残疾。

对费孝通产生重要影响的当然还有他的博士导师马林诺夫斯基，他还翻译出版了马氏的《文化论》一书。费孝通撰文深情地回顾了他在马老师门下的学习情景，特别是马老师有名的《今天的人类学》的"席明纳"上的烟雾，给人留下深刻的印象。费孝通和其他新加入的小伙子一样，"先躲在墙角里喷烟，喷喷就慢慢喷得懂了一些，也觉得他的味道不薄了"。[3]后来马老师亲自做他的论文指导，使他写出了成名作《江村经济》。费孝通之所以得到名噪一时的著名人类学大师的青睐，并且很快就做出了成绩，除了吴文藻先生的推荐之外，很大一部分得益于其他几位老师教给他的思想里，已经包含着当时最流行的功能主义理论。特别是史禄国先生的体质人类学训练和坚持要他在出国前做的大瑶山调查，使他在实地调查研究的基础上，已经做出了符合最新学术潮流的成果来。费孝通在和美国学者巴博德谈自己的

1　《一生富民的费孝通》，群言出版社 2001 年 3 月版，第 46 页。

2　费孝通《师承·补课·治学》，生活·读书·新知　三联出版社 2001 年 10 月版，第 213 页。

3　费孝通《师承·补课·治学》，生活·读书·新知　三联出版社 2001 年 10 月版，第 28 页。

学术经历和思想形成时，专门强调指出："我在去伦敦经济学院之前就是一个功能主义者。这是从我对体质类型研究——从体质人类学自然出现的方向。我随后把它应用于人类文化类型。因此我要说我的主要观点和研究方法在 20 世纪 30 年代早期已经形成。我作为体质人类学者进入大瑶山而出来时成了社会人类学者。"[1]

费孝通在晚年的学术反思中，专门写了一篇《从马林诺夫斯基老师学习文化论的体会》。在谈到如何认识文化这个复合的整体时，他特地回忆了在花篮瑶的调查经历。当他和王同惠到达六巷村的第一个晚上，在语言不通、风俗不明的情况下，他们被友爱而好奇的瑶民所包围，"我们进入了一个友好但莫名其妙的世界里。我们明白我们的任务就是要搞清楚这些人是怎样生活的。这样的混沌一团，头绪在哪里呢？"他们按照自己文化中的友好交往规则，努力与唯一懂汉语的房东蓝济君接近，特别是王同惠出色的语言和交际能力，很快和当地人建立了亲近的关系。"我们进一步设法有意识地去了解他们的家庭成员之间的关系。我们就这样很自然地把家庭这个团体作为主要的了解对象，摸进了这个不熟悉的人文世界。""回想起来，我当时还没有去伦敦接受过马老师的'文化论'。但在实地调查工作中我们自动地并非有意识地跟着马老师当时正在构思的《文化论》和'文化表格'所指导的方向行动了。"[2]

大瑶山的社会调查，不仅确定了费孝通实证主义的社会学发展方向，也确定了他功能主义的理论框架。他以后许多的学术思想，都是在这棵老根上发的芽。在 20 世纪 40 年代末期费孝通发表的著名作品《生育制度》和《乡土中国》是费孝通前半生学术思想的总结，费孝通自己介绍说："依我这种对社会学趋势的认识来说，《生育制度》可以代表以社会学方法研究某一制度的尝试，而这《乡土中国》却是属于社区分析第二步的比较研究的范围。"[3] 从这两本费孝通早期的代表性著作中，我们不难看出大瑶山调查研究的痕迹。

在《花篮瑶社会组织》一书里，费孝通用了三章的篇幅来描述分析家庭，占了全书的一半。对花篮瑶婚姻家庭的研究内容，我们不难在《生育制度》里找到进一步的理论解释。通过花篮瑶的调查研究，费孝通体会道："我认为性的满足和生育孩子应当是可以分得开的两件事，不仅在现代社会里实际上早已分开，即使在许多

---

1 费孝通《城乡和边区发展的思考》经历·见解·反思，天津人民出版社 1990 年 3 月版，第 203 页。

2 费孝通《论人类学与文化自觉》，华夏出版社 2004 年 2 月版，第 65 页。

3 费孝通《乡土中国　生育制度》，北京大学出版社 2002 年 3 月第 4 版，第 94 页。

经济文化不太发展的民族里，如我所调查的花篮瑶和尚未受现代化较深影响的农村如江村，性交和生育事实上是可以脱钩的两件事。"得出了"文化不仅是用来满足人的生物需要，而且可以用来限制人的生物需要。于是（《生育制度》）走出了单纯满足'生物需要'的老路。"[1]特别是它的核心观点"三角结构理论"，认为父母子三角才能构成稳定的社会结构，而这正是大瑶山花篮瑶不重结婚仪式、更注重长子出生后的"双喜酒"给他的启示。

在谈夫妇关系时，他也引用了坳瑶的情人制度的事例，说明乡土社会的家庭是一个抚养的事业单位，"在夫妇间没有互相满足对方感情义务的地方，各人去找各人的情人，并不对夫妇关系有什么冲突，反而他们可以因之而得到配偶的情人在家庭事业上的协助。同时我也得补充一句，不讲感情的合作并不是感情的破裂，或是有恶感之谓，不讲爱，也没有恨；两人在爱恨之外，还是可以相处得很和睦，共同担负这家庭的事业"。[2]在《乡土中国》的各章节中，我们一样可以看到大瑶山的影子，特别是在"礼治秩序""无讼""无为政治""长老统治"等内容上，大瑶山的世外桃源印象、石牌制度下的社会组织、瑶老统治下的礼治和秩序，诸如"同意权力"和"横暴权力"的概念，也是以大瑶山社会做比较基础的。

改革开放以后，费孝通受命恢复社会学学科，面对百废待兴的祖国，社会学应当做些什么，能够做些什么？费孝通从宣传社会学的基本概念入手，面对当时大批知识青年返城带来的待业问题、住房紧张、家庭关系等人们身边随处可见的社会问题，深入浅出地讲解社会学的意义和作用。按照类型加比较的基本思路，他从重访大瑶山和重访江村开始，通过不断地认识新问题和新矛盾，逐渐在层次上加以上升和比较，从村到镇，再到区域比较，形成费孝通密切结合中国实际、面对中国问题、为富民强国服务的社会学思想体系。这套体系形成的基础，依然可以追溯到大瑶山的调查。花篮瑶主动控制人口，每对夫妻只能生育两名子女，人口规模得到有效控制，使其种族在贫乏的山区得以顺利繁衍生息，给费孝通留下了深刻的印象。

面对中国的人口问题，费孝通通过对大瑶山和江村两地的重访，在 1983 年春正式提出了做活人口这盘棋的"两个眼"理论："要做活这块棋，拿围棋的语言说，必须做两个眼，就是要为新增的人口找到两条出路，使他们不成为一个消极的包袱，而成为一个促进经济发展的积极因素。去年，我带着这个问题访问了我家乡的

1　费孝通《论人类学与文化自觉》，华夏出版社 2004 年 2 月版，第 60 页。

2　费孝通《乡土中国　生育制度》，北京大学出版社 2002 年 3 月第 4 版，第 150 页。

农村，又访问了广西、新疆和内蒙古等少数民族地区，看出了可以为人口这块棋做两个眼的地方。一个是在作为农村经济文化中心的小城镇，另一个是在亟待开发的少数民族地区。"[1] 从此以后，费孝通就沿着城乡关系和边区开发这两条大思路，行行重行行，从各种"模式"的总结和比较，再到区域经济的合作和发展，费孝通的社会学思想不断丰富。

三、多元一体　共同繁荣

民族问题的调查研究，是费孝通学术思想的重要组成部分，也使费孝通不仅是一位著名的社会学家，也是一位著名的人类学家、民族学家和社会活动家。他一生十分重视民族问题，长期从事民族研究工作，对少数民族抱有深厚的感情，一直为少数民族和民族地区的发展呕心沥血。正如他在 1987 年 7 月的临夏—海东经济开发协作区会议上的发言："用我过去所学到的知识，为我们各民族同胞的经济发展，多想一想，多看一看，多出点主意。"他对实现中国少数民族地区现代化充满热情，在民族问题上不断提出新思想。费孝通在他九十岁高龄时，深情地回忆道："我算得上是一名老民族工作者，中华人民共和国成立后一段时间还有幸参与民族工作一些大的活动，在这以后，民族研究一直是下功夫下得最多的学术领域。"[2]

大瑶山调查是费孝通实地研究的开始，也是民族研究的起点。费孝通在他的《暮年漫谈》中说道："自从进大瑶山与瑶族同胞接触以后，'少数民族'这个概念才在我的脑筋里比较清晰起来。"[3] 中华人民共和国成立后，费孝通适应新社会的需要，重新转入民族工作。1950 年，费孝通参加中央访问团到民族地区调查访问，并担任了贵州分团和广西分团的团长，深入贵州和广西两省的少数民族地区，历时两个年头。1952 年调动到中央民族学院担任副院长，1955 年到贵州进行民族识别工作，"从民族识别工作中，我深切地感受到我们对少数民族的知识实在太少了，必须赶紧补上，于是向有关部门提了一个建议，希望能够抽调力量，对每个少数民族的历史、现状进行调查研究，整理记录下来"。因而在 1956 年，费孝通亲自参加了由他倡议的人大常委会组织的少数民族社会历史调查。"令人欣慰的是，经过了我们民族工作者几十年来的努力，我国的几十个少数民族，基本都有了一部简史，这

1　费孝通《社会学的再探索》，天津人民出版社 1985 年 8 月版，第 240 页。

2　《费孝通文集》，群言出版社 2001 年版，第十五卷，第 128 页。

3　费孝通《暮年漫谈》，载《中央盟讯》2005 年第 5 期专刊，第 31 页。

项工作已经搞出个模样了。"[1]

改革开放以后，费孝通重新焕发了学术活力。先后担任中国社会科学院民族研究所副所长和社会学研究所所长、国家民委顾问、中央民族大学名誉校长等职务。他受中央委托，承担起恢复社会学学科的繁重任务。1984 年他初步完成江苏省的小城镇调查后，将研究的重点转向到边区和少数民族地区，着重做农牧结合和城乡结合两个题目。他不顾年事已高，抓紧一切时间利用所有机会在祖国南北东西穿梭不息。除台湾和西藏外，费孝通走遍了各个省市自治区，走访了许多少数民族聚居区，从东北呼伦贝尔草原森林，到南方海南岛黎族村寨，以至海拔 3000 多米的甘南藏区，都留下了他的足迹。

费孝通的民族思想，起始于他在大瑶山的调查研究心得。在他和王同惠的《桂行通讯》里，就记述了广西北部特种民族杂居区在 1932 年 2 月 19 日至 3 月 25 日发生的变乱，"经驻军全力扑平，死亡土人达一千多。"费孝通当时就评价道："若是多用武力镇压，在剿匪的名义下大规模地减少他们的人口，既和政府所采取的优待同化政策相背，而且反而增强他们与汉人相对立的民族心理。"[2] 再加上费孝通在大瑶山的实际遭遇，费孝通非常赞成和拥护中国共产党的民族平等、民族团结和各民族共同繁荣的政策。

在他看来，"当前地球上各地的居民，尽管由于地理与历史条件的差别，经济文化发展的程度有所不同，所采取的生活方式有所殊异，但他们都是人，都具有人所共有的发明创造的才能，都具有发展进步的资质。他们都是通情达理、有思想、有感情的人。在人和人，民族和民族之间划下具有质的差异的不可逾越的鸿沟，是完全出于一些人的偏见、臆度或别有用心，和客观事实绝不相符，所以是不科学的。"[3] 他总是怀着深厚的感情，来看待少数民族。在他文章里，随处可见到用他生花之笔，传神地描绘各民族在长期的生产生活中积累的物质文化和精神文化，讴歌少数民族中华人民共和国成立后特别是近几年的巨大变化和进步，同时他又对少数民族和汉族在经济文化发展上差距而忧心忡忡。

费孝通认为，中国现代化面临两个差距：一个是中国和世界发达国家的差距；另一个是中国内部的东西部或者大体上说是汉族同少数民族经济文化发展上的差

1　费孝通《暮年漫谈》，载《中央盟讯》2005 年第 5 期专刊，第 32 页。

2　《费孝通文集》桂行通讯，群言出版社 1999 年 10 月版，第一卷，第 311 页。

3　费孝通《民族与社会》，天津人民出版社 1981 年版，第 67 页。

距。这是中国现代化课题中不可分割的两个部分。作为社会主义国家的中国，要坚决防止重演大民族压迫和剥削小民族的悲剧。因而，开发边区必须注意那里的少数民族自身的发展问题。在西部大开发的过程中，不仅要时刻想到世代生长在那里的少数民族，同时还必须扶持和帮助他们，力争使少数民族和汉族、边区和内地在现代化过程中同步前进。美国学者阿古什在他所著的《费孝通传》中说，"他同其他大多数人类学家一样，总是想保护自己研究的土著居民免受高度文明民族的欺凌和轻视。"[1] 其实，更准确地说，费孝通时刻思考着如何让少数民族尽快地发展起来，达到各民族事实上的平等，促进各民族的团结合作和各民族共同繁荣与发展。

1978 年广西壮族自治区成立 20 周年，费孝通应邀前往，顺路重返大瑶山。他欣喜地看到在中国共产党的民族政策指引下，大瑶山发生了翻天覆地的变化。他在《四十三年后重访大瑶山》一文中，用"换了人间"来表达自己的感受。以后专门委派胡起望等学者到金秀继续进行大瑶山调查。1981 年，费孝通三上瑶山，通过调查研究发现 20 世纪 50 年代的"大跃进"和 20 世纪六七十年代的"以粮为纲"，对大瑶山的生态和经济都产生了重大的破坏。片面理解民族区域制度政策，也可能带来"画地为牢，划山为牢"的后果，阻碍了山区和平原、瑶族和汉族的经济联系，反而影响了经济发展和民族关系。费孝通在《民族社会学调查的尝试》一文中，通过几次大瑶山的调查研究材料，对新时期的民族政策提出一系列的建议："民族区域自治的目的不是民族分割，而是民族团结，要帮助少数民族发展。这样对汉族、对少数民族都有好处。所以我们应当根据发展的条件来划定自治地方的区域。"[2] 1982 年费孝通参加金秀瑶族自治县成立三十周年的大庆活动，第四次上大瑶山，在《四上瑶山》一文中表达了对大瑶山发展多种经营和科技致富的赞许。1988年费孝通五上瑶山，这次不仅是到金秀县城，而且直接乘车到了当年调查地六巷，见了当年的老朋友，也拜谒了王同惠的纪念亭。

通过五上瑶山的调查研究经历，引发了费孝通很多的思考。他认为要发挥民族优势，发展民族经济，首先要在观念上加以变革。我国少数民族长期以来生活在广阔的自然环境里，建立了自己独特的文化体系，比较容易满足于简单的生活水平。自足自满心理必然会带来保护现状，抗拒外来影响的反应，而封闭和拒外，实际上

1　［美］大卫·阿古什著，董天民译《费孝通传》，时事出版社 1985 年 11 月版，第 183 页。

2　费孝通《从事社会学五十年》，天津人民出版社 1985 年 8 月版，第 87 页。

会保护落后，使距离越来越大。依赖心理的形成，会使一个民族失去自信、自尊，变得毫无活力，这个民族必然衰落。要防止这些不宜于民族地区发展的思想观念，先要搞好民族教育，提高各民族文化素质，在保持和发扬本民族优秀文化的基础上，大量吸收先进民族文化科学技术知识；其次，对于还处于自给自足自然经济的封闭状态的少数民族，要靠商品经济来冲击其旧有的经济结构，打开封闭的大门。通过商品流通交换，引导他们从自然经济走向商品经济。

中国要实现现代化必须开发西部地区，从而也必须重视民族关系，将民族间团结协作的关系进一步推向新阶段。开发边区要注重扭转自然生态和人文生态的两个失衡。自然和人文生态环境的变化，一方面当地少数民族不可能继续保持传统的游牧、打猎、游耕，他们逐渐失去了从事传统生产、生活的条件；另一方面他们又不可能很快完全进入新的生产生活方式，必然要引起矛盾，影响民族团结。因为"团结是不能脱离经济基础的，民族矛盾的产生根本在于经济的原因"。[1] 因此我们在思考民族地区社会经济发展时，必须着眼于当地少数民族自身的发展。民族地区只靠少数民族自己是不可能实现现代化的，还必须取得汉族的帮助，但帮助不是救济，要使外力内化，让少数民族用自己的腿走路，"保而不护"，在商品经济的大风浪中接受锻炼。民族地区必须发挥自身优势，充分利用外在条件，寻找适合本地区发展的道路。既不能盲目模仿，也不能依赖国家，更不能等待帮助，要走自身经济发展之路。

面对与21世纪一起到来的西部大开发战略行动，费孝通备受鼓舞，这是他长期从事民族工作的一个心愿，早在20世纪80年代中期他就提出了"边区开发"的概念，一直为民族地区的发展奔走不息，笔者就是他招收的第一位，也是唯一的一名"边区开发"研究方向的博士生。他总结道："现在，民族工作又迎来了第二次发展机遇。这就是西部大开发。这次的主要任务是发展少数民族和民族地区的经济文化，逐步消除事实上的不平等和缩小发展差距，最终实现共同发展和共同繁荣。我相信，抓住西部大开发的机遇，围绕西部大开发的大局，既继承前人，又勇于创新，既志存高远，又脚踏实地，民族工作一定能够再创新的辉煌，为全局做出新的更大贡献。"[2] 他专门撰文支持由国家民委发起的"兴边富民"计划，积极响应党中央西部大开发的战略部署。

1　费孝通《话说呼伦贝尔森林》，载《瞭望》1988年第14期、第15期。
2　《费孝通文集》，群言出版社2001年版，第十五卷，第128页。

费先生在关注西部开发中少数民族发展时，特别强调要研究和解决好人口较少民族的问题，称其为"小民族，大家庭"。由于自然条件和社会环境的改变，人口较少民族在生产能力和谋求职业方面出现了某些不适应，发生了自身文化如何保存、如何更好地适应现代化的问题。为了深入了解这些民族目前的实际情况，在费孝通的倡议下，国家民委组织北京大学、中央民族大学和国家民委民族问题研究中心共同组成了"中国人口较少民族经济和社会发展研究课题组"，于2000年7月开始深入内蒙古、黑龙江、云南等8省区，对22个人口较少民族开展了实地调查活动。这是继20世纪50年代全国民族识别工作以来，第二次全国范围内进行的大规模民族调查活动。对更好地解决我国的民族问题，促进民族发展具有深远意义。

在金秀瑶族自治县，不同时间、不同路线、讲着不同语言的五个瑶族支系，长期共同生活在大瑶山，逐渐认同瑶族这一共同称呼的现象，也引起了费孝通的深思："大瑶山的具体情况给我很大的启发。我想过很多问题：什么叫瑶族？瑶族的分布怎样？……过去我们的民族研究很多是以现有的民族单位为范围的。《中国少数民族》这本书的体例就是如此。这当然有它的好处。但是在研究工作上已经遇到它的局限性。因此，这几年里有人提出要研究各民族历史上的联系。如果再进一步就是要把中华民族看成一个整体，研究它怎样形成的过程和它的结构和变化了。"[1]

费孝通在晚年回忆道："30年代我所调查的花篮瑶就在今金秀瑶山，当时称大瑶山。金秀瑶山里现在的瑶族居民是不同时期从山外迁入的。这些从不同地区迁入这个山区的人，都是在山外站不住脚的土著民族，进山之后这许多人凭险恶的山势，得以生存下来。他们为了生存不得不团结起来，建立起一个共同遵守的秩序，既维持至解放时的石碑组织。对内和平合作，对外同仇敌忾，形成了一体。山外的人称他们为瑶人，他们也自称是瑶人，成为一个具有民族认同意识的共同体。在我的心目中，也成了一个多元一体的雏形。后来我和各地的少数民族接触多了，对各少数民族的历史知识也多了些，又联系上汉族本身，感觉到由多元形成一体很像是民族这个共同体形成的普遍过程。"[2]

从大瑶山的调查，再到20世纪50年代参加少数民族慰问团以及少数民族社会历史大调查，特别在中央民族学院任教期间，费孝通为了解决教学需要而编写了一本《民族历史概论》，将各民族的历史综合在一起，亲自给学生在课堂上讲授，初

1　费孝通《从事社会学五十年》，天津人民出版社1985年8月版，第88-89页。
2　费孝通《论人类学与文化自觉》，华夏出版社2004年2月版，第164页。

步奠定了费孝通中华民族"多元一体格局"的思路。改革开放以后他在广大的民族地区来往穿梭调查，进一步完善这一思想。直到 1989 年夏天到威海暑休，他终于将其最后总结出来，在香港中文大学的 Tanner 讲座上发表于世，立即引起海内外的强烈反响。1990 年国家民委专门召开学术讨论会，1991 年出版了《中华民族研究新探索》一书。

在中华民族形成的长期历史中，我国各民族人民共同缔造了伟大祖国，形成了不可分离的血肉关系。占人口绝大多数的汉族，是在长期的历史中不断融合不同语言和文化的共同体基础上混合而成的，正如滚雪球似的越滚越大。中国历史上有许多显赫一时的民族，如匈奴、鲜卑、契丹等，"他们从森林里狩猎开始，下山到草原上放牧，壮大后驱骑南下，入驻农区，然后在中原的文化大熔炉里化成其他民族的一部分"。[1] 少数民族的形成也是一个复杂的混合过程，如藏族、瑶族就包含有许多语言不同的成分，很可能也表明是不同成分互相混合的结果。

因此，费孝通认为"民族"这一概念应当包括三个层次：第一是中华民族；第二是汉、满、蒙古、回、藏、彝、维吾尔等 56 个民族；第三是这 56 个民族中有些民族还包含着的若干具有一定特点的集团，如藏族中的康巴人、安多人、白玛人，苗族中的红苗人、青苗人，汉族中的客家人等。"多元一体格局中，56 个民族是基层，中华民族是高层。……汉族就是多元基层中的一元，由于他发挥凝聚作用把多元结合成一体，这一体不再是汉族而成了中华民族，一个高层次认同的民族。……高层次的民族可说实质上是个既一体又多元的复合体，其间存在着相对立的内部矛盾，是差异的一致，通过消长变化以适应于多变不息的内外条件，而获得这共同体的生存和发展。"[2]

费孝通还进一步总结了中华民族从多元走向一体的历史过程和发展趋势，指出："中华民族，作为一个自觉的民族实体，是近百年来中国和西方列强对抗中出现的，但作为一个自在的民族实体则是几千年的历史过程所形成的。它的主流是由许许多多分散孤立存在的民族单位，经过接触、混杂、联结和融和，同时也有分裂和消亡，形成一个你来我往，我来你去，我中有你，你中有我，而又各具个性的多元统一体。这也许是世界各地民族形成的共同过程。"[3] 费孝通的中华民族多元一体格

1　费孝通《话说呼伦贝尔森林》，载《瞭望》1988 年第 14 期、第 15 期。

2　费孝通《论人类学与文化自觉》，华夏出版社 2004 年 2 月版，第 163 页。

3　费孝通《中华民族的多元一体格局》，载《北京大学学报》1989 年 4 期。

局思想，为全球化时代中国各民族的团结和发展提供了强大的认同基础，有力地增强了中华民族的凝聚力。

四、文化自觉　和而不同

从大瑶山实地调查开始的文化探索，伴随着费孝通一生的学术追求，越到老年越发出醇厚的味道。他晚年提出的"各美其美，美人之美，美美与共，天下大同""文化自觉""和而不同"等观点，号召重新认识中国文化，发掘中国传统文化的价值，通过文化的反省来实现文化的自主。目的是面对全球化时代的到来，重新树立中国人近百年来在强大外来文化压力下丧失殆尽的民族自信心，厘清传统文化与现代化的关系，"找到接榫之处"。这些观点不仅在海内外的学术界引起震动和思考，也在社会上产生了极为广泛的影响，甚至对人类怎样面对 21 世纪"经济一体化、文化多元化"的时代特征，建立一个和谐的地球家园，都具有指导性的意义。

费孝通晚年的思想，其核心可以归纳到"文化自觉"上，这是费孝通毕生认识文化、研究文化的必然结果。最早的思想根源，一直可以追溯到他青年时代的求学生涯，但真正的发芽是从少数民族的实地调查中产生的。他在《关于'文化自觉'的一些自白》一文中写道："学习社会人类学的基本态度就是'从实求知'，首先对于自己的乡土文化要有认识，认识不是为了保守它，重要的是为了改造它，正所谓推陈出新。我在提出'文化自觉'时，并非从东西文化的比较中，看到了中国文化有什么危机，而是对少数民族的实地研究中首先接触到了这个问题。"[1]

在 1997 年北京大学举办的第二次社会学人类学高级研讨班上，费孝通针对一位鄂伦春族青年学者根据本民族情况提出的"文化存亡"问题，联系到他多次调查过的人口较少的少数民族的生存与发展问题，看到文化转型的重要性，提出了"文化自觉"的概念。"可以说文化转型是当前人类共同的问题。所以我说'文化自觉'的概念可以从小见大，从人口较少的少数民族看到中华民族以至全人类的共同问题。其意义在于生活在一定文化中的人对其文化有'自知之明'，明白它的来历，形成的过程，所具有的特色和它的发展趋向，自知之明是为了加强对文化转型的自主能力，取得决定适应新环境、新时代文化选择的自主地位。"[2]

费孝通对文化的概念和意义，真正产生切身的体会，是在大瑶山调查中才有

---

[1]　费孝通《论人类学与文化自觉》，华夏出版社 2004 年 2 月版，第 193 页。
[2]　费孝通《论人类学与文化自觉》，华夏出版社 2004 年 2 月版，第 194 页。

的。他的导师吴文藻极力主张要认识中国文化，应先从相对汉族文化更简单明了的少数民族文化开始，"我们若要训练一个实地研究员，使他获得比较的观点，莫如让他先去考察一个和他本族具有最悠久亦最深长的历史关系，而同时却仍保有他在体质上，语言上及文化上不同的特性的非汉族团"。[1] 史禄国先生本身就是富有经验的人类学家，他也极力主张在费孝通出国深造前，必须先做一个国内少数民族的调查研究，不能空着手出国，甚至担心那样会遭到同行们的笑话。而费孝通和王同惠，也是本着要认识中国社会和文化，先从少数民族开始的思想进入大瑶山的。

费孝通在《花篮瑶社会组织》的编后记中，明确表示进大瑶山调查，是想为研究社会的人提供一个观点，为要认识中国社会的人贡献一点材料。"我们所要贡献的是什么观点呢？简单说来，就是我们认为文化组织中各部分间有微妙的搭配，在这搭配中的各部分并没有自身的价值，只有在这搭配里才有它的功能。所以要批评文化的任何部分，不能不先厘清这个网络，认识它们所有相对的功能，然后才能拾得要处。这一种似乎很抽象的话，却正是处于目前中国文化激变中的人所最易忽略的。现在所有种种社会运动，老实说，是在拆搭配。旧有的搭配因处境的变迁固然要拆解重搭，但是拆的目的是在重搭，拆了要搭得拢才对。拆时自然该看一看所拆的件头在整个机构中有什么功能，拆了有什么可以配得上。大轮船的确快，在水滩上搁了浅，却比什么都难动。

当然谁也不能否认现在中国人生活太苦，病那么重，谁都有些手忙脚乱。其实这痛苦的由来是在整个文化的处境变迁，并不是任何一个部分都有意作怪。你激动了感情，那一部分应该打倒，那一部分应该拆毁，但是越是一部分一部分地打倒，一部分一部分地拆毁，这整个机械却越来越是周转不灵，生活也越是不可终日。在我们看来，上述的一个观点似乎是很需要的了。在这观点下，谩骂要变成体恤，感情要变成理智，盲动要变成计划。我们亦明白要等研究清楚才动手，似乎太慢太迂，但是有病求艾，若是中国文化有再度调适的一天，这一个观念是不能不有的。"[2]

从上面这段长长的引语，可以看到费孝通和王同惠七十年前的大瑶山调查，就是要贡献一个观点，这个观点就是在文化剧变中必须考虑文化的整体联系和功能，或者说是要注意文化组织中各部分间有微妙的搭配和作用，从而"谩骂要变成体

1　费孝通、王同惠著《花篮瑶社会组织》吴文藻先生导言，江苏人民出版社 1988 年 11 月版，第 8 页。

2　费孝通、王同惠著《花篮瑶社会组织》编后记，江苏人民出版社 1988 年 11 月版，第 64-65 页。

恤，感情要变成理智，盲动要变成计划"。这与费孝通晚年提出的文化自觉"其意义在于生活在一定文化中的人对其文化有'自知之明'，明白它的来历，形成的过程，所具有的特色和它的发展趋向，自知之明是为了加强对文化转型的自主能力，取得决定适应新环境、新时代文化选择的自主地位"的观点，非常明显地存在着一脉相承和不断完善的关系。可以说，大瑶山的社会调查，已经埋下了费孝通"文化自觉"的根。

这个根是如何埋下的呢？大瑶山使他们真正体会到与熟视无睹的本民族文化完全不同的冲击力，第一次强烈感觉到文化的差异和相通之处。在一个"友好的但莫名其妙的世界里""主客之间存在着区别，主人们相互间也存在着不同关系，而这些关系是相当固定的，大家互相明白应当怎样对待对方，而且分明看得出亲疏之别。我认为这是任何社会的常态，最亲密的团体是父母子女形成的家庭。我就抓住这个团体去了解他们在这个团体里各方面具有规范性的活动。这就进入了他们人文世界的大门，并为进一步扩大观察和了解建立了基地。我们逐步地跟着这些已经熟悉的人，从一个家推广到和这家有一定社会关系的人，和这些人的家。再进一步可以到各家去串门时就看到各家相同的和区别的情况，对他们家庭这个制度有了一定的概念。又从一个村里存在着不同地位的人和家，清理出村落这个社区的结构。"[1]

从大瑶山的调查开始，费孝通接着又在家乡江村和抗战时的后方云南禄村进行社会调查。留下印象最深刻的还是大瑶山调查，因为"第一次我是汉人去研究瑶人。既不能说我是研究本土文化，又不能说完全是对异文化的研究"，在我中有你，你中有我的感觉中还是"同多于异"，"我是从比较自己熟悉的文化中得来的经验去认识一个不熟悉的文化的。我认为这就是利奇所说的'反省'的一种具体表现"。[2]可见，从大瑶山调查开始，费孝通的人类文化同多于异，即本质上是相通的观点已经确立，文化的比较和反省的体会也相应产生了。此外，费孝通自己也明确意识到："我通过瑶族调查，对社会生活各部门之间的密切相关性看得更清楚和具体了。这种体会就贯穿在我编写的这本《花篮瑶社会组织》里。我从花篮瑶的基本社会细胞家庭为出发点，把他们的政治、经济各方面生活作为一个系统进行了叙述。"[3]

从大瑶山、江村和禄村的调查研究，使费孝通理解到一个社区中众人初看时似

---

1   费孝通《论人类学与文化自觉》，华夏出版社 2004 年 2 月版，第 65 页。

2   费孝通《论人类学与文化自觉》，华夏出版社 2004 年 2 月版，第 84—86 页。

3   费孝通《论人类学与文化自觉》，华夏出版社 2004 年 2 月版，第 105 页。

乎是纷杂的活动，事实上都按照一套相关的各种社会角色的行为模式而行动的。再看各种社会角色又是相互配合，各个方面构成一个网络般的结构。但同时也影响了他对社会的看法，指导社会看成自成格局的实体。在他晚年对其《生育制度》一书进行反思时，感觉到这种思路难免导致"见社会不见人"的倾向，潘光旦先生在为本书作序时所写的《派与汇》中，就批评其忽视生物个人对社会文化的作用[1]。直到有了"文革"时期角色颠倒和错乱的经历，费孝通才真正意识到在过去的调查中，"始终是一个调查者的身份去观察别人的生活。换一句话说，我是局外人的立场去观察一个处在生活中的对象"，认识到社会和人是辩证统一体中的两面，在活动的机制里互相起作用。"这种自觉可说是一方面既承认个人跳不出社会的掌握，而同时社会的演进也依靠着社会中个人所发生的能动性和主观作用。这是社会和个人的辩证关系，个人既是载体也是实体。"这种新人文思想，使费孝通的学术思想产生了又一次的跃进，进入了心态研究的层次。他说："我回顾一生的学术思想，迂回曲折，而进入了现在的认识，这种认识使我最近强调社区研究必须提高一步，不仅需要看到社会结构还要看到人，也就是我指出的心态的研究。"[2]

1935 年的大瑶山调查，使费孝通切身感受到文化的异同，进而也看到社会和个人的关系。中华人民共和国成立后他参加中央民族访问团工作、组建中央民族学院以及参与民族识别、少数民族社会历史大调查，"在和众多的少数民族直接接触中，我才体会到民族是一个客观普遍存在的'人们共同体'，是代代相传、具有亲切认同感的群体。同一民族的人们具有强烈的休戚相关、荣辱与共的一体感。由于他们有共同的语言并经常生活在一起，形成了守望相助、患难与共的亲切的社会关系网络"。[3]对比世界许多地方因民族和宗教问题纷争不断，费孝通深感中国共产党实施的平等、团结和共同繁荣的民族政策的重大意义，认为在一个和平大同的世界里，民族平等是决不能少的条件。这个条件在我们中国首先实现，在人类历史上是应当大书特书的。

费孝通在完成他的中华民族多元一体格局的理论阐述后，非常有感触地说："我总觉得一个人的思想观念是在接触实际中酝酿和形成的，理论离不开实践。我这篇《中华民族多元一体格局》的根子可以追溯到 1935 年广西大瑶山的实地调查。

1　费孝通《乡土中国　生育制度》，北京大学出版社 2002 年 3 月第 4 版，第 339 页。

2　费孝通《论人类学与文化自觉》，华夏出版社 2004 年 2 月版，第 108—119 页。

3　费孝通《论人类学与文化自觉》，华夏出版社 2004 年 2 月版，第 155 页。

同时我觉得只有实践也是不够的，还须从已有的理论中得到启发和指引。我在大瑶山的实践中能看到民族认同的层次，再联系上中华民族的形成，其间实践固然重要，但潜伏在我头脑里的史禄国老师的 ethnos 论应当说是个促成剂。"[1]说明了大瑶山调查的重要性和史禄国含义丰富的"民族"概念对他的影响。他在《人文价值再思考》一文中，进一步阐述了多元一体思想与文化自觉、和而不同的关系："'多元一体'的思想也是中国式文化的表现，包含了各美其美和美人之美，要能够从别人和自己不同的东西中发现出美的地方，才能真正地美人之美，形成一个发自内心的、感情深处的认知和欣赏，而不是为了一个短期的目的或一个什么利益。只能这样才能相互容纳，产生凝聚力，做到民族间和国家间的'和而不同'的和平共处，共存共荣的结合。"[2]

费孝通是在人类即将走过经历两次世界大战的 20 世纪，在中华民族经过屈辱、奋斗而走向伟大复兴的转折关头，在展望 21 世纪人类共同的美好未来的时候，通过对自己一生学术思想和人生经历的深刻反省，提出了"文化自觉"与"和而不同"的思想。当我们欢欣鼓舞拥抱 21 世纪到来时，却迎面遇到了"9·11"的大冲撞，更加印证了费孝通先生的远见卓识。今天，他已经带着对中华文化新生的期望，带着对整个人类的祝愿，带着对文化的反思和忧虑离我们而去，让我们牢记并思考费孝通留下的话，沿着他开拓的"认识中国，改造中国"的艰辛之路，继续努力地行行重行行。

谨以此文纪念费孝通、王同惠大瑶山调查七十周年，愿先生一路走好！

论文曾以《大瑶山调查与费孝通民族研究思想初探》为名，载《民族研究》2006 年第 2 期，并由人大复印资料《民族问题研究》2006 年第 6 期全文转载。本文在原文基础上进行了一些补充。

西藏的婚姻规则和性道德观念

社会人类学的研究，是关于人类生存状态的理解。人之所以有别于其他动物，

1　费孝通《论人类学与文化自觉》，华夏出版社 2004 年 2 月版，第 164 页。

2　费孝通《论人类学与文化自觉》，华夏出版社 2004 年 2 月版，第 194 页。

在于结成社会群体，运用文化规则来组织社会。因而，了解和掌握各个社会群体的特殊文化规则，就是这个学科的特点所在。文化规则既抽象，也十分具体。抽象，在于它在大多数情况下，不是一套成文的规范手册，更多隐藏于人们的习俗惯例中；具体，则因为这套规则，无时无刻不体现在这个群体中的每个成员的言行举止中，人们在自觉和不自觉中，都在既定的文化规则的指导下，进行着人类的生活。

一、个案解析

1999 年，我到西藏自治区阿里地区进行社会调查，去了位于西喜马拉雅山中印边境上的楚鲁松杰，又沿着新藏公路到达新疆，那是一次难忘的人生旅程。感兴趣的读者，可以看我的著作《西藏秘境》（知识出版社 2001 年）和《神山圣湖阿里行》《喜马拉雅最后的山民》（民族出版社 2004 年）。比之常规的"调查"工作来，我比较注意观察和分析一路上所见所闻的具体的人和事，并试图将其在更深的文化层次上加以解释。下面就是发生在我身上的一个真实故事，可算是较为典型的藏族婚姻和性道德观念的文化分析个案。

说话，或者叫交谈，是人类社会最基本的交流方式。交谈的内容，往往十分典型地体现着特定社会的基本规则。我在阿里地区首府狮泉河期间，就闹了个不大不小的笑话。离我住宿的招待所不远处，有一位藏族小伙子摆的货摊，我每次经过地摊时，总是互相打个招呼。这位红缨缠头的英俊青年，总是笑眯眯地很有人缘。有一天，一位妇女带着自己可爱的孩子，也坐在摊位上，我逗了一会儿小孩，用藏语顺嘴问了句："是你姐姐吧？"在拉萨藏语中，姐姐和老婆都可以叫作"阿佳"，事实上我从他俩的长相，已经判断出是姐弟俩，只不过找一个聊天话题而已。没想到这句话，惹出了麻烦。

第二天我经过时，小伙子站起来拦住我，一脸严肃地用生硬的汉语，吃力但很清楚地一个字一个字告诉我："是姐姐，不是老婆！"我才发现犯了忌讳。在阿里藏语方言中，"阿佳"专指妻子，几乎没有姐姐的意思，把姐姐误认为妻子，在藏族人看来是十分严重的事情，甚至可以看作对对方的侮辱。好在我长期从事西藏社会文化的研究，很快找到了问题的症结，用藏汉两种语言，再加上手势比画，才把事情平息。

这是一起典型的文化冲突个案，之所以要专门讲一下，是希望我们每一个人，在与不同民族和不同文化的人交流时，切忌简单地套用本民族的文化惯例，在无意中伤害别人，引起不必要的麻烦。特别是在婚姻家庭构成规则，以及相应的性道德观念上，藏族同汉族有着很大的不同，在世界各民族中也显得比较独特，很容易引起好奇心和想当然的评判。许多读者可能对西藏的一妻多夫、一夫多妻，甚至父子共妻、母女共夫等多种奇特的婚姻现象有所耳闻，事实是不是这样？为什么会是这样？结合上述发生在我自己身上的故事，在这里，给大家做些简单的介绍和说明。

二、等级内婚

藏族传统的婚姻规则，一是等级内婚，二是血缘外婚。等级内婚，是旧西藏封建农奴制社会制度在婚姻上的反映。在封建农奴制时代，人们无一例外都必须遵从这一规则，通婚只能在同一等级内部进行。

在封建农奴制度统治时期的西藏，农奴阶层的通婚范围，除受等级限制外，还受领主（即旧西藏的封建农奴主）归属的限制。特别是朗生（藏语意为"家里养的"，即农奴主的家内奴隶）阶层命运最为悲惨，他们甚至没有结婚的权利。农奴阶层原则上不能和自己领主管辖之外的农奴通婚，因为这样容易引起领主间的农奴所有权的纠纷，即使有少数不同领主之间的农奴通婚，也必须事先得到领主的同意，婚姻嫁娶首先要解决农奴主劳动力的补偿问题，嫁出或娶入要以相应的劳力作交换，婚姻才能成立；其子女归属，大多也按男孩归父亲方的领主所有，女孩归母亲方的领主所有来划分所有权。因而，农奴阶层的婚姻，不仅是在等级内进行，同时也在相对狭小的地域范围内进行，人的一生大多被凝固在稳定的领主所辖的地区内。

各个不同阶层的农奴，其婚姻形态因其经济和社会地位而又略有不同。朗生阶层，因缺少起码的人身自由和独立的家庭生活，同一庄园的男女朗生，两相情愿，搬到一起住就算结婚，基本不举行任何婚姻仪式，也几乎不存在多偶婚姻；生育了子女后，领主的管家代表主人送一杯清油，以示祝贺，因为领主又有了接班的劳动力。不同庄园的朗生，原则上禁止通婚，在事实上也很少发生，因为朗生大多终年在领主庄园内干活，几无外出接触其他领主异性朗生的可能。

差巴户（领种农奴主差地，相应支差纳税的人，他们占旧西藏人口的大多数）因有相对独立的经济生活，其婚姻比较注重家庭利益，也加大了家庭对婚姻的干预成分，婚姻仪式相对隆重；为了增加劳动力和减少差役，多偶婚在这一阶层比较多，特别是一妻多夫制婚姻，其多偶又以兄弟共妻和姊妹共夫较多。西藏自然条件恶劣，家庭经济要良好运转，既需要农业提供粮食，也需要牧业提供酥油和肉食皮毛，要想过上好日子，还得有人从事工商业或打工赚钱，更别说农奴身上沉重的劳役、实物和现金的差税负担。兄弟两人甚至多人，共娶一位妻子，有人在家种地，有人外出支差，有人从事牧业，有人经商打工，对家庭经济的维持和富裕，自然是很有好处。姊妹共夫也是这个道理，大多是同胞姐妹共同找一位上门女婿。

　　旧西藏地方政府和贵族以及寺庙的领主，对下属农奴征收的差税，大多是以户为计算单位，也就逼迫农奴家庭极力避免因为婚姻而造成的分家。一夫一妻制婚姻，容易造成兄弟姐妹因结婚而分家独立，那样既减少了差地数量，削弱了家庭经济实力，还会增加差税负担。西藏地方政府也不鼓励分家，如规定分家不能分差地等，以防止差巴户因为家庭分裂，从大户变成小户，相应承担差役的能力会随之减弱。所以，差巴户阶层较多采取多偶婚的形式，既是家庭经济合作的需要，更是阶级压迫制度的产物。

　　无论是多夫还是多妻的家庭，在社会关系和称谓上，大多仍以第一位配偶为准，这是为了不引起社会关系的混乱。多偶婚家庭的团结和维持，最重要的是多夫的"妻"和多妻的"夫"，能否有效地平衡成员间关系，特别是在性生活上，他或她，必须公平地对待每一位配偶。普遍的社会舆论，对多偶婚是采取赞扬的态度，也热心于评价这种家庭，但在实践上，多偶婚姻并不是件容易的事情。爱情的排他性使得多偶婚不仅难以实现，而且也难于保持下去，许多都会中途解体。因而，多偶婚姻虽然在西藏的许多地方都存在，但从来都不是西藏社会的主流婚姻形式，更多的西藏人，一直采取的还是一夫一妻制婚姻。

　　堆穷（藏语意为"小户人家"，经济和社会地位，居于差巴和朗生之间，大多是手工艺匠人和流浪打工者）阶层流动性较大，家庭经济也较为贫穷，使其通婚的地域选择范围较广，没有太多的家庭利益干扰，也不大注重婚礼仪式，基本上以一夫一妻制婚姻为主，也很少实行多偶婚姻。

　　贵族农奴主阶层，为了保持其阶级地位，更是为了刻意强调他们血统上的高贵性，在婚姻上严格执行"等级内婚"的规则，讲究门当户对，因为比之个人的幸福来，更关注的是家族的荣耀和地位，联姻是加固和扩大家族地位的重要手段。此外，为了保持家庭的财产不被分散和社会地位不被弱化，贵族家庭也常采用一妻多夫制婚姻形式。

　　婚姻作为社会制度的重要部分，必然要随着社会的变迁而发生变化。1959年西藏实行民主改革以后，作为旧西藏封建农奴制阶级压迫产物的"等级内婚"制度，首先从根本上遭到了破坏，农奴翻身做了主人。昔日一无所有的朗生分到了土地、房屋、牲畜等生产生活资料，开始有了人身自由和独立的家庭经济生活。随着西藏社会经济的不断发展，朗生和堆穷的经济地位和社会地位不断提高，过去的农奴阶级，内部的等级制度率先被打破了，旧制度带来的经济和社会的等级界限不断模糊，相应在婚姻上的"等级内婚"限制，也就表现得越来越不明显，昔日的差巴、堆穷、朗生之间，早已基本实现了自由通婚。最受社会歧视的铁匠之类的"贱民"阶层，以及"虎死不倒威"的贵族阶层，他们与普通人的"等级"差距和观念，在新的社会制度和文明进步中，也在不断走向淡化。在总体上，西藏农村城镇的"等级内婚"的婚姻限制，已经在社会整体发展过程中走向土崩瓦解。当然，作为传统的社会观念，"等级内婚"，还会在相当长的时间内，或多或少地存在于人们的意识之中。

因而，现在的西藏人，除遵循"血缘外婚"的原则外，有着广泛的择偶余地，其婚姻也表现出相当大的多样性。历史上形成的多偶婚传统，虽然没有了封建农奴制社会制度的阶级压迫因素，但西藏严酷的自然环境没有改变，生产力水平虽有突飞猛进的提高，也还不足以彻底打破小农经济的制约。传统观念的延续，现实生产生活的需要，使多偶婚在西藏的部分农牧区，至今还有所保留。政府也只采取宣传移风易俗而不强迫命令的态度。

三、血缘外婚

"血缘外婚"的规则，是各地藏族普遍遵守的一条基本婚姻原则，在这条原则下，排除了所有血亲结婚的可能性，从遗传学的角度看，有利于生育更为优秀的后代，这对种族的强壮有着重大意义。由此我们不难理解，为何藏族能在自然条件极其恶劣的青藏高原生生不息。也可以反过来推论，正是生存环境的极端恶劣，才迫使人们在长期的自然选择中，采取了这种最有利于种族繁衍的婚姻形式。

藏族的血缘外婚，是全部排除父方和母方的血统，和汉族旧式婚姻中严格排斥父方血统，但重视母方血统的"表婚"制度完全不同。藏族择偶时，无论母系还是父系，只要有血亲关系，一律不得通婚；反之，只要没有直接的血亲关系，不同"辈分"且社会关系极其密切的人也能通婚，因而藏族中极少数母女同夫和父子共妻的婚姻形式，无一例外夫妻之间肯定没有直接的血亲关系，基本上都是前夫或前妻死亡，寡妇或鳏夫再婚，前夫前妻留下的子女，长大后加入后父或后母的婚姻关系而形成的。

由于婚姻规则的差异，特别容易引起民族间的文化误解，当汉族在不理解为何藏族母女能够同夫、父子也能共妻时，藏族同样也迷惑为何汉族竟然能和自己的表亲结婚。根源就在于一个看重血亲，一个注重人伦，采取的是完全不同的婚姻架构。因而，要防止民族矛盾，首先必须增强民族间的文化理解，而最忌讳的，莫过于用本民族的文化概念，简单地去度量其他民族的行为和习惯。

那么，藏族的血缘外婚，究竟多远的血亲，才算"外人"而可以通婚呢，总应该有一个度。根据各地的调查报告，这个"度"很不相同也很不确切。有间隔六代说、七代说，也有父系九代、母系五代，以及父系永远不可通婚，母系七代后可通婚等多种说法。最通常的说法，应是按照藏族习惯的手关节数数法，即无论父系母系，从手指头的关节开始数，一个骨节为一代，到肩膀时是第七代，就可以通婚。由此引发的还有"骨系"理论，即以此原理来建立家族谱系，根据骨节的远近，来确定血缘及亲近关系的远近，这在藏北牧区较为流行，农业地区虽也有骨系的说法，但实际运用得很少，人们只是说说而已。

事实上，自从藏族接纳了佛教的转世理论，就不再注重祖宗观念及由此而来的家族法统传承。试想一下，所有的生命都在不断地轮回转世中，何有亘古不变的祖灵存在？尽管藏族早已有本民族的文字，各种典籍也浩如烟海，却不像汉族那样热心于修家谱、论排行、讲世系。因而人们的亲属亲戚关系，也很难确切地追溯多远，更何况旧西藏95%的人是文盲。西藏的旧贵族，和世界其他民族的贵族一样，也极力想保持唯我独尊的优势，证明自己悠久荣耀的历史，却没有一家能拿得出确切的谱系，至多子虚乌有地和历史上、宗教上的名人联系一通。普通老百姓更是可想而知，人们的亲属亲戚血缘关系，最多能维持三四代人，超过这个界限，谁也闹不清楚了，六代也好，七代也罢，表达的是社会禁止血亲通婚的本意。在现实生活中，人们所能采取的办法，是一旦发现婚姻双方可能存在血亲关系，再美好的姻缘都会立即终止。

相应，从婚姻规则中衍生出来的性道德观念上，藏族当然就特别强调血亲回避。没有亲属亲戚关系的人，可以乱开玩笑，也可以毫无顾忌地谈论男女之事，反之，则是绝对不允许的事情。我在西藏农村做调查时，就发现看电视时，房东家的成年女性总躲得很远，甚至是在房间外，通过门窗观看，刚开始我以为是出于谦让客人的礼貌，后来我的房东才解释说，电视里男女事情太多，动不动就亲嘴，全家男女老少聚在一起看，经常让人觉得难堪。这就是人类社会的游戏规则，人们不一定能在主观上时刻感觉到规则的存在，但在事实上，我们每个人的一举一动，无不体现着本民族文化传统所规定的准则。

作为一位藏族，如果与他的血亲有着婚姻或性的关系，那么他就严重违背了传统的婚姻规则和性道德观念，必然要遭遇到社会的强烈批判和自我道德良心的谴责，用人们常用的话，轻则骂为"缺教养"，重则说成"连猪狗都不如"。大家也就不难理解，为什么我一句平常的问候话所引起的误会，会让那位藏族青年看得如此严重，非要讨个说法。"是姐姐，不是老婆"，不在于纠正一次误会，而在于每个人都不能违背社会规则，更不能允许别人在基本原则上发生误会，否则，就会降低社会的评价和损害自我的尊严。

四、婚姻自由

自由恋爱是西藏社会的传统择偶方式。根据我在藏南江孜县班觉伦布村的逐户问卷调查，自由恋爱而结婚的占到 70.8%。即使是由父母包办和他人介绍，也肯定是在当事人充分同意的前提下才能实现。特别是在今天随着等级制的消除，自由恋爱更成为西藏社会的主要择偶途径。现有的父母包办和他人介绍，一是少数富裕家庭出于保持经济优势的考虑，二是人们对再婚、大龄、内向性格者的同情，只能看作择偶方式的补充形式。

相应，藏族在婚姻上表现出极大的自由度，社会对个人的恋爱试婚、结婚离婚、婚姻模式的选择都十分宽容。恋爱婚姻的自由，使得西藏的婚姻形态呈现出较大的多样性，绝大多数人仍实行一夫一妻制，但多妻、多夫、独身、单亲等各种婚姻形式都存在，如在班觉伦布村，1995 年的调查统计有 93% 的人采取一夫一妻制，4.5% 的人采取多偶婚制，还有 2.5% 的人组成单亲家庭。相应在家庭结构上也形态多样，大致是由核心家庭（43.2%）、扩大家庭（40.9%）、残缺家庭（15.9%）组成。也可以看出其家庭的变化，在核心家庭成长演变为扩大家庭，扩大家庭再分裂为新的核心家庭中循环，而非婚生育、离婚及天灾人祸又产生部分残缺家庭。在生儿育女上，藏族没有性别歧视，生男生女都一样珍爱。在子女教育上也崇尚自由和自然，很少有打骂孩子的现象发生，即使是对非婚生子女，也会和别的孩子一样，不受歧视和亏待。

婚姻的自由，还表现在婚姻交换上。与汉族传统的嫁女娶媳的基本交换模式不同，藏族娶赘都无所谓，主要根据个人愿望和各家具体情况而定，而且偏好嫁儿娶婿的交换方式。根据对全村 48 例婚姻关系的分析，娶媳妇的 22 家，占 45.8%；说不上谁嫁谁的独立婚姻 2 家，占 4.2%；娶女婿的 24 家，占 50%。全村已婚妇女婚后居住方式也说明了这点。50% 的妇女结婚后仍生活在自己家；只有 30% 的妇女到丈夫家生活；有 20% 的已婚妇女和丈夫建立独立家庭，事实上她们大多是具有一定经济基础后，才从原来女方或男方的家庭独立，极少有一结婚就独立的事例。有一户四代同堂的家庭，一直采取留女儿嫁儿子的方式，形成女人当家的"母权"大家庭。村里人解释说女儿体贴听话，自己老后在女儿手下吃饭，比在媳妇手下舒服一些，难怪偏好嫁儿娶婿。

限于篇幅，不能进一步展开。有兴趣的读者，请参阅我的著作《活在喜马拉雅》（云南人民出版社 1999 年）、《西藏农民的生活》（中国藏学出版社 2000 年）、《帕拉庄园》（西藏人民出版社 2004 年）、《中国历史文化名城江孜》（中国藏学出版社 2004 年）、《西藏秘境——走向中国的最西部》（知识出版社 2001 年 3 月出版）。婚姻规则和性道德观念，是每一个民族整体文化的一部分，会随着社会变迁而不断变化。对于不同于本民族文化现象，最忌讳猎奇和想当然的态度。完整理解异民族文化，尊重各民族的风俗习惯，是今天文化多样性时代，每个人都必须注意培养的基本品格。

羌村乡土社会血缘关系的研究

人类社会构成总是以血缘关系为基础的，尤其是在人类社会的早期，血缘关系起着组织社会的根本性作用。以小农经济为基础的中国社会，长期以来血缘关系一直起着重要的作用。费孝通先生在《乡土社会》一书中提出的差序格局概念，成为中国社会学的经典理论之一。然而差序格局注重的只是父系血缘关系，事实上中国各民族都广泛存在舅权概念，母系血缘关系在社会运行中也起着独特的结构性作用。本文在我的博士论文《羌村社会——文化的适应和变迁》基础上，通过对四川省羌村的追踪调查，系统地阐述了血缘关系在社会构成中的不同功能和作用。以血缘关系为基础，加上衍生出的地缘关系和外来的行政关系一起，构成乡土社会基本的社会结构。

羌村是四川省阿坝藏族羌族自治州汶川县的一个羌族聚居的村庄。羌村人的经济构成，在整体上还处于自给自足的自然经济状态，羌村在本质上仍是以农牧为主的小农社会。与此相应，建立在自然经济基础之上的羌村社会结构，也只是一个乡土社会的差序格局。以父系血缘关系为主线，由己及人的水波纹式结构贯穿整个社会，亲属亲戚关系构成这个社会的主要社会关系。在原则上，父系血缘的单向亲属关系，是构成这个社会的主要骨架，正如费孝通先生所说那样，乡土社会是单系的差序格局。不过，母系血缘关系所产生的亲戚关系，也是羌村社会关系中不可忽视的重要组成部分，母舅的至高权威，对整个社会关系起着平衡和监督作用。

除血缘关系以外，邻里之间，村寨之间，构成羌村的地缘关系。但地缘关系与其说是经济上的联系，不如说是血缘关系的扩展和行政关系的界定。地域的认同相对较弱，婚姻范围的狭小，使羌村户与户之间不是亲属便是亲戚，彼此盘根错节地形成"竹根亲"的密切关系。羌村与周围村寨之间的联系，也是更多地表现在因婚姻关系而带来的血缘关联上，经济的互助，人情的往来，都是在血缘关系下面展开。近年来日趋扩大的联姻范围，使血缘带来的地缘联系也相应扩大。

从元朝开始，中央王朝就在该地区设立巡检司。清嘉庆以后，羌村进一步被纳入流官统治，设立了相应的统治机构。清的里甲制，民国时期的保甲制，中华人民共和国成立后的人民公社的大队、小队制，以及现行的村、村民小组制，使羌村在行政上又被纳入政府的运行体系中。行政关系，成为羌村的第三种社会关系。

这三种社会关系的纵横交错，构成羌村的全部社会关系网。羌村人的生活，就在这一网络中进行。血缘关系是羌村社会结构的基础，父系血缘的单向联系又是其核心，羌村和周边村寨的地缘关系，是血缘关系的扩大和行政关系的界定；行政关系则带来羌村和更大范围的社会的立体式联系。这三种社会关系形成羌村不同的三个层次的社会关系网。

作为羌村社会结构基础的血缘关系，是以父系血缘关系为核心的。在羌村人看来，"只有千百年的家门，没有千百年的亲戚"，父系血缘是联系整个社会关系的主线。对母系血缘关系，羌村人奉行的原则是："一代亲、二代表、三代四代认不到。"从父系血缘出发，首先构成家庭，这是羌村社会的基本单位；再从家庭外推三代，构成近亲范围的家门；从家门再外推五六代，则构成远亲范围的亲房；从亲房再向外推，就构成爱理不理的同姓族房。范围越推越大，关系相应由亲而疏。正如费孝通先生所说，范围的大小，取决于中心部位势力的强弱。羌村人常将"家门房族、四大门亲"连用，以包容所有的亲属亲戚，但没有一个人能准确说出他们的确切范围，只能含糊地解释说家门最亲，亲房次之，族房又次之。亲房和族房又常合称为房族；四大门亲指东西南北亲属亲戚。事实上，羌村这种亲缘关系概念上的含糊性，正是来源于作为中心点的势力强弱不同所带来的不确定性。对于中心势力强的亲属关系，一直可以从家庭扩展到同姓的族房。对于大多数的家族来说，只能含含糊糊地扩展为房族（包括亲房，有可能包括族房的范围），带有很大的伸缩性。而羌村人所谓的四大门亲，则应该是指家门、房族、大母舅、小母舅这四方亲属亲戚。

羌村人一方面尽量淡化母系血缘关系，另一方面在婚姻规则上，则采取父系同姓不婚，母系"亲上加亲，雪上加凌"的习惯。在对母系血缘关系"三代四代认不到"的同时，又有"天上的雷公，地上的母舅"的说法。在羌村社会，"大不过大母舅，亲不过小母舅"，舅舅对一个家庭的制约力量是非常大的，小至家庭纠纷，大至分家、盖房、结婚、死人，无不需要由母舅出面，母舅的地位总是最权威、最尊贵的，如果我们只从传统的母系社会遗留说来解释舅权，似乎难以让人信服地理解羌村社会。在羌村，舅权绝对不只是在知母不知其父的情况下，舅舅抚养外甥所带来的遗存习惯，而是有其现实而深刻的社会原因，我们将在后面对此加以分析。

总的来说，父系血缘关系联结起来的家庭——家门——亲房——族房，以及带地缘性的邻里——寨中——五大寨体系，是羌村社会的基本构架。而以母系血缘关系联结起来的大母舅——小母舅的舅权体系，以及来自外部加给的村民小组——村——乡——县等行政体系。则构成羌村社会的控制系统。如果说前者是羌村社会构成的骨架，那么后者就是这个社会的筋络。骨架构成这个社会的基本模式，筋络则保证这个社会的良好运行，起着平衡制约的作用。在羌村的三个层次的社会关系联结中，血缘关系是本原的、根本性的社会关系；地缘关系是血缘关系的空间投影，是其区域上的进一步扩展；行政关系则是来自外部的强加力量。三种社会关系的调适配合，推动着羌村社会的运转和变迁。

一、羌村人的家庭

作为羌村社会基础的血缘关系，起始于婚姻的达成和由此引发的养育关系及其扩大。因而，家庭是这个社会最基本的单位，是羌村社会关系的起点。羌村目前有26户家庭，构成了羌村的基本社会单位，一切活动都是以家庭为中心来展开的。家庭是婚姻联结和养育关系的结果，婚姻的达成是家庭形成的第一步，在此我们主要阐明羌村家庭的结构和功能。结构指它的形式，功能则指它的作用，我们将从这两个方面展开研究。

（一）羌村家庭的结构

1. 羌村家庭的类型

羌村目前仅有三种类型的家庭结构，既不存在游离于家庭群体之外的独身，也不存在包容血缘关系之外的成员的其他家庭形式。对于丧偶的残缺家庭，羌村人通过再嫁、再娶、招赘、填房等形式来完善，鳏寡孤独的老人和儿童，集体时期是采取"五保户"制度，现在则发挥传统的亲属间社会保障功能。通过领养、过继等形式组成新的家庭。这些家族类型中的特例，在近年内没有出现过，作为农村社区家庭类型的常态，总是在核心家庭——联合家庭——主干家庭和新的核心家庭的模式中循环。

核心家庭是目前羌村的主要家庭构成形式，它主要包括夫妻和他们未成年的子女，这种家庭类型占总数的53.8%。在家庭经济上，核心家庭处于低谷时期，劳力缺乏，子女年幼，夫妻俩必须起早贪黑地干活儿，辛辛苦苦养育孩子们长大，当大孩子结婚生子，其他孩子也逐渐成人，这个家庭就上升为联合家庭，进入家庭经济的鼎盛时期，这时儿女得力，夫妻俩也能干活儿，家庭经济蒸蒸日上，但他们必须为随之而来的嫁女、娶媳、建房、分家做准备。鼎盛总是短暂的，联合家庭只是家庭类型中的过渡时期，也是最动荡不安时期，只占总数的15.34%。

一旦家庭中第二个孩子娶媳或招赘，家庭纠纷立即加剧，婆媳之间，妯娌之间，矛盾愈演愈烈，"树大分叉，人大分家"，这个大家庭很快分裂为若干小家庭。羌村一般采取女大嫁人儿大娶媳，无儿则招赘，孩子长大一个分裂一个，形成新的核心家庭，最后剩最小的儿子"守老屋"，他继承家庭的大部分财产，特别是房屋。作为这个家庭的"正根"留下来，通常他必须赡养老人，形成主干家庭。如果逐渐丧失劳动能力的父母都还健在，有的要被分配给另一个孩子赡养，则形成第二个主干家庭。不过，羌村很少有两位老人都长寿的例子，目前羌村的8个主干家庭中，仅有一家是两位老人都健在的。主干家庭是羌村家庭中仅次于核心家庭的类型，占总数的30.76%。在经济上，主干家庭一般也处于低谷时期，上有老下有小，使这个家庭经济负担沉重。

2. 羌村家庭的规模

羌村平均家庭人口数为5.6人，家庭人口主要分布在4—6人之间，目前羌村最大家庭人口数为8人，2个为联合家庭，1个为核心家庭。

在中华人民共和国成立前，羌村最大的一家人口数为14人，极有威望的家长，统领着他的儿子媳妇孙子孙女。这个家庭当时有几十亩土地，当家人又是少见的聪明人，但大家庭也只维持了10来年。现在羌村一般家庭，只要大孩子结婚生子，就要分家单过，有少数等到第二个儿子结婚生子，也必定要分家。在羌村所谓的联合家庭，大多也只是一对夫妻与大儿、媳妇及他们的孩子，还有自己未成年孩子组成，很少有两个孩子结婚后，还同在一个家庭里生活的。小农经济制约了羌村的家庭规模，小块土地经营，有限的劳力需要，使小家庭更具有生命力。费孝通先生的江村研究，李景汉先生的定县调查，以及中根千枝先生对亚洲各国农村的调查结果都是如此。看来乡土社会家庭人口的常数是在4—6人之间。

联合家庭虽是家庭经济的鼎盛时期，但只是家庭的一种过渡形式，短暂而且动荡不安。在感情上，羌村人是不愿分家的，"好儿不吃分家饭，好女不穿嫁娘衣"是羌村人常说的一句话，他们十分注意一个家庭的团结和安定，然而现实的矛盾又使他们不能不为分家、造新房做准备。羌村目前大体上还是小农社会，因而大家庭的维持是困难的。目前羌村二家8口人的联合家庭已是危机四伏，婆媳矛盾很大，有一家的婆婆甚至已喝过一次农药自杀未遂。另一家8口人的核心家庭，4个大女儿已到结婚的年龄，如果不是因为念书及连续几年的升学考试，耽误了正常的结婚年龄，这个家庭早该进入联合家庭。这三家羌村的大家庭都处在分裂的前夜。

3. 羌村家庭构成的代际差异

羌村在家庭构成上，夫妻年龄差、初婚年龄、文化构成、婚姻方式和达成途径上，有着明显的代际差异。每一代人，都明显带着时代色彩。

羌村目前60岁以上的老年夫妻一共有8对，初婚年龄在12—20岁之间，盛行早婚习惯，16岁左右成亲较多。夫妻年龄差距为男大于女，平均男比女大4.6岁。6对男大于女的夫妻中，最高达10岁，最低为5岁。2对女大于男的夫妻中，最高达4岁，最低为3岁。在文化构成上，男性1人上初中，5人初小，2人初识，大多上过私塾或保国民小学。女性有2人初小，其余全为文盲。在婚姻达成途径上，全部为媒妁之言，父母之命。过去羌村盛行早订婚，甚至有指腹为婚的习惯，姑舅姨表优先和交换婚在这一代人中都较多。8对老夫老妻中，有2对是入赘，历史上羌村的入赘婚较多，原来将嫁女和嫁男同等看待，以后受汉人影响对入赘婚渐有歧视，有的甚至要立赘约。汉人入赘羌族较多，羌村的许多外姓就是汉人入赘后演变过来的，羌村人毫不掩饰地称其为"蛮娘汉老子"。显然，在这一代人中，个人的感情好恶都是次要的，婚姻更多的是组成经济上和养育上的共同体。

羌村的12对40岁以上的中年夫妻中，明显受到中华人民共和国成立的影响，初婚年龄大多依照1950年颁发的婚姻法，女18岁男20岁结婚。夫妻间年龄差距缩小，总体上男大于女平均3.4岁，男性比女性最大年龄9岁，最小年龄为−1岁。文化构成上差距也明显缩小，中华人民共和国成立后的识字运动及学校教育开展，使这一代羌村人已无完全的文盲，男性6人为初小，3人初识，3人初中；女性中6人初识，5人初小，1人初中。婚姻达成途径上仍以包办婚姻为主，但个人意愿已占一定成分。有一人与从小定婚比自己大若干岁的妻子离婚后再婚，有一人是饥荒时期从平原汉区嫁入，年龄和学历都高于丈夫。在婚姻形式上，入赘婚为 4 例，羌村人的家庭因中华人民共和国成立的社会巨大变革，有着明显的变化。

羌村 40 岁以下的年轻夫妻有 9 对，初婚年龄进一步推迟。1981 年新颁婚姻法规定的男 22 岁女 20 岁，已成为结婚年龄的下限，有的已推迟到近 30 岁。夫妻年龄差距进一步缩小，平均为男大于女 1.8 岁，最大值为＋8 岁，最小值为 −3 岁。文化构成上男性 4 人小学，4 人初中，1 人高中；女性 6 人小学，1 人初识，2 人初中。婚姻形式上全部为娶入。达成途径上仍以媒妁之言为主，但本人的意愿已占主导地位，有 2 对夫妻为自由恋爱，这是羌村前所未有的事。这一代夫妻关系明显要密切得多。

（二）羌村家庭的功能

从上面我们已经知道，羌村家庭主要由核心、联合、主干三种类型组成，家庭人口平均为 5.6 人，小于 4 口和大于 8 口的家庭都不存在。夫妻年龄差距、文化差异、初婚年龄、达成途径、婚姻形式上都有着明显的代际差异，反映出中华人民共和国成立前后的巨大社会变迁。总的来看，羌村家庭的构成和特征日趋合理，家庭从经济和养育共同体，逐渐变为内容更广泛的集合体。那么，羌村家庭有着哪些功能呢？

1. 经济功能

作为生产和消费的基本单位的羌村家庭，经济功能仍旧是第一位的功能。物质资料的生产和再生产、生活和消费，都在家庭内进行。尽管在公社时期部分剥夺了羌村家庭的生产功能，在食堂化中一度甚至剥夺了羌村家庭的生活和消费功能，但实践证明，经济功能是农业社会家庭的首要功能。生产责任制将生产经营权下放到户，不仅使羌村，包括中国广大农村的生产和生活水平猛然一跃，正是充分发挥了家庭的这一基本功能的结果。

特别是在目前的羌村，家庭既是生产单位，又是生活单位。家庭结构的变化，直接影响着家庭经济的起伏。千百年来，羌村家庭结构和家庭经济，就在这种相互关联的变化和起伏中，始终维持着自然经济的循环怪圈。

一般说来，羌村人在 20—25 岁结婚，在来年或后年生下第一个孩子，很快从大家庭中分裂出来，组成独立的核心家庭。羌村处于婚育期的夫妇平均孩子数量在 3 人以上，他们要度过 20 多年的艰苦抚育时期，家庭经济处于低谷状态。当这对夫妻在 45—50 岁时，儿女逐渐成人，家庭经济日渐繁荣。但在以后的 10 年内，嫁女、娶媳、修房、分家，使核心家庭变为联合家庭，这时既是家庭经济的高峰时期，也是最动荡不安的时期。当第一个孙子（女）出生，往往等不到其他儿女成亲，这个家庭就开始分裂了，子女长大一个分裂一个，这个家庭就急剧地在核心——联合——核心两种类型上变来变去，等最后一个孩子结婚，这个家庭最后落在主干家庭类型上。老两口已是六七十岁的人，不仅逐渐丧失了劳动能力，而且往往有一方要率先离去。这个主干家庭上有老人下有未成年的孩子，便进入了家庭经济的最低谷状态。10年或更长的时间以后，随着老人的去世，又回归为核心家庭。孩子的成长又使其走向联合家庭，进而又是主干家庭，不断循环往复，家庭经济随之起伏变化。

实行承包到户的生产责任制以后，羌村家庭的经济功能得到比较充分的体现。家长计划安排一年的生产生活，家内分工合作，除农牧生产外，壮劳力往往被安排外出找副业。经济大权一般掌握在家长手里，由他统筹供给家庭内部集体消费或分配给个人使用。儿女只要不结婚，不分家，一般就不拥有独立的经济权力，他们必须把赚来的钱如数交给家长，再由家长反馈部分作为个人机动消费基金。羌村商品经济的发展，使年轻人渐渐加强了自己的经济实力。例行的上交已变得不是那么爽快，"打埋伏"和明目张胆地拒绝，使家长的威望受到威胁。这种新形式的家庭纠纷方兴未艾。老一辈要按传统行事，按习惯安排一家的生产和消费。新一代要在生活上赶时髦，如买成衣、看电影、打台球、抽过滤嘴烟；生产上搞商品生产，如养兔、喂猪、喂鸡、食用菌生产等。双方互相指责，年轻人经常抱怨家长不理解不支持自己，老年人则叹息年轻人越来越不听话，不好管。商品经济的初步发展，冲击着羌村人的家庭，使代沟现象越发严重，家庭的经济功能，也在起着微妙的变化。

2. 生殖功能

羌村家庭的第二个功能是生殖功能，也就是人类自身的生产。家庭是羌村人唯一合法的生养单位，未婚生育在羌村社会是要承受强大的社会压力的。

历史上卫生条件的落后，造成婴儿高死亡率，农业生产对简单劳动力的需求和子女养育的低成本，使羌村人历来奉行多子多福、养儿防老、男尊女卑的观念。老一辈羌村人几乎没有任何避孕或人工控制生育的措施，全部放任自流。妇女几乎除哺乳期的间隔外，"肚子没有空过"，孩子大多二年至三年一胎，有的甚至一年一胎，妇女一生中怀孕次数在十次左右。相应的婴儿死亡率也非常高，按羌村人的说法，婴儿没养到四五岁，都是不算数的空事，因为随时都可能因病死亡。出痘是婴儿的鬼门关。

笔者调查的三对老年夫妇，一对流产 3 次，生育 7 子，死亡 3 子；一对流产 3

次，生育 8 子，死亡 3 子；一对生育 9 子，死亡 7 子。婴儿的成活率非常低。流产主要因为羌村妇女，直到临盆还从事背水一类的重活，产后三天即参加劳动，婴儿死亡主要是因为出痘和急病。妇女难产死亡也较多，前十几年邻村还有按旧俗让妇女到牛圈中生育，造成母子双双死亡的事例。

中华人民共和国成立后，政府建立了县、区、乡各级卫生机构，1960 年就在羌村培训了第一位接生员，接着又培训了一名赤脚医生。目前羌村的赤脚医生虽然已停止了其他的医疗活动，但接生的任务一直很好地承担下来，羌村妇女再不用牙咬或用剪刀割断脐带，"儿奔生母奔死"的情况已根本改变，普遍采用新式接生法，婴儿和产妇的死亡率大大降低，近十多年几乎未再出现过死亡现象。不过据县妇幼保健站同志介绍，羌村妇女的子宫脱垂一类妇女病仍旧十分普遍和严重，沉重的劳动负担和不卫生的习惯，仍是造成疾病的主要原因。

多子女的观念和习惯，使羌村所在地区的人口，在中华人民共和国成立后良好的医疗条件下迅速增长。1982 年乡政府成立计划生育领导小组，进一步加强对计划生育工作的宣传和管理，取得较好的效果，羌村育龄妇女中目前已有 4 人做结扎手术。但超生现象仍旧较为严重地存在。

3. 养育功能

马林诺夫斯基说："家庭为文化发展的作坊。"培养子女成为社会合格成员，是羌村家庭的另一重要功能。新一代羌村人，不仅通过家庭的养育获得生理上的成长，而且他们的社会化过程，很大一部分是在家庭里完成的。家庭是塑造人格的第一场所。

一般说来，羌村人比较溺爱子女，打骂孩子的现象在羌村是少见的。羌村人从婴儿时期开始，就得到比较周到的照顾，孩子可以整天抓住母亲乳房吃奶，在母亲不在场的时候，甚至年高的奶奶也常用干瘪的奶头喂孩子，不到下一个孩子出生，儿童是不会停止吃奶的，直到他不愿再吃为止。乡土社会是重面子的社会，人与人之间不轻易争吵，尤其有亲缘关系的人之间红着脸说话，会被看作极无修养的事。因而，在这种文化环境下长大的孩子，自尊心特别强。羌村人调节自尊心的方法是家教，通过长辈的言传身教，培养孩子成为社会的合作者。

儿子通常由爷爷和父亲给予必要的教育，女儿则由奶奶和母亲教育。不仅要教给孩子基本的生产生活技能，更要教给孩子做人的规矩、羌语能力、基本的修养。一个被社会厌恶的人，往往要被世人骂为"没传教""缺爹妈管教""无格局"。房东经常给我谈起他的爷爷，如何一边睡在床上喝酒，一边给他讲做人的道理。他现在也经常让孙儿睡在自己的脚下，如法教育下一代。

随着学校教育的兴起，羌村儿童的教育已经延伸到学校和社会，但家庭的教养，仍是第一位社会化手段。

4. 性和感情的功能

羌族奉行一夫一妻制婚姻，家庭中夫妻的性关系，是唯一合法的两性关系。在乡土社会中，发生婚外性关系的可能性是很小的。笔者所了解的几起婚外性关系事件，无一例外都是因丧偶或独身造成的，其结果要么通过组成新家庭合理化，要么在社会舆论下被迫自杀。传统的乡土社会是绝不允许这种现象发生的。

在感情满足上，与其说表现在夫妻之间，不如说更偏重于代际之间和同性之间。乡土社会的夫妻，正如费孝通先生所说，"男女只在行为上按着一定的规则经营分工合作的经济和生育的事业，他们不向对方希望心理上的契合"，共同经营家庭固然会有感情，但这种感情比之夫妻间亲密的爱情，更多的是长期生活养成的默契，社会舆论也排斥夫妻过分的亲密。羌村中年以上的夫妻，一般男性和儿子同房，女性和女儿共寝，很少还在一个房间里起居，甚至分家对老年夫妻的处置，往往也是分别和孩子单过。但在一个家庭里，代际之间、同性之间的关系是密切的，爷爷奶奶和孙儿孙女的亲密程度甚至超过父母同子女的关系。"儿跟老子女跟娘"是羌村人常说的一句话，特别是孩子进入青春期之后，同性间的亲密程度更为增强。羌村人从小在家庭和亲密感情中长大，对家庭的依赖心理特别强。家不仅是羌村人物质生活的依靠，也是感情上的附着点。

5. 社会保障功能

羌村家庭既起着养育下一代的作用，也承担有反哺老一代的任务。在家庭内部，成员的生、养、病、婚、葬全由家庭承担。这种社会保障功能，甚至扩大到父系血缘关系的近亲中，直系血缘以外的旁系成员也被纳入家庭之中。中华人民共和国成立前羌村有一人外出闯世界，杳无音信，中年才归家。兄长过世后，即娶其寡嫂填房，仍旧被纳入过去的家庭中。另一人终生未娶妻，和母亲相依为命，母亲去世后，由其兄过继一子，组成新家庭，现在由侄儿侄媳负责其年老生活。"养儿防老"这句俗话，就充分反映了家庭的社会保障作用。

6. 社会管理功能

家庭是羌村最小的社会单位，几乎所有的社会活动都是以家庭为起点。寨中大事商议，亲戚间、村寨中互助帮工，彼此人情往来支撑门户，缴农业税、征购粮、集体提留、公事摊派钱款劳力，全部以家庭为单位。最有意思的是羌村选举人民代表或干部，选举谁，全家一致，不存在个人意见，而且各家只派一人参加。传达上级指示，也只需要告诉家庭中某一成员，则家喻户晓，人人皆知。家庭是羌村基本社会管理单位，是个人和社会的连结点。社会在原则上不承认个人，只承认家庭，管理好每一位成员是一个家庭的当然职责，所以一旦有家庭成员滋事，要由家长来承担责任。

在家庭内部，家长是最高领导，但事实上羌村家庭以丈夫做主、妻子当家的模式最多。在很多方面，丈夫只是名义上的家长，真正管事的是妻子。丈夫也不可能像过去那样为所欲为。在现在的羌村，夫权已明显地衰退，没有一个丈夫再能对他的妻子任意发号施令，这和中华人民共和国成立后提倡男女平等和同工同酬直接相关。在家庭的具体管理上，婆婆往往是核心人物，家中事情事无巨细都由她经手，特别是家内财务，而当家长的丈夫只在对外和一些大事定夺上发挥作用。妻子具体管理家庭、丈夫对外和决定大事，是羌村家庭管理的一般模式。

二、羌村人的父系血缘亲属

（一）家门

沿着父系血缘关系这根主线，走出家庭向外扩伸，三代左右的亲属称之为家门。也就是说，家门是同爷爷或同祖爷的后代，是从二三代之外的家庭中分裂出来的若干小家庭。因而家门事实上是家庭的扩大和分裂，也是紧裹着家庭的第一层亲属圈。

羌村目前有6房人，即来自6个不同父系血缘的亲属集团，彼此间可以联姻。各房人中各包括若干家庭，相互形成家门的亲属关系，计：杨姓五家三辈，周姓五家二辈，王姓甲三家二辈，王姓乙五家三辈，汪姓甲五家二辈，汪姓乙三家一辈。

家门的大小，主要取决于同姓房人的发展情况，人多势力大，家门范围广。其亲密程度，取决于作为中心长者的威望以及各个小家庭的势力的大小和彼此的团结。家门中有长辈的存在，他往往能起着聚集各个小家庭的向心作用；各个小家庭社区威望高，而且彼此能帮助，家门集团的凝聚力就会增强。羌村有句俗话："幺房出老辈子"。最小的儿子继承"老房子"，作为该家庭的正根传人，家门集团往往就是以"老房子"的幺老辈子为中心，跨越二三辈人组成。

家门事实上是家庭的扩大，所以在社会功能上，是家庭功能的进一步延伸。

在经济方面，家门主要表现在互相的换工互助上。农忙季节，同一家门的人往往集体劳动，逐家做工，帮哪家，就由哪家招待酒肉饭，不计报酬。人多力量大，集体劳动，既不误季节，又增加了家门间的团结。

此外，杀猪、做生、请满月酒、修葺房屋等小型活动，多由家门帮工。家门间互通有无互相帮助，被看作天经地义的事情。羌村有位老人乐善好施，先后借出去了800余元钱，大多数借给了家门，部分借给了房族亲戚好友。有意思的是，他宁可将钱借给没有偿还能力的家门，也不愿借给暂时周转的远房亲属或其他人，他认为对前者有义务而且即使短时间还不起，但长期的人情在，对于后者，则觉得既没必要又靠不住："我凭什么借给他？"总是找借口推托过去。

家庭之外，家门上的亲属就是最亲近的人了，同一家门的孩子，总是很亲密地一块儿玩耍，到对方家里也像在自己家里一样随便，碰到吃饭就吃饭，玩晚了就住下。羌村目前有10台电视，人们总是尽可能去家门亲属家看电视，因而同一电视机前的观众，大多也是同一家门的人。"不是那个人，不跨那家门"，羌村人串门，大多也在家门间进行，大家都很自然地归属在亲属集团中。家庭内部发生的口角纠纷，总是请家门中的老辈和舅舅评理调解，和外人发生纠纷，同一家门的人自然要出来帮助说话。逢年过节，家门间要互相拜望请饭。人情来往上，无论是无偿劳力还是礼信，家门间都是最重而且必不可少的。羌村在总体上人多地少，家均有地为5.7亩，即使农忙季节不请帮工，一般家庭也能应付过去，但家门间的帮工除劳力的互助外，很大一部分是作为一种感情的需要而存在。家门大小聚在一起，半天劳动，半天饮酒吃饭玩耍，未尝不是一种悠然乐趣。

家门之间是严禁发生性关系的。家门成员可以很亲密，但男女大防不可逾越。堂兄妹之间再相好合意，也不能有性和婚姻方面的想法。笔者调查中间到羌村婚外性关系时，对方毫不犹豫地回答："都是家门亲属，那怎么要得！"从理论上断然否定婚外性关系存在的可能性，理由就是家门亲属是不允许有那种事的。羌村奉行同姓不婚的原则，同一父系血缘关系的人原则上再远也不能通婚，家门自不必说。

单个的家庭难以抵挡意想不到的天灾人祸，家门集团则是各个家庭的主要后盾。羌村人在遇到生大病、结婚、死人、建房等大事时，家门总是首先的依靠对象。

缺少吃穿，可以从家门那里得到一定的救济；现金周转不过来，家门间互通有无；劳力缺乏，家门帮工互助；至于平时日常生活中借把锄头拿个碗，更是常有的事。超出家庭承受能力的小型活动，家门理所当然地全部承担下来，如农忙帮工、杀猪、做生、满月酒、盖猪圈、修厕所，等等。即使超出家门承受能力而需要动用房族寨中的大型活动，也是以家门成员为核心，如结婚、死人，建房时的内管（管理财务收支），肯定是由家门中精明强干的人组成，远方来客也由家门分别接待，安排住宿。

家门成员或家庭在受到外界的欺负时，家门理所当然要站出来说话。个人的婚姻大事，家门亲属有权过问，有义务为侄儿侄女物色对象。订婚除必须征得舅舅、父母、个人同意外，还须家门通过。个人生重病时，家庭无力承受的情况下，家门亲属除必要的看望外，出力出钱是当然的义务。家门中的鳏寡孤独，家门亲属有义务照顾他们的生活，甚至过继自己的子女负责其生活。

几乎可以说，家门是继家庭之后的第二道社会保障网。在乡土社会里，个人是被严实地、安全地包围在家庭这道血缘组成的社会关系网中。家门对家庭的重要性尤如家庭对个人的重要性，离开了家门这道社会保障网，单个的家庭不仅是孤立的，而且是不安全的。

正因为如此，羌村人无论如何要保障这道社会关系网的存在。羌村的家庭支出中的"礼信"费用非常重，高的甚至和生产费用相差无几。羌村人宁肯花费高昂的代价也要维持这种关系，因为对人情的投资也就是保险储蓄，有了人情维持的亲属网，家庭才能很好地生存，整个社会也才能良好地运行。在笔者调查时，没有人不说礼信开支大，但没有人敢停止对礼信的开支。笔者不解地问一位疲于无偿帮工的羌村人，为什么要丢下自己家的事，长时间无偿帮助别人，他叹了一口气："有什么办法呢？都是家门亲属。"看来家门亲属的事是绝不能随便丢下的，哪怕牺牲家庭利益。事实上，这种短期的牺牲，将换来长期的社会保障，看远点还是划算的，大家都彼此需要，谁也离不开谁。借了亲属的组织形式，实质上是一种互惠互利的社会保障关系。

所以，如果家庭的劳力弱，势力过小，即使有庞大的家门亲属，其亲密程度和帮工互助也未必那么热心。费孝通先生曾说："中国人也特别对世态炎凉有感触，正因为这富于伸缩的社会圈子会因为中心势力的变化而大小。"这就是最精当的概括。羌村常有人愤愤对我说："亲属又怎么样，关键还是自家强不强！"有一家没有儿子的家庭，每次请家门帮工，虽然酒肉饭招待超过一般水平，但帮工的亲属总是敷衍，因为他家不能同等地还工，老人伤心地对我说："没有儿子吃亏啊！"尽管他的女儿们都很出色，家庭经济也属上乘。有一次醉酒，老人竟然和另一位同病相怜的人为此而老泪纵横。在乡土社会里，多子才能多福，这是现实的道理。

（二）房族

家门之外的父系血缘亲属，还有由近而远的亲房和族房，羌村人含糊地称其为房族。亲属关系的范围，取决于作为中心点家庭的势力大小。中华人民共和国成立后家庭经济差距的缩小，使拥有相当强势力的家庭已不存在，因而在现在的羌村，家门还算是摸得着的亲属圈，超过家门，就只能含含糊糊地称为房族了。亲房更多的是指五六代之内的亲属范围，族房大多已变为点头之交，有的甚至已经开亲（建立婚姻关系）。

中华人民共和国成立以前，羌族上层受汉文化的影响，有的家族也模仿汉人编有家谱，可惜羌村各大姓家谱大多在 1949 年前丢失。笔者只收集到羌村王姓甲家的排行。排行为："成礼琴三，洪光俊廷，治国麒家，修升正义，质之议群。"目前王姓甲家最晚辈已排到麒家辈，由此可以大致推算出羌村人改汉姓，大约是在 300 年以前的明末清初。王家目前最长辈是治字辈，由此以下的国、麒辈家庭属家门范畴，上推到光字辈属房族范畴，再向前推就厘不清也不再厘了。比如三字辈分出到半山克约村的 5 家王姓，彼此还承认出自一个祖宗，但已无什么来往。同一行政村的洪字辈以上亲属，还互认房族，但也无太多来往。羌村已没有一个中心势力，能将血缘关系强化到六代人以上。因而，婚姻范围的狭小和六代以外亲属厘不清也不再厘的现状，使羌村人自清末民初以来，已经逐渐破坏同姓不婚的老规矩，变成超出房族范围即可开亲，即理论上的族房亲属已可在实际上变为外人而互为姻亲。

整个行政村虽然有汪、王、杨、周、高、尹等姓，但事实上汪、王二姓占绝大多数。汪姓分为五房人，王姓分为三房人，其他的杨、周、高、尹等姓各有一房人。笔者推测，汪、王二姓是羌族迁移到当地后的最早分裂，以后又不断分裂出不同的房来（不排除个别外来迁入的可能），这是人口增殖和婚姻规则的必然结果。而其他几姓，则是历史上其他民族逐渐认同于羌族变来的，我们将在后面详加论述。

房族的社会功能是在家庭、家门之后筑起第三道社会保护网，是家庭和家门社会功能的进一步延伸。房族平常难得在一起聚会，但如遇到结婚、老辈去世、建房等大事，可以不出劳力，但多少是要送礼的，礼信厚薄相当于寨中邻居。房族中相隔四五代的亲房稍微要亲近点。族房则可理可不理，关系越来越疏，但无论如何总比不是亲属要好，彼此见面，仍要按辈分用亲属称谓招呼。笔者的房东还为曾祖辈时分裂出去的亲房当红媒，将妻子的外甥女介绍给这家。祖爷辈分出去的亲房家死人，房东家虽不派人参加，但还是在事后送去一份礼信。同样，房东的孙子在学校受了欺负，亲房中就有人扬言要去帮着打回来。房东招婿时，房族一般都送了礼，大多来吃了顿饭就离去。凡此种种，房族虽不如家门关系密切，但彼此的人情和义务多少还是存在的。

羌村人不仅对现有的亲属关系持由近而远、由亲而疏的态度，对死去的亲属也同样如此。笔者在清明节曾陪房东去上坟，他依序分别给祖爷、外爷、亲爷、大坟园（汪、王二姓公共火坟场）、二哥上坟。有意思的是，为长辈所烧的纸、香，挂的长钱，敬的酒都不如二哥多。最后就坐在二哥的坟头，边喝酒，边吃带去的供品，边聊天。房东说二哥生前和他关系最好，都爱喝酒，所以今天要再陪他喝一次。羌村人上坟最多只上到祖爷辈，超过这个界限的祖坟，一般就不再理会，任其荒芜破烂，甚至重新夷为农田。羌村有一家祖坟被盗，我问一位该祖坟的后代，为何不管，她干脆地回答说，已不该他这辈人管了。看来羌村的父系血缘关系，无论是对现在，还是对过去，都是以自己所在家庭作为中心的同心圆关系，由亲而疏，由近而远，越推越薄。

（三）非血缘关系的亲属

在乡土社会中，亲属和外人是截然分开的两个概念。亲属，意味着感情上的亲近和信任，经济上的互助合作，互相负有权利和义务，尽管根据关系的远近，有着程度上的差别。外人，则互不相干，意味着陌生，不可信赖，甚至充满敌意。但在社会生活中，外人并不全是陌生和不可信赖，还有朋友关系存在。要将一个外人变为朋友，要把他拉为"自家人"，靠先天的血缘关系是不可能的，必须通过人为的后天界定。乡土社会总是采取赋予对方社会关系意义上的亲属方法，将其拉入亲属结构中，于是，"外人"才可能变为"自家人"。

笔者进入羌村调查，是通过中学同学关系住到农户家。尽管如此，主人对我这个不速之客仍充满戒心，态度一直比较冷淡。一个星期以后，房东突然改变对笔者的称呼，从"老师"改叫"他们哥哥"，并拿出酒来共饮。称呼的改变，意味着信任和承认，以亲属称呼，便就是自家人了，从此工作局面才打开。在羌村，人们一般先客气地称笔者为老师，熟悉后大多用相应的亲属称呼，表示不把笔者当外人，临离开羌村时，羌村人员最爱用一句话表达他们的心情："一家人一样，还走啥子嘛。"在这里"一家人"是最亲近最靠得住的人，一家人当然是不应当分离的。

除赋予对方亲属称呼外，羌村人还采用下面几种方法将外人拉为自家人：

1. 认老庚

老庚指同年生的人，如果能同月同日当然更好。老庚一般在童年时由双方家长相认，在过去还要摆酒席大宴宾客。老庚关系一旦认定，就要一辈子"同一个鼻子出气，同一个口袋使钱，同穿一条裤子"，甚至比同胞兄弟还亲。而且不仅老庚的子女称其为"同年爹"，包括老庚的侄儿甥女都要这样称呼，将其看作长辈。老庚彼此负有互助的义务，老庚家办事，比自己的家门办事送礼出力更多。

同年出生毕竟带有很大的偶然性，仍旧受先天的限制，羌村人更多的是"和气老庚"，即虽不像正常老庚那样同年出生，但在关系上和老庚一样亲密。和气老庚由自己寻找情投意合者结成。我的房东在地处半山的高东山寨有一位和气老庚，是他一生中最好的朋友。虽然房东十几年前就搬到了羌村，但彼此的往来一直未断。河坝和半山在农业生产上有 10—20 天的气候差距，因而两家时常互相帮工。

2. 认家门、老乡

走出本社区，特别是到比较陌生的地方，或陌生人来本村，情投意合者互认家门和老乡。家门是指彼此同姓，并非一定出自一个祖宗；老乡则是同乡居住，好比邻居一样亲密。"乡"的范围伸缩性很大，总是对比一个更大的地域范围而产生的心理认同。比如在北京中央民族大学上学的阿坝州籍学生，总是以阿坝州的人为"老乡"。

3. 认干爹、干妈

羌村儿童出生，家长喜欢拜继一个"福气大"的人当干爹或干妈，特别是在小孩多病时，据说这样可以让孩子健康成长。一旦答应当干爹或干妈，则形成社会关系意义上的父子或母子关系，干爹干妈要对孩子的成长负责，甚至不时在经济上给予帮助，干儿干女也要对干爹干妈承担一定的义务。

4. 打干亲家

两家的子女尚年幼，甚至不存在结成婚姻的可能，两家要想彼此靠拢，往往采取打干亲家的办法，互相称呼对方为"亲家"，像亲家一样来往互助。两家的子女也形同兄妹。

5. 认干姐妹、干兄弟

年龄相近的人情投意合，同性之间结拜为姐妹或兄弟，异性之间结为兄妹，待之以相应的礼义。

三、羌村人的母系血缘亲戚

（一）母系血缘关系的姻亲功能

沿着母系血缘关系，构成了羌村的亲戚集团。亲戚的范围，比之亲属的范围，要小很多。正如羌村人所说："只有千百年的家门，没有千百年的亲戚。"亲戚关系是不远的。对于母系血缘关系，羌村人明确地界定为"一代亲、二代表、三代四代认不到"。同胞兄弟姐妹，亲同手足，到儿女一辈，就变成表姐表妹表兄表弟，传到孙子辈，就可理可不理了。比之"千百年的家门"亲属来，亲戚关系实在太淡薄了。

马林诺夫斯基在研究乱伦禁忌时指出："乱伦必须严禁，乃因为乱伦与文化初基的建设不相容纳，任何形式的文明，倘若所有风俗、道德、法律等都容许乱伦的事，则家庭就不会继续存在。那么一来，家庭一到儿童的成熟期就要破裂，社会就要完全混乱，文化传统也就没有继续的可能了。"也就是说，乱伦禁忌，不是出于生物学上的原因，而是出于社会学上组建社会的需要，没有对近亲的性关系的禁忌，也就没有社会的秩序和稳定，因而，世界上所有的民族，无一例外地奉行这个原则。推而广之，羌村的"同姓不婚"原则，严禁同一父系血缘的亲属存在婚姻和性关系，未尝不是缘于这个道理。正因为坚持"同姓不婚"的原则，所以才能建立起以父系血缘关系为主的社会架构，排除了性的干扰，才可能有稳定的社会秩序，因而才有"千百年的家门"的说法。

不过，任何一个民族的生存都需要世代的更替，人类自身的繁衍是必不可少的，性又是人类的基本需求，而且家庭的形成也是以婚姻为前提的。既然父系关系已被排除在婚姻和性关系之外，那么母系血缘关系自然就承担起这方面的任务。尤其是在婚姻选择范围十分有限的社会里，如果再排除母系血缘关系，婚姻就无法进行。羌村现有的 26 户人，分属于 6 个父系血缘集团，内部彼此不能通婚。长期的婚姻，使各家庭之间早已形成盘根错节的"竹根亲"关系，如果母系血缘结成的亲戚间再不能结成姻亲，则在本寨中无法达成任何婚姻关系，甚至在全行政村和五大羌寨间都难以达成婚姻关系。

所以，羌村人站在维护社会秩序的立场上，对母系血缘关系采取"一代亲、二代表、三代四代认不到"的态度，尽量排斥和淡化母系血缘关系，"没有千百年的亲戚"是为了衬托"只有千百年的家门"这一主题，只有父系血缘关系才是社会结构的主要组成部分。但在婚姻关系上，羌村人却对母系社会血缘关系奉行"亲上加亲、雪上加凌"的原则，鼓励开亲，而且越亲越好。我们甚至可以说，羌村在社会关系上对母系血缘的冷淡和疏远，正是为了婚姻关系上达成的方便。

在羌村现行的婚姻方式中，明显可以看出血缘关系的不同划分所带来的不同作用。一般情况下，羌村实行嫁女娶媳的婚姻交换方式，儿子要娶回媳妇，女儿嫁给别人，毫无疑问地按照父系血缘规则行事。但是，如果遇到只有女儿没有儿子的家庭，或者儿子太多，无力一一娶亲的家庭，入赘婚就出现了。男子嫁给女子，羌村人称之为"上门"。对于男方家庭来说，儿子上门如嫁女，要像嫁女一样"打发"

出去，起码要陪嫁一套家具，用羌村人的话说，"只当兄弟分家"。这当然要比儿子分家另立，在家庭经济上要节约得多。对女方家来说，招女婿就如娶媳妇，一样隆重地娶进来，远不像汉族那样对入赘女婿采取歧视态度，但多少还是有些不光彩。

重要的是按什么规则办事。男子嫁给女子，就像女子嫁给男子一样，要按女方家的父系血缘规则办事。男子在过去通常要改名换姓，按女方姓氏排行由长辈命以新名，现在虽大多数不再改姓，但子女必须随母方姓是绝对的。姓，是关系着按哪方血统行事的大问题。上门的男子，如同嫁入的女子，必须归附于该家的父系血缘规则之下。他们的下一代，虽然事实上和女方家族的下代是表亲关系，和男方家族下一代是堂亲关系，但必须反过来按照女方家父系血缘关系的规则办事，不得和女方家族子女联姻，而和男方家族子女在理论上已变为表亲，因而可以联姻。当然事实上却很少联姻，因为这会引起婚姻规则的复杂化，从而带来一定程度的混乱。羌村人在谈到某家某家的根底时，往往对这种混乱的家庭带讥笑态度，说他们开乱了亲。

有趣的是，经济上雄厚的实力，可以破坏婚姻的血缘规则，同样是"上门"，如果男方带着土地进入女方家庭，虽然也是入赘，不仅可以自己不改姓，而且子女也随父亲姓，仍按男方的父系血缘规则办事。这时女家招赘，就不是为了血统的需要，而是出于经济的原因了。

从上面羌村现行的婚姻情况，我们可以看出血缘关系的不同功能。在原则上，羌村社会以父系血缘关系为社会的主要结构，以母系血缘关系为婚姻的联姻集团。男嫁于女的招赘婚则反其道而行之，为了维护母方家庭在社会关系上的父系血缘关系，而不得不改变实际的父系血缘关系，将两种血缘关系的功能对调，以求得名正言顺的社会关系，由此传承"正宗血统"，充分地显示了两种血缘关系的不同作用。我们可以说，作为联姻集团，是羌村母系血缘关系的第一个社会功能。

羌村的婚姻联结中，母系血缘是首要联姻集团，在婚姻上形成各种表亲。一个女儿，既可以嫁给她母亲的兄弟姊妹的儿子形成舅表婚、姨表婚，也可以嫁给她父亲姊妹的儿子形成姑表婚，正如费孝通先生在《江村经济》中所描写的"回乡丫头"和"上山丫头"一样。所不同的是，江村和羌村对两类表亲的社会评价不相同。在江村，"人们都喜欢'上山'一类，而不喜欢'回乡'一类"，其根源在于婆媳关系的远近。羌村虽然在实际上也存在婆媳关系问题，但更奉行"舅权优先"的原则。按羌村的习惯，女儿订婚，先要看舅舅家有无合适人选和意愿如何，优先结成舅表、姨表婚。反过来，儿子订婚，也要先看看舅舅家有无合适人选，优先结成姑表婚。特别注重的则是前者，即舅表、姨表婚，因为在一般情况下，都是男方主动，舅舅权力再大，也不会主动将女儿送上门。无论如何，表亲总比和外人结亲好，亲上加亲，显然有助于加强亲密程度，结成更有力的血亲集团。羌村人在婚礼上，往往将首次联姻的婚姻，也要说成是"亲上加亲，雪上加凌"。这句话成了羌村人对美好婚姻的写照，因而也是最好的恭维祝福话。

（二）舅权的社会控制功能

羌村人在社会结构上，主要以父系血缘为主，但在社会控制上，却主要依靠母系血缘。从母系血缘中引申出来的舅舅，在羌村社会有着崇高的地位，"天上的雷公，地上的母舅"是羌村人常说的一句话。羌村人在形容舅舅的法力时，是这样比喻的："风都吹不进，牛都拉不动，舅舅就得行。"甚至对一些生活中相克现象，也用舅权加以解释，如狗怕石块，是因为石块是狗的舅舅，蛇怕竹竿，也是因为竹竿是蛇的舅舅。舅舅是羌村社会至高的权威。

舅舅有时指实际的舅舅，有时是指母系血缘关系的亲戚，对此，羌村人称其为舅舅家的人。舅舅既是个人又是集团，实际的舅舅去世，并不意味着舅权的消失，母系血缘关系中的人仍是舅权的代表。按照"一代亲，二代表，三代四代认不到"的原则，母系血缘的舅权只追溯到二代，第一代为小母舅，即我的舅舅，我母亲的兄弟；第二代为大母舅，即我的舅爷，我奶奶的兄弟。羌村人用媳妇或婆婆是出自那家的姑娘来追溯。"亲不过小母舅，大不过大母舅"，事实上大母舅徒有其名，小母舅既是最亲，也是最有权。作为奶奶辈的兄弟，一般早已去世或年迈，所以大母舅往往不是本人，而是奶奶娘家的人，而且往往是好几家人，但一般以幺房为准。小母舅则离外甥家庭最近，因而最亲也最有权。

舅权的第一表现，在于对外甥的监护作用。舅舅有管教外甥的义务，特别是外甥在违反社会规则的情况下，舅舅更是义不容辞地要担负起责任来，甚至比"养不教父之过"的责任更大。在外甥严重违反社会规则时，舅舅有权采取极端措施。据羌村老人讲，中华人民共和国成立前当地有个王花子，30多岁还光杆一人，吃喝嫖赌，扰害社会，身背长短两支枪，无人敢惹。特别严重的是，他还和家门亲属私通。最后舅舅出面，征得家门上长辈的同意，暗中组织寨人，在春节的"狮子会"上，一齐动手，将王花子打死，然后每家出一块木柴，将其焚烧。

舅舅对外甥的婚姻大事，有相当大的决定权，过去女儿许人，先要看舅舅愿不愿纳为儿媳，儿子相亲，也以舅家优先。即使儿女和别的人家订亲，也要征得舅舅的同意。在目前的羌村，舅舅已不能做最后的定夺，但如果舅舅从中作梗，事情仍会十分麻烦。

舅舅对外甥还有一定的抚养义务，他对外甥的成长负有责任，外甥对舅舅既怕又亲，外甥在舅舅家一般像在自己家一样随便。羌村有位妇女谈了这么一件事，她家过去特别穷，好几年未杀过年猪，长期的"红锅菜"（无油炒菜）使孩子们十分想吃肉，他们每天盼着舅舅家杀猪，因为舅舅家杀猪，能敞开肚子吃一顿。外甥上学、结婚、修房等人生关口，舅舅一般都要尽可能多地解囊相助。

对外甥的监护管教，一般是在世的小母舅的责任。大多直接由舅舅本人出面。大母舅大多早已过世，由大母舅家的人代理舅权。这个人可以在辈分上很小，年龄上很年轻，但他的"礼路大"，羌村人比喻为"人不大牛骨头大"，仍旧要待之以崇高礼遇，如赴宴时吃第一轮饭，而且坐在神龛下的第一桌，还要坐靠墙一面的"上把位"，年龄、辈分都比"舅舅"高的亲属长辈，仍旧要毕恭毕敬地向他汇报。必要的时候，他还要代表舅舅家庭讲话，给封钱（红纸里包贺钱）等。

在遇到意外大事时，大母舅或大母舅家的人就要出面了，当然也包括小母舅家的人。这时，舅权就主要表现对一个家庭的监督和制约上。

首先，在遇到家庭纠纷时，要请母舅和亲属长辈共同出面调解，事实上各自代表男女双方利益。特别是婆媳矛盾、分家等事项。母舅要保护自己家嫁出去的女子，不会在别人家太受欺负。这是保障一个家庭关系平衡的强大外在压力。极端的情况下，众母舅会到婆家大闹一场，甚至酿成家族间的冲突。这种极端例子在羌村还没有。但母舅到婆家指责、批评、劝说是常有的事。如出现严重虐待婆婆、媳妇或外甥，母舅必定会出面干涉。

其次，外甥订婚、嫁娶必须经过母舅同意，从订婚到结婚，母舅都颇费精力。舅舅要花去比别人多得多的礼信，还要送一个大馒头或大锅盔（形似烧饼，更大）用以敬神，婚礼中的重要典礼，就是舅舅出面给新郎升冠挂红。先由小母舅给新郎戴上形似清朝带红须官帽的"冠"，上面插两根喜字彩排，再从肩到胁下斜拴一根红布，以此赋予其丈夫的角色和家庭中相应的地位，再说上一番恭喜和叮嘱，接着众母舅（即母系血缘关系上的二代亲戚），依辈分高低一一为新郎挂红，同样说上一番恭维叮嘱的话，然后才轮到父亲及家门房族中的亲属依次挂红。母舅不到场，事情就无法进行。如房东家女儿举行婚礼时，原订第二天的正席在上午 8：30 开席，厨房按时做好了饭菜，客人也陆续到齐。但母舅在 10：30 左右才到，大家都饿着肚子等候，母舅未吃，其他人是轮不到的。母舅姗姗来迟，既表示舅权的威严，也为了表明这女子不是随便就可嫁人的，以提高她将来的家庭地位。

再次，建造房屋，要选一个吉利的日子上梁，要请寨中相帮及亲属亲戚。母舅钉梁是这一天的主要仪式。大小母舅分别要拿出包着少许银子、茶叶、大米、盐的小包，在主梁上凿孔放入，然后各送一条红布，对称钉在主梁的两边，并代表主家感谢木匠师傅及众人帮工，要给木匠少许红封（用红纸包一两元钱），再说上一番恭喜话，然后放鞭上梁，从梁上抛掷小馒头、核桃、硬币等物，外甥跪下用围腰接住，表示有吃有用财源茂盛。众人戏抢诸物，这栋房子就算正式问世（尽管还没有最后完工）。如果母舅不上梁，这将是十分丢人的事，而且这所房子即便建成，也有些名不正言不顺的感觉，甚至有人住进去容易生疮害病的说法。

最后，丧事中母舅的监督作用最为明显。人一落气，第一件事就是派人通知母舅和请端公掐算吉凶及出丧日期，然后才是通知父亲亲属及寨中亲友。通知母舅是庄重的事，必须派专人送信，不得像普通人一样捎口信。杨洪发老人去世时，小母舅当时在场，但这并不能算他已经知道噩耗，他连夜赶回家，静候第二天专人的通知，而且自始至终参与监督丧礼的完成。到丧礼中的"大夜"（出殡前一天的晚上）那天，先是一拨又一拨悲伤的孝子前来悼念，直到傍晚，大小母舅才会姗姗而来，丧家派出代表到村头迎接，全体孝子则在大门口跪下恭候，支客司组织众人举行盛大的迎接仪式，唱歌、放鞭、敬酒，非常庄严隆重。

众母舅在尊位上坐定以后，先致一番对死者去世表示哀悼和安慰的话，然后由丧家孝子向母舅汇报，他们是如何受死者恩惠，如何感激死者，又是如何照顾死者，千方百计地挽救死者，可惜死者福气已尽，离开了大家，儿女晚辈是如何痛心，如何尽心尽力地安排后事，以至死者的穿戴情况，等等，逐一加以汇报。

母舅听毕汇报，做出裁决，认为众儿孙尽了孝心，死者确是无法挽救，同意如此安置，然后表扬并安慰丧家，为死者花的钱财，明中去了暗中来，会得到更多的回报。然后关灭所有的电灯，点燃火把，开棺让众母舅验尸，家人也算见死者最后一面。最后将棺木钉死，所谓盖棺定论。接着支客司代表主家感谢母舅亲友前来悼念，安慰死者安心离去，在阴间保佑这些人。晚上通宵跳锅庄以悼念死者。

第二天上午出丧，棺材放入坟坑后，母舅、孝子、端公三人要沿坟坑边转上三圈，和死者做最后的诀别，然后众人帮忙安葬。同时，丧家要专门拿出一块油饼子，当众分送给众母舅，以酬谢母舅的辛苦。

如果母舅怀疑死者死因不明，有虐待谋害之类的行为，母舅可以大闹丧家，俗称"打丧火"。可以在丧家大吃几天，将家具用品甚至房屋砸个稀烂而不负任何责任。

死者去世后的第一个清明节，丧家要为死者做新清明。羌村人解释是死者到阴间第一次入社，要多给些钱财。也是全体亲属亲戚最后一次隆重纪念，这是羌村人一生真正的终点。新清明由小母舅杀羊主祭，大说一通安慰死者的话。众人一同在坟山吃一顿饭，饭毕孝子孝孙全部给母舅跪下，母舅表扬子孙的孝心，并给孝子们撒米、小馒头，意思是把财富赐给丧家。最后众母舅一一掏钱，多少不等地代表死者的娘家对死者子孙们表示谢意和祝福。

羌村人常说，当母舅最吃亏。权力虽大，责任更大，在财力上的支出也最多。笔者在若干次办大事的场合，都碰上一位"舅舅"，他上门的那家姊妹多，因而他老当法律意义上的舅舅，一年会有好几起事情，对此他疲于应付，费时费钱费神，却又非应酬不可。社会从地位和礼遇上抬举舅舅，但在实惠上舅舅却得不偿失。

之所以如此，是因为羌村这样的乡土社会，是以父系血缘关系组建起来的，必须以母亲血缘关系来加以平衡和制约，这个社会才可能正常协调地运转。虽然外来的行政系统，已在一定程度上替代了舅舅的社会控制功能，但只要羌村不改变其乡土性质，这种替代总是表层和局部的。比如家庭间的纠纷，一般已由村一级行政机构的公职人员调解，如村主任、组长、支书（他们大多兼本自然村调解委员），但家庭内部的矛盾，一般还要靠舅舅会同亲属长辈出面解决。而且村主任、组长、支书在工作时，比起靠行政权力来，更有效的倒是利用亲属亲戚的关系。

我们不难看出，羌村人非常巧妙地利用先天血缘关系来建立自己的社会规范。家庭是羌村的基本社会细胞，父系血缘的亲属从家庭——家门——房族（亲房、族房）层层推出，严格禁止婚姻关系，从而建立起社会的基本骨架。又利用追溯不远的母系血缘关系，作为世代的婚姻集团。更重要的是，通过大小母舅为代表的母系血缘亲戚，构成对整个社会结构的监控系统，使其平衡协调地运转。

原文载《中国农业大学学报》（社科版）2007 年第 2 期

第五篇　新乡土中国重建

费孝通《乡土中国》导读

费孝通（1910—2005）是中国著名的社会学家、民族学家、人类学家、社会活动家，曾担任中国人民政治协商会议第六届全国委员会副主席，第七届、第八届全国人民代表大会常务委员会副委员长，中国民主同盟中央委员会主席等职务，其作品《江村经济》《生育制度》《乡土中国》《云南三村》《行行重行行》《中华民族多元一体格局》《从实求知录》等成为研究中国经济、社会和文化的必读之书。其中尤以《乡土中国》流传最广、影响最大，自1948年首次出版以来，为几代读者打开了认识中国社会的大门。

一、《乡土中国》的写作背景

在燕京大学上二年级时，费孝通和哥哥费青一起翻译了英国人詹姆斯·艾伦的《在龙旗下——中日战争目击记》，这本书在《再生》杂志上连载，文章详细记载了作者亲历中日甲午战争的惨烈场景。"译者的话"表达了兄弟俩当时的心情："译者在逐句翻译时，虽则眼前只见懦弱和卑鄙，残暴和凶恶。但对于我民族，我世界，我人类，依旧抱着无限的希望。"[1]正是这种希望和责任，使费孝通树立了"从认识中国到改造中国"的信念。他在燕京大学社会学系的学习，给了他基本的学科框架和更大的不满足，因为课堂上缺少现实的中国；师从史禄国的两年清华大学人

1　［英］詹姆斯·艾化著，费青、费孝通译《在龙旗下——中日战争目击记》，上海人民出版社2014年8月版，第4页。

类学研究生经历，给了他类型加比较的基本研究方法，1935 年和新婚妻子王同惠的大瑶山调查，成为他真正文化研究的起点。异文化的强烈感受和一死一伤的惨痛经历，使他对文化有着与别人完全不同的理解。

费孝通总结道："我通过瑶族调查，对社会生活各部门之间的密切相关性看得更清楚和具体了。这种体会就贯穿在我编写的这本《花篮瑶社会组织》里。我从花篮瑶的基本社会细胞家庭为出发点，把他们的政治、经济各方面生活作为一个系统进行了叙述。"[1] 以致他自认为进山前他是体制人类学工作者，出山后就变成社会人类学工作者，不自觉地掌握和应用当时世界上最流行的功能主义分析方法，文化模式和文化类型比较的认知方式，已经开始扎根。有了文化是完整结构而且其子系统不断平衡的思想，费孝通告诫人们面对旧中国这一部巨大的老机器，虽然人人都急于改造，但不能随意"拆搭配"，否则运转更不灵。要有效地改造中国，首先要充分地认识中国，进行中国各种文化类型的比较研究。

费孝通在《江村经济》的前言，说明了他的研究目的："正确地了解当前存在得以实施为依据的情况，将有助于引导这种变迁趋向于我们所期望的结果。社会科学的功能就在于此。"他学习社会学人类学，绝不是为换个洋学位，搞一个高雅的话题，他是实实在在地想要改变这个社会。费孝通于 1938 年从英国伦敦政治经济学院博士毕业后，当年 10 月底辗转到达抗战大后方昆明，任云南大学社会学系教授。15 天后就马上选择禄丰县的村庄开始内地农村调查。为躲避日军飞机轰炸，他不得不迁移到昆明远郊的呈贡县，借用古旧的魁星阁主持云南大学和燕京大学合办的社会学研究室工作。费孝通率领一批有志青年，坚持不懈地开展认识中国的调查研究，1939 年到 1940 年他和助手张之毅、史国衡、谷苞等人又多次到昆明、玉溪、大理等地进行田野调查，聚集"魁阁"热烈讨论和反复修改，先后完成了《禄村农田》《易村手工业》《玉村农业和商业》《昆厂劳工》等一批调查报告。内地农村的调查，促使他的学术研究进入一个新阶段。

费孝通认为，对社会结构的研究，应当落到具体的社区分析上。"社会分析的初步工作是在一定时空坐标中去描画出一地方人民所赖以生活的社会结构"。他从广西金秀大瑶山相对简单的《花蓝瑶社会组织》研究开始，以《江村经济》作为中国东部农村典型进行解剖，接着选择云南内地农村调研出版《禄村农田》。在这些不同类型的社区调查研究基础上，他认为"社区分析的第二步是比较研究，在比较

1　费孝通《论人类学与文化自觉》，华夏出版社 2004 年 2 月版，第 105 页。

不同社区的社会结构时，常会发现每个社会结构都有他配合的原则，原则不同，表现出来结构的形式也不一样。"1947 年由商务印书馆出版的《生育制度》，是费孝通研究社会制度构成的一本力作。费孝通自我分类是"依我这种对社会学趋势的认识来说，《生育制度》可以代表以社会学方法研究某一制度的尝试，而这《乡土中国》却是属于社区分析第二步的比较研究的范围"。早一年出版的《生育制度》，其知名度反而稍逊于《乡土中国》，因其更具"学术味"和基础性。

在充分调查研究乡土中国的基础上，在 20 世纪 40 年代后期，费孝通和一批知识分子就开始探索乡土重建。1948 年春，费孝通停顿了"一向做的实地研究工作"，打算"转变一个研究的方向，费几年读读中国历史"，1948 年夏天，由上海观察社出版《乡土重建》一书；他与吴晗等六人一起探讨"中国社会结构"，于 1948 年底由上海观察社出版了合著的《皇权与绅权》一书。他认为中国社会正面临农业文化"匮乏经济"向工业文化"丰裕经济"的变迁过程。过去传统的乡土中国，因为不进步的技术限制了技术的进步，结果是技术的停顿。技术停顿和匮乏经济互为因果，一直维系了几千年的中国社会。近代西方列强入侵，中国逐渐沦为半封建半殖民地国家，"反而因为和现代工业国家接触后，更形穷困。在这生产力日降，生活程度日落的处境中，绝不会有'现代化'希望的"。

他的这种感受，也来自抗战大后方的现实，所谓"前方吃紧，后方紧吃"。全国人民都在艰苦抗战，而国民党政府的统治日益腐朽，物价飞涨、民不聊生，连大学教授生活都日益陷入困顿，上午领了工资，下午就得赶着买米，每个人都得利用一技之长课余赚钱。费孝通 1939 年与孟吟结为终身伴侣，1940 年女儿费宗惠出生，沉重的生活负担，也将他逼成写文章的"快手"，靠给报纸杂志写稿以补贴家用。好不容易盼到 1945 年抗战胜利，全面内战又阴云密布。费孝通作为当时著名的民主教授，走在要民主、反内战、反饥饿的前列。国民党特务痛下杀手，先后暗杀了李公朴、闻一多等民主教授，费孝通也被列入黑名单，他在最后关头弃家逃命，连千辛万苦得来的大瑶山体质人类学调查材料等都没来得及带走。1946 年 11 月他应英国文化交流协会邀请访问英国，1947 年 3 月归国后跟随潘光旦先生加入清华大学社会学系工作。1948 年 4 月，费孝通和雷洁琼等人一起，应中共中央邀请赴西柏坡共商国是。1949 年 9 月，费孝通参加了中国人民政治协商会议第一届全体会议，从此意气风发地参与新中国建设。

二、《乡土中国》的结构

1943 年 6 月至 1944 年 6 月，费孝通赴美访学一年。他利用抗战时期这一难得的平静机会，不仅将《禄村农田》《易村手工业》《玉村农业和商业》合编翻译成《云南三村》（英文名 Earthbound China）在美出版，还不断写出"旅美寄言"系列文章在云南的《生活导报》上连载，1945 年由生活出版社集编为《初访美国》出版。为帮助读者进一步了解美国文化，他将美国女人类学家米德的著作《美国人的性格》进行翻译改写为读书笔记，1947 年也由生活出版社发行。这使得他的类型加比较的研究方法，又加入了美国社会的参照。他在《乡土中国》的后记里专门说明："这两本书可以合着看，因为我在这书里是以中国的事实来说明乡土社会的特性，和米德女士根据美国的事实说明移民社会的特性在方法上是相通的。"

从 1940 年到 1946 年，费孝通先后为云南大学社会学系的学生开设过"经济社会学""家族制度""乡村社会学""社会制度""社区研究""近代社会理论与方法""云南农村经济"等多门课程，同时也在西南联大兼职教学，1947 年以后任职于清华大学社会学系。他在给学生开设"乡村社会学"课程时，需要对中国社会有一个总体性的把握，他不满足于已有和外来的教材，于是根据自己多年田野调查的心得，重新编写符合中国实际的讲义。应《世纪评论》创办人张纯明（1902—1984）的邀请，又将这些讲稿改写成 14 篇既相对独立又有内在联系的文章，连载发表在 1947 年 6 月到 1948 年 3 月的《世纪评论》杂志上。1948 年 4 月由上海观察社列入"观察丛书"结集为《乡土中国》一书出版，费孝通也对原稿进行了相应的修改，"有好几篇重写了"并"大体上修正了一遍"。对于这本在"督促和鼓励"下匆忙出版的著作，作者在后记里指出"其中有很多地方是还值得推考。这算不得是定稿，也不能说是完稿，只是一段尝试的记录罢了"。

《乡土中国》从多个"点"来剖析传统的中国社会，并用"乡土中国"概念将这些点连成一个"面"，来体现传统中国社会的总体特征。费孝通在 1984 年三联书店再版该书时的"重刊序言"中专门说明："这本小册子和我所写的《江村经济》《禄村农田》等调查报告性质不同。它不是一个具体社会的描写，而是从具体社会里提炼出的一些概念。这里讲的乡土中国，并不是具体的中国社会的素描，而是包含在具体的中国基层传统社会里的一种特具的体系，支配着社会生活的各个方面。它并不排斥其他体系同样影响着中国的社会，那些影响同样可以在中国的基层社会里发生作用。搞清楚我所谓乡土社会这个概念，就可以帮助我们去理解具体的中国社会。概念在这个意义上，是我们认识事物的工具"。

《乡土中国》开篇就写道："从基层上看去，中国社会是乡土性的"，称其为乡土本色。乡土社会中社会关系的最突出特点就是"差序格局"，这成为社会学中国化的经典性概念。费孝通把中国乡土社会的"差序格局"与抽象的西方"团体格局"相比较："与西方社会团体格局的社会结构不同，中国乡土社会的格局不是一捆一捆扎得清楚的柴，而是好像把一块石头丢在水面上所发生的一圈圈推出去的波纹。每个人都是他社会影响所推出的圈子的中心。被圈子的波纹所推及的就发生联系，每个人在某一时间某一地点所动用的圈子是不一定相同的。"由着这个"己"推出的圈子，可伸可缩，大可"一表三千里"，而小可以缩到只剩家庭成员，并根据与中心"己"的距离远近来区分厚薄。凭着这个富有伸缩性，关系厚薄不一的圈子，生活在稳定不变的乡土社会里的人民，建立了一个可以应付日常生活危机的社会支持关系网。正是这种差序格局下乡土中国的乡土性，维系着私人的道德，影响着亲属关系、血缘关系甚至地缘关系，并扩大到家庭之外的家族，甚至影响着乡土社会的政治秩序和统治方式。从男女有别的"家族"到"礼治秩序"下的"无讼"，无为政治下的长老统治，以名实分离应对社会变迁。而近代以来从欲望到需求的文明转折，时势的权力迫使乡土中国进入乡土重建。

书中收录的十四篇文章看似零散，实际上有一个完整的结构。如果采取一种较为简单的理解方式，本书内容大致可分为三大块：第一部分是引言，从总体上对乡土中国的社会特征做了一个基础性的概括；第二部分是社会结构篇，静态的描述与动态的分析相结合，细腻再现了乡土中国社会结构的稳定特征；第三部分是社会变迁篇，考察了中国乡村社会结构变迁的外在表现与内在动力。

三、《乡土中国》三大部分内容提要

第一大部分即"乡土本色"一节，可视其为引言部分。作为文章的开篇，作者从一个"土"字入手，紧紧抓住了"土地"这一农民生存的根本，这一世世代代生息繁衍的"根"。从对"土"字的基本理解，作者用"粘着"来描绘出农民与土地的紧密联系性，引申出在其基础上哺育、生长的农村社区的基本单位——村落，指出乡村社区最为基本的特征："以农为生的人，世代定居是常态，迁移是变态""中国乡土社会的单位是村落""乡土社会的生活是富于地方性的""这是一个'熟悉'的社会，没有陌生人的社会"，是一种完全不同于"机械团结"的"有机团结"，是一个完全不同于法理社会的礼俗社会。引子部分为接下来的详细论述做好了铺垫。

第二部分是本书的重点所在，详细分析了以差序格局为基本特征的中国乡村社会结构及其各方面的特征。

一是乡土社会的语言文字特征："文字下乡""再论文字下乡"两节从狭义的"文化"角度分析了城市与乡村社会的语言文字特征，指出从语言文字的生活环境、生存的基础上看，城乡之间根本就是迥然相异的。乡土社会的生活背景是"熟人圈子""面对面的社群"，生活于其中的人相互熟悉，不但文字多余，语言尚且都非传情达意的唯一象征体系。进一步而言，关于文化，它是依赖语言、符号等象征体系和社会认知、社会记忆而维护着的社会共同经验。记忆的范围和内容城乡有别，农村社区有语言而无文字的象征体系与农民个人记忆所维护着的社会共同经验，构成了乡土文化的特性。

二是乡土社会的基本结构特征："差序格局"一节从分析"内外有别，公私分明"在社会结构上的功能，引出差序格局这一中国社会结构的基本特性。西洋社会的组织是"一捆一捆扎清楚的柴，他们是由若干人组成的一个个的拥有清晰界限的团体"，与这种团体格局相比，中国的社会格局"好像把一块石头丢在水面上所发生的一圈圈推出去的波纹。每个人都是他社会影响所推出去的圈子的中心。被圈子的波纹所推及的就发生联系，每一个人在某一时间某一地点所动用的圈子是不一定相同的。""我们社会中最重要的亲属关系就是这种丢石头形成同心圆波纹的性质。"

中国传统社会结构中的差序格局具有伸缩性，社会圈子会因为中心势力的变化而大小。在这种富于伸缩性的网络里，随时随地有一个"己"做中心，这就是伸缩性网络中的自我主义，即一切价值是以"己"作为中心的判断。它遵循"格物致知、正心诚意、修身齐家、治国平天下"的由此及彼、由里及外的这样一个顺序，社会关系是从个人逐渐推出去的差序格局，是私人联系的增加，社会范围是一根根私人联系所构成的网络。

三是乡土社会的道德特征："维系着私人的道德"一节在比较西洋社会与中国乡村社会结构所维系的道德纽带之差异性的基础上，进一步凸显了中国乡村社会基层结构的特征。在以自己做中心的社会关系网络中，最主要的是"克己复礼""壹是皆以修身为本"。从己外推所构成的社会范围是一根根私人联系，每根绳子被一种道德要素维持。与西洋社会的团体格局相比较，我们的传统道德系统中没有像基督教里的那种毫无区别的"爱"的观点，而且也难找到个人对团体的道德要素。由无数私人关系搭成的差序格局网络，每一个节都附着相应的道德要求，因而价值标准就不能超越参差的人伦而存在。所以中国的道德和法律，都因为所施的对象和"自己"的关系而相应加以伸缩变化。

四是乡土社会的组织特征："家族""男女有别"两节对此进行了论述。"社会圈子"是在乡土社会差序格局中的基本社群形式。在中国乡土社会中，家没有严格的团体界限，这一社群里的分子可依需要，沿着亲属差序向外扩大。构成社圈的分子不限于亲子，但社会结构扩大的路线有限制，由单系的父系血缘构成。家族作为中国乡土社会的基本社群，长期承担着生育、政治、经济、宗教等多种职能。家族代替了家，从而生育社群便担负起更多的社会功能，使社群中各分子的关系准则也发生了变化。作为连续性的事业群体，它的主轴在父子之间，夫妻只是配轴，同性原则较异性原则更为重要。因而男女有别、男尊女卑，导致家庭功能的弱化。

五是乡土社会的礼治特征："礼治秩序"一节论述了中国社会结构的人治特征。人治与法治的基本区别，在于维持秩序时所用的力量和所根据的规范的性质。法治社会维持规范的力量依靠国家权力的推行，"国家"是指政治的权力。而礼治社会不需要这种有形的权力机构维持，它依靠传统维持，传统就是社会所积累的经验。乡土社会中的礼并不是靠一个外在的权力来推行的，而是从教化中养成了个人的敬畏之感，使人自愿主动服从；法律是从外限制人的，罚是由特定权力加之于个人的；道德是社会舆论维持的力量；礼是经教化过程而成为主动性的服膺于传统的习惯。但礼治是以传统可以有效应付生活问题作为前提，否则无法维持社会秩序，走出熟人社会就将被"法治"取而代之。

六是乡土社会的法治特征："无讼社会"一节探讨了乡土社会的法治特征。一方面，人治（礼治）社会阻碍了现代司法的基层推行；另一方面，由于乡村社会中社会结构和思想观念的改革没有相应配套，使得现行司法制度单行下乡，反而会产生了副作用。导致既没有建立法治秩序，又破坏了礼治秩序。"法治秩序的建立不能单靠制定若干法律条文和设立若干法庭，重要的还得看人民怎样去应用这些设备。更进一步，在社会结构和思想观念上还得先有一番改革。如果在这些方面不加以改革，单把法律和法庭推行下乡，结果法治秩序的好处未得，而破坏礼治秩序的弊病却已先发生了。"

七是乡土社会的政治特征："无为政治""长老统治"两节乡土社会的政治治理。在权力与财富没有广泛渗入的乡村社会，让老百姓自给自足、安居乐业，以一种顺其自然的、不加权力干涉的方式去治理，反而能够取得很好的治理效果，这大概就是历代标榜无为政治的原因。中央一级的权力在遥远而广袤的基层社会产生的是一种相对弱的影响。但乡土社会中同样存在着权力结构，它包含着不民主的横暴权力、民主的同意权力，还有教化权力。教化权力处于主导地位，是礼治社会的权力特征。

八是乡土社会的商业特征："血缘和地缘"一节谈到了农业社会中商业的分离，地缘作为契约社会的基础是从商业社会中发展出来的社会关系。而商业，则是在血缘之外发展的，它排斥血缘社会以人情维持交易，相互馈赠的方式。从血缘结合转变到地缘结合是社会性质的转变，这隐含着对乡土社会基本秩序的叛离。从而为社会的变迁埋下了伏笔。

第三部分是分析乡土社会缓慢的变迁过程。"名实的分离"一节认为乡土社会并非完全静止、一成不变，而是在发生缓慢的变化。乡土社会中存在社会继替与社会变迁。其中，除了横暴权力、同意权力、长老权力以外的第四种权力——时势权力将发挥作用。在社会的变迁中长老权力会因为其教化内容、传递的文化可能缺少更新而失去效力，从而丧失教化的意义，为时势权力取而代之。通过"名实的分离"来平稳推动社会的变迁，"对不能反对而又不切实用的教条或命令只有加以歪曲，只留一个面子。面子就是表面的无违。名实之间的距离跟着社会变迁速率而增加"。

"从欲望到需要"一节认为，在乡土社会中人可以靠欲望去行事，但在现代社会中欲望并不能作为人们行为的指导。于是产生"需要"，因之有了"计划"。社会变迁的最根本动力在于人类行为的需要与动机。社会变动越快，原来的文化不能有效应对时，人们就不能不推求行为和目的之间的关系，就发现欲望并不是最后的动机，开始注意到生存条件本身，把生存条件变成自觉，而自觉的生存条件是"需要"而有别于"欲望"，从而进入科学化的理性时代，即根据已经掌握的手段和目的的关系去计划他们的行为，因而在现代社会里知识就是权力，也就是所谓时势权力。因为在这种社会里生活的人要依他们的需要去做计划，而不像乡土社会"各人依着欲望去活动就得了"，依靠经验选择出一个足以依赖的传统的生活方案。

乡土中国就在这种"名实的分离"中不断变化，从"欲望到需要"，变化的速率越来越快，不断从传统的农业社会向着现代社会变迁。

本文是为《名著阅读课程化丛书：乡土中国》所撰写的一部分导读，人民教育出版社 2021 年 5 月出版

从城乡分割到城乡融合的历史跨越

两千多年前孔子提出的"无讼"思想，一直成为中国人调剂社会关系所追求的理想境界。新中国从城乡分割到城乡融合的伟大实践，实现了从站起来、富起来到强起来的社会发展跨越。四川省大邑县开展的"无讼社区"建设，是对新时代基层社会治理能力现代化的重要探索，"无讼"回归既是中国社会快速现代化发展的写照，也是更高阶段社会发展的历史必然趋势。

1949 年，中华人民共和国成立后，虽然实现了国家的独立和人民的解放，但如何建设社会主义、如何实现工业化现代化的追赶？中国共产党人经历了无数次艰难曲折的探索。我们党历来不回避社会主义建设初期发生的失误和错误，但这只是历史长河中的片段和支流，不能把这些错误与整个时期等同起来。2013 年 1 月 5 日，习近平总书记在论述改革开放前后两个历史时期的关系时，明确提出："不能用改革开放后的历史时期否定改革开放前的历史时期，也不能用改革开放前的历史时期否定改革开放后的历史时期。"

一、三次新农村建设及其社会体制转型

1956 年 7 月 2 日《人民日报》发表了题为《建设社会主义的新农村》的文章，第一次旗帜鲜明地提出了建设社会主义新农村的口号。在中国共产党的领导下，中国五亿农民推翻了"三座大山"的压迫，变封建地主土地所有制为农民个体所有制，接着又打破数千年的小农经济束缚，从互助组到合作社，再到高级合作社、人民公社，开始前所未有的集体生产。他们试图通过发展和巩固高级农业合作社，推动和提高农业生产，从而过上没有剥削、没有贫困、勤劳生产、丰衣足食的生活，"把我国的农村完全建设成为社会主义的新农村"。这种建立在翻身得解放的农民对中国共产党由衷信任、对未来社会主义社会无限憧憬基础上，通过各级政府有力组织动员的方式，使中国农村一下子遍地开花式地进入了"合作化"的热潮，也确实极大地调动了农民的生产积极性，打破了千百年来小农生产的桎梏，体现了组织起来人多力量大的威力。

通过自上而下政治强力推动，立足于生产关系变革的第一次新农村建设，采取了"一大二公、政社合一"的人民公社机制，忽视了生产力的第一决定性，也忽视

了农民的主体积极性。在计划经济体制下，形成了"以农补工、以乡促城"的城乡分割体制。我国在"一穷二白"的落后生产力基础上，通过"统购统销""户籍管制"等"一盘棋"经济运作，集中力量发展重工业和现代城市，打下了初步的工业化、城市化、现代化的基础。就像中国革命是从农村包围城市最后夺取全国胜利一样，计划经济体制下的城乡分割，依然是城市向农村吸取人财物的过程，以农村和农民的巨大付出打下社会主义建设的初步基础，甚至在一定程度上加剧了中国农村的贫穷和落后。

新生的社会主义制度历经着一个艰苦探索的过程。在城乡分割和以阶级斗争为取向的基层社会构建中，如何弥合社会矛盾？20 世纪 60 年代初，浙江省诸暨市枫桥镇干部群众创造了"发动和依靠群众，坚持矛盾不上交，就地解决。实现捕人少，治安好"的"枫桥经验"。为此，1963 年毛泽东同志就曾亲笔批示"要各地仿效，经过试点，推广去做"。随后，中央又两次对"枫桥经验"作了批转。"枫桥经验"由此成为全国政法战线一个脍炙人口的老典型。在"以阶级斗争为纲"的历史背景下，"枫桥经验"创造了依靠发动群众、以说服教育而不是简单的斗争、就地化解矛盾的基层社会管理方式，达到了"捕人少、治安好"的良好效果。

1976 年后，中国农村在极度的贫困中，不断摸索着政策允许的改革方向。小岗村的农民盖下了 18 个红手印，走出了影响中国历史进程的"大包干"道路：保证国家的，留足集体的，剩下都是自己的。以后称其为家庭承包责任制，在全国迅速推广开来，在中国形成了多米诺骨牌式的改革效应。以结束小农经济、走集体化道路为方向的第一次新农村建设，就这样在实践中以重新回归小农生产而结束，中国农村画了一个巨大的圈，似乎终点又返回到起点。历史证明在生产力没有根本提高的前提下，只是人为地调整生产关系，是建设不起社会主义新农村的。

小岗村人自发开始的"大包干"，引发了中国农村自下而上的家庭承包责任制的改革，激发了中国农民的主体创造性，加之集体化时期打下的农业基础，迅速改变了中国农村贫穷的面貌。然而，小农经济自身的局限性，使中国农村发展很快就遭遇"边际效应"，以农业发展农村的思路，只能带来温饱不能带来富裕，更难以摆脱落后。对比改革开放后中国经济社会整体飞速发展，"三农"问题又沉重地摆在人们面前。党的十六大以来，从"全面建设小康社会"到"科学发展观"，再到"和谐社会"和"社会主义新农村建设"，对农村、农民和农业的关心不断升级，始终将其视为治国安邦的重中之重。全面建设小康社会最艰巨、最繁重的任务在农村和农牧民占大多数的西部地区，五中全会明确提出建设"生产发展、生活宽裕、乡风文明、村容整洁、管理民主"的社会主义新农村，清晰勾画出社会主义新农村的美好前景和实现途径。这五个方面既注重农村经济发展，又注重农村政治文明建设、精神文明建设、和谐社会建设。标志着我国农村社会经济发展将进入一个新的阶段，在统筹城乡发展的基础上，实行工业反哺农业、城市带动农村，让广大农民共享改革发展成果，逐步建立以工补农、城乡互动、协调发展的新型城乡关系。

在第二次社会主义新农村建设的背后，是改革开放后中国经济社会的快速跃进，社会发展也从城乡分割体制走向城乡一体，社会运转方式也相应发生变化。2003年党的十六届三中全会上，"社会建设和管理"被列入"五个统筹"之中，作为落实科学发展观的必要方面和必然要求。2004年党的十六届四中全会第一次提出"加强社会建设和管理，推进社会管理体制创新"。2007年党的十七大提出健全"党委领导、政府负责、社会协同、公众参与"的社会管理格局。2011年以来，"加强和创新社会管理"在中央频繁强调下成为新的政治话语和执政理念。2011年2月19日，在省部级主要领导干部研讨班上，中央改变了以往研讨经济问题的传统，首次将"社会管理"上升到与"经济发展"并驾齐驱的地位，提出了"加强和创新社会管理"的战略构想，强调社会管理在整个国家的战略发展、规划重点、资源配置和政策部署等多个方面的重要性和优先性。2011年5月30日，中央政治局会议专门研究了加强和创新社会管理的问题。

在新的历史时期，历届浙江省委、省政府都高度重视学习推广"枫桥经验"。根据毛泽东同志的批示精神和中央在不同时期的具体要求，多次对这一典型进行具体指导，对全省各地学习推广"枫桥经验"提出明确要求，把学习推广新时期"枫桥经验"作为加强社会治安综合治理的总抓手，抓基层、打基础、建机制、架网络，明责任、强保障，使"枫桥经验"在全省城乡基层单位全面推开，焕发出蓬勃生机和旺盛活力。2003年11月，时任省委书记习近平同志在浙江"纪念毛泽东同志批示'枫桥经验'40周年"大会上明确提出，要牢固树立"发展是硬道理、稳定是硬任务"的政治意识，充分珍惜"枫桥经验"，大力推广"枫桥经验"，不断创新"枫桥经验"，切实维护社会稳定，把深化"枫桥经验"作为深化"平安浙江"建设的重要载体。

2012年召开的党的十八大提出建立"党委领导、政府负责、社会协同、公众参与、法治保障"的社会管理体制。由"格局"上升为"体制"，并且强调"法治保障"，表明社会管理已成为中国特色社会主义理论和制度的重要组成部分。同样是在城乡一体化发展的背景下，2013年召开的党的十八届三中全会上继续推进理论创新，党中央做出了"推进国家治理体系和治理能力现代化"的决定，把"推进国家治理体系和治理能力现代化"与"完善和发展中国特色社会主义制度"并列为全面深化改革的总目标。"全面深化改革的总目标是完善和发展中国特色社会主义制度，推进国家治理体系和治理能力现代化。必须更加注重改革的系统性、整体性、协同性，加快发展社会主义市场经济、民主政治、先进文化、和谐社会、生态文明，让一切劳动、知识、技术、管理、资本的活力竞相迸发，让一切创造社会财富的源泉充分涌流，让发展成果更多更公平惠及全体人民。"

这意味着中国共产党的执政理念由政府自上而下的"管理"转变为政府自上而下与社会自下而上相结合的"治理"，这显然是中国特色社会主义的重大理论创新，标志着"治理"取代"管理"，成为新时期深化改革的执政理念和治国方略。"治理"理念纳入党的执政话语体系，顺应了经济社会发展对党的执政提出的要求，是中国特色社会主义的理论创新和实践总结，是对人类优秀文明成果的借鉴和吸收。改变传统的以自上而下管控为特点的"管理"理念，摒弃单一的行政管控手段，转变为一种强调国家与社会合作共治的"治理"理念，着眼于"提高国家治理体系和治理能力""创新社会治理体制""建立科学有效的社会治理体制"，是发展中国特色社会主义的必然选择。

2017 年召开的党的十九大，规划了未来 33 年的宏伟发展蓝图，提出实现中华民族伟大复兴和建设社会主义强国的伟大目标："中国特色社会主义进入新时代，我国社会主要矛盾已经转化为人民日益增长的美好生活需要和不平衡不充分的发展之间的矛盾。"党中央再次明确提出"农业农村农民问题是关系国计民生的根本性问题，必须始终把解决好'三农'问题作为全党工作重中之重"。在新时代城乡共同发展背景下，党的十九大提出实施乡村振兴战略，"要坚持农业农村优先发展，按照产业兴旺、生态宜居、乡风文明、治理有效、生活富裕的总要求，建立健全城乡融合发展体制机制和政策体系，加快推进农业农村现代化"。农业强不强、农村美不美、农民富不富，决定着广大农民兄弟的获得感和幸福感，更决定着我国全面小康社会的成色和社会主义现代化的质量。

党的十九大进一步明确提出"打造共建共治共享的社会治理格局"的重大决策部署，"加强社会治理制度建设，完善党委领导、政府负责、社会协同、公众参与、法治保障的社会治理体制，提高社会治理社会化、法治化、智能化、专业化水平。加快社会治安防控体系建设，依法打击和惩治黄赌毒黑拐骗等违法犯罪活动，保护人民人身权、财产权、人格权。加强社会心理服务体系建设，培育自尊自信、理性平和、积极向上的社会心态。加强社区治理体系建设，推动社会治理重心向基层下移，发挥社会组织作用，实现政府治理和社会调节、居民自治良性互动"。

2019年5月5日，中共中央国务院颁布了《关于建立健全城乡融合发展体制机制和政策体系的意见》，这是继两次社会主义新农村建设、党的十九大提出乡村振兴规划之后，全面部署中国城乡社会一体化繁荣发展的重大战略安排。该《意见》从总体要求、建立健全有利于城乡要素合理配置的体制机制、建立健全有利于城乡基本公共服务普惠共享的体制机制、建立健全有利于城乡基础设施一体化发展的体制机制、建立健全有利于乡村经济多元化发展的体制机制、建立健全有利于农民收入持续增长的体制机制、组织保障等七个方面，全面系统地阐述了促进中国城乡融合发展体制机制和政策体系支撑，规划了新时代城乡融合发展的宏伟蓝图。城乡全面融合，乡村全面振兴，全体人民共同富裕逐步实现的进程，也是建设社会主义强国、实现中华民族伟大复兴的具体路径和日程表。

2021年中央一号文件《中共中央、国务院关于全面推进乡村振兴加快农业农村现代化的意见》在2月21日正式发布。全面贯彻执行党的十九届五中全会"优先发展农业农村，全面推进乡村振兴"的精神，经第十三届全国人民代表大会第四次会议全体通过，2021年3月12日正式颁布实施的《中华人民共和国国民经济和社会发展第十四个五年规划和2035年远景目标纲要》，明确宣布坚持把解决好"三农"问题作为全党工作重中之重，走中国特色社会主义乡村振兴道路，全面实施乡村振兴战略，强化以工补农、以城带乡，推动形成工农互促、城乡互补、协调发展、共同繁荣的新型工农城乡关系，加快农业农村现代化。中国彻底解决"三农问题"，伴随全面建设社会主义现代化国家新阶段的到来，从此进入历史总攻阶段。

二、"无讼社区"建设与基层治理现代化

2018年12月18日，习近平总书记在"庆祝改革开放40周年"大会的讲话中，用十个"始终坚持"总结了四十年的经验，也提出九个"必须坚持"指明未来的方向，强调指出"信仰、信念、信心，任何时候都至关重要"。要坚持方向不变、道路不偏、力度不减，推动新时代改革开放走得更稳、走得更远。"前进道路上，我们要增强战略思维、辩证思维、创新思维、法治思维、底线思维，加强宏观思考和顶层设计，坚持问题导向，聚焦我国发展面临的突出矛盾和问题，深入调查研究，鼓励基层大胆探索，坚持改革决策和立法决策相衔接，不断提高改革决策的科学性。"面对新时代两大阶段的宏伟蓝图，党还要带领人民继续艰苦探索，"坚持问题

导向，聚焦我国发展面临的突出矛盾和问题，深入调查研究，鼓励基层大胆探索"就特别重要。

2018 年 11 月 12 日召开的"纪念毛泽东同志批示学习推广'枫桥经验'55 周年暨习近平总书记指示坚持发展'枫桥经验'15 周年"大会上，中央政治局委员、中央政法委员会书记郭声琨说："实践充分证明，'枫桥经验'是党领导人民创造的一整套行之有效的社会治理方案，是新时代政法综治战线必须坚持、发扬的'金字招牌'。""枫桥经验"形成于社会主义建设时期，发展于改革开放新时期，创新于中国特色社会主义新时代，"枫桥经验"随着时代的变迁而发展，随着理念的进步而创新。"枫桥经验"发展出"小事不出村、大事不出镇、矛盾不上交"的内涵，厘顺社会情绪，化解社会矛盾，保障经济发展，具有独特的时代魅力，全国各地都在纷纷创新"新枫桥经验"。

四川省成都市围绕"城乡社区发展治理 30 条"，加快构建"1+6+N"配套政策体系，政府购买社会组织服务、社区专职工作者管理、社会企业发展、社会组织培育、社区专项资金改革等 21 个配套文件陆续出台、有序落地。全力推动"五大行动""七大攻坚"，不断探索实践超大城市治理能力和治理体系现代化的创新路径，进一步形成全市上下联动、统筹推进、多元参与的社区发展治理格局。"成都创新探索城乡社区发展治理新模式"荣获全国"2018 年民生示范工程"第一名。万人问卷调查显示，95.8% 的受访群众认可高品质和谐宜居生活社区建设，96.6% 的受访群众表示社区环境面貌发生可喜变化。"成都构建城乡社区发展治理新机制"在中央电视台《新闻联播》播出。

成都市大邑县自 2016 年以来，以建设"无讼社区"建设为抓手，针对快速城镇化、市场化、工业化带来的社会矛盾剧增，扩容"雪亮工程"建立电子大平台。在城乡社区的党建中心有形阵地基础上，建立"1+N"数字平台，以党建引领为核心，以调解社会矛盾为突破点，建立了人民调解、行政调解、司法调解、社会调解等多元调解组织，不能调解的"诉调对接"，立即通过数字平台进入法律程序；同时在平台上预约服务，将政府各个职能部门的工作制度化下沉社区，根据群众需要定时定点到社区办公服务。形成社区网格员"随手调"、社区"1+N"调解平台"当场调"，政府各职能部门"呼应调"三级社会矛盾化解体系，将绝大多数矛盾化解在基层，化解在萌芽状态。

起始于大邑法院溯源治理而发展起来的"无讼社区"建设，其实是被发展中的突出矛盾和问题"倒逼出来的"。大邑和全国其他地方一样，伴随着快速的工业化城市化进程，各种社会矛盾剧增，"打官司"的人越来越多，2017年大邑法院受理案件5195件，而员额法官仅28人，案多人少工作压力大，法官累倒甚至累跑。大量的人民内部矛盾都"堵"在法院，占用了宝贵的政法资源，耗时耗力还耗钱，老百姓即使赢了官司，往往也会输了人情，矛盾未必得到彻底解决，有的还会埋下隐患酿成大案，因而成都市中级人民法院率先提出"溯源治理"。

如何贯彻习近平总书记"要深入推进社区治理创新，构建富有活力和效率的新型基层社会治理体系"的要求？大邑县抓住城乡社区作为当代社会生活的支撑点和社会成员聚集点，商品房买卖、物业服务、建设工程施工、邻里纠纷等呈逐年上升态势，亟须从源头上预防和化解各类矛盾纠纷。"无讼社区"建设就是以自治增活力、以法治立规矩、以德治扬正气，最大限度地把制度优势转化为治理效能，倡导"和为贵"理念，主要针对民商事纠纷，本着当事人自愿的原则，人民调解前端介入，运用"诉调对接"方式，对调解结果进行司法确认，增加调解的权威性，达到"息争止讼"目的。

"无讼社区"建设，使党的政治引领作用落到了实处，更把人民的主体地位凸显出来。我们调研时所到的各乡镇社区，都建有宽敞整洁温馨舒适的社区服务中心，撤去了过去横亘在中间的服务柜台，开放式的服务大厅成为居民"家里的大客厅"。根据居民的兴趣和需要，设立专门的空间和时间，由社区、居民自组织、社会组织开展保健、健身、学习、党建、儿童等活动。如普遍实施的"四点半工程"，就是由政府出钱引进专职的幼教机构，针对在读儿童下课和家长下班的无缝衔接而设立的。印象最深的东岳花苑社区，是由6个村的农民拆迁上楼组成的万人大社区，2017年入住后曾发生上千人聚集的群体性事件，通过相关部门现场办公、党支部政治引领、群众自治组织建立、《无讼公约》制定、物业智慧化人性化服务，现在成为宜居和美的首善之地。我们调研时正好赶上居民自编自演的高水平"村晚"，看到他们发自内心的笑容，"无讼社区"建设让农民迅速变成为市民，更成为责权平衡的公民，真让人感慨万千。

"雪亮工程"本是一套电子监控体系，大邑县将其内容和形式大大扩充。一是城乡社区、主要道路、山水要地都安装高清摄像头，使社区和全县基本情况尽在实况掌握之中，社区的人脸识别系统和一键报警，使大多数社区撤销了有形的门禁体系，将重点人和事的追踪都掌控于无形，大大降低了偷盗、抢劫、强奸等刑事案件发案率。二是通过建立大数据和制度化的研判机制，县、乡镇、社区每周都定时分析通报，将社会治安防患于未然。三是将这套体系通过不同级别的授权，让老百姓广泛参与，通过手机平台，老百姓可以随手拍、随手传信息于"雪亮工程"电子平台，形成人人参与的社会治安和社会服务网络，即使村民远在西藏打工，也可以通过手机现场观看所在社区现况，参与社区事务。

大邑还充分利用有线电视网络，将各乡镇社区的宣传行政内容都广泛上传，如政务、村务、财务公开，重大工程项目的招投标、各级会议、相关政策法规、党建廉政，村民都可以看直播也可以查找下载，还可以提出建议，发表意见。而且打通电脑、手机、电视"三屏"，及时将政府管理和服务传达千家万户，同时将群众意见及时上传到各级政府，真正做到了上下联通人人参与。法制大讲堂、举案说法、人民调解员培训、法律七进等活动，极大促进了社会主义法治建设，公开公正公平的政务运转体系更推动了社会主义政治文明建设，老百姓的获得感、幸福感、安全感空前增强，城乡越来越富裕、祥和、宁静。

"无讼社区"建设三年多来，大邑法院的新收案件数由 2016 年的 3877 件增长到 2018 年的 5945 件，持续处于增长态势，社会矛盾和纠纷形势仍然严峻。三年多来新收案件数增长了 0.53 倍，年平均增长幅度为 18.02%，其中 2018 年新收案件数增长幅度约为 14.44%，仍在同比两位数的高位范围，但增长幅度下降且远低于 2017 年 33.93% 的增长幅度。虽然全院新收案件数持续增长，但在"无讼社区"建设工作开展的重点领域呈现出两个下降趋势：一是刑事案件数量的下降，同比下降了 23.65%；二是民事案件中，婚姻家庭案件、权属纠纷类案件分别同比下降了13.99%、21.64%，"无讼社区"建设的成效明显但也任重道远。

改革只有进行时，没有完成时。随着中国现代化进程的快速跃进，推动中国特色社会主义社会治理体系和治理能力的现代化，是一项长期而艰巨的历史性任务。2019 年 1 月 15 日至 16 日在北京召开的中央政法工作会议，习近平总书记指出："要善于把党的领导和我国社会主义制度优势转化为社会治理效能，完善党委领导、政府负责、社会协同、公众参与、法治保障的社会治理体制，打造共建共治共享的社会治理格局。"大邑县通过政治、法治、自治、德治、智治"五治"综合发力，打造人人有责、人人尽责的社会治理共同体，就是推进中国特色社会主义治理体系和治理能力现代化的有益实践和积极探索。

三、从城乡分割到城乡融合的历史跨越

"无讼"概念最早源自《论语·颜渊》篇所记载的孔子一句话："听讼，吾犹人也，必也使无讼乎。"此后悠悠两千多年，儒家文化成为中国主流意识形态，一直

影响着一代又一代的中国人，"无讼"也成为调剂社会关系的指导思想和至高目标。费孝通先生在《乡土中国》一书开篇就指出："从基层上看去，中国社会是乡土性的。"称其为乡土本色。乡土社会中社会关系最突出的特点就是"差序格局"，这成为社会学中国化的经典性概念。正是这种差序格局下乡土中国的乡土性，维系着私人的道德，影响着亲属关系、血缘关系甚至地缘关系，并扩大到家庭之外的家族，甚至影响着乡土社会的政治秩序和统治方式。从男女有别的"家族"到"礼治秩序"下的"无讼"，无为政治下的长老统治，以名实分离应对社会变迁。而近代以来从欲望到需求的文明转换，时势的权力迫使乡土中国进入乡土重建。

中国社会经过数千年农业文明的辉煌，也走过了近代以来180年艰难的国家现代化追求。中华人民共和国成立后的三次社会主义新农村建设，应对不同时期的历史任务，努力推进农村、农业和农民的同步发展。从工业化城市化初期无奈的城乡分割体制，到新世纪初促进城乡一体化、加快解决"三农"问题的新一轮社会主义新农村建设，再到党的十九大提出实施乡村振兴战略，习近平总书记明确指出其目标和路径为乡村产业振兴、乡村人才振兴、乡村文化振兴、乡村生态振兴、乡村组织振兴的"五个振兴"，再到2019年5月5日中共中央国务院颁布《关于建立健全城乡融合发展体制机制和政策体系的意见》。而中国共产党十九届四中全会，主要议程确定为研究坚持和完善中国特色社会主义制度、推进国家治理体系和治理能力现代化若干重大问题，意味着在中华人民共和国成立70周年之际，中国迎来从城乡分割—城乡一体—城乡融合发展的伟大历史性转变。党的十九届五中全会提出"优先发展农业农村，全面推进乡村振兴"，《中华人民共和国国民经济和社会发展第十四个五年规划和2035年远景目标纲要》和2021年中央一号文件《中共中央、国务院关于全面推进乡村振兴加快农业农村现代化的意见》的颁布和实施，更是坚定迈开了这一历史性转折的步伐。

几千年农业文明所期盼的"礼治秩序"下的"无讼"，伴随新中国70年工业化、城市化和现代化的发展，也经过了人民公社、联产承包责任制，以及改革开放以来的一系列从社会管理到社会治理的变革，从"枫桥经验"到"新枫桥经验"，各地都在积极探讨如何推进基层社会治理体系和社会治理能力的现代化。从乡土本色的"无讼"企盼，到快速现代化背景下的"无讼社区"建设，那是植根于五千年文明厚土之上的螺旋式上升和更高层次的回归。特别是近代以来中国共产党率领全国各族人民，经历了"站起来""富起来"的艰苦奋斗，正迎来"强起来"的新时代。四川省大邑县以政治、法治、自治、德治、智治等"五治"发力的"无讼社区"建设,就是在构建富强、民主、文明、和谐、美丽的社会主义现代化强国过程中,中国城乡正在建立一个美好社会的普遍写照,是从乡土中国到乡土重建,再到城乡共同繁荣的中国现代化进程的必然趋势。

原载《粤海风》2021 年第 2 期

心灵归去:重新发现乡村的价值

中国人讲究落叶归根,有着对乡土文化的深刻眷念。年龄一过五十,连做梦都多是童年的印记,特别是那故乡的风和故乡的云,小时候的事是终生难忘的事。故乡何在?变化太快的世界,让故乡只能在梦里,回不去的乡,离不开的城,剩下的只有乡愁了。

一位朋友率先在北京远郊区租购了农家大院,过上了归隐生活。不久,也就是不久,他又迁回城里的蜗居,农村虽好,却有太多的不便。另一位朋友在六环外购置了独幢别墅,带着一亩地的大院,让人分外眼红。承蒙她的好意,我们去聚会了两次,不仅太远而且太堵,来回一次,无疑是一次长征。晚上的别墅区灯光昏暗,偶尔一两声狗吠,也是一片农村的冷清。2007 年 6 月 23 日,著名相声演员侯耀文因心脏病猝死于昌平沙河玫瑰园家中,也印证了一个道理:老了有条件返回乡村时,你已经离不开城市,回乡之路非常漫长。

即使如此,我们也固执地要返乡。落叶归根,让很早就漂泊四方的华人,没有像西方人那样开疆拓土,抢占殖民地,而是发达了就会荣归故里,形成星罗棋布的古村落,那些古色古香的高宅大院,留下令子孙敬仰的文化遗产和近代的独特侨乡风貌。连我这样没有发达的人,也曾热情万分地到郊区包地,几家合伙花了一万元钱,在业主的一再催促下,才总共去了三次,收获的是三袋长过头的蔬菜,这是我家吃过的最贵的菜。接着我又把不多的储蓄,用在河北某村购买商品房,活活错过北京房价翻跟头的机会。当时打动我的是开车穿过玉米林的感觉,就像将军检阅士兵,风中传来的是"为人民服务"的回声,还有楼顶 300 平方米的大平台,开发商说你可以随意养花种菜,那是看透了我们心底的情结。

世纪初去访问地广人稀的澳大利亚,早晚的悉尼市郊,也出现朝夕式的堵车,形象再现了从 20 世纪五六十年代发达国家出现的逆城市化图景,人们开始大量搬离中心城区，向郊区、远郊区扩拓，形成卫星城，接着是形成城市带和城市群。在很多发达国家的大城市，甚至出现"烂心"现象，中心城区一到晚上，成为酒鬼、流浪汉的天下；而中国的大城市，则出现"烂边"现象，城市一圈一圈扩大，城乡接合部形成的"城中村"也一圈一圈外延。随着珠三角、长三角城市群的崛起，中国的城市带也发展迅猛，目前的京津冀一体化战略正快速推进，中国的城乡在连为一体，城乡间的差距也在不断缩小，习近平总主席所说的"看得见山、望得见水，记得往乡愁"的新型城镇化和城乡一体化都在迅速实现。

五月初去浙江省松阳县考察，这是浙西南"八山一水一分田"的山区，既有百里稻花香的松古盆地，更有绵延起伏的青山，良好的自然环境和地处瓯江上游的交通条件，使其成为具有 1800 多年的历史文化名城。在农业文明时代，松阳是典型的富饶文明之地，耕读传家，在中国 1300 多年的科举史上，一县就诞生了 96 名进士，确实了不起。近代的烟叶和茶叶种植，也给这块古老的大地带来财源滚滚，留下了一百多座古色古香的传统村落。改革开放以来中国快速的工业化和城市化进程，同样让松阳农村逐渐衰败起来，年轻人大多外出打工，剩下的是老人、妇女和儿童。夕阳下的老屋仍然庄严，却掩盖不了日益的颓唐。村里随处可见孤独的老人，他们仍旧勤劳地坚守着农业和家园，只有那只老黄狗还忠实地陪伴他们的生活。

唐代诗人王维曾写下"按节下松阳，清江响铙吹"，说的是松阳古商道上山清水秀的美景和古老祥和的民风。宋代状元沈晦也感叹："惟此桃花源，四塞无他虞"，松阳不仅富足而且安定。历史风水轮流转，被城市化丢下的松阳，今天突然间又珍贵起来。全县森林覆盖率达 78%，空气质量优良天数比达 95.5%，水质达标率更是 100%，"百里乡村百里茶，一路山水一路景"，连破败的老房子也焕发了青春，西屏镇被确定为国家历史文化名镇，71 个村庄列入中国传统村落保护名录，松阳成为全国传统村落保护发展示范县、中国传统村落保护利用试验区和全国"拯救老屋行动"整体推进试点县。

中国的乡村自古以来就为城镇和王权贡献着人力、物力和财力，维系着中国大一统王朝的运转。科举制度培植了富有修养和能力的官僚队伍，也形成了幼读书、壮做官、老还乡的朝野循环体系，在乡村居住着庞大的乡绅群体，他们涵养着中国的基层文化，形成政不下县、乡村自治的传统。近代工业文明的入侵，从根本上打乱了中国农村的文化生态，清末开始的保甲制度，不仅让王权侵入基层，而且改变了城乡的循环结构，农村成为向城市供应人力、物力、财力之地，只有单向的输出而几乎没有反馈，于是乡村不仅是贫困了，甚至是枯竭了。一是工业生产取代了手工业生产，打破了"农工相辅、男耕女织"的经济结构，二是现代专业化教育取代"耕读传家"的传统和科举制度下的人才循环，三是全新的城市文明出现了，农村的精英被吸纳进城市再不返乡。发达农村最早将田地分作"田底"和"田面"，让所有权和经营权分离，农村精英纷纷进城入镇另谋生计，土地及其承载的乡土文化都不断失去魅力。

中国共产党最了解中国的国情，走了一条"以农村包围城市最后夺取城市"的革命道路，农村成为红色政权的起点，农民成为中国革命的主力军。紧紧抓住土地问题这一中国革命的根本，中国共产党无往而不胜。著名的淮海战役，六十万能战胜八十万，背后是几百万支前民工，陈毅元帅说淮海战役的胜利，是人民群众用小车推出来的，就是最精当的说明。中华人民共和国成立后，面对一穷二白的家底和帝国主义封锁的外部环境，自力更生艰苦奋斗不是一句空话，城乡分割、以乡补城的工业化城市化道路以及计划经济的制度模式，成为必然的选择，农村和农民继续为国家的建设付出沉重的代价。改革开放以后，伴随着农业承包责任制对农村剩余劳动力的解放，中国承接世界产业大转移，廉价的商品走向世界，中国制造声名鹊起，背后也是近三亿农民工离乡背井的辛酸，农村真穷、农民真苦、农业真危险的"三农问题"日益浮出历史的水面。

2004年3月5日，时任国务院总理的温家宝在全国人大十届二次会议的《政府工作报告》中宣布，在五年之内取消农业税，广大农民欢欣鼓舞，更标志着中国几千年"皇粮国税"的农业依赖型经济结构的终结，这是一个伟大的历史性进步。2005年10月8日，中国共产党十六届五中全会通过《十一五规划纲要建议》，提出要按照"生产发展、生活宽裕、乡风文明、村容整洁、管理民主"的要求，扎实推进社会主义新农村建设。2010年后的中国，不仅成为制造业和国际贸易的第一大国，也成为经济总量第二的强国，国家更有力量反馈欠债已久的农村。21世纪以来每年的中央一号文件，几乎都针对"三农"问题的解决步步深入推进，到十八届五中全会的《十三五规划纲要建议》，标志着根除农村贫困从而实现全面小康的战役进入攻坚阶段，农民、农业和农村都在发生翻天覆地的变化。

到松阳的第一天，我们住在四星级的天元名都酒店，位于沿河打造出的城市新区，高楼林立，楼下就是漂亮的河滨公园，夜晚的灯光映射出城市的繁华。和所有的城市一样，标准化的房间和标准化的餐饮，让人经常不知身在何处。我总结为"三星级以上的宾馆无差别，县级以上的饭菜无特色"，工业化和城市化下的标准化，让人感到整齐划一带来的现代性压迫。松阳老街的石板路在灯光下发出诱人的光芒，给人一种过去与现在的真实联通，那些陈旧的房屋让人看到童年的时光，理发店的旧椅子、面馆的胖大嫂、铁匠铺的炉火，都让空气里泛着亲切和安详，让人有种回到老家的宁静。我们第二天晚上就坚决搬到老街上的客栈，这里过去是祠堂，后来是小学，闹中取静，别有一番情趣。第三天我们又搬到离县城几十千米外的小竹溪村松泰大院，一溪清水穿村而过，黄土平房构成的旧村沿山分布，三四层楼房的新村隔溪相望，松泰大院据说是村里的首富所建，前后两个大院落再加上花园，有些仿北京的四合院，也带着当地的风格，最重要的是青山环绕，流水淙淙，让人睡得格外香甜。

考察松阳乡村，让人耳目一新，看到昔日的辉煌与没落，也看到乡村的复兴和希望。一位爱画画的住村扶贫干部，引来了画家群体，小山村秋天的柿子，红得让城里人坐不住，这里有络绎不绝的画家及其学生，形成声名远播的画家村；环绕松阳青山绿水的浓雾，时来时去的雨露阳光，逶迤起伏的茶园，构成松阳美不胜收的佳景，摄影家及其发烧友蜂拥而至。伴随着外地游客和艺术家的增多，利用城郊过去的粮食仓库，松阳办起了798文化创意园，与全国200所高校艺术专业建立合作关系。只剩下老人与狗的古老村庄，也被各路人马发掘出来，既有政府主导的传统村落保护和扶贫开发，也有都市资本下乡，更有返乡创业和当地大学生的回归。我们一路看到来自杭州及其他地方的老板，把残破的村庄加以现代装修，形成星罗棋布的乡村客栈，也有像松泰大院的老板依靠松香产业发财，回乡建房开发旅游业，还在平田村看到政府统一规划整村开发，由返乡大学生经营的模式。那位名叫大宝的姑娘，每天都在微信上报道"云上平田"的消息，传达出她和创业团队的活力与信心。

中国快速的现代化和城市化进程中，繁荣的城市衬托下的衰败农村，一度引起人们的普遍关注。近几年春节的回乡报道，总有些悲悲戚戚，不断增加着人们的忧虑。回溯二三代，我们都是农民出身，回忆童年时光，我们大多来自乡村。中国乡村何处去？既有浓浓的乡愁，也不乏城市人在混凝土丛林压迫下的焦躁，甚至还有城市人对农村人居高临下的优越感。中国农村数千年都在贡献和输出，就像挤干了奶的母牛，正在憔悴地老去。拯救乡村、拯救老屋，一场新乡建运动也在互联网推动下风起云涌。我去年考察的河南信阳郝堂村，就是一批乡建自愿者与乡村结合的产物，我们专门在村里召开了一个盛大的学术会议，讨论现代化进程中的乡村社会和文化重建。如何重新认识今天的乡村，除了忧虑和同情，似乎更应俯下身子，真正关心和考察农村的现状，发掘出中国乡村在新的历史条件下的自身价值。

早在十年以前，我在北京远郊的长城脚下的北沟村，就看到了中国乡村复兴的希望。这里距怀柔城区还有 18 千米，以种植核桃和板栗著名。富裕起来的村民，纷纷搬离祖祖辈辈传承下来依山就势的石头房，住进了城里人一样的现代楼房。在北京生活工作的外国人，最早发现了这一契机，他们租下农民空闲的祖屋和院落，对内部进行现代化的改造，据说最多的一户花了一千万元来装修改建，房屋的外表几乎不变，内部却时尚而新颖，特别是躺在床上看星星的设计，让城里人充满浪漫的幻想。北沟村和京郊的旅游业由此迅速发展，北京人也不断走向农村租住农家旧房，就像我的那位朋友一样。农家院、农家菜、农家乐的乡村旅游在全国都蓬勃兴起。

在松阳认识一位退休干部，他早就习惯了县城里的生活，任由乡下的老屋破败坍塌。新兴的乡村旅游让他看到商机，重新整修的老房子，不仅让他有了新工作，而且田园诗般的生活，让昔日的同事们羡慕不已。最近去的湖北省竹溪县，虽是国家级贫困县，农民基本都住上了新楼房，传统的草顶石板土屋几无留存，农村的变化确实今非昔比。我们住在过去茶厂改造的龙王垭会议中心，位于离县城几十千米的半山上，滚动实测的每立方厘米负氧离子含量达到 3.2 万至 3.7 万，与大城市的差距在千倍以上，连睡觉做梦都是甜的，全县森林覆盖率在 80% 以上，也是北京人刚喝上的长江水的水源地，其生态效应自不待言。竹溪还发掘优秀传统文化，将老祖宗留下的家风家训与今天的农村精神文明建设相结合，发掘出乡村文化的另一价值宝库，打造出生态好、生活好、风气好的三好县。

经过十多年的新农村建设，中国的乡村基础设施不断改进，城乡之间的交通、通信、水电、医疗等各方面的差距都在不断缩小，特别是互联网带来的城乡一体化，"天涯若比邻"让距离不是问题，淘宝早就走进了千村万户。乡村的生态价值以及几千年积淀的优秀传统文化，自有城市无可比拟的地方，那种亲近自然、呼吸舒畅、灵肉合一、民风敦厚、相亲相敬、和谐共生的感觉，不仅让我们在乡愁中找到心灵的归宿，更让人看到当代乡村的独特价值。伴随着中国老龄化的到来和城市化的进一步推进，继农民工和农村大学生返乡创业、城市资本大举下乡之后，或许城里人返乡养老、乡村创业也会成为明智的选择，甚至形成下一种时尚生活。城乡的鸿沟正在被新时代填平，城市房地产业正在转向租赁和共享，乡村旅游及旅游地产方兴未艾，已经露出新的发展苗头。今天的城乡关系已经不是单车道，乡村依然向城市贡献着人、财、物，城市的人、财、物也在大规模下乡，中国现代化进程，正迎来一个城乡共同繁荣的新时代。重新发现和发掘乡村价值，是值得深入探讨的话题，或许也是中国现代化进程中的一个新风向标。

原文《乡愁让我们再出发》，载《经济日报》2015 年 2 月 17 日；2017 年 7 月 15 日星期六再改写补充。

记住乡愁与古镇开发

走在忙碌的都市，总是高楼大厦，车水马龙，似曾相识，却又陌生。就像歌词里唱的那样：城市的柏油路太硬，踩不出足迹。我经常要靠看照片，才能确定这一年去过什么地方，依稀画出人生的历程。每天早晨起床，总有一种疲惫未去，焦虑又来，没完没了，循环往复，生活富裕了，却找不到宁静的感觉。好似席梦思床垫太软，托住了我们的肉体，却难以安放灵魂。只有在睡梦中回到贫穷但快乐的童年，回到偏僻但温暖的故乡，那山那水那情那味那音……让我们才能找回片刻的安心。习近平同志针对中国现代化的快速发展，提出要记得住乡愁，道出了大家的心声。好一个愁字了得！

在人类历史上，没有一个民族和国家有过我们这样的独特经历。五千年文明史，漫长而悠久。无数的民族和国家"其兴也勃焉，其亡也忽焉"，犹如灿烂的流星，辉煌过后就立即消失在历史的长河中。中华民族创造了唯一没有换人也没有换地方的奇迹，源远流长，生生不息。古老的农业文明，在经历了近二百年的工业文明狂风暴雨洗礼后摇摇欲坠，却在晃晃悠悠中又重新站立起来，爆发出无比巨大的能量。继民族独立人民解放之后，在社会主义道路上曲折前进，改革开放以后更在中国特色社会主义道路上快跑。童年饥饿的记忆犹新，憧憬起手表、自行车、电风扇、收音机的"三转一响"，老三样很快被冰箱、彩电、洗衣机的新三样替换，进入 21 世纪后，购车、买房、旅游为代表的"新新三样"成为主流。短短三十多年时间，中国人走过了其他国家两、三百年的历程，变化让人眼花缭乱。

中国这辆高速行进的列车，让中国和世界都有些不适应。以农村建房史为例，改革开放初拆祖先的房盖新房，20 世纪八九十年代拆父亲的房，21 世纪前后拆自己的房，而新生代农村子弟干脆进城买房，洗脚上楼。中国人的家庭规模从过去的五世同堂、四世同堂到现在小家庭为主，第一次人口普查时全国平均家庭人口是

5.4 人，到六普时只有 3.1 人。从 80% 的人口生活在农村，到现在城市化率 53% 左右，产业结构的三角形倒了个，越来越多的中国人走出了数千年安身立命的乡土，会聚在陌生而快速成长的城市，在感觉独立自由的同时，也感到孤独无援了。就在半个多世纪以前，中国还是一穷二白；就在三十多年前，中国人还贫穷土气。21 世纪后的快速超车，中国已经稳居世界经济总量第二，2014 年中国的总量不仅多出日本一倍多，也从世界资本输入国变为输出国，中国制造、中国企业、中国人遍布全球，世界银行惊呼按实际购买力计算，中国事实上已经超越美国成了世界老大！变化不是太快，而是快得难以理解了，于是"黄祸论"变成了中国道路、中国模式的讨论和思考。

早在 20 世纪 90 年代，全球化的浪潮汹涌澎湃，亨廷顿的"文明冲突论"和福山的"历史终结论"甚嚣尘上，表明一个不平静的时代和资本独霸世界的到来。中国著名的社会学家费孝通相应提出"各美其美、美人之美、美美与共、天下大同"，面对全球化的挑战和中国文化转型，他极力倡导文化自觉："其意义在于生活在一定文化中的人对其文化有'自知之明'，明白它的来历，形成的过程，所具有的特色和它的发展趋向，自知之明是为了加强对文化转型的自主能力，取得决定适应新环境、新时代文化选择的自主地位"。[1] 特别是"9·11"事件之后世界更加纷争不断，他又提出"美好社会"的概念，致力于构建和谐中国，从而推进和谐世界的建设。

文化自觉理论得到海内外的广泛响应，成为当代重要的文化思潮。回顾世界近代历史，西班牙、葡萄牙、荷兰最早扩展海外贸易，在全球化第一波浪潮中占尽先机；英国伴随着工业文明而兴起，大举开拓海外殖民地，成为著名的"日不落帝国"；新兴的美利坚在二次世界大战的烽火中崛起，依靠科技创新引领全球，至今一超独霸。回顾中国的历史，在漫长的农业文明时代，中国一直领先世界，却在 16 世纪后突然停滞不前。这使得毕生研究世界科技史的李约瑟倍感迷惑：按理说人类工业文明的星火应从中国点燃，绝不该从中世纪黑暗笼罩的欧洲亮起，这就是著名的"李约瑟之谜"。中国经历了近二百年痛苦的社会文化转型，不仅起死回生而且突然发力，以 35 年连续的高速增长，让世界瞠目结舌，形成新的中国奇迹之谜。

每一个中国人都能够感受到国家的巨大变化和自身生活水平的不断提高，贫穷变成了小康，土气变成了土豪，甚至自卑变成了自大。但每一个中国人似乎也活得越来越不踏实，不仅有人自认为"屌丝"，更有人找不到活着的意义。就像一个突

1　费孝通《论人类学与文化自觉》，华夏出版社 2004 年 2 月版，第 194 页。

然长胖的人，看不到脚下的土地，显得重心不稳。肥胖并不等于健壮，更不是强大。一心只想朝前（钱）飞，不仅很累而且有些迷茫。灵和肉、人和人、群体和群体、人类和自然都变得不协调。我们必须看清立足的土地，更要看清当今的世界。"记住乡愁"就不仅是一种文化寻根，更是一种文化反省，那些历经千百年的古老村镇，给我们的不仅是沧桑历史，更有着中华文明千年不败的内在文化基因。

在漫长的农业文明时代，中国人的精神结构和社会结构是完整而且互相配合的，文化变革缓慢而平稳。中国人以儒家文化为精神结构主体，以忠解决个人与国家的"公"关系，以孝解决个人与群体间的"私"关系，具体为四维八德、三纲五常，很好地规范了个人和社会的关系。又准备了一个"达则兼济天下，穷则独善其身"的补充体系，以道家的学说给予了天人之间和无常有道的宏大体系，让人大处着眼而不拘泥于一时一事的利害得失，可以"采菊东篱下，悠然见南山"。更妙的是用佛家的理论，连接起生死轮回，现实生活中注重群体而轻个人，将人生看作一代一代传递的生生不息的过程，超越了自我也超越了生死，中国人连死都不怕了。可以说那是一个缓慢平和的美好时代。

中国人的文化自信，经历了自满自足到失落回归的漫长曲折过程。我们在古代创造了辉煌的农业文明，通过精耕细作和儒家文化的维护，在有限的自然资源基础上养活了比别人多得多的人口。虽然也饱经战乱、朝代更替，总体上几千年既没有换人也没有换地，以世界中心而自居。当西方开启的现代化风潮席卷神州大地，令人痛心的屡战屡败、屡败屡战的近代史不堪回首，成为每一个中国人心中的痛。在半殖民地半封建的泥沼中，我们求独立、求解放，一直比着西方的榜样学习和追赶。我们的文化镜子，从自成体系的坐标，变为以西方文明为坐标，从洋化、西化到现代化，无不是跟在别人后面亦步亦趋，许多时候甚至到了邯郸学步的程度。经历了几多战争和平、几多革命改良、几多文化风暴，这一百七十多年中国人有太多的辛酸和血泪。直到改革开放的新的历史时期，我们终于喊出了实现中华民族的伟大复兴的时代强音。

今天的中国已经不是积贫积弱的时代，随着综合国力的增强和人民生活水平的提高，中国人的文化自信心也正在回归。"记住乡愁"要挖掘的是民族文化之根，要记住的是中华民族的文化基因，在"乡愁"里反省和发掘中国文化的创新能力。比之西方以个体为本位的社会文化结构，中国人从来都是以群体为本位的社会文化结构。家和万事兴、义行天下、忠孝仁义、和而不同、中和位育、耕读传家、天下大同等文化表述，不仅在历史上影响着我们民族的发展历程，也深刻地融入民族的血液中，表现在每一个历史的选择关头。习近平同志指出："要认真汲取中华优秀传统文化的思想精华和道德精髓，大力弘扬以爱国主义为核心的民族精神和以改革创新为核心的时代精神，深入挖掘和阐发中华优秀传统文化讲仁爱、重民本、守诚信、崇正义、尚和合、求大同的时代价值，使中华优秀传统文化成为涵养社会主义核心价值观的重要源泉。要处理好继承和创造性发展的关系，重点做好创造性转化和创新性发展。"尤其是在世界文化比较的坐标下，审视本民族的历史和文化传统。面对21世纪的文化挑战，我们坚信"中华民族是具有非凡创造力的民族，我们创造了伟大的中华文明，我们也能够继续拓展和走好适合中国国情的发展道路。全国各族人民一定要增强对中国特色社会主义的理论自信、道路自信、制度自信，坚定不移沿着正确的中国道路奋勇前进"。有了这三个自信，站在五千年优秀文化的坚实基础上，放眼全球化时代的世界潮流，中华民族伟大复兴的中国梦就一定能够实现。

中国五千年的文明史，在中华大地上留下了星罗棋布的历史文化名镇。它们承载着作为四大文明古国中唯一没有换人也没有换地方的中华民族源远流长的文化基因，也深刻反映出快速现代化进程中传统与现代交错复杂的矛盾和问题。保护和开发这些历史文化古镇，远不是发展旅游业那么简单，既是如何处理传统和现代的关系，也是保存和发展中华民族自强不息的历史文化基因的大事，更是为中华民族的伟大复兴寻找文化上的内源性动力。

前段时间去浙江省永康市芝英镇考察，这个具有1700年历史的古镇，古祠名宅、老街小巷、小桥古井、古树名木构成了千年江南古镇的独有风貌。作为浙江省首批小城镇综合改革试点镇，2014年工业生产总值达130多亿元，城镇居民人均可支配收入近4万元，发展非常迅速。但作为国家级历史文化名镇，却明显呈现出历史和现代断裂、新旧两块区域割裂，缺乏应有的发展规划，市镇建设零乱。数千年形成的老城区井然有序，但小街陋巷、破败不堪，老祠堂成了手工作坊，大宅门成了大杂院，居住着老人和外来打工者，呈现出乱边烂心的状态。近年来，芝英镇党委政府积极创建经济强镇、商贸重镇、历史名镇，努力打造富强、文明、生态、和谐的美丽芝英。千年古镇的复兴，路在何方？

一是在时间的坐标下，搞好历史和现实的接续。千年古镇的繁荣兴盛，是中国农业文明时代的产物。农工相辅、家族传承是那个时代的基本特征。在人多地少的浙中地区，芝英先人从道教的炼丹术发展出采矿冶炼、五金工艺。古芝英由始祖应詹将军屯兵屯田开发起家，无论战备还是屯田开发，使芝英形成冶炼金属的基础，成为中国五金之都永康市的最早五金发祥地。在农业为本、耕读传家的信念下，芝英人更以"千秧八百，不如手艺盘身"作为生存理念，造就了世代相传从事手工业的传统，形成良好的地区产业环境和氛围。芝英人串村走巷，挑担走遍大半个中国，也为永康赢得了"打铜打铁走四方，府府县县不离康"的美誉。

芝英的手工业以打铁、打铜、打锡、打金、打银、钉秤、铸锅等项为主，随着现代工业文明的进入，这些传统的手工业逐渐失去市场。过去的铜盆银碗、锡制礼器、木制杆秤的"三宝"，要么被价廉物美的工业品替换，要么被时代发展所抛弃。改革开放以来，芝英人一方面是迎着潮流上，全镇已有工业企业1600家、规模以上企业59家、产值在亿元以上的企业有16家，在古镇周边和开发区形成一大批新兴现代工业，并努力从中国制造向中国创造转变。但在另一方面，就千年古镇的产业根基的"百工之乡"来看，正处于艰难的产业转型阶段，许多传统手工业处于苟延残喘的境地。芝英古镇的开发，必将带来传统手工业、商业的复兴机会，最关键的是做好传统与现代的转换，旧瓶装新酒，将手工业的产品向市场需要的旅游品、手工艺品转换，将传统的手工作坊成为展示能工巧匠的场所，配套建成"百宝"工艺展示一条街，加之深厚乡土气息和脉脉温情的传统市场，不仅让游客了解"中国工艺"，更在传统气氛中记住乡愁，感受文化根脉。

二是在文化的坐标下，发掘传统文化的现代意义。芝英的辉煌，是农业文明的产物，放在现代的发展背景下，芝英古镇必然是老了朽了。开发古镇，最重要的是找到文化之魂，那些能够历经磨难而永不衰败的文化基因，才是芝英甚至整个中华民族的瑰宝。芝英的传统文化中，贯穿千年的是忠孝慈文化，完美体现了中国儒道释一体、忠君爱国、耕读传家、家族互助、推己及人等优秀传统，这是中华民族五千年生生不息、源远流长的文化动因。历史上芝英人才辈出，既有仕举高官，为国赴难为民请命的政治人物，也有近代上海道台、驻外使节，更有德高望重、引领时代的乡贤士绅，还有中国革命和建设时期的杰出人物，他们不仅留下了上百处祠堂、三合四合大院，也留下了宝贵的人生故事和民族精神。将这些历史遗迹及其附载的精神相结合，建成中国传统文化专题博物馆群，既展示"百工之乡"的传统农业、手工业、商业，让后人形象记住农业文明的辉煌和根基，更通过专项传统文化展示，形成全国独一无二的传统文化博物馆群，成为人们温习和了解中华文化、培植爱国主义的精神家园。

在西方物质文化横流四海的背景下，全世界都在寻找精神家园。现代文化的流变性和碎片化，让社会整合和文化传承都成为世界性的问题。中华文化所体现的和合精神以及人和自然相和谐的追求，无疑成为拯救世界的药方。正如法国的阿尔文博士所断言：人类要生存下去就必须回到 2500 年前的孔子时代。芝英的宝贵，在于很好地传承着中国的优秀传统文化，特别是家族祠堂所包含的老有所养、少有所教的孝慈文化，在今天个人主义盛行而日益紧迫的"老龄化"时代具有特别的意义。当我看到芝英的富人和干部带头资助的"老人食堂"以及 94 岁高龄仍旧身心健康的老人时，我也看到了从古代的"义庄"到今天的"银发经济"转换的潜力；当我看到当地人富不骄穷不馁的平静，也看到了传统的忠孝慈文化的魅力，如果让祠堂的读书声重新在假期响起，让传统文化的影响力伴随着旅游业而发扬光大，就不只是兴一个产业而是功德无量的大事。

三是在空间的坐标下，做好区域规划布局。芝英在做好新旧城区的规划外，还要分层分级进行区划定位布局，充分发掘古镇的经济价值和文化意义。芝英地处浙中发达地区，交通发达，与金华、义乌、东阳、永康等城市形成 2 小时交通网。既有世界小商品批发中心的义乌经济辐射；也与 10 千米外的永康城区中国科技五金城形成现代和传统的五金之乡呼应；旁边既有国家级风景名胜区方岩，形成自然和人文的交相辉映；还与 20 千米外的横店影视城形成真假古今的交替。在局部的区域规划之外，还应当根据省际旅游资源、江南小镇特色、中国以至世界旅游业发展来定位，深度开发青少年教育、说走就走的年轻人、夕阳红的老年群体等多层次旅游资源。

面对祖宗留下的宝贵文化遗产，历史文化古镇既不可贸然仓促行事，也不可简单浅层开发，防止因急功近利而背负千古骂名。在现在的古镇文化研究基础上，应广泛听取多方面专家的意见，制订成熟的开发方案，严格按照研究—规划—开发—宣传的程序进行。特别是注意发挥政府的引导作用、用好市场经济配置资源的活力和激发当地群众的主体性和能动性，三力合一。未来的芝英，不应只是靠卖门票的旅游点，而是传统和现代、当地人和游客、经济效益和社会效益、整体发展和文化传承都相得益彰的活性博物馆，百业俱兴、其乐融融。有看头，也有说头，更有想头，让人来了就不想走，不光记得住乡愁，还能看得到美好。这既是芝英古镇的出路，也应是所有历史文化古镇应有的归属。

21 世纪的世界，谁主沉浮？中华民族的伟大复兴，意味着给世界文明以新的贡献，我们拿什么奉献给新世界？"记住乡愁"不是文化回归，而是一场文化自觉，我们要找到文化之根，从这里重新出发。面对全球化的世界，从老根上长出更加壮实的新枝，让中华民族在世界之林里根深叶茂。

原文《历史文化名镇保护开发的三个坐标》，载《人民论坛》2015 年第 19 期

中国人何以才能死得其所？

一年一度的清明节，总会引起有关死亡的思考和讨论。人生苦短，总有一天人都会走向死亡，无论高低贵贱，赤条条地来还要赤条条地去，在死亡面前都是平等的。关于死亡，是古今中外所有人必须面对的终极问题，也反映了一个民族的人生观和价值观。

中国人对死亡有着自己独特的看法和做法，我们讲究视死如归、死得其所。中国人是将生和死看作一个连续的过程，将死者和生者关联在一起。人生在世，上有父母祖宗，下有子孙后代，每个人只是人生代际交替中的一环，环环相扣，才是美满完整的人生。因而我们讲求"慎始善终"，生前兢兢业业，上敬父母祖宗，下养儿孙后代，方能死后安然无恙，最怕的是"不得好死"，断子绝孙或子孙不孝。死亡对离世者是人生的总结仪式，对活着的人是人生的反思和展演仪式。对死者的后事料理，绝不只是一个物质体的无害化转换问题，也绝不是一个简单的情感问题。死者长已矣，或者还要继续生活，所谓长江后浪推前浪。活着的人要很好地活着，而且要一代又一代有礼有节地活着，就必须对前辈遗体做出合乎社会规则的处理，形成各个民族独特的丧葬习俗，反映出这个民族独特的文化传统。

中国是统一的多民族国家，追根溯源可以说是由农耕文明和游牧文明长期混合而形成的共同体，历史上不断吸收各种外来文化。在宗教上表现为儒道释为主，也兼收并蓄多种多样的宗教文化。中国人活着以儒家文化为纲领，"忠、孝、廉、耻"四维和"仁、义、礼、智、信"五常形成文明规范，其中最重要的就是"忠"和"孝"。以"忠"维系个人与国家的关系，以"孝"维系个人与家庭的关系，构成严密有序的群体性社会结构。在严密的同时，再以道家的"无为"寻求"逍遥自在"，包容个人的特殊性和支流文化的存在，留出一定的社会空间。中国人死去的时候，则大多采用佛家的理论和方法，将人生看作前世—现世—来世的连续体而且互为因果的关系，今生前生定，来生今生定，鼓励人们生前严格按照"善"和"德"的要求做人，死后就能有个好的去处，这无论是对死者离世时的心安理得，还是对生者面对艰难人生勇敢顽强地生存下去，无疑都起着巨大的安抚作用。因而，无论科学如何进步，如何破除迷信，佛教的死亡原理和程序，直到今天也是大多数中国人沿用的死亡礼仪。

就中国 56 个民族而言，因为地理环境、文化传统、宗教信仰、历史阶段等不同，在葬俗上也各有表现。比如森林中生活的民族，相应采用树葬；草原中生活的民族，往往实行野葬；在大海上讨生活的人，有的实行海葬；深山峡谷地区的人，曾经采用崖葬、悬棺葬；信仰藏传佛教的民族有天葬、水葬、火葬、塔葬等多种葬俗；信仰伊斯兰教的民族，土葬时不用棺木和陪葬品，而且死者的头要向麦加的方向。无论采用哪种葬俗，一定都包含着这个民族的人生观和价值观，对死者"体面"地离世很重要，对生者也是一种社会化的人生罗盘，而且浸透着这个民族的群体性感情，是不容他人轻视和误解的。葬俗当然也会随着社会文化变化而变化，但这是一个缓慢而且需要因势利导的过程，他人不可包办，更不能着急。

中国政府的民族宗教政策，很重要的方面就体现在对各民族风俗习惯的尊重上，尤其是对葬俗的尊重。绝不能以本民族的风俗，去评判甚至批评其他民族的风俗习惯。我在西藏做社会调查时，就遇到这么一个案例。一位清末驻藏的汉兵，辛亥革命后就留在了西藏，在当地娶妻生子，完全融入了藏文化，人们几乎都忘记了他曾是一位汉人。但他弥留之际的遗嘱是一定要土葬，体现出一个汉人不变的价值观，可见生死关头的文化习俗是不容易改变的。这让他的后人十分为难，按照汉人入土为安的观念土葬是最佳选择，而在藏人看来土葬是喂虫子，会影响死者的转世投生，是对传染病、凶死、死囚等非正常死亡的惩戒性葬法。

中华五千年文明是以农耕文明为主体，因而生前离不开土地，死后还要回归土地，历史上绝大多数中国人以土葬为主，形成所谓的"入土为安"观念。由土葬衍生出来的丧葬文化更是源远流长、博大精深。从看风水选墓地到立碑建园，各种排场，不一而足。大者如世界规模第一的秦始皇陵，小者如普通人家的"荒冢一堆草没了"。还有从以人殉葬、动物殉葬、豪华品殉葬的演变，倒是为今天的考古学提供了难得的研究标本，能够形象展示中华文化的辉煌历史，这几天陕西汉墓的发掘，正成为人们关注的事件。其实丧葬文化用老百姓的话说就是"有钱就葬人，无钱就埋人"。丧葬的俭朴奢华和花样百出，说到底是用死人做活人的面子，而面子及其实现方式，也是与时俱进变化多端，各个时代有各个时代的特色。

近代以来开始的中国现代化追求中，文化遭遇了"三千年未有之变局"，还有一个极其辉煌的业绩就是人口跟着不断翻番。从清朝时期的两三亿人，到民国时期的四五亿人，新中国成立后更是人丁兴旺，到 20 世纪 70 年代就已经达到七八亿人，国家受困于日益增长的人口压力，于是出台了著名的计划生育政策。在生不起的同时，也开始出现死不起的问题，传统的土葬风俗占用了太多的土地，死人抢了活人的饭碗。毛泽东主席带头签字，提倡改传统的土葬为火葬，共产党人率先移风易俗，全国响应雷厉风行，几千年的葬俗为之一变。

改革开放以后中国进入发展的快车道，经济腾飞的同时，人口也在迅速增长，从 10 亿人提升到今天的 14 亿人左右，即将进入中国人口的最高峰期。而且正值中国工业化、城镇化、市场化、信息化、国际化的剧烈社会转型时期，城镇化和市场化使得"死不起"直接演变为"葬不起"。虽然土葬改了火葬，棺材变成了骨灰盒，但最后还得"入土为安"，只是地盘变小了而已。随着城镇化使乡村分散居住变成了城镇集中聚居，生在乡村死在城镇就成为这个时代的特点，市区人满为患、交通堵塞，郊区则石碑林立、死无葬身之地也就成为必然的结果。加上改革时期不规范的市场经济和行业垄断，使得活人买不起房产、死人买不起墓地也就不足为奇。再加上拿死人给活人撑脸、以葬礼夸富显阔，翻倍涨价的天价墓地和近千万元的豪华墓园之类的新闻，当然会不断刺激人们敏感的神经。

这种紧张的局面还会加剧。一是因为我们的城镇化方兴未艾，市场经济还需规范，正是各种矛盾的凸显期；二是我们的人口特征是"未富先老"，比中国经济发展还快的是人口老龄化正在迅猛到来。2008 年我国 65 岁及以上老年人口已达 1.1 亿人，占世界老年人口的 23%，占亚洲的 38%。人口年龄结构从成年型进入老年型仅用了 18 年左右的时间，与发达国家相比，速度十分惊人。据预测，到 2020 年，中国 65 岁及以上老年人口所占比重将达到 11.92%，比 2000 年提高 4.96 个百分点，届时每 8 个人中就有一个 65 岁及以上老年人。2020 年以后老龄化程度继续提高，到 21 世纪中叶，老年人口比重将达到 25%，每 4 个人中就有一个老年人。

看来在"死不起"之前，先要想法解决"养得起"的问题。与其伤感"子欲养而亲不待"，事后大办丧事大修陵墓，不如生前在日常生活中尽心尽力。孔夫子早就指出："今之孝者，是谓能养。至于犬马，皆能有养。不敬，何以别乎？"面对老龄化的到来，既要养身也要养心的"孝道"文化，更是中华民族宝贵的文化遗产，面对今天有的人宁可养狗也不养人、宁可死后大操大办而不愿敬老携幼，重树孝道可谓国之大事也。本来中国的丧葬文化，就集中表现了这种深刻的文化内涵。不在于修墓造园守陵祭祀，而在于通过丧事传递孝道，彰显个人与社会的和谐关系。中国传奇将军许世友，一生忠于毛主席，但毛泽东倡议的火化令他是唯一不签字的人，他的理由是"生前为国尽忠，死后陪母尽孝"，去世时坚持要求葬在母亲墓旁，邓小平同志以"下不为例"特批。无论领袖还是将军，都在身体力行"变"和"不变"的中国丧葬文化。

所谓"变"，就是面对人口快速增长和集聚的现实，解决死不起、葬不起的紧迫问题，所以必须推进丧葬形式的改革，从土葬改火葬是一变，今天必然面临着二变，将来还会有三变和四变。所谓"不变"，就是丧葬文化的孝道内涵不能变。丧礼是对死者的人生总结，更是对生者的人生洗礼，通过这一独特的礼仪，要做到的是纪念死者、教育生者、整合社会、构建和谐。中国人要想死得其所，还要做到视死如归，这就牵涉到我们的精神家园在哪里的深层次问题，这是人类"我从哪里来，要到哪里去"的终极疑问，传统的中国人一向解决得很好。因为中国文化将个人融入社会，自己只是家庭、家族、地方、国家中的一分子，小我变成了大我；再将自己看作上接祖宗父母下接儿孙后代的生生不息的过程，小循环变成了大循环；而且将人类看作世界万物的一部分，在新陈代谢中相生相灭，谋求天人合一的崇高境界，焉有不怡然自得、视死如归的道理？死得其所当然也就不难解决。

现代的中国人不仅要面对死不起、葬不起的不得其所的困境，更深层次是面对"我是谁"的困境。我们为了效率不管不顾地追求所谓的自我、自由，获得了物质上的飞跃，却落下了精神上的孤独，很多时候只剩下顾影自怜了。人缩到了最小，焉有高大高尚的理想可言，自私必然带来孤立，孤立带来空虚，空虚带来虚弱，虚弱带来烦恼，当然难以做到视死如归了，因为早没有了心灵的家园，何处可归？要想死得其所，可能首先要回到群体，回到责任，回到传统的孝道。再用句老百姓的话说就是"屋檐水点点滴"，你对老人如何，你的子女将对你如何，提倡孝道说到底是为自己好。每个人都真正对自己好，社会自然和谐，轮到自己离去的时候，才可能做到心安理得、死得其所。

因而，现代人首先要解决人生观、价值观问题，这需要我们从传统文化和世界眼光的纵横坐标下去领悟和实践。有了这个前提，我想死得其所就只是个技术操作性问题，只要不丢孝道文化的精髓，又符合世界变得越来越平、越来越热、越来越挤的地球村现实，办法总是有的。一是向东进大海，将物质和灵魂都融入万顷波涛；二是向西进群山荒漠，将对前辈的追思变成绿化祖国的行动，在这个前提下可建超级陵园，让富人把孝心变为福泽后代的绿色；三是向上继续建高阁，扩大现有灵堂墓园规模，生前死后都困于一隅；四是向下做深埋，无论在森林或是田野，都可化作春泥更护花；五是向空中虚拟化，建立网络纪念堂，唯留精神在人间。当然还有其他的方法，但最好的做法就是生前尽忠尽孝、尽责尽力，为社会做出相应的贡献，死后活在人们心中，那才是一座永恒的纪念碑。

本文 2011 年 4 月 11 日定稿，以《国人如何才能死得其所》，载《人民论坛》
2011 年 6 月上总第 329 期

围墙文化与乡土中国的重建

2010 年的春夏之际，一个多月里连续发生了六起小学校和幼儿园的凶杀事件，
让人们的神经紧绷起来。政府采取了前所未有的严厉措施，全国的小学校和幼儿园
都进入了高度警戒状态，各种防范措施层出不穷，归纳起来就是高筑墙、慎提防。
越来越盛行的"封闭式管理"，把我们的孩子都严密地关在了高高的墙里，无论是
有形的各式各样的围墙，还是由制度和保安警察组成的无形的人墙，都可能让"花
朵"们更缺阳光。在被保护和不信任气氛中成长的孩子，如何指望他们成为未来社
会的栋梁之材？不能不引发人们更深一层的忧虑。

高筑墙是我们的文化传统，没事早提防，有事更加强，只有把自己圈起来才能
安心。纵观中国大地，各式各样的围墙错落有致，早就遍布于我们的生活中，融入
我们的历史文明里。庞大宏伟的如万里长城、金碧辉煌如故宫紫禁城、古色古香的
如西安城墙，这些让我们引以为自豪的名胜古迹，成为我们光荣历史的见证。机
关、小区、学校的围墙更是常见，没有围起来的墙和雄伟的大门，简直就不叫单
位，现在我们有钱了，墙和门的花样更是不断翻新，以至网上经常有最牛的校门
（当然也包括与之配套的围墙）之类的比赛。从民居上看，北方的四合院、南方的
土楼都是围起来的经典，分布最广的农家小院，地不分东西、人不分民族，很少是
有房无院的，一定要围起来才叫作家。即使是住进了狭窄拥挤的城市，小区有门有
墙有保安、单元有门有卡有密码、各家还要安一个结实的防盗门，窗户上安上铁栅
栏，人们创造条件，也一定要将自己关起来才踏实。

围墙如此发达，成为中国文化的重要特征。有形的围墙多，无形的围墙也多，
中国文化可称为围墙文化，这一发现让人觉得找到了长期落后的原因，特别是近些
年出国开了眼界的人，不仅看到欧洲、美国极少围墙，即使到了日本、韩国也不多
见，更感觉问题严重，"围墙文化"立即遭到口诛笔伐。新东郭先生写道："围墙难
得一见的美国，纳四方宾客，创万千奇迹，纵横捭阖，威加全球，称霸世界，成为

头号经济强国；高墙林立如云的中国，唱陈年老调，夸'四大'发明，豆萁相煎，争斗不已，内乱难休，沦为'第三世界'！"可谓痛心疾首。

我也曾经有过几次出国经历，也产生过类似的感觉。记得在日本看到他们狭窄的院落，是用精美低小的木栅栏组成，有的甚至就是用植物作墙，一步就可以跨进去，门和墙也极其单薄，感觉一拳就能击穿，窗户上也没有钢筋护栏，不由得为日本人的安全担心。房东的回答竟然是不会偷，也不怕偷。所谓不会偷是社会治安状况良好，警察连丢只猫都会管，社区出现偷盗就是大案要案，一定会从重从快破案；不怕偷是因为大件搬不走，家里几乎无现金，平常生活多刷卡。看来日本人虽然拆了有形的墙，却从人文制度和技术创新中设立了更有力的墙，所以他们不需要用高大的围墙把自己圈起来。

我们能否也拆掉有形的围墙？网上有篇博客提供了这么一个案例：某市主管领导到国外考察，对比中也发现了围墙文化之害，于是雷厉风行地带头拆了市委、市府大院的围墙，倡导全市大拆围墙，期望出现相应的文明状态。结果是累坏了保安、辛苦了群众、白费了钱财，徒增许多烦恼。难道我们的围墙就这么结实？中国人就这么喜欢圈起来生活？作者也感慨有形的围墙容易拆，但"心里的围墙，才是更坚固的难以拆除的围墙"。中国的围墙文化，一定还有更深的含义和实实在在的功用。

中国最古老和最长的围墙，莫过于万里长城，最著名的是秦长城和明长城。长城本是一道长墙，之所以要称作长城，是因为它想把整个国家都保护起来，从春秋战国时期就开始修建，顽强地屡毁屡建，这是农业民族在冷兵器时代的无奈选择。长城彰显出中华民族坚韧不拔、吃苦耐劳、组织有力、聪明能干的基本品质，同样也彰显了农业民族画地为牢、安土重迁、高度专制、因循守旧的民族特征。我曾经和研究生在课堂上讨论过第一次看见长城时的感想，大多数同学回答是雄伟壮丽、不到长城非好汉之类的联想；有的同学想到的却是阻挡交流的障碍，看到的是封闭保守；有的看到的是专制残酷，仿佛听到孟姜女的哭泣；有的同学甚至联想到的是战争和仇杀。可见长城有着多种属性，它对内是保护，对外是排斥，由此划出了圈内圈外的区别，而且圈子的大小因势因时而伸缩变化。

从实际功效上看，长城两千年来事实上从未真正抵挡住北方游牧民族的进攻，到明代以后就逐渐废弃了。但筑墙防御划圈的思路和做法，却顽强地保留在我们的文化深处，整个中国从长城到紫禁城、从单位到家园、从家长到首长、从亲戚到朋友，无不是由一个套一个的真实或无形的围墙和圈子构成。由有形和无形的围墙构建起我们的社会结构，这不是个体的简单平面堆集，而是个人从属于大圈套小圈的立体集群，费孝通先生总结为差序格局，与西方的团体格局完全不同。他在《乡土中国》一书中形象地描述道：西洋社会的组织是"一捆一捆扎清楚的柴，他们是由若干人组成的一个个的拥有清晰界限的团体"，与这种团体格局相比，中国的社会格局"好像把一块石头丢在水面上所发生的一圈圈推出去的波纹。每个人都是他社会影响所推出去的圈子的中心。被圈子的波纹所推及的就发生联系，每一个人在某一时间某一地点所动用的圈子是不一定相同的"。

差序格局的社会特征是有差有序。差者区别也，如男女有别、亲疏有别、内外有别，这都是我们日常生活中自觉不自觉地奉行的为人处事的规则，表达的是平面性的人际关系；序者等级也，如上下有序、长幼有序、尊卑有序，表达的是立体性的人际关系，构成中国社会内在的逻辑结构。这种平面和立体交叉的社会结构，带来了稳定和秩序，使中国成为世界四大文明古国中，唯一没有换人也没有换地方而生生不息的国家。而且圈子越来越大，历史上不断包容进不同的民族成分，在近代以后构筑起中华民族这一世界最大的人类群体。

稳定和秩序的背后，同时也包含着性格保守和发展迟缓的一面。当遭遇西方工业文明侵袭时，中国农业文明的桃花源时代就结束了，面对数千年未有的大变局，中国人屡败屡战，从维新到改良、从改革到革命，开始对自己的文化从怀疑到批判，从批判到全盘的否定，引进了西方的"德先生"和"赛先生"，打倒了自家的"孔家店"。对传统文化的批判，可谓一浪高过一浪，形成一种奇特的文化自残现象，总是停留在表层的文化比较和自怨自艾的心结上。无疑，中国的社会和文化已经发生了翻天覆地的变化，但当我们静下心来一想，中国的围墙还是越建越多，圈子越划越明显，辛苦了半天，并未跳出如来佛的手掌心。是围墙文化的问题，还是我们的思路有些问题？

其实，围墙和圈子，是一个认同和组织的框架，也是人类社会构成不可缺少的支撑。我们个人是靠他人的参照而存在的，群体、国家甚至地球村都是如此，缺少了异的对立，就无所谓同的认知。人类要构成社会，就必然需要围墙和圈子的边界和由此构成的组织。有了清楚的边界和有力的组织，人类社会才能正常运转。如果我们将围墙和圈子彻底破坏了，就会发生"我是谁"的困惑，也就不知道用什么样的规则与他人发生关系。个人就会由混乱走向迷惑，严重的就抑郁、疯狂甚至自杀了，而群体就会从认知危机到信仰危机，最后带来整体的社会危机，群体性事件和匪夷所思的怪现象就会层出不穷。构建和谐社会，无非就是各得其所和各安其位，这都需要"围墙"或圈子的准确界定，规则和层次不能混乱。在这个意义上，与其说中国当前最重要的是拆掉有形的围墙，还不如说最重要的是如何建立和加固无形的"围墙"，在人文制度和科技的创新中重构我们的秩序和生活。

中国传统社会结构中的差序格局具有伸缩性，社会圈子会因为中心势力的变化而大而小。它遵循"格物致知、正心诚意、修身齐家、治国平天下"的由此及彼、由里及外的这样一个顺序。当中国人的围墙或圈子缩小到家庭的时候，就会出现"各家自扫门前雪，莫管他人瓦上霜"的一盘散沙现象，如果进一步缩小到个人利益至上的时候，就会出现前几天媒体报道的有五个儿子的八十老妪饿死家中的极端事例，中国人就会成为最自私最冷漠的群体；如果这个围墙或圈子不断扩大，提高到国家、民族甚至全人类的高度，同样也会看见中国人所焕发的崇高和牺牲精神，那种万众一心、众志成城的气势也是其他国家和民族难以比拟的。所以说中国文化最重要的不是有没有围墙和圈子，而是如何让这个围墙和圈子不断扩大而不是反向发展，而围墙和圈子的扩大靠的是理想而不是功利，是博大的"天下"抱负，这是我们在当今全球化时代最值得深思的文化问题。

根据案情介绍和当事人的招供，这几起校园案件的凶手，几乎无一人直接和学生或学校有仇，他们只是寻找更弱势而且更能引起社会关注的群体下手，要表达的是对社会的失望和仇恨。每个人都经历了平常人—好人到失意人—疯人再到报复人—坏人的过程，无论在哪一个阶段，如果我们的政府和社会给予他们关心和帮助，他们都不会发展到害人害己的地步。一个社会好人多了，疯人就会减少，坏人才可能更少，相应好日子才会越来越多，令人担心和忧虑的坏日子才会越来越少。而且，我们的孩子们即使在校园里得到了严密的保护，他们就能够健康成长吗？他们的肉体被禁锢在越来越小的范围内，心灵在防范和不信任的气氛里长大，我们又何以指望中国有光明的未来？

我们可能应当从更深层次上思考和行动。改革开放几十年来，中国日新月异的经济成就无人能够否认，我们正在告别吃饭穿衣的温饱层次，进入一个富了以后怎么办的阶段。我们原本期盼生产力提高就能够解决所有问题的想法，越来越被现实所否定，衣食足未必知礼节，反而是物质占有越多精神的沙漠越扩大，我们活得越来越不安心，找不到幸福在哪里了。看一看我们周围的世界吧，楼盖得越高，窗户上的铁栏杆越密集；房子越豪华漂亮，围墙和大门防备越严；客厅越来越大，客人越来越少；服务员增长很快，保安员增长更快；城市越来越拥挤，人心却越来越远。总体上讲，富裕的人越来越多，贫富差距也越拉越大；城市化高速推进，城乡差距也在扩大；整个中国都在快速发展，地区差距也越发突出。我们不能不反思所谓的现代化，尤其是我们一味追求的经济高速发展。

从国际社会的发展规律来看，人均 GDP 在 3000 美元后，既是经济的快速发展期，也是社会的动荡期，中国现在正走在这段坎坷之途，难免要颠簸不平。正如有学者比喻的一样，现代化发展就像一场残酷的马拉松比赛，总有人跑在前面，更会有人不断掉队，甚至被淘汰出局。如果我们只把人类社会发展，看作一场追求"更高、更快、更强"的竞赛，必然就会奉行弱肉强食的丛林法则，也必然使越来越多的人掉队甚至淘汰，人和人、人和自然的关系都会越来越紧张。我们得到的越多，反而越不满意，越活越累。就像现在几乎所有的人都有怨言，总认为自己吃亏了，连人们公认的社会宠儿"白领"们，也大多数自认为活得并不快乐。"郁闷""没劲""活着真累""做人太难"的感觉流行，而"忧郁症""亚健康""猝死"和"自杀"则时有发生。

"和谐社会"是我们这个时代的共同追求，但似乎还不理想，"被和谐"一类词可能反映了这种自嘲。其实所谓和谐社会，无非是各得其所、各安其位。各得其所在这个时代，加大了个人和社会的双向选择，早已不是政府"分配"，应当说比过去更有合理性。但自我选择的结果，在得到更多自由的同时，也加剧了个人的风险。而我们长期是在家庭和社会的温暖中成长的，就像一个青春期的孩子，一方面要彰显自己的独立，另一方面却脱离不了家庭的支持，于是一面高喊独立、自由和人权，一面埋怨他人、家庭和社会，"各安其位"就出了问题，人人似乎都被大材小用了，所谓人比人气死人。成功、卓越和爱情本是人类的基本理想，但成功被简化为暴富巨富，卓越被简化为高官要职，而爱情更被简化为帅男靓女，当理想失去内涵而只有外壳时，就变成了急功近利的旗帜，指导着人们无谓地冲锋陷阵，到头来必然是竹篮打水一场空。

中国高速发展了，但坏事就像影子一样紧随好事，有时影子比原型还大，取决于从哪个角度去照射。面对坏事，政府和老百姓都很着急，总想简单快捷地解决问题，经常陷入头痛医头、脚痛医脚的西医疗法，却总是按下葫芦浮起瓢。连续发生的小学、幼儿园血案，提示我们的不仅是要重视孩子们的安全，而是整个社会都到了一个"安全"的边际，否则这样的恶性事件还会此起彼伏，不绝于耳。一遇事就是领导高度重视、意义十分重大，一把手负责、层层抓落实，增加警力严防死守、从重从快绝不手软等，让我们的政府和军警实在太累了，到处疲于应付。摄像头越来越多，安心越来越少，警察保安越来越累，"维稳"工作却越来越难，落入了

"道高一尺、魔高一丈"的恶性循环，不能不引起我们的反思和警惕。

西医固然能够快速治标，但治本还要回到中医。回顾我中华灿烂的文化，有两件标志性的文化遗产，一是长城，二是运河，非常具有历史的启示意义。长城本是一道长墙，之所以要称作长城，是因为它想把整个国家都保护起来，从春秋战国时期就开始修建，顽强地屡毁屡建，这是农业民族在冷兵器时代的无奈选择，最著名的是秦长城和明长城。从实际功效上看，两千年来事实上从未真正抵挡住北方游牧民族的进攻，到明代以后就逐渐废弃了。但筑墙防御划圈的思路和做法，却顽强地保留在我们的文化深处，整个中国从长城到紫禁城、从单位到家园，从家长到首长、从亲戚到朋友，无不是由一个套一个的真实或无形的长城和圈子构成。运河同样始发于春秋战国时期，以隋朝开挖的南北大运河最为著名，它是中国农耕文明的辉煌成就，将农业灌溉和商业运输结合在了一起，直到今天大运河依然在发挥着实际的功用。

事实上长城和运河代表了中华民族的两种特性，是我们文化中不可分割的两个组成部分，没有好坏的判别。由有形和无形的长城构建起我们的社会结构，这不是个体的简单平面堆集，而是个人从属于大圈套小圈的立体集群，费孝通先生总结为差序格局，与西方的团体格局完全不同，这个长城或圈子虽然可伸可缩，但结构却从未变过。运河则代表着中华民族与时俱进的变通思想，开放、流通、交融、汇聚，使我们的文化既有刚性的社会结构也有弹性的社会容量，两者对立转换共生共荣，"致中和，天地位焉，万物育焉"。中国近几十年来的巨大成就，一方面要归结于改革开放的运河容量，另一方面还必须归结为坚持社会主义道路的长城法则，缺损了任何一方，都会出现大问题。

就小学校、幼儿园的血案应对来说，简单采用高筑墙的长城方式，代表的是一种"堵"的思路，修运河则代表了"通"的思路，这是从远古大禹治水时就已经明了的道理。如果说前者是治标，后者则为治本，标本兼治才能从根本上解决问题。治本要从治标开始，治标要立足于治本，这是不可分的辩证关系。治标容易理解也容易实施，治本就要下大功夫，因而必须从更深层次上理解筑长城和修运河的关系。中国之所以走社会主义道路不是历史的偶然，是中国文化必然的现代选择。改革开放初期实行的让一部分人和一部分地区先富起来，体现了效率优先的原则，也达到了刺激经济高速发展的效果，但现在越发严重的贫富分化、城乡分割、地区差距，必然会把长城或圈子划得越来越小，甚至小到了个人利益高于一切，问题就越来越严重，前几天报道的有五个儿子的八十老妪饿死家中的消息，反映出我们的社会失衡到了何种程度，必须回到社会主义本质是共同富裕的根本道路上来，公平优先而兼顾效率。

我们的长城或圈子，是一个认同和组织的框架，在全球化背景下这个圈子比任何时代都扩大和充实了，本应有更大的包容性。但如果运河所代表的汇通交融思想萎缩了，仅只看到物质文明的建设，个体和小集团的利益至上，就会分裂和破坏长城的认同和团结，特别是在"发展"竞赛中被边缘化甚至惨遭淘汰的个人和群体，就会产生极大的反社会心理，"维稳"的形势就会越发严峻。让我们从物欲中解脱出来，从简单的经济指标转向更切实的幸福指数，真正以人为本，落实新发展观，人的全面发展才是马克思主义的精髓所在，丧失理想的发展只会是盲目的冲动。

中华民族从来就有"老吾老以及人之老，幼吾幼以及人之幼"的传统，推己及人主张兼爱，以求天下大同，使我们从国到家历来都充满友爱和关怀，"鳏寡孤独皆有所养"，不会让弱者没有依托。我们是该俯下身子关心一下那些弱势群体了，既要鼓励先进更要帮扶落后。"不患寡而患不均"，指的不是平均分配，而是每个人都有平等的机会和生活的希望。政府部门需要从"管理"向"服务"转化，放下领导架子急群众所急，想群众所想，真心做到为人民服务。社会群体也应该承担起社会的责任，各司其职，让社会良好运转。最重要的是我们每一个人，可能都应该收一收过于匆忙的脚步，关注一下自己的身心平衡，关心一下父母亲友的喜怒哀乐，倾听一下周围的不幸故事，哪怕是给一声问候、送一张笑脸。有了同情心就会增加平常心，也就多一份公德心，中华人民共和国的好日子必然会越来越多。

21世纪的中国，必然走在阳光明媚的大路上，让我们共同努力。

本文定稿于 2010 年 5 月 18 日，以《围墙与圈子》，载《人民论坛》杂志 2010 年 6 月下总第 294 期

第六篇　文化如风润无声

中国人为什么爱跟风？

我们的社会总喜欢刮风，做什么事好像都是一阵风，社会热潮如走马灯似的一个接着一个，目不暇接，此起彼伏。中国人似乎天生就爱跟风，做什么事都喜欢一窝蜂，无论对错，别人做我也做。在这样一个变化多端的时代，风头常换，真假难辨，经常让人摸不着头脑。前段时间好不容易出了一位张悟本大师，救民于苦难之中，只需要把吃出来的病再吃回去，虽然挂号费贵了一点儿，但药方就是绿豆、茄子之类，手段简单易行，让许多人茅塞顿开，张大师变成了张大仙，他的书成了养生经典，搞得洛阳纸贵，2000元一个的挂号费也排到了两年以后。

风头一转，张悟本冠冕堂皇的"首批国家营养专家""中医食疗第一人""祖传秘方"等众多能唬人的头衔，就变成了文凭是假的，学历是假的，甚至连身份都是假的。曾经为中央领导人看过病的张父，也不过是个诊所私医，而张悟本只是个上过夜校的下岗职工。捧红他的湖南卫视《百科全说》，满脸无辜地宣称自己只是一档娱乐节目，本来就是"逗你玩"。众多媒体义正词严地批判张悟本的所谓营养学理论是伪科学，他的什么放血治病的做法，更是一种可危及生命的愚昧行为。昔日门庭若市、高价也挂不上号的"悟本堂"，成了违章建筑而悄然拆除。风过之后，一地残枝败叶，可怜本来病痛在身的患者，又加上一道心痛。

每次刮风，总有不少人跟风，跟风的结果，许多时候是上当受骗，受骗之后，不了了之，又等着下一次刮风，至多是换一批新人，开始新一轮的"一窝风"循环，社会又爆出热点，先捧红再棒杀，让我们本来就不富裕的诚信资源更显匮乏。中国人快变得什么也不信了，但跟风之风仍代代相传，绝不会改变。就养生来说，从最早的打鸡血、鱼肝油、麦乳精，到以后的螺旋藻、脑白金、深海鱼油，再到"三株风""摇摆机风""补钙风"，已经刮了不少风了。就神医来说，张悟本也不是第一人，在他之前，已有过号称御医后裔的"刘太医"，宣称"红薯可治百病"的林光常，以及同样被冠以"神医"的胡万林。

又岂止是在养生上，在其他方面未尝不是一风未止一风又起。想一想经济上的从经商热、下海热、集资热、股票热、基金热，到黄金热、古董热、珠宝玉石翡翠热、普洱茶热……生活上从老三件到新三件，再到今天的买车热、买房热、旅游热、时尚热、高消费热……文化上从言必谈西洋的出国热、欧美热，到文凭热、科技热，再到今天言必谈孔子的国学热……电视节目更有趣，一会儿是清宫剧热，搞得老外以为我们至今拖着辫子过日子，皇帝四处巡游拈花惹草；一会儿是谍战剧热，不管是国共还是中日，一定有好莱坞式的帅哥美女，而且还要搞出点感情波澜；一会儿是重拍热，不管是古典的还是现代的，只要有点儿名的，都重拍一遍或拍摄续集进入"2"时代，既不怕狗尾续貂，也不怕被人说智力退化。我们的社会可谓热点不断，风光无限，前仆后继，无悔无怨。

这就不由得让人思考一个问题：中国人为什么这么爱跟风？

先说"跟"。每一个人作为社会的一员，从小就要学会"跟"，否则人格无法正常成长。跟着社会学习，就像照镜子可以正衣冠，在跟和比中，我们学会怎样做一个合格的社会成员。我们经常说的一句话是"榜样的力量是无穷的"，历朝历代都要树立各种各样的典范供社会成员学习。用老百姓朴素的话说，就是"跟好人学好人，跟着巫医跳假神"。所以中国人高度重视孩子的教育，"养不教，父之过，教不严，师之堕"，为了一个好的生长环境，孟母不惜三迁，"子不学，断机杼"。"跟"还教会我们在生活中如何与别人合作，特别是中国传统文化是以群体为本位，十分注意教导孩子处世为人，学会与人为善，想问题、做事情都要想到他人，讲究"推己及人"，所以总是教育孩子"听话""顺从""做老实人"，甚至"吃亏是福"。而西方以个人为本位的社会，则从小培养孩子的独立精神，讲究"特立独行"，教育孩子是"独立""竞争"和"契约"，甚至是"不要相信任何人"，美国大富豪洛克菲勒就是这样身体力行地教育孙子的："连爷爷也不要信任！"

"跟"作为人生的基本功课，是走入社会的不二法门，本身是没有错误的。东西方文化基础不同，"跟"的方式也不同，各有各的逻辑，也没有优劣之分。如果我们仍处在漫长的农业社会，周围都是熟人，别说他的品行，一听声音就知道是谁，甚至"一撅屁股就知道他拉什么屎"，不好骗人也不能骗人，这是一个用道德来维持的社会，做老实人不会吃亏，即使吃亏也会加倍补偿回来。在这个变化缓慢的社会中，经验是最好的老师，长辈走过的桥比你走过的路多，吃过的盐比你吃过的饭多，他的经验就是真理，你当然要听长辈的。这是一个长老统治的时代，"不听老人言，吃亏在眼前"，所以听话和顺从是最好的选择。

可惜时代变了，靠模仿就能够过日子的好时候过去了。住在城里的年轻人，可能一天见过的人比他乡下的老爹一年见过的还多，甚至超过了已经去世的爷爷一生见过的人。熟人少了，骗子多了，"不要和陌生人说话"成了流行语，即使是熟人，有的也专门"杀熟"，你看中国式传销，有几个不是从熟人开始起家的？过去三代才能勤劳致富，现在稍不小心就能够发财，体力劳动不如脑力劳动、有形资本不如无形资本，乡下人不如城里人，经验被创新所取代。过去在家靠父母，出门靠朋友，现在一切都得靠自己，"我的什么什么我做主"的公式大行其道。道德难以维持越来越复杂的社会，靠法律又还不健全，处在农业社会向工业社会转型中的中国人，真是活得有点儿艰难。在过去是不跟不行，而现在一跟就出错。跟与不跟，成为一道必须深思的难题。

再说"风"。风本是空气的流动，说的是气象学上的现象。风看不到但能够感觉到，靠的是被风吹动的东西。引申到社会学上，通过若干不断变化的事物和现象，我们用以测量社会的变化，风气、风尚、时尚、时髦、摩登、流行等都是我们对社会现象变化的感受。作为社会发展变迁的风向标，就像长江后浪推前浪一样，是一个生生不息的过程。这种主观感受用词不同，褒贬不一，爱憎好恶，因人而异。不同时代、不同年龄、不同性别、不同文化的人各有追求的风尚，但也有人民大众共同喜爱的风尚，某种风气盛行，往往标志着社会的共同向往和感受，有可能还是一种朦胧不清的愿望，但绝不可能是"空穴来风"。

就拿养生的盛行来说，是伴随着改革开放以来人民生活水平不断提高而日益昌盛的事情，反映了从过去吃饱穿暖的初级需求，向吃好而且要吃出健康来的高级需求的转变。伴随着中国老龄化时代的来临，越来越多的老人更要追求长寿，儿女们也希望辛苦一生的父母活得健康幸福，养生长寿当然成为人们关注的大事情。此外，医疗制度改革的不完善造成的看病难、看病贵也是人所共知，西医的分科诊治和中医的综合治疗各有千秋。中国传统的"小偏方治大病"而且价廉易行重新得到世人的重视，各种"神医"又找到了生存的空间。

正如从简单否定中医不科学而今天日益重新发现中医综合疗效一样，随着中国经济实力的不断强大，我们对中国文化的自信心也在加强。从最早的"中学为体、西学为用",到"打倒孔家店",迎接德、赛（即民主与科学）两先生，彻底否定中国传统文化的功能，将五千年文明史看作历史的包袱；再到今天重新审视中国传统文化的价值。在经济全球化的趋势中，美国"信用卡"式的发展方式虽然大行其道，在带来快速的物质变化同时，却预支了未来、超支了自然，也加剧了地区与民族间的矛盾，越来越引起国际性的后现代主义的反思和批判。1988年在法国巴黎召开的主题为"面向二十一世纪"的第一届诺贝尔获奖者大会上，诺贝尔物理学获奖者汉内斯·阿尔文博士在闭幕大会上说："人类要生存下去，就必须回到25个世纪以前，去吸取孔子的智慧。"全世界都在把目光转向以"和合"为特征的中国文化，希冀找到一条人类未来发展的科学之路。在这种背景下，于丹讲《论语》当然一炮走红，国学热重新兴起在九州大地。

"风"还有一层意思就是风范，是指靠得住的榜样和规则，在这个快速变化的时代，我们的社会和文化在很多地方都"失范"了。中国正面临着工业化、城镇化、信息化、市场化、国际化的一个巨大社会文化转型，三十年甚至走过了西方一些国家三百年的历史过程，快速得令人目不暇接，免不了产生文化眩晕。我们的社会未富先老，孩子独子化，家庭小型化，物质富裕了，精神荒芜了，财富多了，安全少了。你看越来越兴盛的宠物热，与其说是爱人及兽，不如说人不如兽。人们空虚的感情，甚至靠猫狗的忠诚来维系。在我看来，国学热的兴起并不意味着中国人想回到孔孟时代，在这背后是我们对社会快速变迁带来的"失范"现象的深深忧虑，是想从老祖宗处找回一些应对变化的法宝来。

"风"的另一层意思是风险。中国社会进入一个全新的时代，太多的新生事物来不及认识，许多时候只能摸着石头过河，小心翼翼地跟着时代的脚步前进，走一步算一步，探索的过程就是一个充满风险的过程，难免会发生错误。如果说风尚是时代不断前进的标志，中国人勇抢风头并不是一件坏事，从改革开放初期邓小平同志就说胆子再大一些、步子再快一些，历届中央领导人都强调解放思想，就是靠这种探索和求实的精神，才迎来改革开放的巨大成就。风光后面一定有风险，我们的社会就是在不断试错、不断纠错中前进，在否定之否定中重新建立我们的风范，不断完善社会主义制度和确立社会主义核心价值体系。

中国人爱跟风，应当说是一个好品德。但跟风并不容易，无论国家还是个人，跟错了就要付出代价。我们必须学会判断，哪些是社会发展和文化变迁中必然出现的正常风尚，他代表的是社会文化的进步；哪些是反映人民大众普遍需求的风范，需要与时俱进地完善我们的制度和建立正确的社会价值观；哪些是出于小众的特殊需求的时尚，在文化多元化时代不仅要容忍而且要学会欣赏；哪些是社会转型时期的不良风气反应，对不正之风不仅要警示而且要坚决打击；哪些是出于小集团或个人利益的歪风邪气，如张悟本等许多事件后面的利益链条，既要揭露更应当加倍清算。

"跟风"是一个社会发展和文化变迁的具体过程，重要的是不犯大错误而且能够不断改正小错误。更重要的是在这个过程中，我们要培养出更加合格的现代公民、更加合理的社会制度和更具创新精神的中国文化。

本文定稿于 2010 年 7 月 5 日，以《"风潮"循环下的时代追问》，载《人民论坛》2010 年 8 月上总第 298 期

三俗文化与真善美

最近，著名的美国《新闻周刊》，正式"册封"小沈阳为"最低俗的中国人"，似乎我们才警醒，原来中国存在严重的低俗文化现象。其实，小沈阳并非最杰出的低俗文化代表，他的师父赵本山，连年在春晚上走红；体制外生存的郭德纲，一直和"正宗"相声队伍叫板；还有江苏电视台《非诚勿扰》征婚节目中的"宁可坐在宝马车里哭，也不坐在自行车上笑"的直白语言，以及芙蓉姐姐以"S"曲线走红高校网络和最近"凤姐"非北大清华硕士毕业不嫁的雷人征婚，一件一件被看作"庸俗、低俗、媚俗"的"三俗"文化大行其道，刺激着中国人麻木的神经。

其实，文化就是为人服务的工具，尤其是文娱节目，更是直接服务于观众。无论高雅还是低俗，都要接受观众的检验。节目好不好，爱看不爱看，受众说了算。在一个"娱乐至死"的时代，总会有各种花样的"本山大叔"应运而生。在文化多元化时代，人们既需要阳春白雪，也需要下里巴人，萝卜白菜各有所爱，仅以高雅还是低俗划分高下，甚至作为文化准入证，可能过于简单而且于事无补。

低俗文化流行的土壤和原因，才是件值得深思的问题。以二人转为例，本是东北农村冬天农闲的时候，小剧团走村串户，说荤段子、又唱又跳地给农民解闷的地方戏剧，已经有好几百年的历史。赵本山师徒几人，将东北的二人转表演形式，经过一番现代的改造，靠夸张的模仿低能低贱的农民工形象、模仿没有了性别界限的形象、模仿智障者痴呆的残疾人形象，来吸引眼球、赢得一片笑声。在赵本山的率

领下，二人转从东北入关，打遍全国无敌手，从电视到各种媒介，风光无限。而我们从国家级到县级的文化演出单位，许多滑落到寻求生存出路的境地，表演市场越来越萎缩，除了大门口的牌子，快叫人不知道他们是干什么吃的了。游击队打败了正规军，表现出来的是体制的困境，如何进一步解放文化生产力才是一件根本性的问题。

我一共看过三场二人转，说实话，很不喜欢。第一次看感觉低俗，第二次看感觉太低俗，第三次看是在北京著名的"刘老根大舞台"，整台戏我总结为"八个大姑娘扭屁股，几对老夫妻骂大街"，虽然满场笑声不断，我确实已经是忍无可忍。我毫不隐讳地评价为低俗，但我不能因此而否定他存在的理由，毕竟680元一张的票，还场场爆满，说明有他生存的空间。再看一看赵本山每年的春晚节目，不是卖就是拐，反映的是农民式的狡猾和朴素的自私主义精神，而每年由电视观众的投票选出的最喜欢节目，又都是他夺冠。是赵本山错了，还是观众错了，或是我们的判断标准错了？

有什么样的观众，就会流行什么样的节目。进一步说，有什么样的社会心理，就会有什么样的观众。赵本山的节目，虽然说不上善，更远远说不上美，但他的节目却透着真，这个真有些青涩，却是当今中国社会心理真实的反映。面对改革开放的新时代，从"谁穷谁光荣"变为"谁穷谁狗熊"，从一切向前看变为一切向钱看，中国人经过了严酷的道德分裂，价值标准混淆不清，在迷茫中探索思想的出路。如果我们"正宗"的文化作品文过饰非，连正视社会现实的勇气都没有，实在不能以低俗来责怪观众不买账。毕竟"假、大、空"和"高、大、全"式的东西，已经让中国人倒了很久的胃口。

我们的社会封闭得太久，朝上追溯至少有两千年的封闭史。我们的社会又开放得太快，三十年甚至超过了西方许多国家三百年的历史进程。这又怎么不产生文化眩晕？记得我在20世纪80年代第一次出国，领队再三强调要自觉抵制资产阶级思想的入侵，可是在自由活动时间，大家还是不约而同地聚到了书摊前，对着全是比基尼美女的杂志狂翻，连领队也没能抵御低俗文化的侵袭。今天在世界各国，可以说满大街都是中国人，可能没有人再去注视这些杂志，我们国内的水平早就超过了它的开放程度。中国人富了，但富了过后怎么办？吃饱穿暖过后，新的社会需求自然会产生，新的欲望要升华，人们不仅需要真，还需要善，更需要美。我们的文化工作者，是否能够给大家提供文化的盛宴呢？

人的文化需求因为年龄、性别、民族、地区的不同而不同，但一定是随着物质文化水平提高而变化的，所谓衣食足而知荣辱。因而在社会主义的初级阶段，主要矛盾是满足群众日益提高的物质和文化需求。记得我在日本访学时，房东请我看著名的音乐节目，缓慢的节奏和连许多日本人都听不懂的古典语言，让我昏昏欲睡，只好强撑着装出有文化的样子。就像中国的京剧少有年轻人欣赏一样，日本的古典戏剧也只是为少部分人服务的大雅之作，几乎没有年轻人和低文化人参加，票价也高得不是一般人能够承受。我们不能强迫所有的人只要高雅而排斥他们低俗的权利。另一次参加大阪市周末的公共讲堂，由著名专家讲曼托罗，即佛教的坛城文化，非常艰涩难懂，但满讲堂的普通市民听众，鸦雀无声。他们中的绝大多数人虽然并没有听明白，但通过提前登记抽签才得到的听讲机会，却是文化修养和社会身份的重要体现，因而都格外认真而且颇为自豪。由此我体会到一个民族，首先是要饱肚子，然后是看重装袋子，最后才会重视满脑子。从文艺需求层次上说，先求真，再求善，最后才能求美。

我们的社会，基本完成了饱肚子阶段，目前热心的是装袋子，用一句常用语就是脱贫致富奔小康阶段，我们刚开始重视满脑子，对群众的文化需求还不能操之过急。就拿江苏电视台的《非诚勿扰》来说，首先它迎合了快速城市化过程中产生"剩男""剩女"现象，过去的"媒妁之言、父母之命"的省事方式不被认可了，在忙碌的城市里满眼都是陌生人，既无法依靠父母，也难有亲友做媒，传统已无法通行。倒是想自由恋爱，但城里人既少时间又缺机缘，因而有了公园的恋爱之角、父母单位替代征婚，更方便的是通过网络和电视征婚的形式。其次是现在人们活得太累，精神太紧张，需要放松自己，也希望通过廉价的笑声解乏，既可以是周星驰的无厘头，也可以是郭德纲的胡扯和赵本山的滑头，将电视征婚办成娱乐节目，不仅当事人爱看，旁观者也跟着乐，其实也是一种成功。当然，以直白和雷人甚至造假来哗众取宠，宣传和鼓励不正确的人生观，那是忘记了媒体的公共责任；群起模仿，有过之而无不及，那是缺少起码的创造力的表现。

市场是通过自由竞争来自由选择，只要我们相信群众是真正的英雄，观众是有理性的受众，也尊重文化需求的多层次和多元化的特征和规律，让市场和观众自己去选择、去淘汰，我相信低俗仍会存在，但高雅也不会缺少生存空间。以电视剧和电影为例，近些年市场化的主流是高雅越来越多、主旋律越来越响，那种瞎编乱凑没有思想，既不敬业也没有智慧，只靠奇情怪事和帅哥靓女的作品，自然会遭到冷遇甚至唾弃。《唐山大地震》电影的成功，靠的不是地震的惨烈，而是中国人重新拾起的亲情。我一直坚信，赵本山时代一定会结束，当"三俗"被文化市场抛弃之日，一定是中国文化产业兴旺之时，那时的中国文化艺术，才算真正走上了真、善、美齐备的正途。

市场选择并不是万能的，尤其是初期，"钱"会迷人双眼，文化市场泥沙俱下甚至会乌烟瘴气。但文化前进的过程是可以调节的，文化市场除了市场看不见的手，还必须有看得见的手，国家的各级文化部门理应承担起自己的责任。正如关于"凤姐"现象的网络调查表明，网友们非常明确地认为凤姐发出一系列雷人言论的第一位原因是社会出了毛病；凤姐作秀首先表达的是最底层老百姓的无奈；凤姐背后的第一推手被认定为媒体，可谓一针见血、发人深省。

我们的许多文化部门，将文化体制改革简单归结为市场化，而市场化就是不择手段赚钱，不仅是忘记了自己的社会责任，而且是丢了西瓜捡芝麻的短视行为。离开了文艺为广大人民群众服务的宗旨和艺术就是追求真善美的基本规律，正规军不仅还要输给游击队，可能还会彻底没有饭吃。2010 年 7 月 23 日，中共中央政治局第 22 次集体学习时强调，要引导广大文化工作者和文化单位自觉践行社会主义核心价值体系，坚持社会主义先进文化前进方向，坚决抵制庸俗、低俗、媚俗之风。既是广大文化工作者的社会责任，也是值得我们深思和认真实践的基本问题。

本文定稿于 2010 年 8 月 6 日，以《赵本山时代与真善美难题》，载《人民论坛》2010 年 8 月下总第 300 期

如何建设诚信中国

当今的中国可以说是一个巨大的矛盾体。一方面中国人前所未有地富裕起来了，改革开放三十多年的发展速度，甚至超过了许多先发国家走过的两三百年历史，或许是因为发展太快，因而不可避免地出现发展眩晕，所以在另一方面中国人却表现出奇怪的不满意现象，从改革开放初期的"端起碗吃肉，放下筷子骂娘"，到现在吃肉的和吃菜的都骂娘。国民最不满意或者说最痛心疾首的莫过于诚信的丧失，从过去的"信义之邦"变成了"欺骗之域"，毒奶粉、地沟油、假数字、假典型……从物质到精神的各个领域，每天都有无数的假被揭露，只有你想不到，没有做不到。过去说"什么都是假的，只有儿子是真的"，基因技术一发达，连儿子都不能保住是真的了。

　　现在的中国人很无奈，活得很悲怆，难道说这就是我们千辛万苦追求的现代化生活？原来以为发展能够解决问题，现在才体会到发展会带来新的问题。富了过后怎么办，比之如何富起来一点儿都不轻松。当我们的问候语从"吃了吗"变成"你好"时，才发现"好"并不仅仅是吃饱穿暖那么简单，如何有尊严地活着才是问题的本质。而有尊严地活着，首先取决于一个良好的社会氛围，诚信则是良好社会氛围的基础。从国骂的变化也可以看出社会心态的变化，"他妈的""你娘的"这种将性与长辈联在一起以侮辱对方，或表达满不在乎、特立独行的"操"之类的"三妈"骂法，正被发泄一股无名火的"王八蛋"所取代，这才算骂到了要害上。"王八蛋"与乌龟王八及其所产之卵没有任何关系，本是"忘八德"的变音，虽然许多中国人未必知道其真实的出处，但"王八蛋"却真实地表达了人们当下的一种感受，因而"王八蛋"的说法比过去更流行开来。

　　所谓"忘八德"，就是忘记了八德，更准确地讲就是如果忘记了八德，就不算是人了。还有一种更通俗的说法，就是将人说成是"东西"，最狠的是"你算什么东西"，实质也是将人视为非人，指的是道德缺失的人只能算是动物。那么，何谓"八德"？指的是宋朝以后确定的"孝、悌、忠、信、礼、义、廉、耻"，是从春秋战国时代的"四维"、汉朝的"三纲五常"基础上发展而来的。《管子·牧民》上说："国之四维，一维绝则倾，二维绝则危，三维绝则覆，四维绝则灭。倾可正也，危可安也，覆可起也，灭不可复错也。何谓四维，一曰礼，二曰义，三曰廉，四曰耻。"后来，"礼义廉耻，国之四维"之说融入儒家礼教思想之中，成为中国封建社会的核心价值体系。到了汉朝"罢黜百家，独尊儒术"后，进一步发展为"三纲五常"，即君为臣纲、父为子纲、夫为妻纲的"三纲"，再加上仁、义、礼、智、信的"五常"，构成了几千年以来中国人的基本道德体系，而所谓"八德"就成为中国人判断人和非人的一个是非标准。

　　有了做人的标准，才能构建起稳定和谐的社会。在五千年的文明史中，中国是以稳定而著称的，确立了公平胜于效率的社会运转方式，发展虽说缓慢，却也其乐融融。所谓稳定，就是面对天灾人祸，我们可以泰然处之。几千年来虽说战乱不断，天灾频繁，也经历了无数的游牧民族入主中原，但中国文化的包容性却能够做到换朝代不换体制，无论是五胡还是十六国，要想在中国这片土地上站住脚，就得按照这套规则行事，最后都变成了地道的中国人，形成中华民族多元一体格局。用费孝通先生的说法，中华民族是在近代帝国主义的侵略压迫下，才从过去的"自在"变为"自觉"，最终形成了广泛的中华民族认同，特别是在当今的"全球化"

时代，这种认同更是前所未有的加强。

中国长期的稳定和谐，得益于形成了儒家文化为主体、道家文化为补充、佛家文化为安抚的全套体系，使得中国人"达则兼济天下，穷则独善其身，死则转换来世"，有着入世、出世、转世的完整文化储备，日常生活则通行三纲五常、四维八德，做人标准明确，就能够维持社会的良好运转，人人各得其所，而且各安其位，社会自然和谐。要做到这样的境界，诚信是基础。所谓诚信，可以诠释为：诚实、诚恳、信用、信任。既包括以信用取信于人；也包含着对他人要给予信任。只有诚恳待人，才会取得信任；只有讲信用，你才会有信誉。做人，首先是要讲诚信。诚实守信，是为人处事的基本准则，也是中华民族的传统道德。因而孔子说："人而无信，不知其可也。大车无輗，小车无軏，其何以行之哉？"

中国历代的先贤圣哲无不以此诲汝谆谆：《礼记·乐记》云"著诚去伪，礼之经也"；老子曰"信言不美，美言不信"，儒家学说则把"仁、义、礼、智、信"作为"立人"的基本要求。自古以来，我们的祖先就有"人无信而不立"的说法，从商鞅辕门立木到曾子杀猪教子，"言必行，行必果"作为衡量个人品行优劣的道德标准之一，已经成为中华民族的传统美德，并对民族文化、民族精神的塑造起了不可或缺的作用。即使进入近代，也流传着中国商人惨遭不幸，若干年后其后代也会按合同送上货物，令西方商人感叹不已，其实不过是父债子还的一个翻本而已。

具有如此诚信美德的中国人，今天怎么会变成最不讲诚信，不仅坑蒙拐骗，而且无所不用其极？媒体广告天花乱坠，十有八九不是夸大其词就是制假售假；陌生的短信电话有几个你敢相信，不相信就搬出公安、法院、银行来说事；原来说中国人最善良，但街头巷尾车站码头的可怜人，你敢怜悯谁，做好人好事闹不好就让你流血还流泪。本来是人人为我，我为人人，现在确实应了"害人之心不可有，防人之心不可无"那句教诲，甚至最好"不要和陌生人说话"，十多岁的孩子出门，家长还得陪同，因为有太多的万一，太多的不放心，让我们生活在人人画地为牢、以他人为贼寇的可怕世界里。

究其原因，第一，中国人生活的社会环境完全变了。我们过去几千年的农业社会，是一个"鸡犬之声相闻"的熟人社会，进门时说一声"我呀"就行，大多数人生于斯死于斯，彼此熟悉得"一翘尾巴就知道拉什么屎"，日久见人心，一个人不讲诚信就无法在社会上立脚。我在中印边境的一个藏族小村庄做调查时，当有人告知这家孩子在县城中学因盗窃而被处分的消息，那位伤心的母亲哭得昏天黑地，因为她知道孩子的前途和全家的信誉都会因此而遭到前所未有的毁灭，那种痛心疾首、那种孤独无望令我一直无法忘记。在熟人的世界里，诚信是不容毁损的，因为社会成本高得不仅会赔上自己，而且会搭上亲戚朋友，人们自然会三思而后行。今天的中国，随着工业化城镇化的推进，有一半的人进城生活，也就是说进入了一个"老死不相往来"的陌生人社会，即使还留在乡村中的另一半人，也走过了夜不闭户、路不拾遗的美好时代，留下的是老人孩子，淡漠了人情世故，代之以高墙森门，努力把自己与他人割裂开来。正如孔子早就告诫我们一样"君子慎独"，没有了社会监督，连君子也需更加严格要求自己，更何况我们都只是普通人呢？

　　第二，近代一百七十多年来的现代化追赶，使得中国人的世界观、价值观发生了巨大的变化，一直在中国传统和以西方为楷模的现代化这两大坐标中摸索，到现在还未找到真正的文化自信，处于变而未化的状态。从最初西方列强坚船利炮刺激下的器不如人，日本明治维新对比后的制度也不如人，进入20世纪后感觉整体文化都出了问题，打倒自家的孔家店，彻底否定传统文化的价值，要用民主和科学拯救中国，甚至有人提出了全盘西化论，中国人不停地探索救亡自强的道路。即使建立了中华人民共和国，获得了国家的独立和人民的解放，又经过了社会主义建设和中国特色社会主义建设两个阶段六十多年的历程，我们一直忙于物质层面的追赶，而在精神层面却有些衣不蔽体。在中国特色社会主义的实践取得伟大成就的今天，是应当收一下猛进的脚步，冷静思考一下中国特色社会主义的意识形态创新，认真完成党的十七大提出的社会主义核心价值体系建设问题，一个国家和民族如果没有明确的价值目标，是不可想象也很难持续的。我个人认为社会主义核心价值观，应当由诚信、民主、仁爱、创新构成，而诚信是第一位的。

　　第三，改革开放三十多年的主题是效率优先，兼顾公平，让一部分人和一部分地区先富起来，极大地激发了中国人的创造力，也取得了举世瞩目的发展成就。但也带来了只问目的不问手段的实用主义价值取向，"谁富谁光荣，谁穷谁狗熊"，在全社会形成金钱至上的观念，为了发财什么都敢干，马克思描述的西方资本主义上演过的黑暗现象在中国也不断重演："资本如果有百分之五十的利润，它就会铤而走险，如果有百分之百的利润，它就敢践踏人间一切法律，如果有百分之三百的利润，它就敢犯下任何罪行，甚至冒着被绞死的危险。"社会主义是中国人民在近代艰难探索中寻找到的一条自强之路，最终目的是共同富裕，当今天社会矛盾不断积累的时候，可能应当格外强调社会大于个人、公平重于效率，重新思考"君子爱财取之有道"这句老话，宣传并确立那个"道"。

　　第四，从西方传来的民主、科学、法制观念应当说已经深入人心，但是否应当做进一步的思考，虽说外来和尚会念经，但一定要闹清楚这"经"在新环境下是否完全适用。我们一方面要看到中国已经不是农业社会，不可能"半部《论语》治天下"，传统的四书五经不能解决进入工业文明时代的中国问题；另一方面也必须看到中国的文化传统和国民性以及独特的现代化路径，照搬西方的教训可谓殷鉴不远。民主不等于个人主义，科学也非现代迷信，法制是不得已而为之的最后界限。厘顺个人与社会、效率和公平、科学与盲从的关系，实行以德治国与依法治国相结合，特别要看到中国传统的忠孝观，很好地解决了个人和国家、个人和群体的关系，而且强调人的修身养性下的全面素质发展，是中国文化的精华而非可以简单否定的糟粕。在全球化时代，西方以个人为单位讲求"竞争"的"效率优先"文化，与中国传统以群体为单位讲求"和合"的"公平优先"文化，一定会在冲撞中交融，会对中国以及世界的未来发生根本性的影响。

第五，现代社会一方面是个人独立的时代，另一方面则是最需要密切合作的时代。科学技术的发展和生产力的进步，使社会分工越来越细，物质财富极大丰富，个人既越来越独立、越来越解放，但同时也越来越互相依赖。正如互联网的出现，使个人观点得到前所未有的畅通表达一样，现代社会让个人价值得到更多体现，相应个人主义也容易大行其道，"我的……我作主"这类公式的流行就是一种反映。如果过分强调个人权利而忽视了相应的责任和义务，再加上注重眼前的物质利益，就会使社会矛盾加剧，急功近利、急于求成的结果，就是人欲横流、为所欲为，在一个普遍使用信用卡的时代不讲信用，社会的正常运转就会变得困难，必然带来社会的信任危机。无论是过去还是现在，社会合作的基础都是诚信，信任和信仰一旦遭到破坏，修复的成本会非常高，而且反作用会非常强烈。比如在具有 13 亿多人口而且正处于转型期的中国，保险业本是最有前途最具机遇的产业，但有的企业重投不重赔，重眼前不重长远，靠高回扣大诱惑、死缠烂打式地推销，甚至发展到投保时请饭送礼，一天十个电话短信，索赔时一副冷脸，百般为难。保险业本身出售的就是诚信，如此保险让人如何放心？举一反三，有多少人和企业，因为急功近利不仅在砸自己的饭碗，而且还在破坏着整个的社会诚信基础，值得我们大家都"见贤思齐焉，见不贤而内自省焉"！前段时间我访问了加拿大的力拓铝业公司，对方给我们讲得最多的就是企业诚信和社会责任，以他们公司的发展经历，阐述了产业和社会、企业和社区如何共生互赢，这个过去名声不算太好的老牌企业，今天悟出的道理值得我们认真借鉴，诚信和社会责任，无论对个人还是企业团体，都一样重要。

第六，中国这样的后发国家，现代化进程主要依靠的是行政主导和精英推动，更何况我们正在进入一个陌生人为主的城市化时代，依靠熟人监督和个人修养的道德力量，虽然还是社会诚信的基础，但很多时候已经不得不依赖法律的底线制约和政府的调控整合。中国特色社会主义是一个不断创新的探索过程，摸着石头过河需要勇气，也很难避免失误，法律和制度的健全完善都需要试错和修正的时间，这就对作为领导核心的执政党和政府的执政能力提出了很高的要求。《论语·颜渊》就记载了这么一个故事："子贡问政。子曰：'足食，足兵，民信之矣。'子贡曰：'必不得已而去，于斯三者何先？'子曰：'去兵。'子贡曰：'必不得已而去。于斯二者何先？'子曰：'去食。自古皆有死，民无信不立'。"宋代大儒朱熹注释道："民无食必死，然死者人之所必不免。无信则虽生而无以自立，不若死之为安。故宁死而不失信于民，使民亦宁死不失信于我也"。要想让老百姓有信用，政府首先要守信用，要想社会讲诚信，政府就必须做到公开、公平、公正。民无信不立，只要我们党始终保持为人民服务的本色，不断做到执政为民、科学执政、依法行政，特别是努力保持政策的连贯性和法律的严肃性，就不难取信于民，上行下效，社会诚信水平就会得到一个根本性的提升。

第七，在中国这样以群体为本位的社会，榜样的力量非常大。特别是官本位传统，使得官员从来都是社会模仿和监督的对象。中国人历来企盼青天，是因为官员的德才勤绩，直接关系着一个地方和单位的发展和风气，"兵熊熊一个，将熊熊一窝"。官员的选拔任用、吏治的清正污浊，是社会诚信的重要基础，所谓"其身正不令而行，其身不正虽令不从"。党员干部就是群众学习的榜样，做到不腐败、不渎职，仅只是最低的职业操守，能否既是仕也是士，除了官位还有相应的学养，既有才也有德，除了权力还有威望，应当是今天的领导们认真思考的问题。既要记住"学而优则仕"，还要记住"仕而优则学"，在知识爆炸时代能否坚持学习，提高修养，能否锐意进取，不断开拓，当个好官并不容易。习近平同志在中央党校告诫学员要好读书、读好书，号召领导干部要读点历史，特别是中国近代史和党史，要学会调查研究，下基层要身到心到，也可谓是新时代对党员干部的必然要求。

在一个多元化发展的时代，群星灿烂，榜样早就不局限于官员。无论是社会名流、商界大亨、学界大师，还是娱乐界、体育界明星，所有称得上成功人士的那些有头有脸的人物，都得益于时代提供的机遇和社会给予的厚爱，相应就应当拥有比普通人更多的社会责任。你既然是这个社会的风向标，尤其是年轻人的偶像，就应当特别自爱，从社会得到多自然就应奉献多，反馈社会是你当然的义务。如果一个名人，穷得只剩下夸富耀权，肯定只是一颗流星，如果真的能够承担起为人楷模的责任，肯定会是一颗流星，无愧于自己也无愧于这个时代。

第八，诚信是社会成员的良性互动，既离不开表扬与自我表扬，也离不开批评与自我批评，社会监督是必不可少的条件。在社会关系日益复杂、价值不断多元的今天，如何做好社会监督是一个难题。好在科学也在不断发达，计算机和互联网等提供了很好的条件，许多技术的问题可以用技术来解决。比如今年春运采取的实名制购票，虽然增加了成本和不便，但既打击了黄牛也防止了内鬼，使倒票的难度增大，买票仍难但人心顺了。再比如官员和社会各类明星的财产公开，只要下决心同样可以解决，反腐败重在防患于未然，给群众一个明白，给榜样们一个清白，既真正保护了社会精英，也从根本上培植了诚信的土壤。国务院最新推出企业质量八项措施，质量信用信息多部门共享，同时向社会公布企业质量黑名单，认为"质量不仅是企业和产业核心竞争力的体现，也是一个国家文明程度的体现；质量问题不仅是技术和管理问题，更是法治和诚信道德问题。做好质量工作，必须从强化法治、落实责任、加强教育、增强全社会质量意识入手，综合施策，标本兼治，全面提高各行各业的质量管理水平"。这就是一个有力的开始，只要坚持不懈地逐渐完善诚信监督体系，让不守诚信的个人和企业曝光在阳光下，让谋财害命者倾家荡产以命偿命。得不偿失，自然就令行禁止。

最后，我想说社会诚信建设，是每一个社会成员的责任，还是那句老话"从我做起，从现在做起"。因为这个国家是我们的，这个社会的氛围也是由我们来创造的。每个人都多做一点儿善事，社会风气就会变好，每个人都试着相信他人，社会的信任就会增加。只要我们有耐心而且一直在努力，诚信中国就一定会实现。

本文定稿于 2012 年 1 月 12 日，以《辩证对待诚信中国之"变"》，载《人民论坛》学术前沿 2012 年 02 月（中），总第 356 期

抱怨一族与文化转型

人生在世，不如意的事十有八九，所谓矛盾无处不在，无处不有。这世界本来就没有桃花源，我们就生活在矛盾、困惑甚至是痛苦中。难怪佛教称其为人生皆苦，老百姓则朴素地表达为"人皮难披"，做人实在不容易。做人难，相应引申为

"做女（男）人真难"，"做名（强）人更难"，其实只要是人，就各有各的难处。关键是你如何看待和如何对待，也所谓苦海无边，回头是岸。回头并非脱离苦海，而是一种超越，超越了就能够苦中作乐，甚至是以苦为乐。痛并快乐着，应是生活的本来面目。

谁都可能遇到难事，谁都有抱怨的时候。但抱怨不能成为常态和习惯，这事关生活的态度和质量，笑是人生，哭也是人生，年年难过年年过，生活的长流水不会因为你的喜怒哀乐而停滞不前。如果一个人或者一个民族，一直在哀怨悲叹中生活，整天怨天尤人，甚至是怨声载道，前途一定是灰暗的。日常生活中我们总是能见到一些"常林嫂"或"常林叔"，他们生活在无休无止的抱怨声中，似乎这世界所有的人都和自己作对，所有的事都不顺心如意，耳边总是充满抱怨和失意，我想他一定是孤独和悲哀的人，也是一个没有希望的人。

可惜，我们身边的常林嫂和常林叔并不是少数，很多时候我们就是其中灰色的一员。随着物质生活水平的提高，中国人不仅生理疾病增多，心理疾病更是快速增长，从空虚、愤懑、压抑、抑郁，到神经衰弱、神经过敏以至精神分裂，越来越成为一个普遍的现代病。集中表现为爱抱怨，从改革开放初期的"端起碗吃肉，放下筷子骂娘"，到现在开宝马住豪宅的人不舒服、位高权重的人也不高兴、下岗失业穷困潦倒的人更不满意，几乎所有的人都有怨言，都认为自己吃亏了，连人们公认的社会宠儿"白领"们，也大多数自认为活得并不快乐。"郁闷""没劲""活着真累""做人太难"的感觉流行，而"忧郁症""亚健康""猝死"和"自杀"则时有发生。

中国人怎么了？中国人为什么爱抱怨？

如果我们回顾中国悲壮的近代史，就能够理解中国人悲壮的性格。在漫长而悠久的农业文明时代，中国人一路领先，用不到世界9%的耕地，养活了世界21%的人口，直到清朝的乾嘉时期盛世不断，我们早就养成了天下中心的自信。当工业文明的战舰渡洋而来，我们屡战屡败，屡败屡战，最终不得不低下高贵的头，开始了一百多年的"现代化"追求。从1840年算起，中国近代史基本三十年一变调，应了"三十年河东，三十年河西"那句老话。第一个三十年我们感觉是技不如人，奉行"中学为体，西学为用"，以洋务运动为代表，开始物质文明的追赶；第二次鸦片战争以后的一连串失败，中国人进入制度层面的反思，开始模仿西方的制度，康有为提出"君民共主"、谭嗣同提出"主权在民"、严复主张"民主政体"，最终以六君子惨死菜市口结束了戊戌变法；中日甲午海战和八国联军攻进北京，彻底挫败了中国人的自信心，我们进入整体文化上的反思，新文化运动的主旨就是迎来德赛两先生，打倒自家的孔家店，要彻底改头换面了。

从那个时候起，洋鬼子逐渐变成了洋大人，西方（以后更多的是美国）这面"现代化"的镜子，中国人越照越自卑。从中体西用、中西并用，再到全盘西化，中国人的自豪感丧失殆尽。在以后的几个三十年演变中，通过无数志士仁人的奋斗和牺牲，我们换来了民族的独立和解放，又经过漫长而曲折的革命和建设以及改革开放的伟大实践，中国早就发生了翻天覆地的变化，但半殖民地半封建的社会文化带来的自卑感已经深入骨髓。不仅一度我们生活中充斥着洋车、洋房、洋火、洋油等无数的洋，而且在观念上牢固树立了东不如西、中不如外的思维惯性，"丑陋的中国人""中国人的老昏病""酱缸文化"等自轻自贱成为一种习惯，"人家外国如何"的对比是许多人的口头禅，对国家民族事不关己的批判成为一种时髦，甚至有一些喝狼奶长大的所谓知识分子，将全盘西化、"最好殖民三百年"的文化自残当作一种梦想。

在历史视野下的抱怨，既有阿Q"我们祖上也曾经辉煌过"的自欺欺人似的留恋，再有九斤老太面对时代变化"一代不如一代"的迷茫和失望，也有鲁迅《狂人日记》字缝里的"吃人"似的反思和矫枉过正、怒其不争的焦虑，还有谭嗣同"有心杀贼、无力回天"的悲壮和无奈，更有"砍头不要紧，只要主义真"的共产党人的奋斗和牺牲。就是在这些抱怨和探索中，中国跌跌撞撞地行进在"现代化"的追赶道路上。

再从民族性上说，中国是一个以群体为本位的社会结构，我们从小就生活在团体的温暖怀抱里，既受到严格看管，也受到严密的保护。父母和家庭是第一层保护圈，还有亲戚朋友乡党甚至国家构成的完整保护层。费孝通先生将中国社会特征概括为差序格局，就像平静的水面投进一块石头，形成一圈又一圈的水波纹，以我为中心层层推开，每个人总是由大大小小的圈子包围着，既看管又保护。

正如我们常说的"在家靠父母，出门靠朋友"一样，在我们的成长经历中，总是有东西可靠，而且我们的文化并不主张特立独行。从小学的评语开始，第一条就是团结同学、尊敬师长，这是我们文化的基本评判，重在培养社会成员的合作精神。尤其是在当今的独生子女时代，一二四的家庭结构，让人们对孩子的呵护更是无微不至，捧在手上怕摔了，含在嘴里又怕化了。不仅培养出一代温室里的花朵，更养育出一代权利和义务失衡的怪物，只讲索取不讲奉献，只要自我不管他人，外在强壮内在虚弱。他们生长在温暖如春、有求必应的家庭环境下，而社会却为他们预备的是另一个极端相反的背景，他们毫无准备地进入市场经济的生存环境，这里奉行的是弱肉强食的丛林法则。惊惶失措带来人格的分裂、疲于奔命带来功利的流行、急功近利带来理想的丧失，他们自然会抱怨父母、抱怨家庭、抱怨学校、抱怨社会、抱怨政府，成为抱怨一族，也会产生啃老一族、无用一族。

在民族性视野下的抱怨，实质上反映了我们民族文化的艰难转型。从缓慢和谐的农业文明，向快速竞争的工业文明的转变，首先是从集体主义向个体主义的转变，从崇尚公平向追求效率的转变。一方面我们讨厌"婆婆"的管教，另一方面我们又留恋"婆婆"的保护。就像许多人顺利的时候高喊"找市场而不要找市长"，出了问题就一定会找市长找政府。从计划经济向市场经济的转型，万能的政府已经越来越无能，但却仍承载着人们的期冀，也就成为无限责任的政府。抱怨中浸透着人们对国家的信任和希望，当然也包含着人们在经济社会转型中的迷茫和无助，又岂止是独生子女一代的困惑？

如果再从现代性上说，快速发展带来的现代化成果，并不像我们想象的那么完美，更多表现出物质和精神、经济和社会等多方面的失调和矛盾。改革开放三十多年来，中国日新月异的经济成就无人能够否认，我们正在告别吃饭穿衣的温饱层次，进入一个富了以后怎么办的阶段。从国际社会的发展规律来看，人均GDP进入3000美元后，既是经济的快速发展期，也是社会的动荡期，中国现在正走在这段坎坷之途，难免要颠簸不平。正如有学者比喻的一样，现代化发展就像一场残酷的马拉松比赛，总有人跑在前面，更会有人不断掉队，甚至被淘汰出局。如果我们只把人类社会发展看作一场追求"更高、更快、更强"的竞赛，必然就会奉行弱肉强食的丛林法则，也必然使越来越多的人掉队甚至淘汰，人和人、人和自然的关系都会越来越紧张。我们得到的越多，反而越不满意，越活越累。

"和谐社会"是我们这个时代的共同追求，其实所谓和谐社会，无非是各得其所、各安其位。各得其所在这个时代，加大了个人和社会的双向选择，早已不是政府"分配"，应当说比过去更有合理性。但自我选择的结果，在得到更多自由的同时，也加剧了个人的风险。而我们长期是在家庭和社会的温暖中成长的，就像一个青春期的孩子，一方面要彰显自己的独立，另一方面却脱离不了家庭的支持，于是一面高喊独立、自由和人权，一面埋怨他人、家庭和社会，"各安其位"就出了问题，人人似乎都被大材小用了，所谓人比人气死人。成功、卓越和爱情本是人类的基本理想，但成功被简化为暴富巨富，卓越被简化为高官要职，而爱情更被简化为帅男靓女，当理想失去内涵而只有外壳时，就变成了急功近利的旗帜，指导着人们无谓地冲锋陷阵，到头来必然是竹篮打水一场空。

我们就生活在这么一个文化转换、动荡不安而又充满希望、活力四射的时代。中华民族经过奋斗，巨人中国又重新在世界舞台上崛起。当火炬传递到我们手上的时候，让我们记住孔子两千多年前的教诲："上不怨天，下不尤人"，少一些抱怨，多一些努力。21世纪的中国，应当走在阳光明媚的大路上。

本文于2011年12月5日定稿，载《人民论坛》2011年3月下总第322期

从文化自觉走向文化自信

人类学上有一句名言，将人比作生活在意义之网上的蜘蛛。人类之所以是万物之灵，就在于我们有思想，用思想指导行动。用当今时兴的话说，思路决定出路，想法决定活法。思想和现实的关系，大致是"取乎上，得乎中，取乎中，得乎下"，而取乎下者，一定是一个庸人。个人如此，群体也是如此。

思想之所以重要，源于我们耳熟能详的基本原理：物质与意识的关系。物质是第一性的，意识是第二性的，意识是物质的反映，又会反作用于物质。意识反映物质，一看是否正确，二看是否及时，三看既破又立。客观物质世界不断变化，必然带来主观认识的不断变化，而主观认识是否正确和及时，还要受许多因素的影响，也就是我们常说的立场和观点的问题。人类的进步，其实就是一个否定之否定的过程，随着客观物质世界的变化，我们的主观世界必然不断更新，对旧的思想进行否定，从而确立新的思想以指导新的生活，这是一个生生不息的文化变迁过程，文化的本质就是一个不断适应和变化的"逝者如斯"的历史长河。

一说到"文化"，问题就神秘复杂起来。"文化"一词西方起始于拉丁语，本意就是动植物的生长。在中国古代"文"和"化"是单用的，文即纹理，好看而已，化即变化，日月交替而已，到秦汉后合用，其意义也是相对于武攻一词。直到欧洲的工业革命以后，随着西方殖民地的扩张，欧洲人接触到不同民族的独特生存方式，于是有了人类学这门学科，文化成为对某一区域的某一群体的生存方式的总

结。文化的新概念及其人类学这门学科，相应也在 20 世纪前后伴随许多欧美舶来品一起传入中国，而且因为来源地不同略有区别，如来自英国的叫社会人类学，来自美国的叫文化人类学，来自德国、日本的叫民族学、民俗学等，此外还有专门研究生物人的体质人类学，研究社会人的社会学。

人类学、社会学上研究的文化，虽然流派和观点百花齐放，但基本上将作为人类生存方式的文化分为物质文化、制度文化、精神文化三大部分。物质文化是我们看得见摸得着的吃、穿、住、行，制度文化就是规范我们行为的习俗和制度，最神秘且难于捉摸的是精神文化部分，也就是我们的思想、信仰等复杂的精神结构。特别是随着现代化以及全球化带来的经济一体化和文化多元化背景下，精神文化更加微妙。微妙在于文化像风，精神文化深藏于内核，于个人叫性格，于群体叫国民性。就像风是空气的流动，而空气是看不见的，只能通过空气流动带来的其他物质变化来感受到，精神文化也只能通过人们的言行来体现，而以什么样的言行来作为精神文化的体现，结论自然会大相径庭。

但无论如何，精神文化是物质文化、制度文化的反映，这个本质不会变。既是反映就会有一个滞后期，是否及时和敏感是第一个问题；反映的主体是人，而人是立场和利益都不相同的个体，反映的全面性和正确性自然构成第二个问题；精神文化一定会对物质文化和制度文化发出反作用，不仅会受前两个问题的困扰而且还要受业已形成的精神文化体系的困扰，因为文化变迁其实就是新旧文化矛盾冲突调和的过程，往往表现为一个波浪式前进和螺旋式上升的过程。

因而，人类社会的变革首先在于物质文化和制度文化起了变化，精神文化相应会表达在新思想、新文化的出现上。每个社会都会有一批"春江水暖"后的"先知鸭"，他们最早感受到环境的变化，或担忧或兴奋，并竭力以自己的思想影响或引导社会的变化，进而形成社会思潮，从而加快推进整体文化的变迁。因而当一个社会的"先知鸭"不断啼鸣而且不断增多形成合唱时，一个社会的加速变革期就到来了。当一个社会热衷于谈文化时，相应这个社会就处于大变革的前夜。

欧洲的工业革命起始于文艺复兴，这是相对于欧洲中世纪黑暗统治的思想解放运动，运动的后果就是人类进入了工业文明的全新时代，机器生产迅速地打破了地域和文化的壁垒。这个称之为"现代化"的历史潮流，快速地推进人类社会的文化变迁。进入 21 世纪前后，人类面对新的后工业时代，信息革命掀起了"全球化"的文化风暴，更是席卷世界的各个角落，文化问题成为每一个国家、每一个民族甚至是每一个人都必然面对的大问题。七十亿人挤在一个被称为地球的村庄里，和谐相处和资源承载等现实和未来的大事，确实需要人类做认真的反省和思考，这场文化风暴将决定人类作为一个物种，是像恐龙一样灭绝，还是创造出更加辉煌的明天。

放下世界大事不说，回顾中国近代以来的现代化历程，也是一个思想破旧立新的过程。在漫长的农业文明时代，中国人的精神结构和社会结构是完整而且互相配合的，文化变革缓慢而平稳，虽然也历经天灾人祸，但几乎是换朝代不换体制。我们以儒家文化为精神结构主体，以忠解决个人与国家的"公"关系，以孝解决个人与群体间"私"的关系，具体为四维八德、三纲五常，很好地规范了个人和社会的关系，加上一个中央集权和县以下乡绅自治，也很好地处理了地方和中央的关系。再准备了一个"达则兼济天下，穷则独善其身"的补充体系，以道家的学说给予了天人之间和无常有道的宏大体系，让人大处着眼而不拘泥于一时一事的利害得失，可以"采菊东篱下，悠然见南山"。更妙的是用佛家的理论，连接起生死轮回，现实生活中注重群体而轻个人，将人生看作一代一代传递的生生不息的过程，超越了自我也超越了生死，中国人连死都不怕了。可以说那是一个缓慢平和的美好时代。

当西方的火轮和炮弹触痛神州大地时，当时杰出的"先知鸭"就知道：好日子结束了，遇到一个三千年未有之变局。从1840年鸦片战争前后算起，开始了每三十年一变调的现代化追赶，差不多三十年为一个周期，中国人就会有一次较大的思想解放运动，不断地破旧立新，应了那句"三十年河东，三十年河西"的老话。第一个三十年可称作"洋务运动"，代表人物是北洋和南洋大臣，重在物质上，特别是军事上追赶西方，留下了"中学为体，西学为用"的结论。第二个三十年是受日本明治维新的刺激，代表人物有皇帝、太后和保皇派、革命派的呼应抗争，试图在制度上创新，结果是变法失败，六君子被杀，留下了谭嗣同"有心杀贼，无力回天"的悲叹，但变革事实上不可阻挡，从此中国文化走向剧变。到辛亥革命最终革了皇帝的命，进入第三个三十年的高潮，在革命和改良背后，是东西方文化的激烈交锋，特别是抗议二十一条引发的五四运动，更是催生了中国近代最大的思想解放运动，打倒几千年的孔家老店，让给外来的和尚"德先生"和"赛先生"，中国人四处寻找出路，试图在文化上有个彻底的变革。新文化运动过程中诞生的中国共产党，经过痛苦的选择，被迫走上了以农村包围城市最后夺取城市的革命斗争之路，经历了第四个三十年的武装夺取政权的血雨腥风，枪杆子和笔杆子被看作同样重要的基本武器，也创造出革命文化的独特魅力。

中华人民共和国成立后，不仅要面对"二战"后两大阵营对立的世界格局，更要面对全新的社会主义建设的历史性任务。第五个三十年，是从批判《武训传》的文化斗争开始的，建立社会主义的意识形态经历了一个曲折复杂的过程。改革开放使中国进入以经济建设为中心的第六个三十年，也经历了许多文化上的争论和反复，从 20 世纪 80 年代初期热衷的传统文化与现代化的讨论，到人性、异化、自由化、西化、新儒家、国学热等论争，甚至还有姓社还是姓资，但总体上大多数中国人倾向于"闷头发大财"，文化很难再"热"起来，思想似乎被冻结在钱匣子里了。

从 21 世纪开始，中国经济进入快车道，特别是在 2005 年之后，经济总量从世界第六，一年一个台阶，到 2010 年奔上了世界第二的宝座。也是从 21 世纪起，中国人切实体会到富起来过后怎么办的问题。物质文化日新月异，制度文化翻天覆地，精神文化反而荒漠化了，在巨大的变化面前我们显得如此渺小，甚至不知道我们是谁了。特别是面对第七个三十年，中国或许超美成为世界第一大经济体，但富国并不意味着一定是强国，在讲究文化软实力的今天，文化竞争力和综合国力已经成为人们最看重的因素，更何况改革逐渐进入深水区，开放遇到寒流期，机遇和挑战都一样突出。

从改革开放初期的一个中心两个基本点，到物质文明、精神文明"两手抓，两手都要硬"，再到物质、政治、精神三大文明建设以及"三个代表"重要思想的提出，接着是科学发展观指导下的"五个统筹"以及社会主义民主政治、社会主义市场经济、社会主义先进文化、和谐社会、生态文明等五大建设，中国共产党一直在找寻物质文化、制度文化、精神文化的协调发展的路径。从 21 世纪初始就着力进行文化体制改革，解放和发展文化生产力，力图解决物质文明和精神文明发展上的"一个腿长，一个腿短"现象。党的十七大正式将文化大发展大繁荣立为专章，提出社会主义核心价值体系建设问题，六中全会则第一次以党的决议形式再次将文化建设和体制改革提上重点日程。

所有这一切都表明，中国又将进入一个文化大发展时期。这不仅因为文化是 21 世纪的黄金产业，我们与发达国家对比有十倍的差距，文化产业必将成为中国下一轮经济发展的一个增长点；还要看到中国特色社会主义道路是一个前无古人的探索过程，也是一个数千年古老文化与世界文化前所未有的全面接触，如何在中国特色社会主义成功实践的基础上，总结中国特色社会主义理论和探索中华民族全面复兴之路，仍旧是需要艰苦努力的大事情；更要看到全球化使世界进入春秋战国时代，各种文化汇聚在一起，特别是西方文明倡导竞争下的效率文化取向和中华文明讲求合和下的公平文化取向，都应当是人类避免毁灭走向新的繁荣必不可少的要素。伟大的时代需要伟大的智慧，也呼唤更多的"先知鸭"。

更多的"先知鸭"出现，取决于有多少敏感的思考者，也取决于有多少真实的思想者，更取决于百花齐放、百家争鸣的社会环境。胡锦涛同志指出中国过去三十年成就和未来发展都依靠的是改革开放，而改革开放以来说得最多也做得最艰难的就是解放思想，解放思想才会有创新的思想和多样化的思想，而创新和多样化的思想才是文化大发展大繁荣的前提条件。解放思想是一个破与立的辩证过程，做一个思想的破坏者并不难，难的是做一个有责任心的建设者，特别是网络文化空前繁荣的今天，个人获得了前所未有的话语权，我们更要记住权力包含着责任，如果我们习惯于不假思索的自轻自贱，就很难赢得世人的尊重，更可能不经意中毁灭我们生存的文化土壤。当中国新一轮的文化大发展和大繁荣到来之际，我们应当特别地珍惜，特别勤奋地思考，更要知道立比破更难，也更重要。全球化的世界不仅需要中国制造，更需要中国创造，特别是需要产生新的孔子。

中国人的文化自信，经历了自满自足到失落回归的漫长曲折过程。回顾中华民族五千年文明史，中国在古代创造了辉煌的农业文明，通过精耕细作和儒家文化的维护，在有限的自然资源基础上养活了比别人多得多的人口。虽然也饱经战乱、朝代更替，总体上几千年既没有换人也没有换地，直到清中叶还是信心满满的，以世界中心而自居。但毕竟农业文明敌不过强大的工业文明，当西方开启的现代化风潮席卷神州大地，令人痛心的屡战屡败、屡败屡战的近代史不堪回首，成为每一个中国人的痛。在半殖民地半封建的泥沼中，我们求独立、求解放，一直比着西方的榜样学习和追赶。我们的文化镜子，从自成体系的坐标，变为以西方文明为坐标，从洋化、西化到现代化，无不是跟在别人后面亦步亦趋，许多时候甚至到了邯郸学步的程度。经历了几多战争和平、几多革命改良、几多文化风暴，这一百七十多年中国人有太多的辛酸和血泪。直到改革开放的新的历史时期，我们终于喊出了实现中华民族的伟大复兴的时代强音。

西方通过船坚炮利和不平等条约输入的现代化历程，中国人爱恨交织。我们今天能够屹立于世界民族之林，不能不感谢这位严厉的"老师"。正是在亡国灭种的威胁下，中国人民自强自立，在中国共产党的领导下完成了历史赋予的"三件大事"。从一盘散沙凝聚成强大的中华民族，在一穷二白基础上快速推进现代化建设，特别是1979年以来的加速发展，充分证明了中国特色社会主义的强大生命力。我们也必须清醒地知道，中国的国民生产总值不到美国的一半，人均国民生产总值还不到美国的十分之一，尤其是当今世界最讲的文化软实力，我们和世界先进国家还有相当大的差距。今天的中国已经不是积贫积弱的时代，随着综合国力的增强和人民生活水平的提高，中国人的文化自信心也正在回归。如果说我们可能一度迷失在西方制造的"现代化"的梦幻中，今天的中国人和世界各国一样也在反思现代性，警惕西方式现代化所带来的矛盾和问题。尤其是重新关注作为"他者"文化比较中的时间坐标，审视本民族的历史和文化传统，回温"以史为鉴可以知兴衰"，目前的国学热、历史热绝不是空穴来风。在这后面，是中国人经历了一百七十多年的东西方文化冲撞，文化冲突带来文化反省，从文化迷茫到文化自觉，在曲折的中国特色社会主义道路的探索和成就中，不断增强文化自信的表现。有了这份自信，我们不会妄自尊大、盲目排外；也不会妄自菲薄、崇洋媚外。有了这份自信，就有了海纳百川的胸怀，将祖宗留下的、世界各民族优秀的，都化为我们继续前进的动力，加上中国人的勤劳勇敢，中华民族的伟大复兴当然不会是太遥远的梦想。

本文定稿于 2012 年 3 月 27 日，以《亟待破除西方"现代化"梦幻》，载《人民论坛》2012 年 5 月上总第 364 期

雷锋精神与党员干部永葆先进性纯洁性

雷锋同志离开我们半个世纪了。半个世纪以来，中国社会已经发生了巨大变化，我们已经进入了改革开放新时代的大发展和大繁荣。在时代背景、政治路线、发展途径、社会观念都发生了巨变的今天，雷锋精神依然散发出耀眼的光芒，对加强党的建设、保持党员干部先进性、纯洁性具有重要意义。

中国共产党经过 90 多年的奋斗，领导全国各族人民走过艰苦卓绝的求独立求解放、建设社会主义新中国、开创中国特色社会主义道路的伟大历程，取得了空前的成功和盛誉。当前，我国正处在全面建设小康社会的关键时期和深化改革开放、加快转变经济发展方式的攻坚时期，党所面临的执政考验、改革开放考验、市场经济考验、外部环境考验更加突出，所面临的精神懈怠的危险、能力不足的危险、脱离群众的危险、消极腐败的危险更加凸显。保持党的先进性和纯洁性，是我们党在改革开放和社会主义现代化建设进程中应对和经受住各种考验、化解和战胜各种危险的重要法宝。雷锋精神为我们新时期的社会主义核心价值体系建设以及党员干部永葆先进性、纯洁性提供了强有力的精神支持。

　　雷锋精神的核心，是做一名坚定的共产主义战士。雷锋在参军的第一天就写下了"听党的话，服从命令听指挥。党指向哪里，我就冲向哪里"。他以自己的亲身经历，感受到党的伟大和恩情，坚定不移地投入党领导的社会主义建设事业中，从未动摇过共产主义的理想和信念，因而他才有充沛的热情投入无限的为人民服务中去，才会甘做一颗革命的螺丝钉。正如当年邓小平同志的题词："谁愿当一个真正的共产主义者，就应该向雷锋同志的品德和风格学习。"经过社会主义建设到改革开放的巨大社会文化转型，中国特色社会主义实践取得了辉煌成功，但也让一些人的思想跟不上时代的变化，共产主义理想淡漠，甚至共产党员的信念也发生动摇。思想的迷失，是一个党员干部最大的危险，不仅自己找不到方向，还会带来一个部门一个群体的思想和作风的沦陷。让我们记住：党的纯洁性"体现在思想上，就是要求各级党组织和广大党员、党的领导干部必须坚持把马克思主义及其中国化的理论成果作为指导思想，坚持把为社会主义、共产主义奋斗作为理想信念，坚持马克思主义实事求是的思想路线，坚决抵制各种反马克思主义思想的侵蚀，坚决同各种违背马克思主义的错误思想作斗争"。

　　有了坚定的共产主义信仰，就会表现出坚定的政治方向。雷锋在参军的第一天写下的第二条决心就是"加强政治学习，多看报纸和政治书籍，按时参加部队各种会议和学习，积极宣传党的政策，密切靠近组织，及时向组织反映各种情况，不断提高自己的政治思想觉悟"。正因为他发扬"钉子精神"，挤时间努力学习，不断提高自己的政治思想觉悟和文化水平，不断提升自己的思想境界和人生价值，正确理解并坚决贯彻党和政府的方针政策，使他走在时代的前列，成为一名杰出的士兵和优秀的党员。中国的改革开放进入了攻坚阶段，面临的困惑和困难都是前所未有的。深化改革、推进中国特色社会主义伟大事业，需要我们像雷锋那样发扬钉子精神，努力学习、认真思考、不断进取。让我们记住：党的纯洁性"体现在政治上，就是要求各级党组织和广大党员、党的领导干部必须坚决执行党的纲领、章程和路线方针政策，在社会主义初级阶段必须坚持以经济建设为中心、坚持四项基本原则、坚持改革开放的基本路线，坚决抵制和反对一切违背党的基本路线的错误政治倾向"。

　　政治路线确定以后，干部就是决定因素。中国共产党之所以具有强大的凝聚力和战斗力，是因为各级干部奉行党的宗旨，坚持民主集中制原则，遵守党的纪律，坚决与党中央保持一致。一个党员干部处理好个人和组织、干部和群众的关系是最基本的政治素养。雷锋在参军的第一天就下定决心要做到："尊敬领导，团结同志，互帮互爱互学习；严格遵守部队一切纪律，做到虚心向老战士学习，刻苦钻研，加强军事学习，随时准备打击敌人。"在实践中他始终坚持"螺丝钉精神"，干一行爱一行钻一行，坚决执行上级指示。作为兵头将尾的班长，他关注每一位战友的成长，互帮互学，不让一个战友掉队，润物无声地关心帮助他人解决困难。现在我们一些党员和党的领导干部在市场经济大潮中晕晕乎乎、头脑发热，不能正确认识价值问题，不能正确对待个人利益，精神支柱坍塌、人生方向迷失，有的甚至守不住党纪国法的底线，最终走向腐败堕落，教训极其深刻。如何牢记党的宗旨，遵守党的纪律，加强党内民主，保持共产党员的先进性，雷锋"做一颗永不生锈的螺丝钉"的精神值得我们长期遵循。"一滴水只有放进大海里才永远不会干涸，一个人只有当他把自己和集体事业融合在一起的时候才能最有力量。"让我们记住：党的纯洁性"体现在组织上，就是要求各级党组织和广大党员、党的领导干部必须坚持贯彻党的民主集中制原则和遵守党的组织纪律的要求，自觉维护党的团结统一，坚决反对一切危害和分裂党的行为，严格坚持党章所规定的共产党员标准和领导干部条件，坚决把背离党纲党章、危害党的事业、已经丧失共产党员资格的蜕化变质分子和腐败分子清除出党"。

共产党员的先进性和纯洁性，只有体现在作风上才能散发出强大的生命力和号召力。在这方面雷锋同志为我们树立了光辉的榜样。他"永远做群众的小学生"，谦虚谨慎，艰苦朴素，认为只有先做好群众的"学生"，才能做好群众的"先生"。抱定自己活着就是要让别人活得更好的信念，终身实践"要把有限的生命，投入到无限的为人民服务之中去"的铮铮誓言。中国共产党是中国工人阶级的先锋队，同时也是中国人民和中华民族的先锋队，党除了工人阶级和最广大人民群众的利益没有自己特殊的利益，党在任何时候都把人民群众的利益放在第一位，全心全意为人民服务。正因为如此，我们党和人民群众结成了亲密无间的鱼水关系，是中国革命、建设和改革开放各个历史时期取得胜利的根本原因。在革命时期，敌强我弱，条件艰苦，我们只有依靠群众才能生存，只有发动群众才能壮大，容易做到吃苦在前，享乐在后；而当我们进入执政时期，入党有利、当官做老爷等一些不正确的思想很容易在一些党员干部中滋生。脱离群众、背离群众，使得一些地方的干群关系变成了油水关系，甚至发展成水火关系，这是我们党在现阶段面临的最大危险。雷锋精神最大的现实意义，就是要永远保持一切从人民利益出发、全心全意为人民服务的工作作风。让我们记住：党的纯洁性"体现在作风上，就是要求各级党组织和广大党员、党的领导干部必须坚持发扬党的理论联系实际、密切联系群众、批评和自我批评以及谦虚谨慎、不骄不躁、艰苦奋斗等优良作风，坚持贯彻党的从群众中来到群众中去的工作路线和调查研究的工作方法，坚决反对主观主义、官僚主义、形式主义、以权谋私、弄虚作假和个人专断、追求奢华等不正之风"。

雷锋是一名忠诚于党、忠诚于共产主义事业的好党员、好干部。作为党员，他用"钉子精神"不断学习，与时俱进地提高思想觉悟和文化水平，始终保持共产党员的先进性；他以"螺丝钉精神"任劳任怨，一切听从组织安排。作为党员干部，他牢固树立正确的世界观、权力观、事业观，知恩报恩，以党和人民的利益为重，完全彻底地为人民服务，以广博的爱心和朴实的行动，体现出先锋模范作用，完美诠释了党的先进性、纯洁性。

雷锋精神不仅代表了人类追求真善美的基本价值观，也体现了中华民族"先天下之忧而忧，后天下之乐而乐"的优秀品德，必然会超越时间和空间，得到人们永远的崇敬与学习。在新的历史时期，面对新的挑战，党员干部都要以雷锋同志为榜样，以雷锋精神为准绳，忠诚履责、尽心尽责、公而忘私、勇于担当。我们要牢牢记住习近平同志的告诫："作为党的领导干部，一定要以正确的世界观立身、以正确的权力观用权、以正确的事业观做事，带头遵守廉洁自律各项规定，以淡泊之心对待个人名利和权位，以敬畏之心对待肩负的职责和人民的事业，任何情况下都要稳住心神、管住行为、守住清白，做到一尘不染、一身正气，始终保持共产党人的高尚品格和清廉形象。"

本文载《求是》2012 年第 10 期，2012 年 05 月 16 日

文化治理现代化的可行路径

党的十八大报告提出的"五位一体"格局中，文化是对应于经济、政治、社会、生态文明的概念，特指的是精神文化部分。精神文化又可分为作为国家意识形态的精神文化和人类社会的精神共识，前者是一个国家实现社会整合、凝聚人心的精神结构，后者则是构成人类社会必须具有的，也即人们常说的民族精神家园。两者在人类学上有所谓大传统与小传统之说，亦可简单划分为官方和民间双系的精神架构。正如马克思主义关于物质和意识的相互作用关系，作为精神文化的意识体系总是根植于物质文化基础之上并形成反作用力，两者的协调统一，才是个人和社会

良好生存和运行的必要前提。

一、国家意识形态建设的呼唤

根植于中国现实社会发展的需要，建构全新的国家治理体系，全面提升国家治理能力，从而使中国特色社会主义成为当代人类文明的一种新模式。

党的十八届三中全会把"完善和发展中国特色社会主义制度，推进国家治理体系和治理能力现代化"作为全面深化改革的总目标，是对应改革开放三十多年来中国社会转型和总体文化变迁而确立的。中华民族具有五千年的文明史，在农业文明时代创造了辉煌的成就，但在16世纪后突然停滞不前，留下了所谓的"李约瑟之谜"。面对汹涌澎湃的工业文明，先辈们惊叹三千年未有之变局，有些手足无措。经历了一百多年的艰难探索，在中国共产党的领导下，党的十一届三中全会后，中国的现代化进程全力加速，形成世界罕见的四十多年持续高速发展，给世界留下了难解的"中国奇迹"谜题。对此，习近平总书记在2014年上半年访问欧洲时作了"地大、人勤、家底厚（文明积淀）"的回答。面对未来的发展，党的十八大提出了道路、理论、制度三个自信，党的十八届三中全会则给出了具体的改革路径，新一届中央领导集体正带领全国各族人民，一步一个脚印地向"中国梦"前进。

中国特色社会主义制度的优越性，在过去几十年的现代化建设成就中得以充分体现，中国特色社会主义道路无人能够否定，但在国家意识形态建设上却显得有些底气不足，理论自信没有完全树立起来。吴敬琏先生曾指出，深化改革面临着意识形态中的苏联模式障碍、特殊既得利益群体障碍和旧体制所造成的障碍，在这三大障碍中，意识形态障碍排第一位，在国内外引起过强烈的反响。再看一看社会现实反映出的问题：城市大妈声称"跳的不是舞而是寂寞"；农村和城市在自然和人文两个层面上，都不约而同地表现出"空心化"和"荒漠化"；一些高知、大官在求神拜佛，风水易经加"仁布其"成为时尚话题；在我们欢呼中国崛起和"中国奇迹"的时候，"裸官"和移民潮现象却也尖锐地摆在我们面前，如此等等。这些已经不是改革开放初期"吃肉加骂娘"所能够概括的了。

其实，放在大文化层面上来分析，这些问题都不难解释。大文化指的是包含物质文化、制度文化和精神文化的整体构成，表达的是人类在某一个时间和空间下的生存状态及其发展变迁。文化人类学关于文化变迁有一个"堕距理论"，认为三种文化紧密相关，但变化速率是不一样的。物质文化作为最活跃和表层的因素，总是率先发生变化，带动制度文化和精神文化的变化，后两者又不断制约和影响前者的变化，三种文化构成一直不断地在"失衡—趋衡—再失衡—再趋衡"中动态整合，从而促使人类整体社会文化不断发展变迁。中国社会三十多年的剧烈变迁，正是最生动的案例。以"堕距理论"观之，当前中国社会的现状就是物质文化前所未有地跃进了，制度文化还需不断修补完善，而精神文化建设则是方兴未艾。党的十八届三中全会不仅确立了市场经济的决定性作用，更提出了国家治理体系和治理能力的现代化。应对现代社会的发展要求，我们无须照搬西方的政治法律体系，而是应该在中国优秀传统文化的深厚基础上，参照西方的现代社会运行机制，根植于中国现实社会发展的需要，建构全新的国家治理体系、全面提升国家治理能力，从而使中国特色社会主义成为当代人类文明的一种新模式，也许是更具活力和前途的社会运行和可持续发展形式，至少对于国家人口占世界人口近四分之一的中国是如此。

二、构建全民族精神共识的呼唤

如何解读中国社会的巨大变化，如何结合中国最新实际发展马克思主义，如何给全国各族人民有力的精神支撑都迫在眉睫。

国家治理体系和治理能力的现代化，包含经济、政治、文化、社会、生态等各个方面，其中引申出来的文化治理体系和治理能力的现代化，按照大文化的三个递进关系以及当前中国社会现实需要来看，是最需要加强也是最困难的一部分。原因在于，一是从文化变迁的"堕距理论"看，精神文化变迁必然有一个滞后期，尤其对剧烈的经济社会变化必然有一个认识和总结的过程；二是从作为国家意识形态的官方理论体系看，如何解读中国社会的巨大变化，如何结合中国最新实际发展马克思主义，如何给全国各族人民有力的精神支撑都迫在眉睫；三是中国人正从一个农业文明为基础的熟人社会快速进入以工业文明为基础的陌生人社会，从群体取向变为个体取向，从紧密团结的有机社会变成松散的原子社会，人生观、价值观、世界观都面临着前所未有的剧变，一切都变化太快，传统体系冰蚀解体，而新的文化道德体系尚待建设，精神的空虚和迷茫在一个时期内是必然的社会现象。

事实上，执政党也一直在努力建立与改革开放新时期相适应的文化体系。改革开放初期，邓小平同志就提出物质文明和精神文明"两手抓、两手都要硬"；江泽民同志提出物质文明、政治文明、精神文明的"三大文明"建设，在"'三个代表'重要思想"中提出了社会主义先进文化的概念；胡锦涛同志提出"科学发展观"，社会主义先进文化建设成为重要组成部分。党的十七届六中全会第一次对社会主义文化大发展大繁荣做出全面部署，提出社会主义核心价值体系建设；党的十八大的"五位一体"布局更加明确了执政党的职责是满足人民群众日益增长的物质和文化需求，着力提高文化服务水平和推动公共文化服务均等化建设，习近平总书记提出的"中国梦"，更成为全体中国人民在中华民族伟大复兴进程中实现自我、凝聚认同的共有精神家园。

从小文化视角看，改革开放以来执政党长期致力于全面推进科技、教育、文化、卫生、体育等方面的改革发展，特别是进入 21 世纪以后，致力于大力推进文化体制改革和文化产业发展，不断解放和发展文化生产力，增强文化发展活力，推动文化创新。根据社会主义精神文明建设的特点和规律，适应社会主义市场经济发展的要求，以发展为主题，以体制机制创新为重点，以满足人民群众日益增长的精神文化需求为目标，健全文化市场体系，增强发展活力，依法加强管理，促进文化事业的全面繁荣和文化产业的快速发展，增强我国文化的总体实力和国际影响力，逐步建立党委领导、政府管理、行业自律、企事业单位依法独立运营的文化管理体制和运行机制。经过十多年的探索和发展，当前我国文化体制改革和文化产业发展已取得一个大的跃升。

改革只有进行时没有完成时。对于推进文化治理体系和文化治理能力的现代化更是如此。我们应在"大文化"的背景下，整体推动中国社会的现代化建设，高度重视文化的反作用力；以"中文化"建设为重点，大力推进国家意识形态建设，用"中国梦"这一共同目标振奋人心，用社会主义核心价值体系整合社会，应对社会转型带来的社会失范和文化迷失；以"小文化"建设为抓手，进一步推进文化体制改革和文化产业大发展，重点培植文化市场主体，切实发挥市场配置资源的决定性作用，激发社会活力，特别是文化创造力。政府要通过宏观上的指导，把握文化发展方向，做好市场监管工作，为人民提供更好的文化均等化服务，从而形成政府、社会、市场三者的良性互动，不断满足群众日益增长的文化需求，整体提升国家软实力和中华文化影响力。

三、优秀传统文化是中华民族伟大复兴的坚强基石

英国著名的科技史专家李约瑟毕生编著了 15 卷的《中国科学技术史》，却被一个问题所困惑："尽管中国古代对人类科技发展做出了很多重要贡献，但为什么科学和工业革命没有在近代的中国发生？"这在以后被称为李约瑟难题。英国另一位著名学者汤因比，经过对中国和世界历史的深入研究，则发出了这样的预言：21 世纪将是中国人的世纪，正如 19 世纪是英国人的世纪，20 世纪是美国人的世纪一样，

中国必将重新崛起。就在几天前的 9 月 7 日，英国《每日电讯报》网络版报道了研究能源、经济、地理政治风险等领域的 HIS 公司最新公布的报告：中国消费市场大幅上升将使中国经济在 2024 年超过美国成为世界第一。如果 HIS 预测正确，那么中国到 2025 年的 GDP 规模将从目前的 12% 增长为 20%，占世界总额的五分之一。

面对中国改革开放以来的飞速发展，世界为之惊叹，中国何以能够在如此短的时间里，走过西方发达国家一二百年的里程，这又被称为新的李约瑟难题，全世界都在关注中国道路和中国模式。对此，习近平同志在今年初访问欧洲的时候，简要地给予了回答，那就是中国幅员辽阔，人民勤劳勇敢和具有五千年的文化积淀，丰富的优秀传统文化家底，是中国崛起和发展的坚强基石。

习近平同志说："中华文明源远流长，蕴育了中华民族的宝贵精神品格，培育了中国人民的崇高价值追求。自强不息、厚德载物的思想，支撑着中华民族生生不息、薪火相传，今天依然是我们推进改革开放和社会主义现代化建设的强大精神力量。"回顾中华民族五千年文明史，中国在古代创造了辉煌的农业文明，通过精耕细作和优秀传统文化的维护，在有限的自然资源基础上养活了比别人多得多的人口。虽然也饱经战乱、朝代更替，总体上几千年既没有换人也没有换地，直到清中叶还是信心满满的。当古老的农业文明面对强大的工业文明，由西方开启的现代化风潮席卷神州大地，令人痛心的屡战屡败、屡败屡战的近代史不堪回首，成为每一个中国人的痛。经历了几多战争和平、几多革命改良、几多文化风暴，这一百七十多年中国人有太多的辛酸和血泪。正是在亡国灭种的威胁下，中国人民自强不息，在中国共产党的领导下完成了历史赋予的"三件大事"。从一盘散沙凝聚成强大的中华民族，在一穷二白基础上快速推进现代化建设，特别是改革开放以来的加速发展，充分证明了只有社会主义才能救中国，只有中国特色社会主义才能发展中国。正如习近平同志总结的那样："独特的文化传统，独特的历史命运，独特的基本国情，注定了我们必然要走适合自己特点的发展道路。"

今天的中国已经不是积贫积弱的时代，随着综合国力的增强和人民生活水平的提高，中国人的文化自信心也正在回归。如果说我们可能一度迷失在西方制造的"现代化"的梦幻中，今天的中国人和世界各国一样也在反思现代性，警惕西方式现代化所带来的矛盾和问题。习近平同志强调"要认真汲取中华优秀传统文化的思想精华和道德精髓，大力弘扬以爱国主义为核心的民族精神和以改革创新为核心的时代精神，深入挖掘和阐发中华优秀传统文化讲仁爱、重民本、守诚信、崇正义、尚和合、求大同的时代价值，使中华优秀传统文化成为涵养社会主义核心价值观的重要源泉。要处理好继承和创造性发展的关系，重点做好创造性转化和创新性发展"。尤其是在世界文化比较的坐标下，审视本民族的历史和文化传统，"我们不仅要了解中国的历史文化，还要睁眼看世界，了解世界上不同民族的历史文化，去其糟粕，取其精华，从中获得启发，为我所用"。他在联合国教科文组织总部的讲话中指出：文明是多彩的，人类文明因多样才有交流互鉴的价值；文明是平等的，人类文明因平等才有交流互鉴的前提；文明是包容的，人类文明因包容才有交流互鉴的动力。充分表达了崛起的中国构建和谐世界、开放共荣的宽阔胸怀，和平发展、和谐相处、和衷共济，一年来的穿梭外交，更是以实际行动表明中国的发展是世界的福音。

　　党的十八届三中全会不仅确立了市场经济的主体地位，更提出了国家治理体系和治理能力的现代化，将中国特色社会主义提高到当代人类文明的一部分。表面上看是将沿袭十年的社会管理修改为国家治理，从管理到治理，虽是一字之差，实质上却是差之千里。管理大体是沿袭农业文明时代自上而下的社会运转方式，管理的主体是国家；治理则要求自上而下和自下而上相结合，主体除政府外，还要有社会和市场的合力。也就是应对现代社会的发展要求，我们无须照搬西方的政治法律体系，而是在中国文化的深厚传统基础上，参照西方的现代社会运行机制，根植于中国现实社会发展的需要，建构全新的国家治理体系和提升治理能力，从而使中国特色社会主义成为当代人类文明的一种新模式，也许是更具活力和前途的社会运行和可持续发展形式。习近平同志说："中华民族是具有非凡创造力的民族，我们创造了伟大的中华文明，我们也能够继续拓展和走好适合中国国情的发展道路。全国各族人民一定要增强对中国特色社会主义的理论自信、道路自信、制度自信，坚定不移沿着正确的中国道路奋勇前进。"有了这三个自信，站在五千年优秀文化的坚实基础上，放眼全球化时代的世界潮流，中华民族伟大复兴的中国梦就一定能够实现。

　　本文载光明网－理论频道 2014 年 9 月 22 日，《国家治理》周刊 2014 年 11 月03 日人民网转载

第七篇　岁月似水自在流

解放思想与文化深层意识的觉醒

中华文明位于亚洲的东部，依山傍海，自成体系，五千年传承生生不息，是唯一没有换人也没有换地方的文明古国。在遥远的农业文明时代，我们的祖先创造了辉煌的业绩，成为世界向往的中心。无论是马可波罗写下的神话般的游记，还是阿拉伯人谚语："即使知识远在中国，也要去寻找"，都留下了遥远、美好甚至是神圣的记忆。然而，1840年鸦片战争以来的沉痛经历，千年古国在帝国主义的船坚炮利下屡战屡败，不得不低下高贵的头，沦为半殖民地半封建社会，被世界视为"东亚病夫"。积贫积弱的中国人，经历了一百七十八年的奋力追赶，不仅完成了"站起来"的历史使命，更在改革开放四十年中，实现了"富起来"的伟大壮举，现在又满怀激情地阔步迈向"强起来"的新时代。这是多么激荡的百年大变革，又是多么震惊世界的人类奇迹！如果要追寻其内在的演变逻辑，不能不探索深层次的文化动因。

所谓文化，用最简单的定义就是一个民族或国家的想法和活法，正如人们常说的想法决定活法、思路决定出路。中华五千年文明史，波澜壮阔，分分合合，但始终走向统一的多民族国家，是一个"多元一体"格局下"滚雪球"式的壮大演进过程，正如习近平同志所指出的那样："中华民族是一个兼容并蓄、海纳百川的民族，在漫长历史进程中，不断学习他人的好东西，把他人的好东西化成我们自己的东西，这才形成我们的民族特色。"[1]也正因为农业文明深厚的文化积淀，让我们形成了

1　2014年2月17日习近平在省部级主要领导干部学习贯彻十八届三中全会精神全面深化
　　改革专题研讨班开班式上的讲话。

平和、中庸、勤劳、内敛、知足的文化秉性。但当古老的中国面对新兴的工业文明的时候，顿时手足无措，无法应对"三千年未有之大变局"。

乾隆五十七年（1792 年），英国马嘎尔尼使团在为乾隆祝寿的名义下开始了访华之旅，这是西方工业文明正式敲击东方农业文明的大门。表面的矛盾是"跪不跪、磕不磕"，深层次的冲突却是"开不开、通不通"的问题。马嘎尔尼乘坐英国当时最先进的军舰"狮子号"，一路耀武扬威，炫耀着自己强大的武力，一路大肆收集中国政治、经济、军事等各方面的情报，访华的真实目的是"取得以往各国未能用计谋或武力获取的商务利益与外交权利"。9 月 14 日，一路追到热河行宫的马嘎尔尼，终于得到乾隆皇帝的接见。当马嘎尔尼提出派使臣常驻北京；开放宁波、舟山群岛、天津为贸易口岸等要求时，被乾隆皇帝一口拒绝："天朝物产丰盈，无所不有，原不借外夷货物以通有无"，并警告他们不要再到浙江、天津贸易，否则必遭"驱逐出洋"。让马嘎尔尼碰了一鼻子灰，不得不离开北京，郁闷地返回伦敦。

此时的中国，正处于"乾嘉盛世"，国力依然强大。据学者考证，当时的中国生产总值，约占世界的三分之一以上，乾隆皇帝有理由骄傲。古老的农业文明，已是"夕阳无限好，只是近黄昏"，更不知后来居上的工业文明，如旭日东升，喷薄欲出。马嘎尔尼说过一句意味深长的话："清政府好比是一艘破烂不堪的头等战舰，它之所以在过去一百五十年中没有沉没，仅仅是由于一班幸运、能干而警觉的军官们的支撑，而它胜过邻船的地方，只在它的体积和外表。但是，一旦一个没有才干的人在甲板上指挥，那就不会再有纪律和安全了。"[1] 此后还不到半个世纪，帝国主义就撕下了彬彬有礼的绅士面纱，开始了赤裸裸的武力侵略。

面对帝国主义船坚炮利的武装入侵，古老中国奋起反抗，在屡战屡败中反省追赶。龚自珍、林则徐、魏源等首先呼吁"睁眼看世界"，冯桂芬提出"采西学，制洋器"，李鸿章、张之洞等洋务派提出"师夷之长以制夷"，形成"中学为体，西学为用"的思想路线，幻想在物质文明上迅速追赶西方。从 1872 年清王朝向美国派出第一批留学生起，至五四运动前后，出国的留学生共计约 4 万多人。直到1894 年甲午海战的惨败，洋务派的"中兴"计划破产。中国人不得不进一步反思，蕞尔小国日本之所以打败堂堂中华帝国，是因为他们进行了"维新变法"。康有为力推"君民共主"制；梁启超则倡导"以群为体兴民权"；谭嗣同提出"主权在民"；严复号召"民主政体"。1898 年的"戊戌变法"，结果是六君子惨死菜市口，

1　　https：//baike.so.com/doc/5593472-5806072.html《百科》马嘎尔尼使团词条。

标志着推动制度变革的艰难险阻。

辛亥革命推翻满清王朝后，中国热衷于引进西方的宪政制度和各种救国之策。"一战"结束后，列强瓜分世界的《凡尔赛和约》，打破了中国人对西方"平等"和"民主"的幻想。从白话文开始的"新文化运动"蓬勃兴起，一大批知识分子高举民主、科学的大旗，从思想、文化领域激发和影响沉睡的中国人，尤其是唤起中国青年的爱国救国热情，从文化深处奠定社会变革的思想基础和提供智力来源。为取消不平等的《二十一条协议》，直接引发了五四运动，标志着近代中国人思想解放的高潮到来。人们从根本上反省数千年的农业文明，将封建文化视作阻止中国进步的根源。鲁迅塑造的"祥林嫂""阿Q""孔乙己""闰土"等形象，如同一面镜子让国人深刻反思，而"人血馒头""狂人日记""礼教吃人"则刺痛每一颗从麻木中苏醒的心。一种深层次文化反思上的变革思潮，在中华大地上蓬勃展开，从文化深层意识上，把中国人从农业文明中唤醒。

在今天看来，五四运动及新文化运动不乏矫枉过正之处，但作为近代以来广泛而深入的思想解放运动，其历史作用和地位都是不可否定的。五四运动首先是一场伟大的群众爱国运动。它的斗争对象直指帝国主义和北洋军阀政府，揭开了全民族进行彻底的反帝反封建斗争的序幕。五四运动更是一场深刻的思想解放运动，它使中国人民进一步认识到帝国主义侵略的本质和军阀统治的黑暗，促进了全国人民对改造中国的反思和探索，也促进了新思潮的蓬勃兴起和马克思主义的传播，还直接为中国共产党的成立创造了阶级上、思想上和干部上的条件。正是在这次思想解放的大潮中，一个五十多人的知识分子群体，不断将马克思主义普遍真理与中国实际相结合，经过近三十年血与火的洗礼和艰难曲折的探索，才完成了"站起来"的历史使命。

中华人民共和国成立后，虽然实现了国家的独立和人民的解放，但如何建设社会主义、如何实现工业化现代化的追赶？中国共产党人也经历了无数次艰难曲折的探索。"以毛泽东同志为核心的党的第一代中央领导集体带领全党全国各族人民完成了新民主主义革命，进行了社会主义改造，确立了社会主义基本制度，成功实现了中国历史上最深刻最伟大的社会变革，为当代中国一切发展进步奠定了根本政治前提和制度基础。在探索过程中，虽然经历了严重曲折，但党在社会主义建设中取得的独创性理论成果和巨大成就，为新的历史时期开创中国特色社会主义提供了宝贵经验、理论准备、物质基础。"[1]我们党历来不回避这一时期发生的"大跃进""文

1　中国共产党第十八届代表大会报告。

化大革命"等失误和错误，但这只是历史长河中的片段和支流，不能把这些错误与整个时期等同起来。2013 年 1 月 5 日，习近平同志在论述改革开放前后两个历史时期的关系时，明确提出："不能用改革开放后的历史时期否定改革开放前的历史时期，也不能用改革开放前的历史时期否定改革开放后的历史时期。"

1978 年 12 月 13 日下午，邓小平在中央工作会议闭幕会上发表《解放思想，实事求是，团结一致向前看》的重要讲话，这篇讲话实质上是紧接着召开的党的十一届三中全会的主题报告。邓小平指出："一个党，一个国家，一个民族，如果一切从本本出发，思想僵化，迷信盛行，那它就不能前进，它的生机就停止了，就要亡党亡国。"[1] 实践证明，邓小平抓住了党的思想路线问题，就抓住了拨乱反正和全面改革的关键，就抓住了凝聚党心、军心、民心的根本，就抓住了治党、治国、治军的全局，从而牵一发而动全身，使全党迅速由被动转入主动。党的思想路线的拨乱反正，发展成为一场伟大的思想解放运动，成为整个拨乱反正的先导，也成为整个改革开放和现代化建设的先导，再一次从文化深层意识上唤醒国人。

在解放思想、实事求是的文化觉醒基础上，邓小平提出了社会主义初级阶段和世界处于和平与发展主题的"两个大局"基本判断，从而做出了一系列影响深远的战略决策，实现国家以经济建设为中心的战略转移，制定"三步走"的战略目标，确立"一个中心、两个基本点"的基本路线。提出内政、外交、国防，治党、治国、治军，经济、政治、文化、社会、党的建设等各方面一整套方针政策：如决策恢复高考；推行农村家庭联产承包责任制；实行一部分地区一部分人先富起来；创办经济特区；确立对外开放基本国策；决策实施"863"计划；平反冤假错案；实行干部队伍革命化、年轻化、知识化、专业化方针；实行百万大裁军；提出"一国两制"方针，解决香港、澳门问题，等等。

这一系列战略决策，有力地推动了改革开放的历史进程。1992 年初，邓小平视察南方，一路走一路讲，就坚定不移地贯彻执行党的"一个中心、两个基本点"的基本路线，坚定不移地走中国特色社会主义道路，坚定不移地抓住机遇，加快改革开放步伐，集中精力把经济搞上去等一系列关系党和国家前途命运的重大问题，发表了具有深远意义的重要谈话。这既是一篇集大成的谈话，概括了邓小平理论的主要之点，又是解放思想、实事求是的新的宣言书，再一次从根本上排除了"左"和

---

1 《邓小平文选》第 2 卷，人民出版社 1994 年版，第 141 页、第 143 页。

"右"的干扰，把我国改革开放和社会主义现代化建设推进到一个新的发展阶段。[1]

回顾中国改革开放四十年的伟大历程，这既是一个不断解放思想的文化觉醒过程，更是一个不断改革创新的开拓实践过程。1979 年春天，邓小平向广东省第一书记习仲勋说："中央没有钱，可以给些政策，你们自己去搞，杀出一条'血路'来。"当年夏天的 8 月 26 日，深圳、珠海、汕头、厦门 4 个特区正式成立，为中国经济融入世界打开了大门。这四个城市也成为我国最早进行市场、工业、建筑业、劳动力、金融和外汇改革的"排头兵"。1984 年，根据国家发展知识密集型和技术密集型工业的需求，14 个国家级经济技术开发区应运而生。1988 年 4 月 13 日，第七届全国人民代表大会第一次会议通过了关于设立海南省的决定和关于建立海南经济特区的决议。1992 年 10 月 11 日，国务院批复设立中国第一个国家级新区——上海市浦东新区。2005 年 10 月，党的十六届五中全会把滨海新区开发开放正式纳入国家发展战略。2013 年 9 月 29 日中国（上海）自由贸易试验区正式成立。2017 年 4 月 1 日，雄安新区，横空出世。

党的十九大报告，绘制了 33 年的发展大蓝图和建设社会主义现代化强国、实现中华民族伟大复兴的大目标。把坚持全面深化改革作为构成新时代坚持和发展中国特色社会主义基本方略的重要内容之一，展示了中国全面深化改革前所未有的决心和力度，传递出中国改革正朝着领域更广、举措更多、力度更强的新阶段迈进的强烈信号。2018 年 1 月 23 日下午，习近平在中央全面深化改革领导小组第二次会议上指出：2018 年是贯彻党的十九大精神的开局之年，也是改革开放 40 周年，做好改革工作意义重大。要弘扬改革创新精神，推动思想再解放、改革再深入、工作再抓实，凝聚起全面深化改革的强大力量，在新起点上实现新突破。

习近平总书记反复强调："改革开放是决定当代中国命运的关键一招，也是决定实现'两个一百年'奋斗目标、实现中华民族伟大复兴的关键一招。"改革开放的深化过程本质上就是思想再解放的过程。发展是解决一切问题的关键，改革开放则是中国发展的根本动力，而思想再解放则是改革开放和发展的前提。中国迈向"强起来"的新时代，国内形势稳中向好，国际形势风起云涌，中国稳如泰山，深化改革的步伐更加坚定，解放思想的深度和广度都在拓展，"中国开放的大门不会关闭，只会越开越大"。

新春伊始，"粤港澳大湾区"与"京津冀区域一体化""长江经济带"一起写

1　参见李洪峰：《邓小平怎样开创历史新时期》，《党建网》2016-05-16。

入 2018 年的政府工作报告中，成为国家区域协调发展战略。金秋硕果累累，11 月 5 日首届中国国际进口博览会在上海隆重开幕，172 个国家、地区和国际组织参会，3600 多家企业参展，奏响共享机遇、共同发展的时代乐章。习近平主席在开幕式上的主旨演讲，提出激发进口潜力、持续放宽市场准入、营造国际一流营商环境、打造对外开放新高地、推动多边和双边合作深入发展等 5 个方面的务实举措，同时宣布上海自贸区扩大、上海证券交易所设科创版并试行注册制、长江三角洲区域发展一体化上升为国家战略三大举措，充分表明新时代中国改革不停顿、开放不止步的坚定决心，也展现出中国与世界互利共赢、携手前行的胸怀与担当。

中国特色社会主义进入新时代，必将迎来文化大发展大繁荣，更需要在文化深层意识上的文化觉醒，进一步解放思想，坚定道路自信、理论自信、制度自信、文化自信，而文化自信，是更基础、更广泛、更深厚的自信。"实践没有止境，理论创新也没有止境"，更高层次的改革开放，必须按照党的十九大报告的要求："坚持解放思想、实事求是、与时俱进、求真务实，坚持辩证唯物主义和历史唯物主义，紧密结合新的时代条件和实践要求，以全新的视野深化对共产党执政规律、社会主义建设规律、人类社会发展规律的认识，进行艰辛理论探索，取得重大理论创新成果，形成了新时代中国特色社会主义思想。"

在首届中国国际进口博览会开幕式上，习近平主席豪迈地说："中国经济是一片大海，而不是一个小池塘……狂风骤雨可以掀翻小池塘，但不能掀翻大海。经历了无数次狂风骤雨，大海依旧在那儿！经历了 5000 多年的艰难困苦，中国依旧在这儿！面向未来，中国将永远在这儿！"伴随着新时代的思想解放和文化深层意识的觉醒，中国人不仅从"站起来"到"富起来"，如今笃定迈向"强起来"，彻底从贫穷走向富裕、从封闭走向开放、从自卑走向自信、从农业文明走向现代文明。当世界贸易秩序经受空前挑战的特殊时刻，中国向世界发出最强音：中国推动更高水平开放的脚步不会停滞，推动建设开放型世界经济的脚步不会停滞，推动构建人类命运共同体的脚步不会停滞！

原文载《人民论坛》2018 年 11 月下

雄安新区让中国雄容安

2017 年 4 月 1 日是西方的"愚人节"，中国曝出了震惊世界的消息：环绕白洋淀的雄县、容城、安新 3 县及周边部分区域，将设立雄安新区。规划起步区面积约 100 平方千米，中期发展区面积约 200 平方千米，远期控制区面积约 2000 平方千米。"这是以习近平同志为核心的党中央做出的一项重大的历史性战略选择，是继深圳经济特区和上海浦东新区之后又一具有全国意义的新区，是千年大计、国家大事。"定位之高、规划之宏伟、意义之深远，令世人在惊愕中认定：这不是愚人节玩笑，而是吹响了新一轮大进军的号角。

闻风而动的还是炒房客，清明小长假这一带严重堵车，不单是为祭拜先人寄托哀思，也不只是为白洋淀还未露尖尖角的荷花。打飞的、开私家车、搭专车的云集于此，据说有人带着几百万的现金，风传当地房价从三四千，一夜翻番，两夜就到一万二。各路买房者和媒体涌入，道路拥堵，宾馆爆满，但满腔热情的炒房者却被当地政府泼了一盆冷水。楼盘停售、交易冻结，无房可买，当地官员告诫：私下交易，害人害己。河北官方也明确，坚持先谋后动、规划引领，配合国家有关方针，集聚全国优秀人才，吸纳国际人才，组织编制好雄安新区相关规划，把每一寸土地规划得清清楚楚后再开工建设。意味着以房地产拉动城市化时代的结束，也意味着一个新时代的开始。

2017 年 2 月 23 日，习近平总书记专程到河北省安新县进行实地考察，主持召开河北雄安新区规划建设工作座谈会。习近平总书记强调，规划建设雄安新区，要在党中央领导下，坚持稳中求进工作总基调，牢固树立和贯彻落实新发展理念，适应把握引领经济发展新常态，以推进供给侧结构性改革为主线，坚持世界眼光、国际标准、中国特色、高点定位，坚持生态优先、绿色发展，坚持以人民为中心、注重保障和改善民生，坚持保护弘扬中华优秀传统文化、延续历史文脉，建设绿色生态宜居新城区、创新驱动发展引领区、协调发展示范区、开放发展先行区，努力打造贯彻落实新发展理念的创新发展示范区。这不仅阐明了雄安新区的基本内涵，也确定了它的历史定位，更预示着未来中国进入雄、容、安发展的崭新阶段。

中国经历了 177 年的艰难现代化追赶，经历了中华人民共和国成立 68 年的艰苦奋斗，更经历了 38 年改革开放以来翻天覆地的变化。我们从 2010 年就跃升为世界第二大经济体，2012 年庄严提出实现中华民族伟大复兴的"中国梦"，激励着中国人民不忘初心，继续奋斗。中国梦是全球化时代的新一场生存竞争，需要的不仅是经济上的"硬实力"，更包含着"软实力""巧实力"等综合国力大比拼。我们从"一穷二白"，到制造业第一的"世界工厂"，但依然被讥笑为"能出口电视机，但不能出口电视节目"，在世界的食物链中，仍被排在末端。中国发展，已经到了必须真正"雄起"的时候。

　　中华民族在五千年文明史中，我们的祖先创造了灿烂的农业文明辉煌，也曾经错失工业文明的机遇而苦苦追赶一个半世纪。面对互联网构建的信息文明时代，中国绝不能再错失历史的契机。1843 年上海在半殖民地半封建的阴影下，成为中国对外开放的商埠，并迅速发展成为远东第一大城市。改革开放的春风，让深圳从一个小渔村，三十年成为超千万人口的一线城市，从"三来一补、两头在外"的珠江模式，发展成为今天中国最具活力的创新之城。1990 年中共中央和国务院决策开发浦东，1993 年浦东新区管委会成立，十余年里让上海获得年均两位数的快速成长，走在中国大陆城市改革开放的前列。2013 年 8 月国务院正式批准设立中国（上海）自由贸易试验区，浦东更成为上海经济的带头羊，从过去"宁要浦西一张床，不要浦东一间房"，1200 平方千米的浦东新区，早已成为新上海的标志。

　　早在 20 世纪 90 年代初，费孝通先生在天津提出"口与腹"的关系，建议天津和周边联动发展，构建环渤海湾经济圈。2011 年首都经济圈被明确写入国家"十二五"规划纲要，河北省立即做出了环首都经济圈规划。但推进京津冀一体化进程并不理想，更多表现为河北一厢情愿，北京不太积极，而天津和河北又呈竞争关系，三个地方难以抱团。2014 年 2 月 26 日，国家主席习近平在京主持召开的京津冀协同发展座谈会，指出"实现京津冀协同发展是一个重大国家战略，要坚持优势互补、互利共赢、扎实推进，加快走出一条科学持续的协同发展路子"，明确要求打破"一亩三分地"的狭隘思维，成为京津冀一体化发展的里程碑。这是继珠三角、长三角的蓬勃发展之后，党中央的又一重大战略部署。在中国发达的东部，三大经济圈构成中国未来发展的基本骨架，与以前提出的西部大开发战略、中部崛起战略、东北老工业基地振兴战略东西呼应，与最新提出的长江经济带发展战略、一带一路纵横交错。

　　京津冀一体化战略在 2014 年迅速展开，中共中央政治局 2015 年 4 月 30 日召开会议，审议通过《京津冀协同发展规划纲要》，不断推进交通一体化、区域金融一体化、科技创新一体化、人力资源市场一体化、旅游市场一体化、口岸一体化、市场环境一体化建设，逐步实现金融信息共享、创新要素自由流动、专业技术职称互通互认、高端人才资源共享、旅游市场互动、一体化通关通检，清理和废除不适应市场资源配置要求的各种规定和做法，京津冀一体化初见成效。但北京和天津两大直辖市太强，河北整体太弱的局面并未立即改观，以致"大树底下不长草"，形成所谓"环京津的贫困圈"，河北发展的支点何在？如何跳出房地产推动下的"摊大饼式"的城市化旧路，建立有机构成的城市带，解北京之困、给天津活力、让河北有动能？

习近平总书记的一席话，扫除了人们心中的疑惑，他具体指明雄安新区七个方面的重点任务：一是建设绿色智慧新城，建成国际一流、绿色、现代、智慧城市。二是打造优美生态环境，构建蓝绿交织、清新明亮、水城共融的生态城市。三是发展高端高新产业，积极吸纳和集聚创新要素资源，培育新动能。四是提供优质公共服务，建设优质公共设施，创建城市管理新样板。五是构建快捷高效交通网，打造绿色交通体系。六是推进体制机制改革，发挥市场在资源配置中的决定性作用和更好发挥政府作用，激发市场活力。七是扩大全方位对外开放，打造扩大开放新高地和对外合作新平台。

摊开地图，北京—天津—雄安三地构成各相距 105 千米的等边三角形，北京作为全国政治中心、文化中心、国际交往中心、科技创新中心，天津作为国际商贸北方大港和高端制造业基地，雄安新区则把"首都北京"过去吃进去但又消化不良的"非首都功能"转移过来，打造京津冀城市群的新引擎，中间形成五六千平方千米的星罗棋布的城市群和制造业集群。三角鼎立最稳固，头、腹、口有机结构最完整，作为中国北方经济中心的京津冀一体化也就蓝图初现。从战略布局上看，规划建设中的通州北京城市副中心和即将建设的河北雄安新区，形成北京破解"超大城市病"问题的一对翅膀；北京冬奥会带动张北地区建设，雄安新区带动冀中南发展，也将形成河北发展的一对翅膀。设立雄安新区的重大现实意义和深远历史意义不言自明，中国的雄起又多一块强大支撑，多了一份重要保障。

雄安新区承担着"千年大计、国家大事"，要完成"集中疏解北京非首都功能，探索人口经济密集地区优化开发新模式，调整优化京津冀城市布局和空间结构，培育创新驱动发展新引擎"的历史任务，绝不是简单重复上海、深圳的发展故事。如果说深圳发展依靠的是中国特有的人力成本优势，借助的是世界产业大转移，上海发展依托的是中国庞大的制造业优势和第二大经济体的整体实力，雄安新区更多的是在全球化时代，发挥中国特色社会主义制度优势和创新潜力。全球化进入第二季，欧美新保守主义泛滥，无意中给中国雄起让出了一条新空隙。中华民族有容乃大，从来就靠包容天下利己利人，"新的更高水平的对外开放"是历史的必然，用体制机制的创新，激发全国各族人民和各种所有制的创造力，在国内外招商引资，再加上举全国之力统一规划和建设，雄安新区将是中国人的又一伟大创举。

清明节去了圆明园，春风吹得游人醉，废墟上的花朵格外鲜艳。这里曾经代表中国农业文明的辉煌，也记录着中国近代的屈辱和苦难。湖光山色，万物复苏，让人突然联想到将来的雄安新区：在白洋淀的千里湖光中，珍珠般镶嵌着无数现代智慧城镇、红墙绿瓦、蓝青交织、亭台楼阁、水城共融，这里有最方便的交通和快捷的通信，与世界紧密地联系在一起，有最完善的生活工作环境，让各种肤色的人们心满意得地指点着地球、宇宙和人类未来，这里比美国的硅谷更漂亮、更开放、更包容，也更具清新的活力和无限的创造性。雄安新区位于河北省保定市的雄县、容城、安新三县附近，在冥冥中似乎包含着一个很深的隐喻：规划建设中的雄安新区，会让中国在包容中雄起，构建一个平安的中国、和谐的世界。

本文定稿于 2017 年 4 月 12 日，载中国经济周刊、经济网、2017 年 4 月 21 日

刘利华和他的长篇小说《长生天》

正是秋天最忙碌的季节，我收到大学同学刘利华寄来的书，厚厚的五大本，一百多万字，这是他三十多年的心血。这部庞大的小说，说的是成吉思汗的故事，却起了个《长生天》的书名，封面是蓝绿相交的蒙古草原上成吉思汗作祈祷状，带着历史的厚重。环顾家里堆满每个角落的书，特别是一大摞放在桌子上的"必读书"，已经积满灰尘。我想，这套巨著恐怕很难有时间读下去。

我是留级到刘利华班上的，前后也就同学了一年。那时我正忙着考研究生，也带着高年级的优越感，除了悄悄关注一下班上漂亮女生，实在与全班同学交往不多。真正熟悉起来，是在大学毕业实习的时候，我们去了内蒙古自治区莫力达瓦达斡尔族自治旗，正好和利华都分在腾克乡，共同睡在大通炕上。那一晚就像烙烧饼，炕热得让人睡不着。

对于一个来自南方的山里人，在火车上第一次看到东北大平原的广阔无垠，特别是红彤彤的落日，大大的、圆圆的，带着辉煌落到地平线下，看得我如痴如醉，

感动得泪流满面。位于大兴安岭深处的腾克乡，高处是漫山遍野的原始森林，低处是一望无际的草原田野，闪光的是被称作"水泡子"的湖泊，错落有致的农家小院，以木柴堆砌院墙，围出大大的菜园，炊烟袅袅，一片生机活力。阳光下腾克乡那种透亮的美，让人终生难忘。

放下行李就吃晚饭，乡政府热情地招待我们这些"天之骄子"，专门提前派出猎人打来狍子肉，捧着满大碗的白酒，人们醉眼蒙眬地跳起了舞蹈。20世纪80年代初的录取率据说只有5%，"大学生"那是光荣的称号。我们几人吃饱饭，就丢下酒客们开始闲逛，急于了解这个陌生的世界。村子里家家养狗，有大有小，对我们这些有身份的人也充满敬畏，大多象征性地吠叫几声。刘利华和我顺手就从柴火堆里抽出最长的木棒，开始是防卫，后来就是挑衅，村子的狗们被激怒了，围着我们狂吠狂咬，标准的"逗狗咬人"。我俩一前一后，用木棍扫荡着前进，不让疯狂的狗们靠近，中间是几位吓坏了的女生。她们的惊慌失措，更显爷们儿的英雄豪情，让我们越战越勇，狗们节节败退，最后退到村边的山冈上，天黑后才绕路回到乡政府大院。我发现，刘利华就是一好事之徒，喜欢在异性面前装英勇，我们俩都有惹是生非的爱好，算是找到了共同的志趣。

村子旁边的"水泡子"成了大家的好去处。湖泊不大，水天一色镶嵌在碧绿的原野上。我们学着当地人的样子，拿一根细木杆拴着长长的渔线，用蚯蚓作饵，先向后将渔线抡起来，再尽可能向湖泊深处抛去。看似简单的动作，却包含很高的技术含量，我在抛第三次的时候，回旋的渔勾居然准确地勾在我的眼皮上，女同学七手八脚帮忙取下来，今天想起来还后怕，差点儿就成了一只眼。水泡子的鱼多得一抛竿就是一条，但大鱼不多。在湖边挖了一个小水库，钓上的鱼就放养在里边，女同学里的伪善者，念叨着可怜又放生了不少。各找各的乐趣，大家欢快地在湖边尽情玩耍。

刘利华跳上湖边的一条小船，站上去诗情大发，高声吟诵着谁也听不清楚的诗篇，一边摇晃着小船。不知不觉之中，船被摇进了湖里，他立即失去诗人的豪情，大声呼喊起救命，但越挣扎，船就越向湖泊深处漂去。我是这群人中唯一的南方人，大家当然觉得应是游泳高手，其实我刚在学校旁边的京密引水渠里，初步学会狗刨式游泳，水平仅是不沉底而已。大家都在看着我，眼睛里已有见死不救的愤怒。我只能强装镇定，嘴里说着不要紧，算计着如何扮演英雄，心里确实没有把握。一抬头看到湖泊深处的打鱼船，立即有了主意，一阵高声呼叫，渔船很快就带回了刘利华和那条破船。女同学感慨地说，南方人就是聪明。其实是刘利华和我的运气不错，人生中有太多的偶然。

村里的日子漫长而宁静，我们每天到处乱逛，好奇地打量着这个陌生的世界，小心地探寻着它的秘密。这里曾经有一大批来自北京的知青，其中的绝大多数都已经返城了，留下的大多在乡政府、乡小学、乡医院等单位就职，他们当年是知青群中的优秀者，因为优秀才被留任。大多也在当地成家，拖家带口让他们难回北京，多少有些失落，见到我们这些"北京老乡"，很是亲切。我们也就经常去聊天，顺便吃杯酸奶，喝顿小酒。返京的时候，也帮他们带东西给亲人，记得我到大栅栏胡同里送东西的时候，看到脏乱差的拥挤大杂院，对比他们在腾克乡的大瓦房大院子，还有菜地和奶牛，很有感触。当今天人们热议"雪乡"旅游时，更让我怀念透明的腾克乡。人生得失，就看你如何算账。

我们来这里是做社会调查的，但确实不知道该调查什么。煞有介事地买了几包过滤嘴香烟，那时可是稀罕的奢侈品，请来村里的老人们召开座谈会。老人们抽着香烟，几口就是一支，就是不说话。班长字正腔圆地第三次提醒：老人家，说说吧。老人们有些生气地问：你让我们说什么？是啊，说什么？我们都不知道要调查什么，又如何让他们说什么，典型的"以其昏昏，使人昭昭"。这既是我抽烟历史的开端，也是做社会调查的起点，一晃三十四年了，这件事也成为我给研究生们讲社会调查研究方法课时的必谈案例。

我们的社会调查实践就这样稀里糊涂地进行着，我和利华开始自己用眼睛观察世界。我们发现作为达斡尔族聚居的村庄，家家几乎都供奉着狐仙，像是蒲松龄笔下的《聊斋》世界。我们找到村里的民间宗教权威，买了两瓶当地产的"老山头"白酒，向老人家虚心请教。他破例请下了供奉在墙上神龛里的狐仙，居然是穿着满清官服的夫妇画像，还有子孙亲戚结构。我后来写成一篇《达斡尔族民间宗教信仰调查》，这是我的第一篇社会调查报告。刘利华写了什么记不清楚了，他是一位文学青年，更偏重感性的认识。有一次我们采集到一首达斡尔民歌，利华将其整理出来，很有当时流行的朦胧诗味道，他自己颇感得意，我却不以为然，认为失去了民族和地方风格，又重新整理改写一遍。这次有关原始宗教和民族文化的调查，对我俩的影响都很大，我能从他的小说《长生天》情节描写和民歌表述中感觉出来。

有一天，乡政府大院抓来了两位偷入山林盗伐盗采的青年，反绑着双臂放在我们住的后院里。他们不停地哭泣，又饥又怕。我们凭直觉认定他们不是坏人，不仅擅自松绑还给他们饭吃，乡政府的炊事员怨我们多事，我们立即警惕地收起了菜刀和斧头，防止他们晚上将我们"做了"。一夜无事，第二天炊事员就让他们劈柴火，我和利华就与他们聊天。两位青年自称父亲是北京某市长的警卫员，后来他们就被下放到该地当农民，说起来又是两位"北京老乡"。家里生活非常困难，他们不得已才进山采野生木耳，不想被巡山的民兵抓住。人生三祸三福不到老，让人不胜感叹命运的乖戾多变。我掏了十元钱给他们，那时可是一笔巨款，他们承诺会寄木耳以偿还。虽然再没有这两人的音讯，我至今也时常想起此事，但愿他们的命运，会随着改革开放后的拨乱反正而得到根本性改变。

没过几天，又发生了案件，与我们调查组有关。女生集中寄宿在一位德高望重的老人家，他不仅照顾周到而且警惕性极高。有一天傍晚，他从门缝里偷偷放出家里的哈巴狗，小狗勇敢地冲上去咬住了在窗外偷窥的人，是一位当地的青年。偷看女生寝室就是耍流氓，在那时的乡村可是件大案，而且被抓了个现行。青年蹲在地上痛哭，称他也是高中毕业生，仅差两分未能上大学，他是想与大学生们切磋一下学术，并非要耍流氓。两分高考差距产生的命运落差，就这样鲜明地呈现在面前。我们对他充满同情，不同意送乡政府公办。他的哭声，至今似乎还回响在耳边，那是一种发自肺腑的郁闷和痛苦。人的命运往往就这样，差之毫厘，失之千里。很多时候，我们无非是运气好一些。

在乡供销社，我发现一辆采购的马车，购买了一汽油桶的白酒。一打听是某山村要举办婚礼，这可是一个极好的调查机会。征得主人同意，我搭上马车就去了这个村，穿过郁郁葱葱的森林，走过弯弯曲曲的山路，那无边原野的碧绿，那一人高茅草的苍劲，给人留下终生难忘的印象。第二天上午，村支书说：大学生要调查啥，就赶紧问，一会儿村里就没有清醒的人了。我以为这是玩笑话。婚礼的其他细节想不起了，记得的就是饮酒的事。先用橡皮管从汽油桶里抽酒到脸盆，再用脸盆把酒倒进大碗里，人们开始一碗一碗地干，大块大块地吃肉。带尾巴的肉，献给老人和外来的客人。下午四点以后，全村确实没有一位清醒的人，全都东倒西歪，随地躺倒，姿态百出，那种发自内心的快乐和尽兴，让人终生难忘。我虽然一再推拒，也喝了生平最多的一次酒，头重脚轻地左腿打右腿，一路跟跄前行，好不容易才挪回村支书家睡觉。

村支书家有一位十六岁的姑娘，漂亮而羞涩。第一晚上住宿的时候，看到所有人全部安排在一个炕上睡觉，这让我很难为情，南方人没见过这阵势。据说东北农村即使是夫妇新婚，也仅是在炕中间拉一个帘以象征性隔离。我在油灯下和书记有一句没一句聊天，一直在磨时间，直到书记实在困得不行，其他人也已上炕入睡了，我才钻进铺位和衣而睡。头刚好枕在炕沿上，伸不直腿，我不知道高大的东北人，是如何度过每个夜晚的。第二天早晨醒来，全家人早就出去干活了，我找不到厕所，后来才知道房前屋后背人的地方都行。在西藏中印边境山村调查时，情况更不妙，拉野屎也找不到一个平坦的地方，每一次都要在山坡上拽着野草或树枝才能保持身体平衡，在乡村待久了容易忘记时间，就点一次屎堆，以此推断已经过了多少日子。

村里有一家专业猎户，由国家提供枪支弹药，也相应每年必须卖给供销社多少猎物。我套了无数次近乎，就想跟着去体会一次狩猎生活。最后他直率地告诉我，光路上要骑马走一星期，还不知能否碰到猎物，而且有许多山里的禁忌，绝不会轻易让一外人参与到他们的生活中。快枪提高了狩猎的效率，也减少了猎物的生存概率并破坏了生长周期。狩猎业在当时，就已经不是件能够持续的事业，现在更只是传说了。东北大原野，给了我太多的感动，朴实的当地人，更给了我太多的关怀。房东家软乎清香的苞米碴子粥，扣上一大勺自产的酸奶，就着大葱蘸酱，那个香甜可口，想起来还流口水。我的房东一家，你们现在还好吗？每次回忆起毕业实习经历，必然就会想到曾在一起的大学同学，特别是可爱的刘利华，他总有些故事让人无法忘记。大家一起进入田野调查，一起初入社会，体验真实的人生。

刘利华是蒙古族，在内蒙古自治区通辽市的科尔沁草原上，玩着世代传下来的骑马格斗游戏长大。他的祖上是台吉（清朝对蒙古贵族所封爵名，分四等），奶奶家姓包，据说是成吉思汗弟弟哈萨尔的后裔，正宗的黄金家族传人。贵族身份传到爷爷奶奶辈，虽说家里还讲着蒙语，但成分已经变成贫农。小时候的贫困生活，使他身材单薄，养成沉默而内秀的性格。1980 年考大学时，他怀揣着作家梦，本来是冲着汉语言文学系去的，却录取在中央民族学院历史系少数民族历史学专业。四年良好的历史学专业训练，唤起他对本民族历史文化的强烈关注，大学期间就如饥似渴地阅读《蒙古秘史》《圣武亲征录》《元史》，著名的蒙古史学大家贾敬颜先生，亲自指导了他的毕业论文《班朱尼河考》，从此涉足蒙古史学的研究。在广泛阅读中外作家有关成吉思汗的传记和文学作品后，没有一部让他信服。那时，他就萌发了一个心愿：写一本关于成吉思汗的小说，还原这位伟大的历史人物。历史学专业的训练，居然唤醒的是他的作家梦。

记得毕业前的一个夜晚，他约我坐在校园的草地上，给我讲述他的心愿和埋藏心底的感情，好像还声情并茂地朗诵了几首自产的朦胧诗。这位貌不惊人而且内向沉默的人，心里却有着火一样的热情。我当时就想，这小子要么会疯掉，要么会一鸣惊人。毕业分配时，他选择去内蒙古自治区公安厅工作，随后给我寄来一张穿警服的黑白照片，腰里故意暴露的手枪，我总觉得有些虚张声势。我们在腾克乡乘坐手扶拖拉机的时候，路面狭窄倾斜，司机高呼害怕的就先跳车，连女同学都豪情万丈地迎风站立，他却立即跳了下去，搞得很没有面子，相当长时间成为我们实习期间的笑谈。就他这种胆量，也敢混入公安队伍？让人觉得他不是干那一行的料。我没有想到，他一干警察就是一辈子，据说还管理过监狱，官至处级，也算是有点儿权力但不任性的人；更没有想到，他居然坚守着作家梦，用了三十多年时间写出一百多万字的《长生天》小说。

再见刘利华，是在 2016 年的金秋十月，我去呼和浩特开会。宾馆相见，我已经认不出这位秃顶微胖的男人，就是当年瘦弱腼腆的刘利华，他的身体明显变得衰老和虚弱，不得不感叹岁月就是杀猪刀。他热情地呼唤来阔别多年的大学同学，大家欢聚一堂。我才知道，刘利华一直为成吉思汗的小说而努力，十几年积累资料，在图书馆工作的同学魏俊芳（她不幸于 2017 年 12 月 25 日病逝，前一年金秋聚会还历历在目，深切悼念这位朴实厚道的同学）大力帮助下，他常年在内蒙古自治区图书馆蹲守，查阅了无数的史料，抄录了大量的卡片，也几乎走遍蒙古高原，实地探访当年成吉思汗生活和战争的故地，拜访过无数专家学者，包括成吉思汗三十四代孙、末代王爷、自治区政协副主席奇忠义先生。小说如何起笔开头，如何布局，几条线索，他用了十年来构思。要讲好成吉思汗这一耳熟能详的真实人物故事，确实不是件容易的事。他刚写了五万字，因电脑故障，文稿全部丢失，只好从头再来。更别说还要兼顾工作和家事，难怪他的身体衰弱成这样，真是"为伊消得人憔悴"。

一年后的秋天，我终于收到了五卷本的小说《长生天》。今天的人们太忙也太累，很难沉下心来读小说，加上各种媒体信息轰炸，文学事业似乎进入冷清的秋冬季节。这一百多万字五卷本的小说，讲的又是人们多多少少都知道的成吉思汗故事，新华出版社将其隆重推出实属不易。出于几十年同学友情，更是出于对他执着和坚持的敬重，我不能不认真阅读。从第一卷开始，利华的形象就跃然纸上，真是文如其人。他真情而平实地娓娓道来，把成吉思汗故事完全写活了，小说非常引人入胜。原来我计划是每天睡觉前翻看几页，结果往往是夜不能寐，通宵达旦，让人不忍释卷，常常掩卷深思。

首先是民大历史系培养的学术功底，使他不说无根据的话，不用经不起考证的史料。虽然小说可以虚构，成吉思汗却是真实的历史人物，他的许多史实遮蔽在八百多年的历史风尘和虚幻的传说故事中，刘利华以历史学的严谨对许多史实进行了系统的考证，厘清了许多历史疑难问题。其次是对本民族文化的热爱，使他的小说既充满蒙古文化的特色，特别是一些谚语、格言，有深意又有文采；也还原了那个时代的生活风貌，栩栩如生的几百个人物，个个丰满真实。最后是他深厚的文学修养，让小说生机勃勃，故事情节曲折多变，人物呼之欲出。特别是小说中的诗与歌，不仅有草原的味道、时代的味道，更有刘利华的味道。他说我在腾克乡改诗事他一直难以忘怀，潜移默化对他回归乡土和民族风格产生影响，其实是他通过三十多年的修炼，洗尽浮华找回真心的必然结果。比起他塑造的成吉思汗形象，我更喜欢孛儿帖，小说把蒙古女人的智慧大气和善良贤惠，充分地表达出来。我忍不住对老婆说，你要是孛儿帖多好，换来一顿讥笑：这小说看得，你以为你是成吉思汗啊。

最让人回味的是《长生天》这一小说名，他没有用成吉思汗这如雷贯耳的名字，让小说的立意更加高远。成吉思汗跌宕起伏的人生经历，映衬着每一个人都要面临的人生挑战和不可复制的个体命运，尽管我们生活在不同的时间和空间坐标下，但都要面临同样的人生曲折和枯荣轮回。"古人不见今时月，今月曾经照古人"。古人的事，对今人依然有启迪。长生天，是至高无上的造物主？还是亘古不变的大道规律？心胸有多大，事业就有多大；磨难有多少，成就就有多少。三十年才磨一剑，这是艰苦的修炼过程，刘利华做到了。至于我们这些读者，能够收获多少，也看我们各自的修炼。读《长生天》，从古人的命运中，寻找各自的人生感悟，争取多看懂一些"其中味"，但不要轻易去笑"作者痴"。

本文定稿于 2018 年 1 月 27 日，以《若无年少轻狂事，何来韵味无穷书》，载腾讯《大家》2018 年 3 月 23 日

在历史长河中起伏的大寨

在我们这一代 60 后的人生记忆里，贫穷是挥之不去的旧梦，许多的人生习惯都根源于此。比如，进超市一定会选减价打折的商品，虽然知道"便宜杀穷人"的道理，但经常上演"老太太吃苹果，总是吃最烂的那个"故事。在家一做菜就是大盘大碗，下个饭馆总得将剩菜打包带回，然后放在冰箱里，反复吃得恶心，放坏了才会心安理得地拿去倒掉。

习惯是人生的顽固烙印，就像拖在身后的尾巴，想割掉并不容易，它反射着个

人的成长史，也保存着中国人几十年勤俭节约、艰苦奋斗的历史记忆。抛掉不必要的贫穷印记，但不能忘记中华人民共和国这几十年节俭艰难的奋斗史。特别是当我们"富起来"的时候，许多习惯还需要刻意保留，今天我们生活中的浪费太惊人，甚至有些肆无忌惮。居安思危，是中华民族几千年的生存教训。面对"强起来"的历史使命，习近平总书记也告诫说，一定要保持艰苦奋斗、戒骄戒躁的作风，以时不我待、只争朝夕的精神，奋力走好新时代的长征路。

说到艰苦奋斗，就让人想起大寨。大寨本是个平凡的小山村，这个小山村却发生了不平凡的故事。现在年龄在五十岁左右的人，都会知道这个故事。在那个时代，大寨的名字可以说响彻云霄，无人不知，无人不晓。神州大地，到处是"农业学大寨"的标语，到处掀起改土造田、大搞农业基本建设的热潮。中国最大规模的农田改造、水利建设、农技普及，甚至包括改革开放以后的飞跃发展，都断不掉这段难忘的历史记忆。提起"大寨"，让人鼓舞，让人辛酸，让人有太多的联想。

大寨的联想

我第一次去大寨，是在 2002 年的国庆节。坐在从太原到大寨的大巴车上，新修的柏油马路宽敞笔直，路修得很好，收费站也出奇得多，几乎是十来千米就要收一次费。路边的村庄稀少，半新不旧，路上跑的多是运煤的大货车，让人想起山西是个能源丰富但经济还不够发达的省。横穿黄土高原的黑油油的柏油公路，对比得两边的土地更加干燥和原始，缺水缺生机缺变化，似乎亘古就是如此。正值秋收的季节，几乎所有土地栽种的都是玉米，反映出种植结构仍旧单一，田间地头也很难看到灌溉系统，说明大部分的土地，依然是靠天吃饭。戴着白毛巾的农民，正一棵一棵采摘着玉米棒子，如果不是地头停着一辆拖拉机，你很难判断出身处哪个年代。

望着黄土高原特有的地貌，耳边总想起那首终生难忘的歌曲："学大寨，赶大寨，大寨的红旗迎风摆……"我的眼前浮现出当年农业学大寨时的情景：在寒风凛冽的冬季，传统的农闲被火热的农业基本建设所取代，工地上到处红旗飞舞，开山劈石的炮声隆隆，高音喇叭播送着旋律高亢的革命歌曲和激昂的政治口号，人们一趟又一趟地挑土造田，扁担在肩膀上吱吱作响，疲惫的脸上，映着辛苦，也映着希望。"农业学大寨"和那个时代的其他政治标语，写满全国农村的每一堵墙壁，写满每一个山头，甚至每一块平整的石头。

落后的农业和饥饿的人们，是"农业学大寨"运动的经济背景。站在大寨村的虎头山上，听着导游的介绍，让人感觉到当年的大寨人确实了不起。这是一个黄土高原上最平常的山村，依山却不傍水，顺着山势铺开的坡地，靠着天老爷赏赐的雨水收获着不多的希望；山沟里的田块，经常会被一场急雨冲刷掉一年的艰辛。大寨人就是在这种"七沟八梁一面坡"的恶劣生存环境下，过着久远而贫穷的生活。

历史进入中华人民共和国的年代，以陈永贵为首的农民共产党员开始领导当地村民，做起了祖祖辈辈都不敢想的事：依靠集体的力量，改造贫困的山河！他们三战狼窝掌，屡败屡战，用了三年时间在最大的一条山沟里造出22亩土地，树立起大寨人百折不挠、艰苦奋斗、战天斗地的精神，接着用了二十年时间将四千多块跑水、跑土、跑肥的"三跑田"改造成2900块保水、保土、保肥的"三保田"，又在山区造人工平原，将土地集中成900多块的"海绵田"，使粮食亩产从一百来斤提高到一千来斤。1963年大寨遭遇大洪灾，大部分家庭没有了住房，庄稼地也多被冲毁，大寨人响亮提出"先治坡，后治窝"，不仅没要国家一分钱的救济，还超额完成了粮食上交任务，又用了三年时间，全村统一建设起人均2间的农民新居，村民过上了半共产主义的温饱生活，在当时的中国农村，是一件了不起的成就。

刚刚经历三年自然灾害的中国，贫穷和饥饿是急需要解决的大问题。大寨人在无意中树立了一个榜样，升起了改变中国落后农业的希望，更迎合了急于寻找中国迅速发展出路、对农民极有感情又富有诗人气质的毛泽东主席的注意，称之为"穷山沟里出好文章"。1964年，毛主席向全国正式发出了"农业学大寨"的号召，伟大领袖的一句话，改变了陈永贵的命运，改变了大寨的命运，也改变了全中国许多人的命运。

当中国进入改革开放的新时期，特别是在1983年农村普遍实行家庭联产承包责任制以后，全国农村的面貌大多焕然一新，大寨却有些迷茫了。1991年，当年的铁姑娘队队长郭凤莲重新担任大寨的党支部书记，重新凝聚大寨人的思想和干劲，重新为大寨定位，原来是全国学大寨，现在是大寨学全国，大寨又在建设市场经济的新形势下再次创业。

大寨再创业

或许有不少的人，都有这样的好奇心，改革开放以后，走出"先进变后进"的迷茫，大寨会变成什么样？

汽车一进入大寨，我们首先看到的是旅行社的招牌，那是 20 世纪 70 年代典型的灰色大楼建筑。"大寨"两个红色大字，伴着一排飘舞的红旗，醒目地立在人民公社时期的二层陈旧砖楼上，门前停放着许多旅游车，旁边是一座新建的七层宾馆，形成鲜明的时代对比。

汽车直接把我们拉上了虎头山，这里已经变成了花果山，山路铺上了平整的石板，修砌了台阶，空气十分清新。虎头山原本是黄土高原上最常见的那种荒山秃岭，干旱得石缝里直冒热气。从 20 世纪 50 年代起，大寨人就在改土造田的同时，开始植树造林，20 世纪六七十年代周恩来总理三访大寨，每次都强调发展林业和灌溉，大寨人几十年如一日地绿化山头，终于让虎头山彻底改变了模样，全村林木面积达一千多亩，覆盖率近 40%。1996 年被山西省政府批准为省级森林公园，虎头山不仅收获林果，更带来源源不尽的旅游收入，据说 2002 年仅门票一项，就高达 120 多万元。大寨人感激周总理的关怀，在当年周总理指点江山的地方，专门修建了总理纪念亭。站在这里遥望，整个大寨基本尽收眼底，公社时期整齐划一的半窑洞式建筑，在阳光下显得古旧，新修的 12 幢别墅式农民新居，红砖红瓦排列整齐。

　　山坡上过去用来灌溉农田的储水小水库，配套建设上亭台走廊，巧妙地变成了森林公园的景点。大寨人重情，小水库仍旧称之为军民池或者支农池，这是当年解放军帮助建造的；山脚下的引水渡槽，则被称为团结沟渡槽，因为当年来自边疆的少数民族参观团，参加了渡槽建设的劳动。渡槽的那头，是正在修建的大寨文化展示馆，据说投资了三百余万元，自上而下分为四层，每层院落自成体系，集别墅休养和文化创作展览于一身，白墙红瓦依山而建，错落有致。

　　虎头山上还建有一座"郭老诗魂碑"。1965年身为中国科学院院长的郭沫若率一批科学家到大寨访问，大受感动，挥毫写下了《颂大寨》诗一首："全国学大寨，大寨学全国。人是千里人，乐以天下乐。狼窝成良田，凶岁夺大熟。红旗毛泽东，红遍天一角。"1978年郭老去世，留下遗嘱要将骨灰撒向大寨的土地，由其夫人于立群女士乘飞机完成了其遗愿，将郭老的骨灰永远留在了大寨的山山水水。在1992年11月16日郭沫若百年诞辰时，大寨人专门为其立了诗碑，以纪念这位对大寨有真感情的人。据说诗碑的设计还很有讲究：碑座象征砚台，古柏象征毛笔，碑后的墙壁象征白纸，意味着郭老对大寨有诉不完的心曲，书写不完的话题。

　　当然虎头山上最壮观的纪念物，还是大寨前任书记、当年中国的副总理陈永贵的墓地，从这里能够看到大寨全境，也可以隐约看到昔阳县城。游客很多，几位导游竭尽全力地大声讲解，虽是人声喧哗，墓地旁边的松树林里，却是群鸟争鸣，格外清脆，显出一种特别的宁静。陈永贵是中国唯一的"不脱产"高官，虽然贵为大国副总理，还坚持三分之一时间回大寨劳动，而且仍旧依靠大寨工分生活，只领取部分职务津贴。陈永贵在北京去世后，骨灰送回了故里，大寨人为他们尊敬的老书记举行了简朴而真情的葬礼，将他埋葬在自己生前选中的地方，以后又三次为他修坟，形成今天的规模：中间是一座圆形的墓，外面围着半圈石墙，后面是护墙，前面立着汉白玉的墓碑。正面顺着山势，大寨人自行设计、自行投工建设了228级青石台阶：最上端为72级，象征陈永贵走过的72年生命历程；中间38级，象征陈永贵的38年党龄；最下面的8级，象征陈永贵在北京工作生活的8年。台阶完结后，是一尊陈永贵的大理石雕像：满面风霜皱纹，扎着白毛巾，穿着对襟衫，欲说还止，欲笑还休，憨厚中透着坚定。也许在大寨人心里，陈永贵永远是他们的老书记，永远是一位朴实的大寨农民。

陈永贵的雕像前，就是著名的大寨展览馆，宽敞的大厅里，以翔实丰富的文字和图片资料，分七大部分的内容介绍了大寨这个小村庄半个多世纪的变迁。毛泽东主席当年接见陈永贵的照片，周恩来总理视察大寨的照片，格外引人注目。在展览馆旁边的旅游品商店里，我买了几样有大寨特色的纪念品，售货员朴实厚道的态度，使我对大寨人产生了初步的好感。她认真地回答每一个问题，不厌其烦地让我挑选商品。

走进大寨的大院，更加深了这种印象。我在一个小摊上打听有没有胶卷卖，摊主说家里好像有一个，一路小跑，给我拿来了一个外观已经破旧的富士胶卷，我拆开包装后才发现，胶卷已经过期一年，在其他地方，可能只有自认倒霉，然后大寨人的回答是："没有用了？那我不能卖！"非常干脆地将胶卷收了回去。大寨人的实在，让人感动。

大院里当年由生产队统一建造的房屋，已经出售给农户，各家搭起小院，使大院失去了当年的整齐和宽阔。大寨村委会新建的三层楼房，外面贴着瓷砖，显得格外的洋气。院子里到处都是做小生意的大寨人，一脸朴实的微笑，静静地坐在摊位上，不吆喝叫卖更不拉客，出售的多是农副产品，从面饼、杂粮、老陈醋到大南瓜，绣花鞋垫和各种手工织品，充满乡土纯朴的美，当时大寨似乎特别流行编织拖鞋和提包，几乎每一个摊位都出售着样式相同的商品。空旷处也有村民从容地晒着粮食，似乎对熙熙攘攘的游客视而不见。

我们随着导游小姐的引导，径直去参观陈永贵故居。这是 1968 年陈永贵按 5 口人的标准，从村集体统一分到的住房，直到 1980 年家属随迁北京前，陈永贵的全家一直住在这里。2 孔窑洞，一间是厨房，一间是卧室，地道的农民家庭摆设。三间瓦房，大间是客厅，是陈永贵办公和接待国内外来宾的地方，正中有一对竹椅，旁边是一张长条桌，上面供着陈永贵的遗像和骨灰盒，最引人注目的就是墙壁上毛主席和陈永贵的合影照片。中间是陈永贵的卧室，一张床和一个书架，再加上一部老式电话，就是当年副总理休息的地方。最里面是一间过道式的小房。

在故居的客厅里，陈永贵的孙女陈红梅神态自若地坐在竹椅上，出售着《扎白毛巾的副总理陈永贵》一书，她为每一个购买者都写上"感谢光临故居，祝你前程似锦"。面对游客的邀请，她总是举止大方地和大家合影留念，我打听到她在昔阳县城当教师。在故居的大门口，我们幸运地遇到了陈永贵的大儿子陈明珠，他刚巧从县城回到了村里，态度也非常和蔼，亲切地和我们一起合影，握手的时候热情而有力。

接着参观的是大寨村西北的原大寨旅行社大院，现在专门举办名人踪迹展览。几十年来，大寨接待过上百位国内外政要，灰色朴素的大院默默地诉说着辉煌的过去。北排房一号是周恩来住过的房间，二号是叶剑英住过的房间，三号是李先念住过的房间，四号是邓小平住过的房间。每套二间屋，一间是客厅，一间是卧室，老式沙发老式床，几乎都是一样的布置。中午饭安排在大寨招待所的大厅里，这里可以容纳几百人进餐，是县政府当年为接待人如潮涌的参观团建设的，现在正重新装修。大寨的饭菜和大寨人的风格一样，朴实而不铺张，大多是当地的土特产品和农家做法，酒也喝的是"大寨春"，这是大寨和内蒙古宁城老窖集团合作的产物。吃饭的时候，大寨的头面人物郭凤莲在百忙之中专门来看望大家，发表了热情洋溢的讲话，对我们的参观访问表示欢迎，风度气质极佳。

这位当年被大寨人亲切地称作"凤妮子"的铁姑娘队队长，如今又被大寨人爱称为"五个代表"：她是"三个代表"思想在大寨的代表者，同时既是五届人大代表，又是党的十六大代表。十多年时间里，郭凤莲重新率领大寨人站了起来，走南闯北，内引外联，办起了十多家乡镇企业，大寨已经从一个纯农业的温饱小村，变成了初步小康的新农村，全村总产值已达亿元，人均纯收入在四千元左右。

当年让大寨人引以为豪的农业，已经退缩到非常次要的位置。全村几乎家家都开上了小饭馆、小旅馆、小商店，经营旅游业，户均年现金收入在 5 万元左右。然而大寨人依旧重视农业，特别看重自己在战天斗地中创造出来的"大寨精神"，他们知道今天大寨的发展，依然靠的是这种自力更生、艰苦奋斗的精神。这种精神，造就了大寨昨天的辉煌，也创造了今天的复兴。大寨精神，是大寨最珍贵的财富。

走好，大寨！

离第一次去大寨，一晃十六年过去了。今天的大寨，又会是什么样？心里一直有一种挂念。2018 年春节前夕，全家自驾出游，从山西省北部的大同开始，一路向南边走边玩。路上总觉得有一个心愿未了，又掉头向东，绕道奔大寨而去。昔阳县城在阳光下新崭崭的，几乎全是新楼新路。去大寨的公路也扩展并美化，路上没有了收费站，多了摄像头，空旷的公路限速每小时 40—60 千米，让人开车很难受。

公路一拐弯，出现一座 L 型的二层楼房，上面赫然写着"大寨欢迎您"，这是新建的大寨旅游服务中心，旁边依山就势的小公园里，雕塑群再现当年大寨人改土造田的景象，山坡上的巨大红旗，书写着毛泽东题词的"农业学大寨"，公路对面的护墙上则是"同党中央一起撸起袖子加油干，让人民的生活芝麻开花节节高"的巨幅标语。再前行一里路，才到达大寨的寨门，灯笼高挂却空无一人。鳞次栉比的商店以及形形色色的招牌，讲述着平时的热闹。

正当我们东张西望的时候，从大楼里走出一位挂牌子的姑娘，自称是大寨旅行社的导游，开始了接待工作。走进寨门，街道整洁、彩旗飞舞，大寨还是上次见到的大寨，但没有了旅游季节的游人如织景象。村委会和党支部的三层大楼紧锁，人们都放假回家过年去了。当年陈永贵捧着大斗碗、边吃边开群众大会的那棵大柳树，依然挺立在大寨卫生所前的阳光里。那些集体统一建立的一层层一排排窑洞式整齐住房，代表着当年的社会主义新农村，曾经让全国各地的参观者为之羡慕，今天显得陈旧而破败，只有少数老人恋旧仍住在这里。

导游小眭是 90 后，是刚嫁到大寨不久的外来媳妇，对自己能够成为新大寨人深感自豪。她介绍说大寨仍旧是周边发展最好的村，人均收入已经超过 1.5 万元，年轻人多在村企业或外出打工，只有老人才守在这里做点儿旅游生意。旅行社也是大寨的集体企业，收入是保底工资再加导游费提成，最重要的是村集体提供了许多社会保障，比如大寨所有的人家，要么住上了 150 平方米左右的楼房，要么住进了统一建设的二层楼小院，各家只需要自掏 6 万元左右的资金，其他的都由村集体统建统筹。大寨四处停着的小汽车，也证明今天大寨人生活，确实又上了一个台阶。

小眭把我们带到了老劳模宋立英家，她和儿子仍旧住在陈永贵家旁边的老房子里，院子里的小平房改成了一个商店，卖土特产和纪念品。老人出生于 1930 年，是大寨村的第一个女党员和第一任妇女主席，是大寨村任职时间最长的村干部。1947 年入党时，她还是个 17 岁不到的小姑娘，直到 1993 年从村干部的岗位上退下来时，已经是 63 岁的老大娘了。在这近半个世纪的村干部生涯中，宋立英曾担任过大寨公社革委会副主任、公社党委副书记，先后两次任昔阳县革委会委员、昔阳县妇联副主任、山西省妇联副主任、第四届全国妇联执委会委员、第五届全国政协委员。1957 年 2 月，出席山西省农业社第一次代表大会，并获奖章一枚；1979 年 9 月，被命名为全国妇女"三八红旗手"和山西省"三八红旗手"；1980 年 2 月，当选为山西省劳动模范。

真是应了"革命者永远年轻"那句话，宋立英老人精神矍铄，仍旧是一副精明能干的样子，窑洞和院子都十分干净整洁。谈起今天的生活，她非常满意。大寨早在 20 世纪 90 年代就实行"三有"政策：小有教（从幼儿到小学免费上学）；老有靠（实行了养老保险金制度，从 60 岁以上的老年人每月可领到 60 元，70 岁以上月领 100 元，共产党员月领 150 元，参加过抗日战争、解放战争、抗美援朝三战的月领 120 元）；考有奖（凡考入大学、大专、中专的学生集体年发给奖学金，本科大学生年发 1000 元、专科大学生年发

800 元、中专生年发 500 元）。对于她这样的老党员老干部，现在每月收入已涨到一千多元，再加上自家开的小商店，觉得日子已经很不错了。

在她的小商店里，我购买了两瓶大寨特供酒，比之过去包装有了很大的进步，旅游产品也多了一些品种。我又选了一些书和音像制品，最高兴的是买到了三联书店 1979 年版的《西行漫记》，这部美国人埃德加·斯诺的著作，非常生动地记述了共产党人长征到达陕北初期的艰难岁月以及钢铁一样的意志和信心。我接着去了梁家河村，又到延安参观了一圈，一路走一路读，抚今追昔，给人一种全新的阅读体会。我专门请宋立英老人在书上题字，她极其认真、一笔一画地写上："大寨，宋立英 89 岁，2018 年 2 月 10 日。"告别的时候，我坚持要送她一个小红包，她则坚持要送我两包大寨煎饼。路上一吃香脆的大寨煎饼，就想起这位慈祥厚道的老人。

小眭又带领我们参观了大寨人民公社旧址，当年气派的大门显得陈旧而狭小，大门两边那幅"四海翻腾云水怒，五洲震荡风雷激"的毛体对联气势不减，两边墙壁上分别写着"领导我们事业的核心力量是中国共产党""指导我们事业的理论基础是马克思列宁主义"，让我仿佛回到了童年时代的公社大院时光。旁边大寨礼堂及大院，是当年接待高级领导人的住所，正在进行重新修整，许多讲解词和介绍牌子都收起来了，原来这里正要扩建为"大寨干部学院"，一个新的培训机构即将诞生，大寨精神有了新的宣传点，这让人感到欣慰。

大寨从 1992 年开始，在郭凤莲的带领下就开始了市场经济的探索，成立了大寨经济开发总公司，引项目、引人才、引资金，建起了年产 10 万吨的水泥公司、粮食转换的酒业公司、制衣公司、煤炭发运站、煤矿、毛衣厂、贸易公司、吃住行

一体化的森林公园，2000 年时大寨的产值已经达到亿元。现在情况如何？小眭说不清楚，村委会大门紧锁，企业也处于春节停工状态。小眭突然想起好像郭凤莲回到了村里，我就请她带路，在山坡上的二层小楼群里，找到了郭凤莲的家。冒昧敲门走进郭家，71 岁的郭凤莲从二楼的书房里优雅走了下来，气质风度不减当年，她当然不记得我这位不速之客，但十分礼貌客气地与我合影留念。作为全国人大代表，她正在赶写三月份北京召开的人大会上的提案，所以抱歉地说不能与我多谈。

郭凤莲 1947 年出生在昔阳县的武家坪村，三岁失去了母亲，寄居在大寨村的姥姥家。1962 年小学毕业后就在大寨务农。1964 年，不满 18 岁的郭凤莲成为"大寨铁姑娘队"队长，她与那些花季少女同男社员一样战天斗地，改变家乡落后面貌，成了那个特定历史时期的一位家喻户晓的人物，曾受到毛主席、周恩来、李先念、邓小平等老一辈无产阶级革命家的热情接见和赞扬。在"农业学大寨"那个特殊的年代里，郭凤莲与大寨一起站到了历史的舞台上。

1991 年 11 月 15 日，在群众的呼吁声中，离开了十一年的郭凤莲被任命为大寨村第八任党支部书记，再回来时她已经 45 岁。她心里头憋着一股劲儿，要带领大寨人二次创业，重振大寨！创业难，二次创业更难，在市场经济中二次创业难上加难。但曾经战天斗地的郭凤莲扛得起任何艰难，她走南闯北、卖煤炭、办水泥厂、请专家、学经营，学习商业谈判，学着赔笑脸求人。在郭凤莲的手上，大寨完成了从昔日"政治品牌"到今天"经济品牌"的华丽转身。截至 2007 年的数据，大寨村经济总收入 1.2 亿元，比 1980 年增长了 600 倍。

大寨最新的发展数据我没有找到。可以肯定地说，大寨不会是今天中国发展最好的农村，但它仍走在中国农村发展的前列，绝不落后于这个伟大的时代。特别是寨门上那八个醒目大字："自力更生，奋发图强"，依然闪闪发光。大寨人精神仍在，志气未丢，这可能就是我始终挂念大寨，也希望大家记住大寨的原因。在我们饥饿的时代，大寨依靠自力更生，奋发图强解决温饱，大寨精神曾经给全国人民以巨大的鼓舞；在社会主义市场经济大潮到来时，大寨人还是依靠这种精神奋力追赶，勇立潮头。无论今天的中国如何富起来，我们自力更生、艰苦奋斗的精神不能丢，这也是中华民族几千年生生不息的生命力所在，更是未来屹立于世界民族之林的根基所在。

本文定稿于 2018 年 5 月 5 日凌晨，以《中国农业奇迹"大寨"的几次沉浮》，载腾讯《大家》2018 年 5 月 31 日

多彩宁波北仑文化散记

2019 年 9 月中旬，应邀参加"乡风文明与乡村振兴"论坛，总结乡风文明建设的"象山经验"。途经宁波时，受到大学同学的妹妹王雯夫妇的热情接待，陪同参观北仑在民族团结进步创建活动中的一系列成果，和当地的少数民族同胞一起吃饭聊天，北仑的美丽和亲切给我留下深刻印象。也和北仑区委统战部（民宗委）有了一个约定：一起调查研究北仑经验，并于 2021 年 7 月在中央党校举办《北仑经验和铸牢中华民族共同体意识的理论和实践》学术研讨会，同步出版了汇聚 60 余位专家智慧的同名论文集。

从第一次北仑实地走访开始，我不断关注北仑的一举一动。在 2020 年抗击新冠肺炎疫情高潮刚过，我们课题组就奔赴北仑开展实地调查研究，对北仑的理解不断深入，有很多话想说。衷心感谢《小康》杂志社鄂潘女士的热情邀约，为该杂志开辟的"大城小事"专栏撰稿，因而获得一个良好的表达平台，先后撰写了十多篇有关北仑的文章，在网络上也颇有流传。在此采选几篇短文，加深人们对多彩北仑的印象。正如"大城小事"专栏的主题语：因为一个人，认识一座城市；城市里点滴人生故事，汇聚成祖国沧桑变化的记忆。

一、因港而兴的北仑

在北仑有一座宁波中国港口博物馆，是全国唯一的国字号港口博物馆，国家3A级景区。博物馆设有中国港口历史馆、现代港口知识馆、港口科普馆、"数字海洋"体验馆、北仑史迹陈列、"水下考古在中国"六个陈列模块，集展示、教育、收藏、旅游和学术研究为一体，也形象再现北仑区因港而兴的沧桑变迁。

北仑区地处浙江省陆地最东端，所辖区域呈长方形，由西北向东南倾斜。全区行政区域面积为845平方千米，其中海洋、江、港面积为260平方千米，占总面积30.8%，陆地面积为585平方千米，占总面积69.2%。北仑自然条件得天独厚，东有舟山群岛作天然屏障，海湾风平浪静，全年约有98%的日子只有海浪一二级。北仑港水深20米，主航道深50米，常年不冻不淤，即使海上出现十二级以上特大风浪，也可容纳300艘10万吨以上船只进港避风，成为世界上难得的避风良港，加之地处长三角经济繁华之地，历来是中国重要港口。

伴随中国改革开放的步伐，北仑的海港优势不断升级，北仑区也因北仑港的发展顺势而立。1983年北仑港扩建为深水良港，航道平均深度达到50米，建设起20万吨级卸矿泊位，作为上海宝山钢铁总厂配套的矿石中转港。1984年1月27日，根据浙政发[1984]13号文件，原镇海县分设宁波滨海区，辖三乡二镇。1985年7月，根据国政字[1984]99号文件撤销镇海县、扩大滨海区。1987年2月，根据浙政发[1987]61号文件，更名为宁波市北仑区，1992年5月实施扩镇并乡，区辖七镇三乡。2003年浙江省委提出要"加快宁波舟山港一体化进程"，并将全省港口统一规划，组建起浙江省海港集团、宁波舟山港集团，先后完成了宁波舟山港一体化、浙江沿海"五港合一"，就此打开"一体两翼多联"的发展新格局。

向海而生，依港而兴。北仑港作为中国大陆四大深水良港之一，从中国最大的矿港和大型的石化港口，不断向综合性港口扩拓，逐渐成为宁波舟山港集装箱运输的主战场，2006年12月港口集装箱吞吐量突破700万标准箱。2015年宁波舟山港集装箱吞吐量2062.7万标箱，北仑港就完成1609.9万多标箱，占其总吞吐量的78%。依托港口优势，北仑区成为宁波市对外开放程度最高的区域，建立了能源、石化、钢铁、汽车及零配件、造船、造纸六大临港产业。此外还拥有塑机、纺织服装、模具、文具、粮油食品加工、港口物流六大优势产业。

宁波舟山港由北仑、洋山、六横、衢山、穿山、金塘、大榭、岑港、梅山等19个港区组成，2019年全港完成货物吞吐量11.2亿吨，连续11年位居世界第一，集装箱吞吐量 2753.5 万标箱，稳居全球港口第三位。在 2020 年全球性疫情冲击下，宁波舟山港前 2 个月也累计完成货物吞吐量 1.63 亿吨，为去年同期的 98% 以上；完成集装箱吞吐量 406 万标准箱，恢复到去年同期的近九成。仅仅十七年时间，以北仑港为龙头的宁波舟山港集团，取得了突飞猛进的发展成就，已拥有各类航线共247 条，其中干线 120 多条，联系起 190 多个国家和地区的 600 多个港口，汇聚浩荡物流，担负起"港通天下，服务世界"的使命，打造出全国区域港口一体化改革的"浙江样板"。

因港而兴的北仑区，如今又沿着"一带一路"建设、长江经济带、长三角一体化发展的航向，迈上"加快把宁波舟山港建设成为国际一流强港，打造世界级港口集群"的新征程。

二、绿色发展和彩色北仑

一到宁波市北仑区，给人留下第一印象的就是绿色和整洁。作为蓬勃生长的新兴城市，北仑区近十年快速从郊区变成闹市，既有传统的郊野古朴，更有新城的生机活力。北仑的街区经过严格规划，道路宽阔有序，大路两边是排列整齐的树，然后是漫坡状的草地，接着是灌木乔木配搭的绿墙，形成立体式绿色交通干线，四季绿色养眼，花香弥漫。

北仑的绿色，首先来自大自然的丰厚馈赠。北仑区位于浙江省陆地的最东端，全国海岸线中枢，地理坐标为东经 121°、北纬 30° 左右，属亚热带季风气候区。面临东海，气候温和湿润，无霜期长，雨量充沛，因而既四季分明，又常年青绿。年平均气温 16.5 度，年平均雨量 1316.8 毫米，雨日 150 天。年平均有 2—3 个台风影响，梅汛期大多在 6 月中旬到 7 月上旬，平均梅雨量 244 毫米，梅雨日 26 天。四季分明再加上降水充沛，使得北仑自古就是宜农之地。

商品蔬菜至今是北仑的农业强项，全区蔬菜播种面积达 5.5 万亩，总产量达 12万吨，创产值超 2 亿元。北仑区有果园 4.59 万亩，其中柑橘 3.3 万亩，北仑金弹是全国名果。有茶园面积 2.85 万亩，拥有妙手牌天赐玉叶、海和森茶叶、北仑惊茗、七顶玉叶等部、省级名优品牌。还有上万亩的笋竹两用经特林。花卉品种达 90 余种，主要盛产杜鹃、茶花、茶梅、五针松等。先后被原国家林业局、中国花卉协会、省林业厅授予"中国杜鹃花之乡""中国杜鹃花良种繁育基地"。

绿水青山并不必然是金山银山。近年来，北仑区把"守住绿水青山"作为发展底线，最大限度地将生态资源禀赋的优势发挥出来，让经济效益、生态效益、富民效益最大化，让山青水绿天更蓝。一方面聚焦能源和产业结构调整，通过光伏发电和天然气项目的实施实现了节能减排双赢，完成了淘汰落后产能、关停和取缔小企业小作坊等工作的年度计划。另一方面，坚决打赢蓝天保卫战。北仑共投用清洁能源公交车604辆，占总运营车辆的85%，清洁能源出租车已达九成以上。同时加强"城乡废气"治理，继续加快构建"政府主导、部门牵头、企业为主、公众参与"的大气污染防治工作机制，加快推进燃煤烟气、工业废气、车船尾气、建设扬尘和城乡废气治理等工作。

北仑区坚持"两山理论"，走绿色发展之路，以"六争攻坚、三年攀高""两整两提"等专项攻坚行动为契机，以生态环境质量改善、城市宜居水平提升为目标，扎实推进生态建设、五水共治、环境综合整治等各项工作。生态文明建设连续两年获得美丽浙江建设年度工作考核优秀，连续九年获得市级年度考核优秀；"五水共治"四次捧得浙江治水最高奖"大禹鼎"，并升格为银鼎。小浃江成为宁波市唯一的浙江"最美家乡河"并获评浙江省首批"美丽河湖"。太河路、泰山路等多条道路先后获评"浙江十大最美绿化县道"和"省级精品示范道路"，累计建成森林游步道123千米，森林覆盖率达40.1%，建成区人均公园绿地面积14.9平方米，绿地率36.8%，绿化覆盖率40.6%。

北仑正全力打造现代化临港智创之城和全面建设国际化滨海秀美之城，这个城市除了保持着绿色的底蕴，还焕发出生机盎然的现代色彩。绿色的北仑，也是彩色的北仑。

三、北仑的大吃和小吃

宁波一带气候温和湿润，兼有山海之利，出产十分丰富，属于典型的江南水乡兼海港城市。地处长江三角洲南翼，使这里自古以来就是富饶之乡，宁波既是中国大运河南端出海口，"海上丝绸之路"东方始发港，也是近代工商繁华首兴之地，东西南北交通方便，人文积淀丰厚，历史文化悠久。特别是位于北仑区的宁波港，古今都是沟通中国与世界的要道，"宁波帮"散布世界各地的同时，也把宁波的吃和全球的吃，相互交流创新。因而，这地方有得吃，这里的人有钱吃，江南人也会吃，而且还在交流创新中吃。无论大吃还是小吃，宁帮菜在中国以至于世界都可谓名声在外。

宁波位于中国大陆海岸线中段，东有舟山群岛为天然屏障，北濒杭州湾，黄海东海交汇，冷暖洋流交替，因而海产丰盛，特别是黄鱼最为有名，从过去的天然捕捞和到今天大规模的人工养殖。宁波还江湖纵横，河流有余姚江、奉化江、甬江，淡水水产也很繁多。主要特产有带鱼、墨鱼、石斑鱼、香鱼、弹涂鱼、海鳗、梭子蟹、海虾、蚶子、缢蛏、牡蛎、泥螺、贡干、海蜇、苔菜等，其中有干海产品有鱼翅、海参、黄鱼鲞、明府鲞、红膏炝蟹、酒醉泥螺、虾干、鲍鱼、虾皮、新风鳗鲞、海蜇、海带、烤鱿鱼片等。

冰糖甲鱼位列宁帮菜十大名菜之首。相传一百多年前宁波江北岸临江有一家小酒铺，掌柜以烧冰糖甲鱼著称。有举人赴京赶考顺路在这家酒楼饮食，掌柜灵机一动改菜名为"独占鳌头"，举人中了状元后专门为该店题写"状元楼"三个大字，从此状元楼的冰糖甲鱼就名扬天下。宁帮菜首先吃的是文化，而锅烧河鳗吃的就是特产了，当地多江河湖泊，河鳗甚多且味道格外鲜美，此菜色泽黄亮，鳗肉鲜嫩，绵糯香醇，味鲜而略甜，是一道滋补名菜。

用猪肉做原料的名菜是苔菜小方烤，先将猪五花肋肉切成3厘米的方块，先炒后煮再改用小火焖至酥烂，转旺火收浓卤汁，将干苔菜速炸一下即捞出装盘，撒上白糖即食。荷叶粉蒸肉是将猪肉用鲜荷叶包裹加调料后蒸出来，风味独特，香糯可口，油而不腻。用禽类做原料的有火臆金鸡，鸡肉酥嫩，汤味鲜香，形状美观，原汁原味；网油包鹅肝则选取优质鹅肝洗净，经先后两次笼蒸，一次油炸，再撒上五香粉、葱末、椒盐等才算完工。

做鱼才是宁帮菜的本色。雪菜大黄鱼将大黄鱼的肉嫩味鲜少骨，加雪里蕻咸香脆嫩，鲜美可口；苔菜拖黄鱼软糯鲜嫩，散发苔菜的清香，两者汇山海于一味，倍受食客青睐。黄鱼鱼肚据说秦始皇巡游到此就曾吃过此菜，红绿黄白，状如豆腐，糯嫩鲜美；彩熘全黄鱼传说是仿北宋汴京的黄河大鲤鱼做法，将鱼两面解成瓦垄花纹，入热油锅炸透后再加调料而成；腐皮包黄鱼，具有腐皮酥脆、鱼肉鲜嫩、外酥内嫩，相传此菜风行已有2000年。秉承千年饮食文化传承，宁帮菜吃的就是历史悠久！

大吃值得夸耀，小吃才是寻常百姓的生活。著名的"宁波三臭"指臭冬瓜、臭苋菜管、臭菜心，闻着臭吃着香，而且还上瘾，这是北仑人藏在最深处的味道。传统小吃红膏炝蟹，色彩艳红、鲜咸滑嫩。贡干又名壳菜，肉味鲜美，自唐朝时就已作为进献皇室的贡品。老宁波油赞子色香味俱佳，有养颜美容之功效。宁波人吃年糕，油菜蕻炒、荠菜炒、梭子蟹炒，做汤味道也好。宁波汤团则"香甜鲜糯滑"，汤清光洁，口感佳美。水晶油包一口下去，便见馅粒晶莹剔透，满口流香。鲜肉小笼包子，皮薄松软，馅多卤满，鲜香味美，油而不腻。还有皮蛋瘦肉粥、排骨木耳粥，从早卖到晚……

据说当地专门制定了早餐店行业标准，不仅吃得舒心，还吃得放心。街头不时出现的西部民族特色饭馆和异国他乡的洋餐厅，表明这个城市的包容性和多样性。餐饮业是生活，也是产业，还是文化。

四、新疆的雯子和海边的北仑

雯子是新疆乌鲁木齐的回族，生长在离大海最远的地方。雯子27岁那年，随丈夫作为"引进人才"来到宁波市北仑区，成为一名优秀的中学语文老师，从此扎根在这座海边的城市。雯子的哥哥王平教授，是笔者的大学同学，两兄妹不约而同到北京开会，让我们得以在聚会时认识。热情大方的雯子立即加了微信，从此不断在微信上探讨工作，我也因此更多了解她的生活和她生活的宁波北仑。

宁波是一座历史悠久、文化灿烂、工商发达的城市。2018年末，全市常住人口为820.2万人，城镇化率72.9%。作为长三角的南翼经济中心，是中国首批沿海开放城市、浙江省副省级城市、计划单列市，经济社会发展非常迅速，拥有现代化国际港口，是国家历史文化名城，并连续五次蝉联全国文明城市，中国著名的院士之乡。北仑区地处宁波市东部，拥有中国"港口之冕"的北仑港以及宁波经济技术开发区、宁波保税区、宁波出口加工区、宁波大榭开发区、宁波梅山保税港区等五个国家级开发区，是浙江省和宁波市对外开放的窗口，成为中国重要的航运、物流、加工制造和贸易中心。

随着北仑的工业化、城市化步伐不断加快，全区人口从30多万人急剧上升到了90多万人，其中流动人口近50万人。民族结构也从过去的17个少数民族共110人，变成现在的47个少数民族、4.2万人，其中户籍人口仅3000余人，流动人口近4万人。改革开放40年使各民族交往、交流、交融前所未有地加快，相应城市民族工作的重要性也日益凸显。作为来自新疆的回族，雯子对民族工作有着天然的敏锐和热情。她深切感受到漂泊外乡的少数民族群众的不易，经常利用业余时间，主动热情为他们排忧解难。1998年她担任北仑区少数民族联谊小组组长，公开自己的电话号码有求必应，成为当地少数民族倾诉心声、寻求帮助的"会长热线"。

藏胞娜姆冰箱里价值10多万元的虫草因断电全部变质发臭，在雯子的努力下，筹到了近5万元的社会捐赠，使她在北仑的生意和生活得以继续。四川阿坝地区十几个藏族演员来北仑创业遇挫，生活陷入绝境。王雯自费为每人买了一套御寒衣物，再四处奔走，帮助脱困解难。台风来临，她第一时间联系少数民族养殖户，为他们寻求政府帮助；民族学生乃比赛患重病，她立即动员社会力量帮扶，带头出钱出力。她的无私热情得到广大少数民族同胞的信任和尊敬。针对穆斯林群众吃肉难问题，她向区民宗局提出建议，使北仑区率先开设了"清真食品固定供应点"，方便国内外穆斯林同胞对清真食品的需求，其经验和做法在宁波全市推广。针对少数民族流动摊位管理难的问题，她向政府提出定时定点开辟流动摊贩疏导点等办法，提交"我区与输出地政府建立双向服务管理合作机制的合理化建议"。

2009年底，北仑区将雯子商调到民宗委工作，有了专职的民族工作平台，她深入社区、学校、企业举办了30多场累计上万人参加的民族政策、民族风情讲座，促进了各民族相互了解和互助。她提出了"1+9+N"的民族社团组织建设思路，得到领导和相关部门的大力支持，搭建起从城市到农村、从基层单位到少数民族联络点的多级服务网络，延伸了民族工作的触角，强化了民族社团的内部自治功能，引导社团参与社会公共服务，使宁波市北仑区的民族团结进步工作全国闻名。雯子也被推荐为北仑区人大代表、宁波市人大代表和政协委员，担任宁波市民族团结进步促进会副会长、北仑区民族团结进步促进会会长，并两次获得浙江省"民族团结模范先进个人"荣誉称号。

外乡人在宁波北仑，何以活得风生水起？以汉族为绝对主体的东部城市，为何会高度关注民族团结工作？一个城市的分量，除了经济发达，还需要哪些品性？雯子的故事，让我想更多地了解海边的北仑。

五、最美宁波北仑人米娜

米娜瓦尔·艾力是一位生于南疆喀什的维吾尔族漂亮姑娘，在高考之前她没有出过新疆。幸运的是，高考让她如愿来到宁波这座美丽的海边城市，从此她就深深爱上了它。从2005年考上宁波大学，再到2011年调到宁波职业技术学院担任新疆籍少数民族学生的专职辅导员，米娜在宁波已生活了15年。这座城市山的伟岸、海的奔放、江的灵动、湖的沉稳，孕育了宁波独特的地域文化，同时也造就了宁波人独特的精神气质。浙江省委副书记、市委书记郑栅洁曾概括宁波和宁波人是"知行合一、知难而进、知书达礼、知恩图报"的代表，宁波宜居宜业，宜游宜商。正是这样一座城，一群宁波人，成就了无数美好，创造了无数奇迹，成全了无数梦想，也使这个新疆姑娘一直心心念念融入这座人杰地灵之城。

任职宁波职业技术学院担任新疆籍少数民族学生的专职辅导员，是因为米娜对少数民族尽快融入当地生活存在困难深有感触，使她想起自己刚来宁波时的生活情景，更有义务担负起这个责任："我喜欢和学生打交道，多年来吃住都在学校里。学生需要的时候，我就是他们的家长、老师、宿管，扮演着多种角色，随叫随到。"她被历届毕业生亲切地称为"娜姐"。同学们有生活上、心理上、工作上的问题，"没事，娜姐在"，娜姐在学生的心中就像一颗定心丸。"老师，我的普通话与英语的学习怎么老是感觉力不从心。"想到少数民族的学生或多或少都存在类似问题，她马上采取选修课程辅助、联谊会、学习会等方法来帮助解决。累计助力 99 名学生取得普通话和英语 A 级等级证书。

由于文化的差异，少数民族学生在内地生活存在一定的沟通障碍，作为沟通大使的米娜，悄无声息地搭建起多样的沟通桥梁。对非少数民族学生利用蓝墨云班课网络平台，开展新疆地方史、民族发展史、宗教演变史"三史"教育 60 余课时；对于少数民族同学开展民族团结教育、形势政策宣讲等 80 余场次，引导同学们自觉增强对红色文化的情感认同、理性认同和价值认同。又以"古尔邦节""端午节"等传统节日为契机，组织学生与当地居民一起参与民族美食节、民族艺术展、民族舞蹈大赛、"家乡美"故事分享会等活动。2013 年起，共组织 269 名少数民族学生组成"追梦"宣讲队，利用假期返疆机会，向家乡群众讲述在第二故乡亲身经历的好故事，积极传播民族团结"正能量"，辐射人数超过 3500 人。

米娜长期热心和坚守公益事业。她牵头成立"石榴籽公益基金"，为困难少数民族学生在校内设立"米娜民俗公益店"，将"公益店"内采购和义卖新疆贫困农户商品所得的 4.5 万元爱心款，全部用于资助家乡中小学的贫困学生。2017 年为和田喀拉克尔村小学 149 名小学生购买冬衣，2018 年为库车第五中学 150 名贫困学生购买爱心书包，2019 年为喀什也克先拜巴扎初级中学 50 名贫困生购买了运动服等。"爱心回馈"让在宁波读书的少数民族学生感恩于心、回报于行，引导少数民族学生主动参与志愿服务，当地开展的"护河队""文明经商""五水共治""垃圾分类"等城市文明建设，都有他们的身影。

2017 年，在北仑区委区政府和学校党委的关心支持下，分层、分类、分时段教育管理的"米娜工作法"在浙江省各高校进行推广，并成立了以她的名字命名的米娜工作室。主要工作是根据少数民族学生在学习、生活上存在的短板和薄弱环节，为学生搭建"学习辅导、宣传实践、文化融入"等多元平台，精准帮扶，精心引导少数民族学生树立正确五观，厚植爱国主义情怀，助力他们提高综合素质。该模式和育人成效得到了国务院副总理孙春兰、浙江省委书记车俊的肯定。米娜荣获教育部"第十一届高校辅导员年度人物"入围奖，浙江省首批"和谐融入之星"、宁波市高校"优秀思政工作者"、宁波市北仑区"十大杰出青年"等荣誉。

对于学生而言她是好老师，对于同事而言她是好伙伴，能歌善舞的米娜总是传递着快乐和美好。她说一切的成绩，都离不开她生活的这座城市和学校。刚到北仑的时候特别思念家乡，而现在回到家乡时，反而更想念宁波，"我现在是两头牵挂的新疆人，因为两边都是我的家"。她说宁波是一个特别包容的城市，对各民族的人们都非常友善，大家只要生活在这里，就都是宁波人。北仑有她深爱的学生同事和家人，2019年她也被推荐为"最美浙江人青春领袖"。

六、构筑"56小花"幸福之家

北仑区小港街道谢墅社区毗邻城区三大工业区，就业机会多、生活成本相对低，吸引了逾2万多外来流动人口在此工作生活，其中未成年人近千人，包含24个少数民族的未成年人151人。这些孩子长期处于无人管、融入难、成长烦恼多、心理素质差状态，放学后两小时最易惹是生非，有一次竟推倒村委会大门口的石狮。已故小港街道的党务副书记张声光，退休后到谢墅社区担任党务工作者，他敏锐提出做好民族品牌，让民族工作进社区。

早在2007年，民族工作进校园就在当地开展起来。2014年谢墅社区成立后，逐渐发展成"56小花"品牌，为区域各族未成年人打造出"孩子开心、家长放心、社会关心"的新棉民族少年宫，建筑面积300平方米，设有"民族馆""艺术吧""阅读吧""56小花欢乐吧"等四个室内区域及13个室外实践基地。为使少年宫有序运行，由辖区行政村、社区、校负责人成立民族少年宫领导小组，由社工张宁宁等承担招生、志愿者招募、课程安排等事宜，由"五老"、大学生、社会组织、共建单位、义教队、专业机构等社会各界志愿者组成的"56小花"公益团队，为民族少年宫提供全方位、多角度服务。在每年开办两所暑期假日学校的基础上，连续五年开办"56小花"欢乐吧免费课后托管班，有效填补未成年人放学后的"真空时间"。班内每日由一名专职教师负责课业辅导，一名"五老"负责安保工作，一名专职社工统筹管理，形成"1+1+1"专业服务团队。目前课后托管班累计受益学生240余人，提供免费课程约1230小时。围绕"小班、精品"原则，招募专业教师为未成年人提供书法、越剧、民族刺绣、电子琴、剪纸等艺术体验课程。

由"五老"发起的"56小花"关爱基金会，以"播撒爱心、呵护未来、促进和谐"为宗旨，启动资金7.2万元，基金会承担奖扶民族少年宫优秀学员、维持日常开支等功能，为未成年人提供物质支撑。连续几年利用"六一"儿童节、少年宫毕业典礼等契机表彰"优秀学员"近200名，累计发放奖金及学习用品2.5万多元。联合民宗局、共青团、妇联、关工委等政府主体外，辐射带动周边村、学校和企业、民主党派、社会组织、驻地部队等多方社会力量主动参与，"民族小花"春泥团队提供安全保障、爱国主义教育等；"浓墨众彩"艺术团负责书法、越剧、民族乐器入门教学；北仑民族团结进步促进会开展民族政策、民族文化宣讲；东港法律援助工作室策划普法宣传、法务咨询等活动，基本"全年无休"。2015年11月，"民族小花"春泥团队荣获浙江省"最美春泥团队"称号。

通过运作项目化，点亮特色品牌。一是以"爱祖国、爱党、爱人民"为重点常态课程，由老党员、退伍老兵等志愿者宣讲民族奋进的历史和先进人物事迹；结合本地新模村慈孝文化、身边的"北仑好人"等教育资源，利用故事会、小记者访谈等形式，让"品德从小塑、文明从我行"的意识深入童心。二是"56小花"乡愁记忆项目，以"我们的节日""我们的技艺""我们的舞台"三大主题，结合民族知识介绍、特色节日体验、传统技艺、乡土文化展示等学、做、用三方面层层递进了解家乡风情，传承、弘扬民族精神。三是"56小花""益行益秀"项目，引导孩子们将学到的剪纸、香袋、虎头鞋、十字绣等特色手工技巧，书法、越剧等技艺转化为"公益行动"。少年宫专门组织实施"我的中国范儿——外来流动青少年传统文化教育"活动，为老人送"福"、参演戏曲、爱心义卖等公益服务。四是连接本地农村、企业资源，为未成年人搭建室外活动站点，开辟"56小花"农夫体验营，通过农事劳动增强实践能力；开辟"56小花"企业体验岗，通过参观父母工厂、体验职工生活，助其做好人生规划，为未来培养合格建设者。2017年6月以来，已开辟了8个农业实践基地和5个岗位体验基地，设计了20余期活动得到400余人的积极参与。

七、文化礼堂凝人心聚人气

走在浙江大地上，遍布城乡的文化礼堂引人注目。快速的城市化进程，农民普遍"洗脚上楼"，生产生活、交往方式都发生剧烈变化。经济和时间都富裕起来，但孤独和无聊却随之增加。如何满足群众日益增长的精神文化需求，在推进法治、自治、德治的三治融合中，切实增强群众的幸福感、满足感和获得感？

北仑区是在宁波市高速城市化中形成的新区，改革开放以来农村变城镇、农业到多业、农民变市民，更有各民族流动人口大量涌入。北仑区小港街道谢墅社区是其中的典型，社区范围包括过去的5个村，涵盖村域企业、工业西区、华生国际家居广场、滨江汽车城等 200 多家企业或大项目。常住人口近五千人，外来人口却超过两万人，其中还有 24 个少数民族同胞 1589 人。谢墅文化礼堂于 2014 年 10 月落成开放后，打出"建、管、用、育"四位一体的"组合拳"。

谢墅文化礼堂以"四窗三室两堂一廊半角"为主要宣传阵地："四窗"图文并茂展示区域各村的村史村情、崇德尚贤、乡风民俗、美好家园四大板块；"三室"是指棉文化陈列室、剪纸室和图书室；"两堂"是指文化礼堂和浃江讲堂；"一廊"是以"爱、美、乐、学"为主题的社区文化展示；"半角"是利用楼梯平台搭建的"少数民族知识角"。此外，开辟"民族融和馆"，通过"大地飞歌"展现各族文艺特点、"我们的节日"展示民族风俗、"56 工坊"体验各族传统手工技艺等。成为集思想道德建设、文体娱乐活动、知识技能普及于一体的基层文化综合体，也成为社区群众喜闻乐见的"文化地标、精神家园"。

文化礼堂兼有政府"公办"、群众"自办"、社会"筹办"等多重特性，充分调动各方资源，形成合力办大事。以"1+1+N"（一名礼堂兼职管理员 + 一名乡贤 + N 名志愿者）的管理模式，负责文化礼堂的日常运作服务，积极吸纳村干部、乡贤、文化能人、创业成功人士等参与，引导鼓励各村老年协会和由高校学生、大学生村官、乡村教师等组成的志愿者积极加入，不断挖掘草根人才，组建起文化礼堂宣讲队伍和文体队伍。越剧文艺骨干陈吉玲带领的越剧队已发展到 42 人，累计演出 60 余场次，还开办少儿戏曲培训班，每周定期为青少年义务教学。农民企业家陈如顺，组织 12 位农民书法爱好者成立"耕农书社"，号称"忙时扛锄头，闲时摸笔头"，每年向高龄老人赠送"福""寿"字画，在"我们的村晚"活动中给每家送春联，还经常开展书法作品义卖，为弱势群体募捐，主动承担起社区免费书法指导老师。

文化礼堂的运作，做到"门常开、灯常亮、人常来"，成为村民的聚集地、议事厅、娱乐馆、求学堂。结合"墅三农""56 民族小花""北仑耕农书社""非遗虎头鞋"等公益文化活动，经常性地开展便民服务、居家养老、技能培训、家庭医护指导、青少年课后兴趣班、暑期假日学校等亲情化服务。每年举办各类活动、培训、讲座、会议等百余次，形成谢墅戏曲大舞台、"小康农家"果蔬集市、民族之夜、耕农书社、樱花节等区域特色品牌，使之逐渐成为新老居民乐之爱之的"精神家园"。

围绕外来少数民族同胞融入，开展民族联谊、民族教育、文化共享等活动；围绕村史人物，引导区域各村重视村落特色文化，如结合区域内新棉村曾经闻名遐迩的植棉历史，通过"棉文化陈列室"展示了新棉村由传统植棉为主向现代农业转变历程，以传统文化新体验来唤起村民对家乡的眷恋；依托党课、晚会、"民族融和馆"等载体，将"爱国、法治、和谐、友善、诚信"等"五大内核"注入其中，让文化程度不高、习惯以方言交流的社区群众听得更入耳，记得更入脑。让一个个"红色细胞"滋养群众，推动"文化礼堂"走向"礼堂文化"，推动聚人气走向凝人心，让群众在文化礼堂"身有所憩""心有所寄"，塑造崭新的社区文化形态，不断满足人民日益增长的精神需求。

原文连载于《小康》杂志 2020 年 1—7 月《大城小事》专栏，转载于中国小康网，在《北仑经验与铸牢中华民族共同体意识的理论和实践》一书中也有收录，中国大百科全书出版社 2021 年出版